Tênebra

FÓSFORO

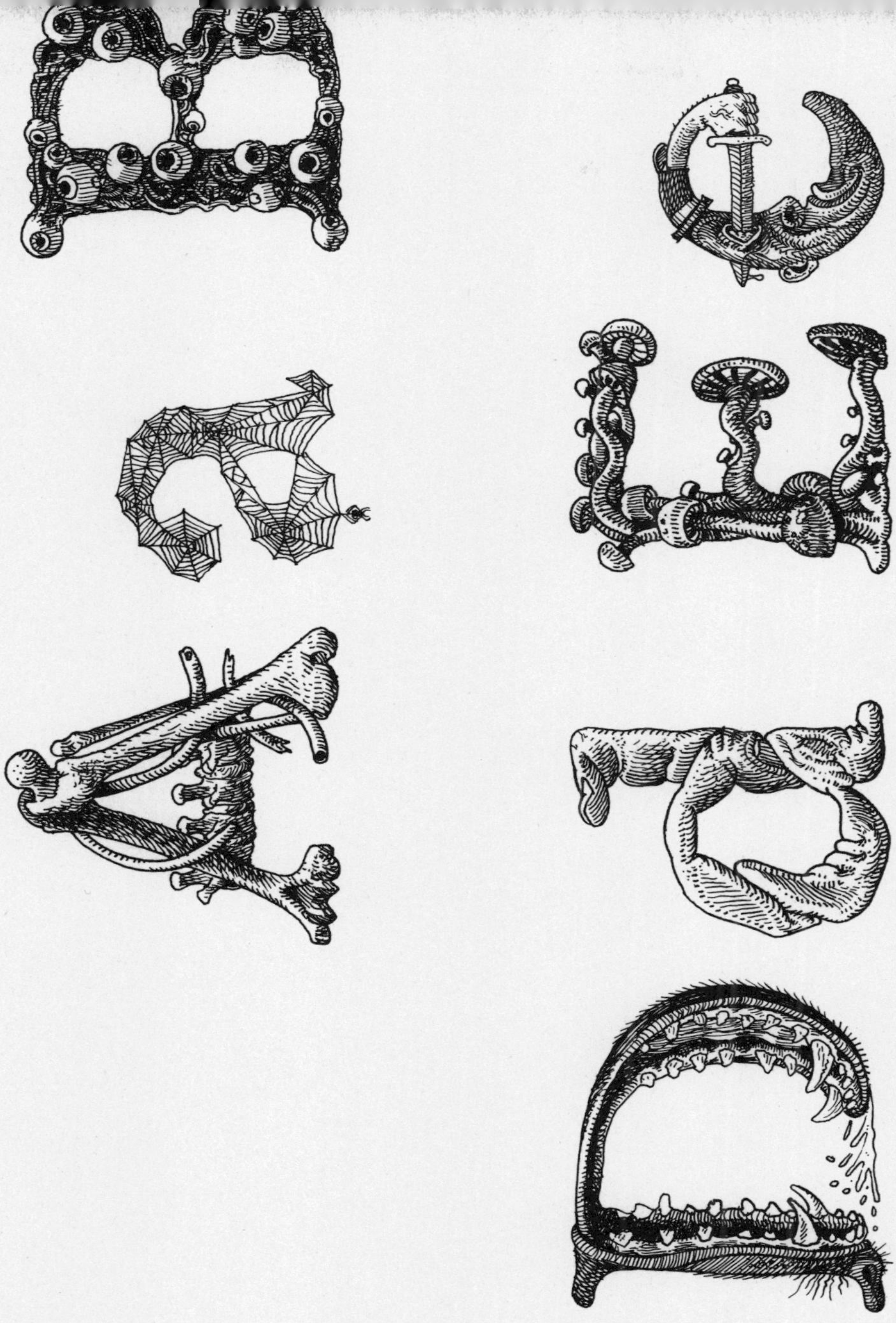

Organização
JÚLIO FRANÇA e
OSCAR NESTAREZ

NARRATIVAS BRASILEIRAS DE HORROR [1839-1899]

APRESENTAÇÃO

Uma tradição obscura

Esta é uma antologia ambiciosa, pois pretende contribuir para desfazer um engano que vem sendo perpetrado há muitos anos: o de se acreditar que a literatura de medo brasileira se resume a Álvares de Azevedo e a uma ou outra narrativa macabra, esporádica e inconsequente. Nada poderia ser mais impreciso. As poéticas negativas — o horror, o terror, o gótico, o sublime, o grotesco — foram recursos de composição extensivamente empregados na literatura brasileira do século 19, não apenas em gêneros ditos populares como as narrativas de sensação e as ficções de crime, mas observáveis em inúmeras obras dos diversos estilos de época estabelecidos pela historiografia acadêmica — romantismo, naturalismo, decadência. Assim, esta antologia busca justamente indicar a amplitude de obras literárias brasileiras que são, de algum modo, tributárias desses modos artísticos de representação do mal e do medo, mostrando que elas se articulam com as raízes profundas da narrativa de ficção no Brasil, e estão intimamente imbricadas com pautas caras ao mundo contemporâneo — por exemplo, a escrita de autoras mulheres e as temáticas relacionadas ao racismo herdado por nosso nefasto passado escravocrata.

Mais que um equívoco, a crença na inexistência de uma tradição de literatura de medo no Brasil soa como um contrassenso. Afinal, em um país onde, muitas vezes, o horror foi e é "institucional",[1] por que não existiria uma tradição nesse campo? Foi essa incômoda questão que nos incitou, há mais de dez anos, às pesquisas que tornaram possível a elaboração de projetos como este livro e Tênebra, a primeira biblioteca digital de narrativas obscuras brasileiras.[2] À época, propusemos um procedimento metodológico bastante simples: buscamos as poucas antologias nacionais que mencionassem, em seus títulos, termos como narrativas "de horror", "de terror", "macabras", "cruéis", "violentas" e "fantásticas".[3] No corpus inicial que conseguimos estabelecer, já nos surpreendemos com a variedade de autores, épocas e estilos literários, que, de algum modo, se valeram do medo como um importante fator em suas narrativas, fosse como elemento do enredo, fosse como efeito de recepção estimulado no leitor.

Chegávamos, então, a nossa hipótese de trabalho: a de que haveria, sim, no âmbito da literatura brasileira, uma produção que poderia ser chamada de literatura de medo, mas que existiria à margem da crítica e da historiografia, obnubilada pela ausência de uma recepção formal. E então partimos a investigar: como se explicaria esse apagamento?

Não há uma resposta simples a essa questão, mas um complexo de causas e fatores a serem considerados. Em primeiro lugar, a crítica e a historiografia literárias brasileiras sempre demonstraram preferência por obras realistas que versassem diretamente sobre as questões sociais e políticas de maior relevo, bem como por aquelas que abordassem a discussão sobre o que é o Brasil e quem somos nós, os brasileiros. Nossa literatura, desde o romantismo, passando pelo modernismo, foi encampada pelo projeto de construção da identidade nacional, e, como efeito colateral dessa proposta, sufocaram-se as poéticas que não seguissem explicitamente tal programa. Voltaremos a esse ponto mais adiante.

Um segundo fator decisivo para o apagamento pode estar relacionado à inexistência de uma produção sistemática nacional. A literatura de medo nunca se articulou plenamente como um gênero no Brasil, e muitas das obras que se encaixam em tal categoria não foram "produzidas dentro dessa chave".[4] Portanto, para identificar a formação sub-reptícia de uma tradição de literatura de medo no Brasil foi preciso estabelecer um procedimento quase arqueológico de levantamento de temáticas, motivos, enredos, personagens, espaços narrativos e afins. A inexistência de um sistema de produção e recepção crítica da literatura de medo articula-se com o fato, já anotado por João

Adolfo Hansen,[5] de que costumava ser mais barato traduzir obras estrangeiras do que incentivar uma produção nacional. A grande oferta de literatura de medo importada no país não favoreceu a consolidação de um mercado interno que possibilitasse o florescimento de um autor emblemático, como, por exemplo, Edgar Allan Poe.

Uma terceira causa pode estar justamente relacionada ao pouco interesse da crítica por obras de apelo popular. O questionamento de sua qualidade estética é um argumento recorrente para justificar a indiferença com que a literatura de medo foi tratada pelos estudos literários. De um ponto de vista metacrítico, poderíamos objetar que os instáveis e relativos juízos de gosto não deveriam jamais fundamentar a delimitação do campo de observação de uma área de pesquisa. O ato de valoração da obra literária deveria ser o movimento final de um processo complexo — que envolve, entre outros procedimentos, descrição e interpretação —, e jamais um pressuposto apriorístico que determina o que deve ou não ser estudado. Nesse sentido, Alessandra El Far vai dizer que, enquanto a crítica selecionava e tratava de certos autores, outros difundiam seus escritos paralelamente, de modo que o posterior cânone tradicional da literatura não se compunha necessária e exclusivamente pelo que era lido na época de sua produção. De acordo com ela,

> Naqueles anos, lia-se Machado de Assis, Aluísio Azevedo, Raul Pompeia, mas lia-se também uma variedade de outros escritores que buscavam o sucesso por meio de histórias "arrebatadoras": "cheias de mistério", de "sangue", em certos casos, ousadas em seus beijos e cópulas apaixonadas.[6]

Para compreendermos a literatura de medo no Brasil devemos, portanto, resistir a acatar de imediato os juízos críticos de valor, para adotar uma postura mais aberta à percepção da multiplicidade de formas assumidas pelos textos a que chamamos "literatura". Isso significa não apenas descobrir narrativas e escritores esquecidos pela crítica hegemônica, mas, fundamentalmente, reler a ficção brasileira por outra perspectiva — mesmo aqueles autores e obras já consagrados pela tradição literária.

A TRADIÇÃO E O CONCEITO DE GÓTICO

A fim de identificar e descrever a literatura de medo no Brasil, tomamos como fundamentação teórica os estudos sobre a poética negativa paradigmática no século 19: o Gótico. Ainda que, do ponto de vista da historiografia literária mais tradicional, as narrativas góticas fossem vistas como um fenômeno restrito à Europa, especialmente ao Reino Unido dos séculos 18 e 19, é fácil observar que a amplitude, a permanência e a pujança cultural da maquinaria gótica estendem-se até a contemporaneidade, nas mais diversas mídias artísticas de vários lugares.[7] A história do gótico confunde-se com a própria história da narrativa ficcional moderna: do *roman* setecentista, passando pelos romances e contos românticos, pela literatura decadente *fin-de-siècle*, pelo modernismo norte-americano, pelas chamadas literaturas de entretenimento do século 20, até chegar ao cinema e às narrativas intermidiáticas do mundo contemporâneo. Assim, sob uma perspectiva literária, compreender o desenvolvimento das principais formas narrativas ficcionais modernas — o romance e o conto — significa estabelecer ligações com suas raízes góticas e seus desdobramentos.

Por serem um fenômeno fundamentalmente moderno, as obras góticas trazem as marcas profundas que o Iluminismo imprimiu no pensamento ocidental. Estão lá, elaboradas em figuras e imagens literárias, tanto as fissuras que a razão criou nas concepções teológicas de mundo, quanto os velhos terrores que as Luzes não conseguiram eliminar — bem como os novos horrores produzidos pela ciência e pela tecnologia. No século 18, quando o pensamento iluminista deu forma ao que hoje reconhecemos como o discurso científico, a ficção gótica se pôs, cética, do outro lado do espectro. Enquanto o empirismo desalojava progressivamente as crenças religiosas como modo preponderante de explicação do universo, e a literatura tornava-se cada vez mais realista e obcecada pelas minúcias da vida burguesa, os escritores góticos operaram uma resistência — que, à época, parecia anacrônica e ultrapassada —, explorando as ambivalências da razão e dos sentidos. Permitindo o voo da imaginação e preenchendo com mistérios e elementos sobrenaturais as lacunas do Iluminismo, o gótico representou uma contraparte à "ordem natural das coisas conforme definida pelo realismo".[8]

Ao fomentar o medo, o assombro e o maravilhamento, a literatura gótica, em suas origens, investiu em sentimentos e em sensibilidades rebaixados pelo ideário iluminista, que vislumbrava na racionalidade a solução para todos os problemas humanos.[9] Contudo, o gótico sempre foi um terreno ambivalente. Se escritores como Horace Walpole exploravam as lacunas da racionalidade, outros, como Ann Radcliffe, faziam a apologia dela para curar os males do excesso de sentimento — ainda que explorassem, à exaustão, supostos eventos sobrenaturais e arroubos passionais. As narrativas góticas serviram, portanto, como formas literárias capazes de figurar tanto os temores do excesso quanto os da ausência do conhecimento.

As temáticas relacionadas aos bônus e aos ônus de conhecimento têm uma longa história na literatura. Gilgamesh, na epopeia suméria que leva seu nome, vagava pelo mundo em busca do conhecimento da vida eterna. Já Hesíodo canta como Prometeu, que ao prover a humanidade com a ferramenta do fogo e encurtar a distância entre deuses e humanos, libera a ira de Zeus sobre nossa espécie. Na mitologia judaico-cristã, por sua vez, a perdição de Adão e Eva está relacionada à interdita árvore do conhecimento. A tradição prossegue no mundo moderno, com a lenda de dr. Fausto — disposto a oferecer sua alma a Mefistófeles em troca de conhecimento —, até chegar à sua figuração definitiva com *Frankenstein* (1818), de Mary Shelley, que consolidaria o gótico como gênero narrativo moderno por excelência, ao tematizar a *hybris* do cientista e os produtos monstruosos da razão.

Essa relação ambígua e tensa entre o ser humano moderno e sua capacidade de conhecer e transformar a realidade, presente no gótico, tem como efeito mais perceptível uma profunda desilusão com os rumos da humanidade. A tensão entre os riscos da ausência e os do excesso do conhecimento tomou a forma de uma linguagem artística repleta de convenções estilísticas e temáticas que não tem por objetivo produzir representações realistas do mundo. As narrativas góticas caracterizam-se por seu intenso e consciente caráter ficcional — a verossimilhança é produzida não por meio do respeito às leis da probabilidade, mas através de técnicas narrativas complexas, em que se destacam, por exemplo, os mecanismos de mútua corroboração de narrativas em moldura,[10] capazes tanto de legitimar os eventos metaempíricos no plano da diegese quanto de promover o embate dialógico entre visões de mundo discordantes. Embora grandes questões políticas, sociais e culturais se manifestem nos enredos góticos, isso se dá por meio de figurações, recursos simbólicos e outros processos convencionais de criação artística, o que leva o gótico a ser constantemente confundido como uma forma artística *antirrealista*.

Investir contra as convenções do realismo não significa, contudo, ser avesso ao real. Os principais modelos de descrição e definição de "narrativa", por serem muito influenciados por teorias miméticas, tomam como paradigmas os textos realistas e naturalizam a crença de que todo e qualquer aspecto de uma narrativa pode e deve ser explicado com base em nossos parâmetros cognitivos de conhecimento do mundo real. Consequentemente, tudo aquilo que não segue esse modelo implícito corre o risco de ser entendido como alienado ou escapista. Muito da força da literatura gótica, porém, está justamente em sua violação programática dos parâmetros do realismo tradicional, ao apresentar eventos, enredos e personagens que estendem ou desafiam o conhecimento de mundo do leitor. Ou seja, ela seria antirrealismo, e não antirrealista.

Nesse sentido, parte das obras góticas pode ser descrita como *unnatural narratives* — narrativas que constroem mundos ficcionais "antinaturais", resultantes de temporalidades reversas, eventos impossíveis do ponto de vista lógico, personagens com mentalidades não tipicamente humanas ou atos de narração não naturais.[11] Tomar uma narrativa como antinatural permite entender como ela se desvia da moldura do mundo real e, assim, torna-se capaz de trazer à tona e criticar aquilo que o discurso realista muitas vezes reprime, como a expressão da tensão existente entre as normas sociais e os medos e desejos inconscientes.[12]

O gótico é, assim, a literatura em sua máxima potência. Assume-se como pura ficção, recusando a condição de sociologia não quantitativa que certo realismo literário, tão disseminado, insiste em produzir. Dessa forma, a ficção gótica dá continuidade a uma prática primordial do ser humano: usar a faculdade da imaginação para produzir narrativas que nos ajudem a lidar com nosso assombro diante do mundo que nos cerca.

Ao romper com as convenções realistas e investir no desconhecido e nas facetas sombrias da mente humana, a literatura gótica tornou-se uma tradição artística que codificou modos de figurar os medos e de expressar os interditos de uma sociedade — inclusive os tabus que o decoro do realismo burguês nem sempre podia endereçar. Assim, longe de ser uma fuga da realidade, o gótico — com suas convenções, seus "maneirismos" e seus prazeres estéticos negativos (o sublime terrível da tradição burkiana, o grotesco, o *art-horror* etc.) — é o resultado de uma visão crítica de mundo eivada por um sentimento avassalador de degradação e de ruína civilizacional.

Em outras palavras, o que se chama de literatura gótica é, pois, o produto ficcional de uma visão de mundo sombria — cética, em alguns casos; francamente pessimista, em outros — que se concretizou em uma forma literária caracterizada por uma série de convenções narrativas. Entre os muitos elementos convencionais dessa tradição, três se destacam por sua importância e recorrência para a estrutura e a visão de mundo góticas.

O primeiro, intitulado *locus horribilis*, trata da ambientação em espaços narrativos opressivos, que afetam, quando não determinam, o caráter e as ações das personagens que lá vivem. Os ambientes na literatura gótica podem variar conforme o contexto cultural de cada narração, mas tanto as regiões selváticas quanto as áreas rurais e os grandes centros urbanos são descritos, de modo objetivo ou subjetivo, como locais aterrorizantes. Os *loci horribiles* desse tipo de narrativa são um elemento essencial para a produção do medo como efeito de recepção, ao expressarem a sensação de desconforto e estranhamento que as personagens — e, por extensão, o ser humano moderno — experimentam ante o espaço físico e social em que habitam.

O segundo elemento é a *presença fantasmagórica do passado*. Sendo um fenômeno moderno, a literatura gótica carrega em si as apreensões geradas pelas mudanças ocorridas nos modos de percepção do tempo a partir do século 18. A aceleração do ritmo de vida e a urgência de se pensar um futuro em constante transformação promoveram a ideia de rompimento da continuidade entre os tempos históricos. Os eventos do passado não mais auxiliam na compreensão do que está por vir: tornam-se estranhos e podem ser aterrorizantes, retornando, de modo frequentemente fantasmagórico, para afetar as ações do presente. Uma das formas de enredo mais recorrentes do gótico é aquela em que o protagonista é vitimado por atos pretéritos perpetrados por ele ou por um membro de sua família.

Por fim, temos como elemento estruturante da narrativa gótica a *personagem monstruosa*. Isto é, vilões e anti-heróis costumeiramente caracterizados como monstruosidades. As causas atribuídas à existência do monstro são variáveis — psicopatologias, diferenças culturais, determinantes sociais, a *hybris* de cientistas, entre outras. Do ponto de vista cultural, os monstros ficcionais são a corporificação metafórica dos medos, dos desejos e das ansiedades de uma época e de um lugar,[13] e uma de suas principais funções na narrativa é encarnar a alteridade, estabelecendo, para um determinado tempo e espaço históricos, os limites entre o bem e o mal, o humano e o inumano, a razão e a loucura etc.

Isoladamente, o *locus horribilis*, a presença fantasmagórica do passado e a personagem monstruosa não são, em si mesmos, traços exclusivos da literatura gótica. No entanto, quando aparecem em conjunto e sob o regime de um modo narrativo que emprega mecanismos de suspense com objetivo expresso de produzir efeitos estéticos negativos, esses três aspectos podem ser descritos como as principais convenções da narrativa gótica.

O GÓTICO NO BRASIL

Sem pretendermos postular, como fez Leslie Fiedler[14] com relação à ficção estadunidense, que a literatura brasileira é "uma literatura das trevas e do grotesco numa terra de luz e afirmação", acreditamos que ela seja muito mais tributária do gótico do que a história e a crítica nos fizeram crer. E, se estivermos corretos, a reavaliação da importância da tradição gótica para o desenvolvimento da narrativa ficcional no país poderá lançar luzes sobre muitos aspectos fundamentais, ainda que pouco explorados, de nossa literatura.

Dentre os muitos fatores que ajudam a explicar o apagamento da literatura de medo no Brasil, como dito anteriormente, sobressai a perspectiva assumida pela maior parte da crítica de que a literatura gótica possuiria temas e ambientações estranhos à cultura e ao território brasileiro — e, por conseguinte, seu influxo sobre a literatura nacional seria, quando muito, contingencial. A crítica literária oitocentista contribuiu de modo decisivo para esse entendimento, baseando-se na crença de haver uma necessária relação entre a literatura, a geografia do país e o temperamento de um povo. Conferiu-se, desse modo, à "cor local" a condição de critério essencial para a valoração estética da literatura brasileira.[15]

No século 19, a defesa intransigente da presença de elementos típicos e regionais em nossa literatura foi orientada por uma concepção estreita do que caracterizaria as nações meridionais. Na acepção de arte modulada por tal perspectiva crítica, ecoava a distinção proposta por Madame de Staël entre povos das regiões meridionais e do Norte. Para ela, os primeiros "combinam sem parar a imagem do frescor, dos bosques frondosos e dos límpidos riachos com todos os sentimentos de vida [...]. Aquela natureza tão vívida que os rodeia desperta neles mais ações que pensamentos". Já os povos do Norte "se ocupam menos com os prazeres do que com a dor, e sua imaginação por isso é mais fecunda". Com essa distinção, Staël afirmava que os aspectos geográficos podem influenciar — ou mesmo determinar — as características gerais das literaturas nacionais.[16]

Dessa ideia deriva o preconceito de que a ficção gótica e a literatura brasileira sejam incompatíveis. Tomemos, como exemplo, o eloquente comentário de um dos nossos mais importantes críticos do século 19, Araripe Júnior:

> Nós, brasileiros, não temos Idade Média, nem antiguidades célticas, nem ao alcance mistérios do Oriente. O esplendor da terra não nos permite

> certos caprichos; as solicitações dos trópicos anulam todos os esforços neste sentido. Faltam-nos o cansaço do presente e principalmente os espetáculos de ruínas e a sugestão dos museus [...]. O Atlântico e uma vida gloriosa de sol e de luz interpuseram-se entre nós e os mitos que saem imediatamente do solo em que vivem o francês, o inglês, o alemão e o italiano e em que viveram os seus antepassados. [...] A demonologia [...] não encontra na alegria americana elementos que possam favorecer a criação de uma fase estética sombria e tenebrosa.[17]

Para o crítico, era um absurdo que nossa literatura tomasse parte "desse mal-estar de almas penadas, só por ouvir dizer que em Paris há escritores que se estão deixando tomar de medo dos habitantes da sombra e dos espíritos de seus antepassados".[18] Apreciações como essa de Araripe Júnior se estendem ao longo do século 20 e revelam que a concepção de literatura gótica dominante era aquela limitada às suas formas e fórmulas setecentistas — isto é, tomava-se o gótico como essencialmente um estilo de época do final do século 18, e não como uma linguagem artística em constante renovação.

As principais literaturas europeias e a literatura estadunidense possuem uma vasta produção ligada à tradição gótica. Estaria a brasileira, ela própria um fruto da era moderna, à parte de uma tendência tão manifesta no Ocidente? Seria, de fato, pertinente este outro comentário derrisório de Araripe Júnior? "Quem é Satã? Nós não o conhecemos; Satã não chegou a atravessar o Oceano. Já houve nacional que entretivesse relações com alguma bruxa?"[19]

Como dissemos no início desta apresentação, uma das razões para o apagamento do gótico em nossa tradição está relacionada ao fato de que a crítica brasileira dos séculos 19 e 20 sempre privilegiou o caráter documental da literatura em detrimento do imaginativo, favorecendo obras realistas e aquelas explícita e diretamente relacionadas às questões de identidade nacional. Como bem observou Antonio Candido:

> Como não há literatura sem fuga ao real, e tentativas de transcendê-lo pela imaginação, os escritores se sentiram frequentemente tolhidos no voo, prejudicados no exercício da fantasia pelo peso do sentimento de missão,

que acarretava a obrigação tácita de descrever a realidade imediata, ou exprimir determinados sentimentos de alcance geral. Este nacionalismo infuso contribuiu para certa renúncia à imaginação ou certa incapacidade de aplicá-la devidamente à representação do real [...].[20]

O peso do sentimento de missão, combinado à exigência por uma fidelidade documentária ou sentimental sempre diretamente vinculada à experiência bruta, produziu uma inclemente "bateria de fogo rasante, cortando baixo as flores mais espigadas da imaginação"[21] e fez do gótico uma de suas primeiras vítimas. A vinculação do valor da obra a seu caráter "empenhado" não se restringiu à crítica literária do Oitocentos, mas também à do século seguinte, "marcada por outra forma, igualmente naturalizadora, de associação com o 'real': o neorrealismo, em suas mais variadas modalidades".[22]

Murilo Gabrielli volta-se para o que chama de "obstrução à literatura fantástica no Brasil", mas suas observações são igualmente válidas para entendermos o processo de marginalização do gótico por aqui. O ensaísta anota que, mesmo no século 20, dois dos mais típicos ficcionistas brasileiros cultores do fantástico, José J. Veiga e Murilo Rubião, são costumeiramente descritos como "representantes de uma literatura que teria por objetivo suprir, por meio de metáforas, a função jornalística, temporariamente obstruída, de estabelecer a verdade dos fatos".[23] Assim, Veiga e Rubião só seriam "salvos" pela crítica quando suas narrativas pudessem ser interpretadas de forma alegórica, "como indiscutíveis alegorias da vida nacional durante os anos da ditadura militar".[24] "Se não consigo identificar politicamente um autor" — diz Costa Lima, denunciando o critério político de nossa crítica —, "tendo a vê-lo com desconfiança ou procuro reunir peças para sua salvação".[25] Já para Hansen, isso parece indicar "um veio impensado de conservadorismo na crítica literária brasileira que lê poesia sem as convenções poéticas, naturalizando a ficção como psicologia e substancialismo".[26] E complementa:

> [...] a crítica permanece romântica nos pressupostos, não importa o aparato estilístico, retórico, sociológico, psicanalítico, filosófico ou semiótico que

mobilize. E, repropondo os efeitos como natureza, não como artifício ou história, continua idealista e nacionalista, presa dos mitos individualistas da bela alma revoltada e visionária.[27]

Por que seria assim se, na América Hispânica, sob condições culturais semelhantes, desenvolveu-se uma modalidade de ficção fantástica — o realismo mágico — com projeção inclusive internacional? Para Gabrielli, tanto na América Hispânica quanto em nosso país, a estranheza é sempre mais bem tolerada "quando surge em comunhão com um projeto literário capaz de nacionalizá-lo[a] ou mesmo regionalizá-lo[a]".[28] Os casos de Mário de Andrade, no Brasil, e de Jorge Luis Borges, na Argentina, são dois bons exemplos da expectativa crítica por escritores "comprometidos". Assim, no sintagma "real maravilhoso", a ênfase crítica recairia sobre o primeiro termo, o real, não sobre o segundo. O maravilhoso seria tolerado não por seu teor fantasista ou imaginativo, mas por sua capacidade de dar conta do "conjunto de objetos e eventos reais que singularizam a América no contexto ocidental".[29] *Macunaíma*, portanto, quase nunca é lido como uma obra fantástica, mas alegórica: uma interpretação da brasilidade fundada em caleidoscópica reunião de mitos indígenas, lendas regionais e outros elementos da cultura brasileira.

A hegemonia do que Gabrielli chama de "poética da certeza"[30] no interior do sistema literário brasileiro sempre impôs dificuldades às narrativas ficcionais que não se alinhassem à compreensão da literatura como veículo de convicções doutrinárias. Podemos testar essa hipótese da "proscrição da incerteza" em nossa literatura, mas em relação mais direta com o gótico, se retomarmos, como estudo de caso, a recepção de *Noite na taverna* (1855). A obra de Álvares de Azevedo, quando lida sem a mediação das convenções góticas com as quais dialoga, e quando confrontada com a pedra de toque do programa artístico do nacionalismo romântico, torna-se um aberrante ponto fora da curva da historiografia literária brasileira. Um bom exemplo desse entendimento está expresso em um dos primeiros estudos de fôlego dedicados ao livro, o de Edgard Cavalheiro, que, em 1940, dizia: "[...] não há no seu gênero, dentro da nossa literatura, nada que se lhe possa comparar. Livro ímpar, árvore exótica que não sazonou frutos".[31]

Essa suposta peculiaridade de *Noite na taverna* está relacionada àquilo que Luiz Costa Lima chamou de "a propensão documental" de nossa literatura, referindo-se à íntima proximidade entre o fazer literário e a atividade intelectual em sentido amplo. No Brasil de meados do século 19, a indiferenciação entre políticos, pensadores e escritores pouco espaço concedeu à ficção comprometida com a imaginação. Os poetas e romancistas dos anos que se seguiram à nossa Independência estiveram sempre empenhados na discussão de problemas gerais do Brasil. No incipiente panorama intelectual do Império, homens que eram simultaneamente literatos, políticos e historiadores promoveram a fusão entre questões literárias e políticas. Os protagonistas de nossa emancipação de Portugal foram também os desbravadores de um movimento a favor de uma literatura brasileira autêntica. As ideias de nação independente e de autonomia literária eram indissociáveis. Nesse cenário, eram distinguíveis dois projetos concorrentes, como tão bem já observou Álvaro Lins, para quem Álvares de Azevedo tomava um caminho de "larga comunicação com a vida estrangeira" e de "liberdade de se comunicar em todas as direções, o que faz a independência de uma literatura", enquanto José de Alencar "enfrentou o mesmo problema voltando-se para o que havia de mais primitivo de sua terra e na sua gente".

As ideias de José de Alencar e de Álvares de Azevedo, apesar de aparentemente antitéticas, eram muito semelhantes em seus fundamentos, uma vez que ambos apostavam em poéticas literárias vigentes na Europa do início do 19 — o indianismo e o gótico. Apenas a primeira, porém, foi considerada aclimatável ao nosso país e deu origem a um programa de literatura brasileira que se tornaria quase hegemônico.

Álvares de Azevedo, embora também almejasse a conexão de nossa literatura com tradições poéticas europeias, investiu em outro polo do espectro do ideário romântico. *Noite na taverna*, *Macário* e *O conde Lopo* são exemplos de uma concepção poética que se valia de técnicas e procedimentos de composição literária voltados para representar aspectos sombrios da existência humana. Sua lúgubre prosa ficcional rompia com o classicismo e com o modelo de romantismo dominante no Brasil.[32] Embora vencido pelo projeto alencariano, não foi um mero rascunho inacabado ou simples desvio em nossa literatura: a poética gótica se estabeleceu no Brasil, mesmo à margem da corrente literária principal, e tem, sim, em *Noite na taverna* seu simbólico marco de origem. E foi podada em suas raízes não porque se baseava em uma poética estrangeira — a prosa de Alencar também o fazia, como vimos. Talvez a explicação para seu malogro esteja na visão de mundo pessimista que lhe dava forma, incompatível com as aspirações de uma nação que precisava apostar no futuro.

Enquanto o projeto literário alencariano tornava-se hegemônico, em sua busca por encontrar caminhos para o Brasil a partir da consolidação de uma identidade nacional, as poéticas negativas enfeixadas pela literatura gótica foram tratadas como frutos exóticos, meras importações de gostos e sensibilidades estrangeiras, sem possibilidade de frutificar em nossa terra.[33] Nas palavras pouco elogiosas de Massaud Moisés, "palmeiras isoladas no deserto de nosso imaginário fantástico [...], os textos em prosa de Álvares de Azevedo não escondem as raízes infecundas".[34]

Outro dos muitos autores que contribuíram para o insucesso crítico do projeto azevediano foi José Veríssimo. Ao tratar dos epígonos de *Noite na taverna*, afirmava ele que já não havia, na década de 1860, espaço para o "romantismo byroniano" em nossa literatura — consequentemente, seu influxo sobre a literatura nacional teria sido episódico e superficial.[35] Trata-se de um comentário sintomático, por duas razões: a primeira porque indica o modo pelo qual a crítica literária brasileira insistia em classificar como "byroniana" toda e qualquer poética romântica que explorasse o pessimismo e o *spleen* da época, mesmo no caso de obras em prosa — gênero pouquíssimo cultivado pelo autor de *Childe Harold*. Também trabalhos mais recentes, como o brilhante estudo de Cilaine Alves sobre Álvares de Azevedo, optam pelo termo "byronismo", e não "gótico". Ainda que, no caso específico de *Noite na taverna*, a ironia mordaz, as excentricidades e as transgressões de Solfieri e seus amigos apontem para o fascínio exercido pelo lorde inglês sobre os jovens do século 19, a historiografia literária brasileira nunca dimensionou adequadamente o quanto a própria obra de Byron era tributária da tradição gótica — cujas raízes, por sua vez, remontam às tragédias shakespearianas e à poesia de cemitério.[36] Perdia-se assim a oportunidade de compreender Álvares e seus ditos "epígonos" como continuadores de uma tradição literária que antecedia e ultrapassava o poeta de *Don Juan*.

Então, o malogro do projeto de Álvares de Azevedo levou ao que podemos chamar de o "sequestro" do gótico no Brasil,[37] uma consequência de nossa historiografia ter estado sempre mais interessada em descrever a literatura nacional como uma prática cultural destinada a tratar, de modo explícito e direto, de nossos problemas civilizacionais. A enorme atenção dada a aspectos temáticos e ideológicos de nossa literatura fez com que o estudo das formas e estratégias de representação e expressão por ela empregadas ficasse em segundo plano. Perdeu-se de vista, assim, que as mazelas de nosso país pudessem também ser endereçadas naquelas obras que não pareciam abordá-las diretamente. Perdeu-se de vista, inclusive, a capacidade de compreender o potencial fóbico dos espaços narrativos brasileiros, explicitado, por exemplo, nessa fala de Macário a Penseroso:

> Falam dos gemidos da noite no sertão, nas tradições perdidas da floresta, nas torrentes das serranias, como se lá tivessem dormido ao menos uma noite, como se acordassem procurando túmulos, e perguntando como Hamlet no cemitério a cada caveira do deserto o seu passado. Mentidos! Tudo isso lhes veio à mente lendo as páginas de algum viajante que esqueceu-se talvez de contar que nos mangues e nas águas do Amazonas e do Orenoco há mais mosquitos e sezões do que inspiração que na floresta há insetos repulsivos, répteis imundos; que a pele furta-cor do tigre não tem o perfume das flores, que tudo isto é sublime nos livros, mas é soberanamente desagradável na realidade![38]

Em consequência desse "enviesamento" dos estudos literários no Brasil, uma parte expressiva da literatura do país nunca recebeu um tratamento crítico adequado. Por lidar com um imaginário mais universal, em que os males e os medos enfrentados não podiam ser caracterizados como típica e exclusivamente brasileiros, ou por não atender à expectativa de arte realista e documental dominante, as narrativas ficcionais de influxos góticos foram julgadas, a priori, como esteticamente pobres e postas à sombra dos holofotes críticos. São todas, de certo modo, herdeiras do projeto de Álvares de Azevedo, e de *Noite na taverna* em particular — um livro tantas vezes descrito como um caso de imitação imatura de modelos literários realizada por um escritor ainda em formação.

Apesar de ser tomado como singular, *Noite na taverna* não é um acidente sem continuidade em nossa literatura. Trata-se de um livro influente, seja pelo grande número de paródias, pastiches e *hommages* que gerou;[39] seja pelo interesse renovado que despertou e ainda desperta em leitores, fato observável em suas incontáveis reedições; seja por ter dado origem, no Brasil, a uma prosa ficcional muito mais fundada nos jogos da imaginação do que no desejo obsessivo de representar, direta e fielmente, a realidade nacional.

Esta antologia busca esclarecer que, sem ser o único, tampouco o primeiro, Álvares de Azevedo figurou entre os primeiros escritores brasileiros em cujas obras podemos perceber o uso explícito e recorrente de estratégias narrativas para a produção do medo como efeito estético. São elas a construção de espaços narrativos lúgubres (*loci horribiles*); a figuração de personagens transgressivos; o emprego de vocabulário e de figuras de linguagem que exploram um campo semântico macabro; as tramas que envolvem crimes e tabus sociais etc.

Esses aspectos góticos da literatura brasileira não passaram despercebidos pela crítica. Contudo, em especial no caso de Álvares de Azevedo, foram interpretados não como elementos de um programa de arte, mas como sintomas de causas extraliterárias: sua personalidade melancólica e sua instabilidade psicológica. Como bem observou Cilaine Alves, o gênio que se viu no escritor paulista é muitas vezes um sinônimo de uma patologia psicológica.[40] Os exemplos são muitos, e abaixo apresentamos alguns pequenos trechos de críticos de gerações distintas — pela ordem, Joaquim Norberto Silva, Sílvio Romero, Eugênio Gomes e Massaud Moisés:

> Supõe-se que fingia, que imitava os gênios que tomara por mestres; mas não foi assim. O seu temperamento levava-o a essa *melancolia negra* que tocava as raias da *misantropia*, e por fim a leitura de tão prediletos poetas acabou por lhe *transformar o cérebro*.
>
> [...] uma natureza inteligente e idealista, porém *mórbida, desequilibrada de origem*, e ainda mais enfraquecida pelo estudo e agitada pela leitura dos sonhadores de seu tempo.
>
> Esse cândido libertinismo, tão inocente que só grupava anjos em torno de suas fantasias, não passava na verdade de um fenômeno de *ninfomania*, que teve em Edgar Poe um de seus paradigmas mais representativos entre os românticos do século passado. [...] Era, enfim, uma fantasmagoria lunar, à margem da realidade da vida.
>
> [...] uma genialidade febricitante, devorada pelas chamas antes de recolher da experiência direta e viva os motivos para retratar as torpezas, apenas vislumbradas no horizonte dos livros que consumia sem digerir e hipertrofiava *paranoicamente*. [...] ainda hoje sentimos crepitar as labaredas em que ardia, mas também verificamos que o tempo é seu maior inimigo.[41]

Ainda que extremamente redutoras, essas críticas de caráter biografista não seriam suficientes para cancelar o projeto azevediano; contudo, ao se somarem às críticas de caráter político, deram corpo ao que João Adolfo Hansen chamou de os "protocolos de leitura"[42] aplicados a escritores como Álvares de Azevedo. Ambos os critérios expurgariam sua obra da corrente principal da literatura brasileira, fosse pelo parâmetro nacionalista — "modismo, importação de ideias, ornamento oco, artificialismo que não reflete o próprio do lugar" —, fosse pelo moralista — Azevedo é ora "uma recalcada casta diva, ora um depravado Don Juan".[43]

Tais pressupostos românticos da crítica deram forma à expectativa de arte, já por nós mencionada, que exige da literatura brasileira uma explícita e contínua reflexão direta sobre as questões da realidade imediata do país. Parte do entranhado repúdio crítico ao gótico é explicável, portanto, pelo desequilíbrio entre perspectivas nos estudos literários no Brasil. Tomemos a esquematização de M.H. Abrams, que categorizou as abordagens críticas da literatura em quatro tendências fundamentais: a *mimética*, a *expressiva*, a *pragmática* e a *objetiva*. Cada uma delas focaliza, respectivamente, um dos quatro aspectos essenciais da obra literária — sua relação com o mundo, o autor, a recepção e a materialidade linguística e textual. Se fizermos convergir as observações de João Adolfo Hansen com o modelo de Abrams, descreveremos a crítica brasileira como apresentando forte tendência a abordagens *miméticas* e *expressivas*. Em consequência dessa ênfase nos atributos políticos e biográficos das obras literárias, as narrativas góticas foram compreendidas ou como estrangeiras e alheias à realidade brasileira, ou como sintomas de distúrbios emocionais e psicológicos de seus autores.

Esses dois protocolos de leitura dominantes — responsáveis por dar aos estudos literários brasileiros seu caráter eminentemente sociológico e psicologizante — poderiam fornecer instrumentos adequados para abordar a literatura gótica, uma vez que a maior parte da fortuna crítica contemporânea do gótico é composta por trabalhos que se baseiam em pressupostos marxistas e/ou psicanalíticos. Contudo, a pouca importância dada às outras duas perspectivas críticas impossibilitaram o reconhecimento da presença da tradição gótica na literatura brasileira. Uma abordagem de cunho *pragmático*, fundamentada no entendimento de que a obra literária é um artefato cultural produtor de efeitos sensoriais de recepção, teria percebido que *Noite na taverna* integrava um conjunto de narrativas caracterizadas justamente por produzir o horror, o terror e a repulsa como prazer estético. Uma abordagem de cunho *objetivo* teria percebido que tais obras, embora não afinadas com o programa artístico nacionalista romântico, não eram, necessariamente, alienígenas e alienadas, mas se constituíam a partir de outras convenções literárias.

Lida e interpretada pelo viés dos protocolos de leitura biografista e política, *Noite na taverna* — assim como as narrativas selecionadas para essa antologia — tornou-se incapaz de contemplar a expectativa de arte da crítica literária brasileira oitocentista e novecentista.

O macabro, o grotesco, as perversões, a degradação humana e todos os outros elementos característicos do imaginário gótico foram tratados como reflexo direto de uma personalidade sorumbática, como sintomas de suas "fobias sexuais",[44] ou como manifestações de puro mau gosto. Tais narrativas raramente foram pensadas como parte de um programa estético bem-sucedido, se avaliado nos seus próprios princípios e de acordo com a visão de mundo que o sustinha.

Podemos tomar como exemplo dessa incompreensão generalizada, que toma forma de repúdio radical, a crítica impiedosa de Massaud Moisés:

> Definitivamente datadas, *Noite na taverna* e *Macário* não dissimulam a cosmovisão ingênua do autor: espécie de histórias infantis às avessas, desfraldam o estandarte do sadomasoquismo em lugar de ocultá-lo no recesso dos símbolos e alegorias. A rigor, encontra-se mais perversidade no Chapeuzinho Vermelho, pois no conto infantil os estereótipos do Bem e do Mal guardam carga semântica, que nos escritos de Álvares de Azevedo, onde as perversões quase chegam a deflagrar o sorriso, não pelo humor, e, sim, pelo exagero que beira o grotesco à *grand-guignol*, pela afetação e desprezo às realidades do mundo. Seu conteúdo, em suma, envelhecido para sempre.[45]

Karin Volobuef já chamou a atenção para como, em *Noite na taverna*, a recusa em fornecer uma representação fiel e objetiva do real, a ênfase em crimes e a continuada afronta à moral vigente podem ser lidas como uma atitude de negação da sociedade por parte de Álvares de Azevedo.[46] A inverossimilhança realista e o desenraizamento nacional, que atraem as recorrentes críticas de alienação das coisas do Brasil,[47] seriam efeitos "góticos" do profundo desencanto do escritor diante da realidade brasileira, formada, de um lado, por um povo imerso na pobreza e ignorância, e, de outro, por um Estado repressivo: "Em suma, o texto de Álvares de Azevedo não é acerca do mundo real mas contra ele".[48]

Se o plano temático de *Noite na taverna* está intimamente relacionado à *mundivisão* de seu escritor — Álvares seria alguém que compartilhava da revolta contra a hipocrisia moral burguesa, que encobre, com sua rigidez de costumes, tudo "o que de sórdido e bárbaro" há no homem —,[49] e se o plano formal da obra é tributário da tradição literária das poéticas negativas, devemos concordar com Alcides Villaça, para quem a "apropriação [...] de modelos da chamada tendência gótica [...] revela não simplesmente falta de originalidade do escritor, mas antes a força desses modelos universais".[50]

Álvares de Azevedo não era um entusiasta da ideia de que uma literatura nacional se construía por meio de rompimentos radicais com a literatura universal, nem mesmo com a literatura portuguesa — o que fazia do poeta uma voz dissidente das posições antilusitanas predominantes no debate literário de sua época. Ele bebia das fontes europeias como quem mergulhava, conscientemente, em uma tradição à parte de questões nacionalistas: uma tradição literária na essência.

Façamos uma analogia com Edgar Allan Poe, que também se utilizou da maquinaria gótica para escrever o seu *Contos do Grotesco e do Arabesco* (1840). Não é tarefa fácil identificar o autor de *Morella* como um escritor de temas tipicamente estadunidenses. Uma análise dos elementos recorrentes de sua obra revela que alguns aspectos considerados como caracteristicamente poeanos são largamente partilhados pela chamada literatura gótica em sentido amplo — a personagem monstruosa, o *locus horribilis*, a fantasmagoria do passado etc. —, o que nos leva a supor que o escritor de Baltimore tenha também entendido que o gótico, justamente pela força de suas convenções, é um *template*, um modelo, uma estrutura narrativa vazia a ser preenchida com os medos, as angústias e os horrores de cada local e de cada momento histórico. (1) A personagem monstruosa: entes, sobrenaturais ou não, que encarnam algum comportamento transgressivo ou alguma alteridade radical; (2) o *locus horribilis*: espaços narrativos que são caracterizados como "lugares maus" e que determinam o comportamento das personagens ou são por elas determinados; (3) a fantasmagoria do passado: eventos pretéritos traumáticos que interferem no comportamento das personagens no presente e o condicionam. Além desses três elementos estruturantes, encontramos, na obra de Poe, outros procedimentos característicos do gótico, como os narradores autodiegéticos, paranoicos, não confiáveis e donos de uma sensibilidade mórbida, que narram, muitas vezes, em modo de fluxo de consciência; os focos narrativos que enquadram o mundo narrado por detrás de um filtro de culpas, remorsos e arrependimentos, desrealizando e distorcendo mesmo os fenômenos mais corriqueiros; os enredos labirínticos que reforçam a atmosfera de clausura, perseguição e desorientação experimentada pelos personagens; o emprego persistente de campos semânticos ligados à escuridão, ao fantasmagórico, ao lúgubre, à morte etc.; as temáticas que exploram a imanência do Mal, seja presente em personagens específicas, seja disperso por todos os espaços narrativos e personagens.

Assim como Allan Poe, Álvares de Azevedo reconheceu a potência das formas e convenções góticas, amplamente disseminadas à época, e se deu conta de que elas poderiam ser artisticamente manipuladas, oferecendo-se tanto à emulação quanto à paródia. Ele viu o gótico como uma linguagem artística, maleável, uma matéria-prima a ser trabalhada, uma oportunidade de conectar a literatura brasileira a uma tradição universal, fazendo valer o papel decisivo das convenções para as obras literárias. Ao renunciar à originalidade e se valer dos procedimentos e símbolos do gótico, o escritor propunha uma percepção da literatura como linguagem, como um campo discursivo profundamente intertextual, e vislumbrava uma possibilidade de desancorar nossa produção ficcional da obrigação da fatura documental.

Estorvado desde seu nascimento pela crítica, o projeto literário azevediano persistiu, clandestino, às margens do projeto alencariano, sem jamais ser considerado uma possibilidade estética legítima para a literatura brasileira. Portanto, a aventura do gótica no Brasil — dos pálidos *epígonos* de um poeta *doente* e *avesso ao seu país*; dos nossos monstros humanos, demasiadamente humanos e cotidianos; das narrativas dessas "paragens [onde] o meio-dia é mais silencioso e lúgubre que a meia-noite";[51] dos fantasmas de um passado que se recusa a ser passado; desses horrores inomináveis que escondem a cordialidade — ainda precisa ser contada. E a presente antologia deseja ser mais um capítulo dessa história.

27 NARRATIVAS TENEBROSAS

Fábulas cautelares, narrativas góticas, crimes pagos com crimes, *ghost stories*, acontecimentos fantásticos, causos de lendas e assombrações, aventuras macabras de crueldade e violência, eventos sobrenaturais e até mesmo apocalípticos: são variados os assombros proporcionados pelos contos aqui reunidos. O conjunto dá a medida da força e da pluralidade das vertentes literárias mais sinistras no Brasil do século 19, muitas das quais encontraram o reconhecimento do público à época. Veiculadas em jornais e revistas, com frequência no formato de folhetim, mexiam com as emoções de seus leitores — e, em especial, de suas leitoras, a quem era destinada boa parte das publicações periódicas daquele século.

O futuro, contudo, se encarregaria de mudar esse rumo. Por motivos já mencionados, para tais narrativas, a partir de certo período histórico restaram apenas dois destinos: circular em meio a nichos restritos ou desaparecer em absoluto. Mesmo aqueles contos escritos por alguns dos principais nomes da literatura brasileira, como Aluísio Azevedo e Machado de Assis, tiveram, por assim dizer, seu valor tenebroso relativizado pela crítica e pela historiografia "oficiais", que optaram por destacar temáticas e procedimentos diversos das tradições com as quais dialogam obras como "Sem olhos" e "O impenitente".

Nesta coletânea, pretendemos o exato oposto: apresentar uma exuberante e imaginativa produção ficcional a leitores e leitoras também *fora* dos nichos, recuperar algumas narrativas do completo olvido, e exaltar, na contística de grandes autoras e autores brasileiros, a essência sombria de certas obras. Entre os nomes consagrados, já mencionamos Machado de Assis e Aluísio Azevedo; mas Júlia Lopes de Almeida, Olavo Bilac e Cruz e Sousa também o compõem. Em linhas gerais, tais foram os parâmetros utilizados para a seleção dos contos aqui reunidos em ordem cronológica. A jornada contempla boa parte do século 19, tendo início com "A Missa do Galo", publicado em 1839 por Maciel da Costa, e se encerrando em 1899, com "O medo", de Lima e Silva.

Ao todo, são 27 histórias filiadas a diferentes movimentos literários. Porém, e acima de tudo, cada uma delas contém sua porção de trevas — ora mais intensa, ora mais tênue. Há vezes em que o escuro conduz ao sobrenatural, mas há outras nas quais o que se oculta está dentro de nós mesmos. Assim, já se estabelecem dois grandes grupos nos quais podemos classificar os assombros aqui reunidos: os inexplicáveis e os humanos, demasiado humanos.

Ao primeiro conjunto, pertencem as *ghost stories*, ou histórias de fantasmas, categoria de imenso sucesso na Europa do século 19. Em "Sem olhos", temos o trágico relato de um rapaz louco e uma jovem que teve seus olhos removidos pelo marido ciumento. Permeado por fantasmagorias, o conto de Machado obedece, até certo ponto, às convenções do subgênero: a narrativa em moldura e o confronto entre personagens que acreditam e não acreditam em fantasmas — conflito que perdurará até quase o desfecho, em que a ambiguidade fantástica se resolve em uma "moral da história" crua e direta. Já em "O impenitente", a narrativa em moldura de Aluísio Azevedo converte-se no relato de um causo, procedimento observado em diversos outros contos desta antologia. Conta-nos o narrador sobre um frade pecador que segue uma mulher de longos cabelos negros vestida de branco, por presumir ser Leonília, uma de suas amantes; e ao chegar à casa da jovem, ele se depara com uma surpresa tenebrosa. Atravessa todo o relato a pergunta essencial das *ghost stories*: "será que é verdade o que estou lendo?" — indagação que, para o teórico franco-búlgaro Tzvetan Todorov, configura a hesitação determinante para a expressão do fantástico na literatura. Ambos os contos também carregam exortações contra transgressões morais e religiosas — o adultério, no caso de Machado; e a luxúria, em Azevedo, pecado ainda mais grave por se tratar de um clérigo.

Outra história de fantasmas é o conto que abre a antologia: "A Missa do Galo" (1839), de Maciel da Costa. Nesse relato com ares de fábula cautelar no qual um crime se paga com outro crime, Carlos descobre que a esposa o trai e decide se vingar. O ato resulta em uma aparição que transforma o destino de todas as personagens da trama. Trata-se de um libelo contra o adultério e as paixões exaltadas, temáticas recorrentes em narrativas veiculadas em periódicos cujo público majoritário era de mulheres — "A Missa do Galo" foi publicado no jornal *Correio das Modas*, do Rio de Janeiro; "Sem olhos", que da mesma forma advoga contra a traição, saiu no também carioca *Jornal das Famílias*.

Também uma *ghost story* é "Jacinto" (1861), do paraense Bruno Seabra. Tendo como alicerce o confronto entre ceticismo e crença no sobrenatural, o conto conduz essa dicotomia às raias do debate filosófico. Pois é um incrédulo narrador que, movido por curiosidade e a título de passatempo, decide provocar um certo vizinho, conhecido como necromante, pedindo-lhe que conjure um espírito do outro mundo. O rapaz acaba por pregar nele uma peça e as consequências são nefastas: o feitiço vira contra o feiticeiro. No conto, destaca-se a intertextualidade, em especial as menções a E.T.A. Hoffmann e Ann Radcliffe — autora do Gótico que se tornou epítome do sobrenatural explicado, recurso por meio do qual eventos fantásticos eram desvendados pela lei da razão, com o emprego de traquitanas e arranjos complexos. Em "Jacinto", contudo, não se observa esse procedimento; o sobrenatural prevalece e a *hybris* do narrador é castigada.

Já "Esther" (1861), do poeta romântico fluminense Fagundes Varella, oferece-se como uma *ghost story* de contornos mais tênues. Nessa narrativa também emoldurada, observamos não o embate entre visões filosóficas de mundo, e menos ainda as seduções morais e carnais contra as quais alertam as narrativas de Machado e Azevedo: impera a estética romântica na história de amor entre o frágil Antônio e sua prima, a personagem-título, que acaba condenada à infelicidade pelo padrasto. Em "Esther", só há lugar para o amor idealizado, capaz de superar qualquer barreira interposta entre aqueles que o sentem, e cujo gozo último é a morte, o que confere ao desenlace do conto um aspecto intensamente fantasmagórico.

De semelhante tonalidade romântica — e novamente permeado por fantasmagorias — é "O punhal de marfim" (1862), de José Ferreira de Menezes. No conto, Maria, uma princesa de país indeterminado, tenta conquistar o jovem poeta Alberto, que, por sua vez, só faz chorar de saudade pela finada Idalina. Por recomendação da mãe, Maria usa um punhal de prata que pertencia a uma cigana para "acorrentar" magicamente Alberto, mas o efeito é inverso. Eis outra história emoldurada, com destaque para o prólogo, no qual o narrador exorta sobre a veracidade do que vai relatar. Chamam a atenção, ainda, a estrutura e a ambiência feéricas, incluindo um objeto mágico, o que confere ares de narrativa maravilhosa ao conto — ou ainda, de uma fantasia sombria.

E narrativas maravilhosas que remetem a seres mitológicos não faltam nesta antologia. Em especial na figura de bruxas, personagens que ocupam ora posição central em histórias como "A feiticeira" (1849), de Antônio Joaquim da Rosa, e "Conto fantástico" (1861), de Américo Lobo; e ora são coadjuvantes, como em "O acauã" (1880), de Inglês de Sousa. Em "A feiticeira", somos apresentados à terrível história de uma figura supostamente real, Escolástica Mendes (Cará Mendes), que teria vivido nos arredores da vila de São Roque, na então província de São Paulo. Reputada como "grande feiticeira", a personagem é composta de acordo com o cânone: vive na floresta, fez pacto com o demônio, é ligada aos elementos, tem o dom da clarividência, sacrifica vidas humanas, realiza sortilégios etc. No conto, Cará Mendes é procurada por uma jovem, Anacleta/Gabriela, que se vê em apuros após ter traído o companheiro e engravidado. Tem início, então, uma sequência de eventos medonhos, nos quais predominam a violência e a visualidade de um horror avant la lettre, com ênfase para o destino dado pela feiticeira ao bebê da moça, e ao suplício enfrentado pela bruxa no desenlace da história.

"Conto fantástico", por sua vez, tem o contexto escravagista como palco de horrores. Nele encontramos Teresa, "tida como feiticeira", que habita uma caverna, alimenta-se de raízes e, diz-se, cura qualquer enfermidade. Ela é mãe de Sabino, um dos escravizados de Luiz, o protagonista e dono da fazenda que acaba vitimado por pavorosos eventos sobrenaturais agenciados pela bruxa. Na narrativa de Américo Lobo, avultam o *locus horribilis* marcado pela violência e as fantasmagorias de um passado encharcado de sangue negro, em meio às quais a monstruosa feiticeira irrompe como elemento regulador: é ela que, após uma sucessão de tragédias deflagradas pela morte de seu filho, orquestra o sangrento *grand finale*.

Monstruosa figura feminina também protagoniza um dos contos mais difundidos desta antologia: "A nevrose da cor: fantasia egípcia" (1889), de Júlia Lopes de Almeida, aqui apresentado em sua versão menos conhecida, publicada em jornal catorze anos antes daquela veiculada em livro e comumente antologizada. A personagem em questão é Issira, princesa egípcia que, muito mais uma *femme fatale* do que feiticeira, padece de uma compulsão incontrolável pela cor vermelha — a nevrose (ou neurose) do título. Quando apenas se cercar de objetos vermelhos já não mais a satisfaz, ela parte em busca de sangue. Aqui temos uma das primeiras narrativas com elementos vampíricos da literatura brasileira, pois Issira bebe sangue, inicialmente de animais, depois de escravizados — "o sangue quente dos escravos revoltados, conscientes da sua desgraça; o sangue fermentado pelo azedume do ódio, sangue espumante e embriagador!", afirma Almeida, em um claro relance antiescravagista. O conto também se destaca por dialogar com uma vertente do Gótico que explorava o exotismo orientalista, cujo principal exemplo é o romance *Vathek* (1786), do inglês William Beckford.

Outra figura lendária encontrada nesta antologia é o judeu errante. A personagem tem origem na tradição oral judaico-cristã do Ocidente: um judeu chamado de Asvero ou Ahasverus era contemporâneo de Jesus, e, ao vê-lo passando com a cruz na Sexta-feira da Paixão, fustigou-o a se apressar. O ato cruel custou-lhe a maldição de apenas morrer quando o messias retornasse, sendo assim condenado a vagar pelo mundo até o final dos tempos. É essa a história contada em "Ahasverus" (1865), do padre Francisco Bernardino de Souza, um relato em primeira pessoa narrado pelo próprio Judas: "Sou eu, o maldito de Deus e dos homens; tendo, como Caim, marcada a fronte com o sinal indelével da vingança eterna; condenado, pela vontade d'Aquele que tudo pode, a viver, a viver indefinidamente na Terra!". Contendo na essência uma admoestação contra a ofensa religiosa, o conto explora o horror existencial e a infinita angústia de alguém condenado a não morrer.

Ainda no espectro do fantástico e no campo dos mitos, algumas narrativas desta antologia dão vida ao rico imaginário brasileiro. Lendas e assombrações compõem a linha mestra de contos como

"Senhor das caças" (1871), de Juvenal Galeno, "O acauã" (1880), de Inglês de Sousa, e "O ar do vento, Ave-Maria" (1887), de Manuel de Oliveira Paiva. A narrativa de Galeno ocorre em uma animada noite de Farinhada, na qual mulheres e homens compartilham causos de assombrações. Em um deles, o ancião sertanejo Gonçalo narra seu encontro com o temível Caipora, senhor de todas as caças, que lhe mostraria onde encontrar uma quantia de ouro — desde que fossem respeitadas algumas condições. O velho, porém, foi ambicioso, e as consequências, amargas. Chamam a atenção, no conto, o clima festivo em que se desenvolve a narrativa em moldura e, em especial, o protagonismo dado aos hábitos do "povo miúdo" — em uma época na qual a criação literária costumava se ocupar de personagens mais senhoriais. Há também humor bem dosado nessa que se revela uma fábula cautelar sombria contra a ambição.

O conto "O acauã", de Inglês de Sousa, reveste-se de tonalidade muito mais sinistra. É outra das narrativas mais conhecidas deste conjunto graças à versão de 1893, publicada na coletânea *Contos amazônicos* e diversas vezes antologizada. Aqui, contudo, temos uma versão inédita e bastante diferente, publicada treze anos antes por Sousa, sob o pseudônimo de Luiz Dolzani. Ao contrário do conto de 1893, essa é uma narrativa emoldurada em que se observam as costumeiras advertências contra o ceticismo, feitas pelo narrador principal, o velho Estevam, que relatará a tragédia enfrentada pelo capitão Jerônimo e por sua filha Aninhas na vila de Faro, no Amazonas. Outra importante diferença entre as versões é a breve aparição de uma feiticeira, não existente naquela mais conhecida do conto, a amaldiçoar Aninhas no momento de seu nascimento: "Tupã não te dê lágrimas, e a cobra grande seja tua amiga". Com efeito, a criança não chora nunca, fato que, somado aos gritos agourentos de "acauã! acauã!" do pássaro escuro sempre nos arredores, funciona como presságio do terrível destino a ser enfrentado por ela. As coisas pioram quando Jerônimo adota uma misteriosa criança encontrada no rio, em uma noite de tempestade: é Vitória, que acabará por conduzir a irmã adotiva a uma terrível transformação no dia de seu casamento. Aqui, as lendas amazônicas ganham corpo literal, na antropomorfização da cobra grande.

"O ar do vento, Ave-Maria", de Oliveira Paiva, aproxima-se de "Senhor das caças" por se tratar também de um causo de caçada e por se organizar em torno de uma figura central de nosso imaginário, a mula sem cabeça. É com ela que se depara o narrador sertanejo durante uma noite medonha passada na floresta. Ele é conhecedor da lenda segundo a qual mulheres que namoram padres são transformadas na monstruosidade; por isso, suspeitando de que a mula seja a "amásia do vigário", no dia seguinte à terrível noite o narrador pergunta sobre ela a um passante. Ouve que a mulher acordou com a cabeça torta, e que foi vítima do "ar do vento". A expressão "ar do vento" oferece alguns significados interessantes: o *mal de ar* pode ser uma doença provocada por uma corrente de ar, sendo, por isso, resultante de causa natural. Pode se referir também ao "ar maligno", correspondente a manifestações de índole nervosa como ansiedade, delirium tremens, reumatismos, ou mesmo paralisias faciais, torcicolos ou hemiplegia resultante de acidentes vasculares cerebrais — o que justificaria o ocorrido com a amante do padre e inseriria o relato no terreno da hesitação fantástica todoroviana.

Nesse mesmo limiar situa-se "O medo" (1899), de Lima e Silva, o último conto da antologia. À primeira vista, o enredo nada tem de sobrenatural: trata-se da história de um vigário convocado a dar a extrema-unção a Pedro Guerra, criminoso que por muito tempo aterrorizara uma região do interior do país. No entanto, o ermo onde estava o moribundo era tido pela população como infestado por almas de pessoas assassinadas pelo vilão, mulas sem cabeça, bruxas e outras assombrações — um verdadeiro *locus horribilis* sertanejo. À medida que o vigário, homem cético, avança pelo território do desconhecido, passa a duvidar de sua própria razão. O desfecho marcado pelo grotesco acentua as dúvidas quanto à natureza dos acontecimentos.

Também "Pela noite" (1888), de Emanuel Karnero, encontra-se na seara da hesitação. Talvez o conto mais enigmático do conjunto, todo ele é construído a partir de imprecisões. O tempo, o espaço e mesmo a narração são esquivos; estaria o narrador morto ou impregnado de melancolia? O que contempla ele de sua janela durante as noites em claro? Seriam "as sombras lutadoras" suas memórias, sua própria consciência ou algum evento sobrenatural envolvendo uma misteriosa mulher? Nada é certo nessa narrativa imersa em sombras, que dialoga com vertentes mais elusivas e ambíguas do fantástico às quais pertencem obras de Guy de Maupassant e Villiers de L'Isle Adam.

Por outro lado, há histórias nas quais a hesitação fantástica não tem lugar, como em "O estudante e os monges" (1857), de Couto de Magalhães, "O frade de fogo" (1869), de Silva Guimarães, e "Festim no cemitério" (1864), de Cícero Pontes. Com predomínio explícito de elementos sobrenaturais, os contos trazem características que, no século seguinte, tornaram-se determinantes para o gênero do horror — a saber, a estruturação do enredo de modo a fazer do arrepio como efeito estético o clímax da narrativa. No caso de "O estudante e os monges", arrepiante é a história de dois misteriosos monges que participam de uma orgia noturna em um prostíbulo. O relato vem de um antigo manuscrito — recurso frequente do Gótico, desde o seminal *O castelo de Otranto* —, que é compartilhado pelo narrador com amigos durante uma noite de contação de causos. No desenlace repleto de profanações, as figuras sinistras revelam sua verdadeira natureza, e o conto assume postura fortemente anticlerical — cabe mencionar que monges diabólicos são personagens recorrentes na tradição gótica, tendo como epítome o romance *O monge* (1796), de Matthew Gregory Lewis.

"O frade de fogo" percorre caminho semelhante. O enredo é centrado em um ímpio frade que aterroriza um pequeno vilarejo, e, assim como ocorre à feiticeira de Antônio Joaquim da Rosa, parece se recusar a morrer, assombrando a região em cenas de puro horror gráfico. Imagens ainda mais repulsivas nos são servidas em "Festim no cemitério", conto que apresenta a história de Maurício, rapaz cético que, contrariando os presságios de uma noite tempestuosa, decide ir à cidade visitar a amante. Quando ele passa pelo cemitério do Campo Negro, presencia um evento medonho protagonizado por uma multidão de esqueletos, em uma referência indireta à *dança macabra*, alegoria artística sobre a universalidade da morte originada no final da Idade Média.

Uma dança mórbida também é o mote de "Valsa fantástica" (1892), de Afonso Celso. Aqui, porém, o palco é não um cemitério, mas o

Tombo Grande do Jequitinhonha, uma imensa queda-d'água que figura como *locus horribilis* sobre o qual se contam histórias também terríveis — "Fantasmas, à meia-noite, passeiam-lhe as ribanceiras. Engole por ano dez a doze pessoas, número avultado para a população". O narrador relata a visita que fez ao local ao lado de três amigos, e sua descrição é marcada pelo assombro:

> Rodeiam-no, como sentinelas revestidas de armadura, paredes elevadíssimas, carcomidas na base, de formas fantásticas. Promontórios longos, como braços secos, adiantam-se a espaços, mergulhando no abismo. Em alguns pontos, arredondam-se buracos escuros, lembrando grande órbitas vazias.

A natureza é apresentada com as tintas do sublime terrível — a grandiosidade que domina e subjuga o espírito, de que falou o filósofo Edmund Burke (1759) no livro que é a fundamentação estética do gótico literário. Aos pés da assombrosa catarata, o narrador e seus amigos testemunham a valsa do título — a macabra dança entre José, um canoeiro que havia sido levado pela correnteza, e a água. Acontecimento portentoso, terrível, que conduz a um desfecho marcado pelo grotesco.

Concluindo o conjunto de narrativas da seara do inexplicável, e ocupando nela uma posição singular, temos "O fim do mundo", de Joaquim Manuel de Macedo. Nessa história apocalíptica com traços de absurdo, um cometa está prestes a se chocar com a Terra, e o narrador, Martinho, prepara-se para o cataclisma. Para sobreviver, concebe o quixotesco plano de construir uma escada composta de bancos (as instituições financeiras, não a mobília...) que o leve até uma certa direção rumo à Lua, para, depois, seguir viagem em uma máquina movida a balões. No entanto, após a passagem do cometa, ele acaba voltando para o planeta e descobre ser a última criatura viva. A sátira e a ironia são elementos-chave nessa narrativa marcada pelo comentário social, com destaque também para a menção, no desfecho da história, a um artigo cuja leitura influenciou o narrador em sua fabulação, intitulado *Le dernier homme* [O último homem]. No conto, a autoria desse texto não é especificada, o que nos permite especular sobre uma possível fonte — um texto publicado em 1857 no *Figaro: journal non politique* pelo escritor e jornalista Léo Lespès cujo enredo, de natureza distópica, é semelhante à narrativa de Macedo: um homem caminha sozinho pelas ruas de Paris após sobreviver a um cataclismo.

Já no campo dos assombros cuja origem é a natureza humana, encontramos histórias que sintetizam a máxima hobbesiana "o homem é o lobo do homem". Vingança, crueldade e perversão predominam em narrativas cujos monstros pertencem a nenhum outro plano de existência que não este nosso. Um robusto exemplo é "A trindade maldita" (1862), de Franklin Távora. A obra figura como uma declarada homenagem a *Noite na taverna*, e tanto o enredo como a estrutura são semelhantes: três jovens forasteiros se abrigam de uma tempestade em um botequim e, após beberem algumas garrafas de vinho — e inspirados pela leitura do clássico de Azevedo —, começam a narrar suas próprias histórias escabrosas. Nesta antologia apresentamos como recorte o terceiro relato, de Eduardo, que consiste em uma sucessão de desvarios e brutalidades cuja chocante explicitude gráfica igualmente paga tributos à obra do poeta paulista.

A violência também é a marca de "Jupira" (1872), de Bernardo Guimarães, que traz a história da indomável e fascinante personagem-título. Por se tratar de uma narrativa indianista, é inevitável o diálogo com José de Alencar. Porém, diferentemente do que ocorre em obras como *Iracema* ou *O Guarani*, aqui não temos uma percepção idealizada dos indígenas, ou uma divinização do amor romântico; as personagens sucumbem a seus próprios desejos e paixões. Nesse contexto, Jupira se revela capaz de matar não apenas quem desejar aprisioná-la, mas também quem recusar a sua devoção. Da mesma forma permeado pela intensidade passional e pela crueldade é o conto "O crime do convento de..." (1891), de Maria Benedita Bormann, em que o refúgio religioso do título se transforma em palco de horrores. A história é marcada pelo anticlericalismo: tanto a madre superiora, a irmã Santa Clara, quanto o padre João são monstros indireta e diretamente responsáveis pela profanação da jovem Carmen. Mais uma vez, é impossível não nos lembrarmos de *O monge*: a madre cruel e o padre lúbrico evocam personagens do romance de Matthew Lewis. Chama a atenção, ainda, a feroz crítica de Bormann à própria ideia de convento, apresentado como "um sepulcro antecipado, bem mais medonho do que o verdadeiro túmulo, porquanto não aniquilava nem a lembrança nem a saudade". Já "Amores mortos" (1880), de Corina Coaracy, oferece-nos enredo mais suave: um homem de luto passa os dias na janela, prostrado pela melancolia poeana originada na perda da mulher amada, e acaba fascinado pela misteriosa moradora de uma casa do outro lado da rua — até que uma catástrofe ponha fim a esses dias de contemplação.

Retomando os libelos contra o adultério, "O crime de Otávio", de Olavo Bilac, apresenta-nos à tragédia de uma traição seguida de um assassinato, relatada por um narrador em primeira pessoa, em tons de confissão. Ao contar sua história, ele demonstra não ter tomado parte nos cruéis atos em si; porém, ao se revelar apaixonado por Ema, a mulher que está no centro dos acontecimentos, acaba complexificando a narrativa, impedindo julgamentos morais simplórios por parte de leitores e leitoras. Aqui, observamos o tópos da violência contra a mulher — bastante recorrente à época. Contos como o de Bilac, Franklin Távora, Maria Benedita Bormann e Cruz e Sousa, entre outros, apresentam o corpo feminino como repositório preferencial de raivas e frustrações em um mundo no qual o poder já se acumulava nas mãos dos homens — isto é, dos únicos autorizados a dar vazão a tais sentimentos.

Concluindo o conjunto de horrores humanos da antologia, temos dois contos perturbadores: "Consciência tranquila" (1897), do já mencionado Cruz e Sousa, e "Violação" (1898), de Rodolfo Teófilo. No primeiro, a narrativa de horror e a violência gráfica convertem-se em denúncia social: um poderoso dono de pessoas escravizadas está no leito de morte, delirando, e começa a recapitular sua vida, em uma espécie de confissão inconsciente. É sem precedentes o rol de crueldades por ele cometidas contra os escravizados que mantinha cativos, nesse relato de profunda ironia vociferado contra as chagas do regime escravagista e contra a hipocrisia do homem que, apenas por ser rico, é convertido em modelo de conduta. Por fim, seguindo trajeto análogo, "Violação" é um terrível relato dos efeitos de uma epidemia letal sobre o tecido social. Dividido em quatro capítulos, é ambientado em uma vila do litoral cearense durante o surto de cólera-morbo de 1862. O caos instaurado pela doença quebra os laços afetivos e empáticos fundamentais para a manutenção da coletividade, convertendo o vilarejo em um grosseiro simulacro de sociedade. A técnica narrativa de Teófilo busca levar ao paroxismo os aspectos repulsivos da doença e da morte, explorando cenas de indescritível horror, até culminar em um episódio que, apostamos, marcará a memória de leitoras e leitores por muito tempo.

Assim, ao criar um painel dos diversos modos de representação e da produção do medo na literatura brasileira — tanto aquele cuja origem se encontra em causas "realistas", como a violência social, a crueldade humana ou o poder da natureza, quanto aquele cuja origem se encontra no "fantástico", como as diversas manifestações de crenças e eventos sobrenaturais em nossa ficção —, esperamos que esta antologia ajude a demonstrar que Álvares de Azevedo não foi uma figura isolada nessa tradição obscura no Brasil. Como modos de expressão dos temores e ansiedades da experiência moderna, as poéticas do mal — o gótico, o sublime, o grotesco, o horror etc. — foram constantes literárias de fundamental importância para nossa ficção. E, assim sendo, constituem vias de acesso privilegiadas aos aspectos mais sombrios da cultura brasileira.

JÚLIO FRANÇA E OSCAR NESTAREZ

NOTAS

1. João Adolfo Hansen, “Prefácio”. In: Roberto de Sousa Causo, *Ficção científica, fantasia e horror no Brasil: 1875 a 1950*. Belo Horizonte: Editora UFMG, 2003, pp. 17-8.

2. O projeto pode ser conhecido em <www.tenebra.org>. Acesso em: 25 jul. 2022.

3. Apesar de “literatura de medo” e “narrativas fantásticas” não serem sinônimos, muitas coletâneas e antologias nacionais pesquisadas tendiam a tratar como genericamente semelhantes, até mesmo por consideração ao fato de que durante praticamente todo o século 19, a expressão “conto fantástico” denominava também as narrativas de medo — há alguns exemplos nesta coletânea.

4. Roberto de Sousa Causo, *Ficção científica, fantasia e horror no Brasil: 1875 a 1950*, op. cit., p. 34.

5. João Adolfo Hansen, op. cit., p. 23.

6. Alessandra El Far, *Páginas de sensação: literatura popular e pornográfica no Rio de Janeiro (1870-1924)*. São Paulo: Companhia das Letras, 2004.

7. Cf. Fred Botting, *Gothic*. 2 ed. Londres: Routledge, 2014; Nick Groom, *The Gothic: A Very Short Introduction.* Oxford: Oxford University Press, 2012; e David Punter, *The Literature of Terror: A History of Gothic Fictions from 1765 to The Present Day,* v. 1. Londres: Longman, 1996.

8. Fred Botting, ibid., p. 22.

9. Cf. David Stevens, *The Gothic Tradition.* Cambridge: Cambridge University Press, 2000, p. 9.

10. Cf. David Punter, op. cit., p. 137.

11. Jan Alber, Henrik Skov Nielsen, Brian Richardson (Orgs.), *A Poetics of Unnatural Narratives.* Ohio: Ohio State University Press, 2010.

12. Robin Wood, “The American Nightmare: Horror in the 70's”. In: Mark Jancovich (Org.), *Horror: The Film Reader*. Londres: Routledge, 2002, pp. 25-32.

13. Cf. Jeffrey Jerome Cohen (Org.), *Monster Theory: Reading Culture.* Mineápolis: University of Minnesota Press, 1996.

14. Leslie A. Fiedler, *Love and Death in the American Novel*. Illinois: Dalkey Archive Press, 1997, p. 29.

15. Vale lembrar que, curiosamente, a cor local nunca foi um obstáculo para o florescimento do gótico na Europa. As narrativas de Walpole, Radcliffe, Reeve, Lewis, Maturin (entre tantos outros escritores do gótico setecentista inglês) desenrolavam-se fora da Inglaterra — e, diga-se de passagem, com frequência em países mais meridionais, de clima mais ameno.

16. Madame Staël, “Sobre as literaturas do Norte e do meio-dia”. In: Roberto Acízelo de Souza (Org.), *Uma ideia moderna de literatura: textos seminais para os estudos literários (1688-1922).* Rio de Janeiro: Argos, 2011, pp. 81-3.

17. Araripe Júnior, *Movimento de 1893: o crepúsculo dos povos*. Rio de Janeiro: Tipografia da Empresa Democrática Editora, 1896, pp. 132-4.

18. Id. Ibid., p. 136.

19. Id. Ibid.

20. Antonio Candido, *Formação da literatura brasileira: momentos decisivos*, v. 1, 5. ed. Belo Horizonte / São Paulo: Itatiaia / Edusp, 1975, p. 27.

21. Id. Ibid.

22. Murilo Garcia Gabrielli, *A obstrução ao fantástico como proscrição da incerteza na literatura brasileira*. Rio de Janeiro: CEH-UERJ, 2004, p. 8. Tese (Doutorado em Teoria da Literatura e Literatura Comparada).

23. Id. Ibid., p. 124.

24. Id. Ibid.

25. Luiz Costa Lima, *Sociedade e discurso ficcional*. Rio de Janeiro: Nova Fronteira, 1986, p. 145.

26. João Adolfo Hansen, op. cit., p. 23.

27. Id. Ibid.

28. Murilo Garcia Gabrielli, op. cit., p. 12.

29. Irlemar Chiampi, *O realismo maravilhoso*. São Paulo: Perspectiva, 1980, p. 32.

30. Murilo Garcia Gabrielli, op. cit., p. 131.

31. Edgar Cavalheiro apud Jefferson Donizeti de Oliveira, *Um sussurro nas trevas: uma revisão da recepção crítica e literária de* Noite na taverna, *de Álvares de Azevedo*. São Paulo: FFLCH-USP, 2010, p. 187. Dissertação (Mestrado em Literatura Brasileira).

32. Cf. Cilaine Alves, *O belo e o disforme: Álvares de Azevedo e a ironia romântica*. São Paulo: Edusp, 1998, p. 25.

33. Convém não perder de vista, contudo, que o próprio José de Alencar se valia de muitas estratégias narrativas típicas do gótico.

34. Massaud Moisés, *História da literatura brasileira: das origens ao romantismo*, v. 1. São Paulo: Cultrix, 2001, p. 443.

35. José Veríssimo, *História da literatura brasileira: de Bento Teixeira (1601) a Machado de Assis (1908)*. Rio de Janeiro: José Olympio, 1954, p. 273.

36. Cf. David Punter, op. cit.

37. Cf. Júlio França, "O sequestro do gótico no Brasil". In: Júlio França e Luciana Colucci, *As nuances do gótico: do Setecentos à atualidade*. Rio de Janeiro: Bonecker, 2017, pp. 11-22.

38. Álvares de Azevedo, *Obra completa*. Org. de Alexei Bueno. Rio de Janeiro: Nova Aguilar, 2000, p. 550.

39. Como é o caso da oitava narrativa de nossa antologia, "A trindade maldita", de Franklin Távora.

40. Cilaine Alves, op. cit., p. 50.

41. Joaquim Norberto de Sousa Silva, *Crítica reunida: 1850-1892*. Porto Alegre: Nova Prova, 2005, p. 153; Sílvio Romero, *História da literatura brasileira*, v. 3. Rio de Janeiro: Livraria José Olympio Editora, 1943, p. 270; Eugênio Gomes, "Álvares de Azevedo". In: Afrânio Coutinho (Dir.), *A literatura no Brasil*, v. 2, 2. ed. Rio de Janeiro: Sul Americana, p. 138; Massaud Moisés, op. cit., p. 443. Todos os grifos são nossos.

42. João Adolfo Hansen, "Forma romântica e psicologismo crítico". In: Cilaine Alves, op. cit., p. 9.

43. Id. Ibid., p. 10.

44. Mário de Andrade, "Amor e medo". In: ________. *Aspectos da literatura brasileira*. 5. ed. São Paulo: Martins Fontes, 1974, p. 210.

45. Massaud Moisés, op. cit., pp. 442-3.

46. Karin Volobuef, "Álvares de Azevedo e a ambiguidade da orgia". *Organon*, Porto Alegre, n. 38/39, jan-dez, 2005, p. 136.

47. Exemplo desse tipo de crítica encontra-se em Letícia Malard, *Escritos de literatura brasileira*. (Belo Horizonte: Comunicação, 1981, p. 92): "É uma alegoria de situações conflitantes, não humanistas mas egocêntricas, tipicamente burguesas, do indivíduo voltado para si mesmo e sem a menor identidade com os semelhantes, esmagado por problemas pessoais e frustrações, a despeito da cultura filosófica que possui".

48. Karin Volobuef, op. cit., p. 139.

49. Id. Ibid., p. 132.

50. Alcides Villaça, Apresentação. In: Álvares de Azevedo, *Noite na taverna*. São Paulo: Nova Alexandria, 1997, p. 10.

51. Euclides da Cunha. *Os sertões; campanha de Canudos*. Ed., pref., cronologia, notas e índice de Leopoldo M. Bernucci. 2. ed. São Paulo: Ateliê Editorial, 2002, p. 648.

A Missa do Galo

Legenda brasileira

Maciel da Costa

Há pouquíssimas informações disponíveis sobre o autor. Especulamos que possa se tratar de Gregório de Tavares Osório Maciel da Costa, nascido em Caiena, capital da Guiana Francesa, e morto no Maranhão, em 1851. Foi advogado e juiz. O conto "A Missa do Galo: legenda brasileira" foi publicado em 1839, no Correio das Modas, do Rio de Janeiro. Neste relato com ares de fábula cautelar, Carlos descobre que a esposa o trai e decide se vingar; o ato resulta em uma aparição que transforma o destino de todas as personagens da trama.

---

*La poussière a sa voix, la tombe a ses amours.**

D'ARLINCOURT

I

No ano de 1775, existia uma grande e formosa fazenda arredada da cidade de São Paulo uma légua. Carlos, seu proprietário, tinha unido os seus destinos à gentil Isabel, dando-lhe a mão de esposo. Como poderia ele resistir aos encantos e infinitas graças largueadas pela natureza de sua consorte, cuja voz, semelhante à de uma virgem no seu primeiro hino de infância, arroubava-lhe os sentidos, e cujos olhos pretos, que cintilavam de ternura, faziam seu coração sentir emoções para quais os homens ainda não inventaram termos que correspondesse em energia e doçura? Em uma palavra, quem visse Isabel imóvel a tomaria pela estátua da perfeição, produto da imaginação brilhante, e do delicado trabalho de um grande escultor.

Carlos era infeliz! Aquela, por quem dera a vida, com um sorriso angélico que lhe roçava a pequenina boca, semelhante a um botão de rosa, aninhava em seu peito o demônio da perfídia.

Ela traía o seu marido.

* A poeira tem sua voz, a sepultura seus amores. [Esta e as demais notas são da edição, exceto se apontado de outra maneira.]

Em uma das noites precedentes ao Natal, o gênio das tempestades envolveu o céu em seu denso manto: a escuridão era total. De quando em quando, espalhava relâmpagos que douravam momentaneamente as trevas, para depois darem relevo à tenebrosa cor. O trovão roncava e dava berros tremendos, o vento zunia, o firmamento desabava-se em chuva.

Que cena horrorosa e ao mesmo tempo sublime!

Quem é aquele que, coberto com um largo e agaloado poncho, tendo na cabeça um grande chapéu, e na mão uma espada desembainhada, monta um soberbo ginete que vai a toda brida?

Quem será?

É Carlos, que se dirige à casa de Adolfo, que perto tinha uma linda vivenda em que habitava.

Se alguém o visse a tais desoras, o considerariam algum anjo exterminador vomitado pelo inferno. Sim! Ele ia realizar uma obra do inferno contra Adolfo — contra o amante de sua consorte.

A tempestade serenou e Carlos, depois de quatro horas de caminho, rápido entrou por uma vivenda adentro.

Não se sabe o que por lá aconteceu. O fato é que Carlos voltou no fim de dois dias.

A sua espada estava banhada de sangue.

Chegado à sua habitação, ao anoitecer, chamou um pequeno crioulo* a quem muito estimava. Depois de lhe ter dado algumas moedinhas de prata, falou-lhe assim:

— Diz-me, André, uma coisa. Não me mintas. O que fez a tua senhora, depois que eu me ausentei?

— Depois que vosmecê saiu daqui?

— Sim.

— O que vi foi ontem ela conversar com um moço a quem ela dizia: "Meu querido Adolfo! Meu querido Adolfo!".

* No século 19, o termo era utilizado para se referir a pessoas negras nascidas no Brasil. Em muitos casos, a palavra carrega uma conotação racista.

— Tu mentes, negro! — replica Carlos, irado. E depois, consigo mesmo — Quê! O túmulo larga a sua presa!

— Olhe! Vosmecê pensa que eu estou mentindo? Até, por sinal, minha sinhá me deu um cartucho de amêndoas para eu não contar nada a vosmecê, e quando o moço foi-se embora, disse para a sinhá: "Na hora da Missa do Galo!".

Silêncio reinou entre os interlocutores, até que Carlos o rompeu, dizendo ao pequeno André:

— Vai-te embora. Porém não digas à tua senhora do que te perguntei.

O crioulinho foi saltando e brincando.

Essa cena se tinha passado no quarto de Carlos. Este, achando-se sozinho, esteve muito tempo pensativo até que, olhando para o seu leito, de súbito deu um grande grito, exclamando:

— Sim! A maldição do céu te persiga, mald...

Caiu desmaiado.

A mimosa paulista, que vinha falar com o seu marido, abre a porta e dá com o triste espetáculo, que ela nem sonhava ver.

— Meu Deus!

E lança-se sobre o corpo do marido.

Carlos tinha visto o fantasma ensanguentado de Adolfo.

II

*L'heure a sonné: préparez-vous!**

A. DE VIGNY

Era o dia 24 de dezembro, de tarde. Os dois consortes estavam na janela contemplando a gente que vinha de diversos pontos para assistir à festa da cidade. Uma queria por falsas carícias fazer com que o outro acreditasse na sua fidelidade. E este, estando certo de que os ver-

* Chegou a hora: prepare-se!

mes serpejavam dentro do túmulo, sobre o corpo do inimigo, ansioso aguardava a fatal hora da meia-noite.

— Tu, Carlos, não vais à Missa do Galo? — lhe disse a bela Isabel.

Carlos estremeceu.

— À Missa do Galo! Não; não.

Isabel ficou pálida. Oh, se a vísseis, então julgaríeis ver diante de vós a própria aflição com todos os seus dolorosos sentimentos.

Ela logo projetou mandar remover toda a malta de cães de fila para o fundo da fazenda, para não ladrarem quando Adolfo entrasse. Lembrou-se, fora de seu costume, em própria ir fechar todas as portas, a fim de conservar a da sala com volta falsa.

— Miserável! Treme!...

Depois que essas considerações em seu espírito se fixaram para ao depois tornarem-se realizadas, pegou a sua viola e principiou a tocar um lundu muito triste — lembrou-se outra vez de Adolfo.

Nesse momento, todas as cordas da viola arrebentaram.

Carlos deu uma gargalhada semelhante a de um condenado e Isabel retirou-se muito assustada.

Carlos e Isabel entretiveram-se com diversas ocupações até as onze horas da noite.

Poucos momentos depois, reinava um profundo silêncio que, de quando em quando, era quebrado pelos grandes gemidos que Carlos dava.

Dá meia-noite! É a hora da Missa do Galo!

Isabel, alegra-te! Teu esposo dorme profundamente. Ele próprio queria presenciar a cena terrível dos teus amores, porém uma força oculta com mão de ferro fecha-lhe as pálpebras.

Isabel levanta-se. E, nesse mesmo instante, viu diante de si o seu jovem Adolfo.

— Adolfo! Adolfo! Retira-te! — lhe diz em grande aflição a pérfida Isabel.

— Por quê? — lhe responde o amante.

— Meu marido!

— Teu marido! Esse não acordará, sossega.

— Tu estás tão pálido e com uma voz tão sepulcral! — lhe disse Isabel assustada, olhando sempre para o seu marido.

— Isabel, o céu perdoa todos os crimes, menos o adultério. Carlos transpassou-me o peito com a espada (e mostrou seu peito ensanguentado), porém lembra-te que o adultério é grande crime. E para não te esqueceres, recebe este sinal.

Dizendo isto, pôs a mão esquerda aberta sobre a face direita de Isabel. Esta deu um grande grito, como se tivesse sentido um ferro em brasa.

Carlos não acordou. Isabel, em lugar de Adolfo, vê diante de si um fantasma ensanguentado!

— Oh! Piedade! Piedade! — grita ela. — Carlos, Carlos, valei-me! — dizendo essas palavras, caiu desmaiada.

O fantasma retirou-se. As portas e as janelas da vivenda bateram ao mesmo tempo: o leito em que Carlos dormia sofreu grandes impulsões.

O fantasma era a sombra de Adolfo, que tinha morrido às mãos de Carlos.

Dois anos depois, havia uma religiosa em um convento da cidade: era o modelo de todas as virtudes; trazia sempre [velada]* a face direita para esconder o sinal de cinco dedos nela estampados.

Era Isabel.

Ao pé da porta do convento, ouvia-se, alta noite, uma voz rouca gritar:

— À Missa do Galo!

Era Carlos, que andava doido.

* As palavras entre colchetes ao longo da coletânea não estavam presentes nos originais e foram inseridas a fim de evidenciar o sentido da frase.

A feiticeira

Antônio Joaquim da Rosa

Antônio Joaquim da Rosa, barão de Piratininga, nasceu em 1821, na então província de São Paulo, e morreu em 1882, no mesmo local. Além da atuação política, responde por uma expressiva produção literária, que inclui um romance, A cruz de cedro. *Este conto foi publicado em 1849 no periódico* Íris, *do Rio de Janeiro, e traz a história de uma figura supostamente real, Escolástica Mendes (Cará Mendes), que teria vivido nos arredores da vila de São Roque.*

No ano de 1820, existia, nos subúrbios desta vila de São Roque, uma mulher já idosa, de nome Escolástica Mendes, alcunhada Cará-Mendes.

Solitária e misteriosa era a vida dessa mulher, que habitava um casebre de miserável perspectiva, e que tinha a reputação de ser grande feiticeira, pelo que era temida por uns, e por outros procurada.

Alta noite, vultos rebuçados, e disfarçados em rigoroso incógnito, penetravam nessa espelunca misteriosa para consultar a grande alquimista, cuja mão poderosa operava prodígios estupendos, prescrevia leis ao destino e fazia curvar vontades de ferro ao mais leve aceno de seu irresistível poder. Era um amante infeliz que ia pedir um filtro mágico, para abrandar os rigores de sua amada e fazê-la acessível ao seu amor. Era uma bela que se apresentava em melancólico desalinho, por ter sido abandonada do jovem que amava, e que vinha pedir o licor miraculoso que o fizesse voltar aos belos dias de felicidade e de amor. Era o malvado, cujo coração sedento de vingança vinha implorar um [licor] específico de morte, ou de sofrimento, mais ou menos longo, mais ou menos intenso, contra aquele a quem tributava a mais vil das paixões — o ódio.

Seja como for, a crença popular se estribava na evidência dos fatos, porque, pouco depois do conjuro da velha, a moça, que desdenhava dos agrados e desvelos do extremoso amante, outorgava-lhe as venturas celestes do amor; o amante transviado voltava aos pés da beleza que abandonara para queimar os perfumes de um novo amor; e a vingança do celerado era saciada, no grau que prescrito fora pela velha solitária.

Na época em que começamos esta narração, ouviam-se em uma noite três pancadas cautelosas e tímidas, dadas na portinha dessa espelunca misteriosa.

— Quem ousa, a desoras, perturbar o silêncio desta casa? — perguntaram de dentro.

— Uma desgraçada que vem suplicar a vossa proteção — respondeu uma voz de mulher, que tiritava de susto.

— Uma desgraçada! — repetiu a velha abrindo a porta. — Entrai, e sede bem-vinda!

Depois de a fazer sentar-se:

— Que me quereis, minha filha? — perguntou a feiticeira, cravando na pobre moça olhos cintilantes e perscrutadores.

— Deixai acalmar um pouco a minha agitação: neste momento, posso apenas respirar.

— Tranquilizai-vos, e falai quando vos parecer.

A pequena sala, em que se achavam as duas interlocutoras, estava dominada por uma escuridão, apenas interrompida por algumas chamas, que, de quando em quando, crepitavam de um fogão meio amortecido, colocado em uma extremidade da saleta, e que tingiam as paredes denegridas pela fumaça de avermelhada cor, como se fossem listões de sangue; mas, quando as trevas eram completas, os olhos da feiticeira chamejavam como duas crateras de fogo.

Supersticioso terror invadiu os sentidos da moça, e ela teve medo.

A velha o pressentiu.

— Estais aqui debaixo do meu teto e da minha proteção: nada pode, portanto, acontecer-vos — disse ela, com voz insinuante e persuasiva.

A moça tranquilizou-se.

— Minha boa mãe — disse esta, depois de breve silêncio —, sou bem desgraçada!

— Já o sei, minha filha.

— Como! Já sabeis que sou infeliz?

— E que há nisto que vos admire? Ainda que vós mesma não mo tivésseis dito, já eu o sabia, porque nada existe sobre a Terra que me seja desconhecido.

— Será possível? — interrogou a moça com incredulidade.

— Eu vou provar-vo-lo. Nunca me vistes, nunca nos encontramos?

— Nunca.

— A ninguém haveis narrado a história da vossa vida?

— A ninguém.

— Pois escutai-a! Nascestes nas margens do Paraibuna, onde recebestes o nome de Anacleta Gonçalves. Aos dezoito anos fugistes com um moço, que mataram em Jundiaí, por vossa causa...

A moça estremeceu.

— Dali viestes para esta terra, onde tomastes o nome de Gabriela da Silva. Pouco depois de vossa chegada, contraístes relações íntimas com certo moço, a quem magnetizastes com vossos encantos.

"O vosso amante, desejoso de oferecer-vos riquezas iguais ao seu amor, acompanhou uma expedição comandada pelo alferes João de Deus, que foi em demanda da célebre Botucavaru,* que é uma montanha encantada, mais rica de diamantes e metais preciosos do que o mesmo Potosí. Infelizmente os expedicionários não puderam chegar a esse morro encantado, onde dizem que há lajes de ouro que pesam cem arrobas; e depois de largas privações tiveram de voltar para seus lares. Durante tão longa ausência, sem dúvida para vos distrairdes das saudades do amante, não lhe guardastes escrupulosamente a fidelidade, que lhe havíeis prometido; e a sua vinda *suspirada* e inesperada causou-vos sérios receios; mas tivestes bastante arte para persuadi-lo

* Referência ao morro de Botucavaru, que compõe o conjunto montanhoso da serrania de São Roque, em São Paulo. No século 19, corria a lenda de que a localidade poderia conter grandes riquezas minerais.

de que era ele o autor de certa doença que vos ia arredondando a delicada cintura. Desgraçadamente decorreram nove meses contados desde a partida do moço, e ainda não tinha vindo à luz o fruto cuja paternidade lhe atribuíeis. Fez ele segunda viagem, na qual se demorou três meses, e voltando encontrou-vos com um filhinho de dois meses. O nosso recém-chegado teve desconfiança, e procurou indagar a verdade, a qual facilmente descobriu, porque, ainda que outras provas falecessem, bastava olhar-se para a fisionomia do menino, que é a cópia fiel do verdadeiro pai."

Calou-se a velha, fitando olhos de lince no semblante pálido e confuso da pobre moça.

Um raio de luz mais viva projetou do fogão da lareira e iluminou as feições sublimes do rosto da profetisa. Seus olhos coruscantes se encontraram com os olhos amortecidos da infeliz rapariga, e com expressão deslumbradora calaram até a medula dos ossos de Anacleta Gonçalves.

A esse olhar irresistível, a moça caiu de joelhos, e perguntou com voz desfalecida:

— Quem sois vós que ledes no passado com tanta segurança, e com que tamanha afoiteza perscrutais os mais recônditos segredos de uma desconhecida?

A feiticeira tomou uma atitude grave e majestosa, e respondeu com ênfase:

— Eu, sou eu!

— Mas vós nunca me vistes, e agora mesmo este preto véu encobre aos vossos olhos o meu semblante.

— Que importa? Leio no passado como no futuro. Cercada de um exército infinito de seres invisíveis, que com uma palavra cabalística espalho por todo o mundo, e que ao primeiro aceno de um conjuro torno a reunir ao redor de mim, do centro desta humilde cabana, onde por gosto habito, mais poderosa que os reis da terra, incompreensível como o destino, é como ele o meu poder ilimitado.

A moça, trêmula de susto, balbuciou convulsivamente.

— Então já vos não devem ser ocultos os perigos de que acabo de escapar pela bondade do céu?

— Dizei antes, pelo poder invisível da velha inspirada — disse ela com voz medonha.

— Oh! perdoai! Não sabia que vos interessáveis por uma desgraçada.

— Velo sobre todos os infelizes que precisam, como vós, de minha proteção.

— Amparai-me, pois, senhora.

— Qual é o serviço que de mim exigis?

— Neste momento o meu amante, a quem tive a leviandade de trair, como sabeis, entrou em minha casa, cego e furioso, com um punhal na mão, bradando, com voz ameaçadora como o trovão: "É o dia da vingança!".

"A minha fiel criada cai a seus pés, invocando piedade; ele, no meio da escuridade, terrível como o gênio do extermínio, iluminado pela sede de vingança, agarrando-a pelos cabelos, embebeu em seu peito inocente o punhal que cuidava enterrar no meu. A minha infeliz criada soltou arquejando um brado de agonia, abafado por estas palavras de Astolfo, que soltava um riso estólido e satânico:

"'Morre! Morre! Que também mais cruelmente apunhalastes o meu peito, pois é mais agradável a morte de um instante do que esta morte lenta com que me trateia a mais negra traição daquela que eu tanto amei, e por quem houvera de boa mente sacrificado a própria vida; daquela que eu imolo à mais justa das vinganças, e cuja morte fará o luto eterno da minha alma!...'

"Ele se interrompe! Acabrunhada pelo terror pânico que de mim se apoderou, quis fugir, mas vacilaram-me as pernas, e nem um passo pude tentar. 'Mas não!', continuou ele com acento medonho e vibrante, ligando o fio de suas ideias, 'não! Eu não carpirei a morte que dou a esta infame; e, para tornar-lhe ainda mais amargurados os últimos momentos de agonia, para repassar-lhe o coração das setas envenenadas com que ela feriu o meu, primeiro expirará ante seus olhos o fruto do hediondo crime.'

"Oh! então, quando vi ameaçada a existência de meu filho... o amor natural ressuscitou-me a quase extinta coragem, e, apertando meu filho estreitamente ao coração, fugi por uma porta que deita para o quintal, e vim ter a este asilo dos infelizes, aterrada, e sentindo a cada passo a ponta desse punhal que de um golpe atravessava o frágil corpo de meu filho, e que se me embebia no coração, gelado pelo sopro da morte..."

— Pobre moça! Sois bem infeliz! — rosnou a velha, aparentemente comovida.

— Mas vós velais sobre mim, e vós me protegereis de todos os perigos que impedem sobre minha cabeça?

— Não sei. O passado está passado, mas o presente está pejado de infortúnios, e ainda mais negras vejo as nuvens do porvir.

— Mas vós conjurareis a tempestade que rebrama, e ela passará por cima de minha cabeça sem ofender-me.

— Estais enganada — disse a velha com voz seca. — Ela virá, e os seus tufões impetuosos vos arrastarão infalivelmente aos abismos da sepultura.

— Oh! não me abandoneis, por piedade! Preparai um de vossos filtros mágicos que faça abrandar o coração de Astolfo e olvidar o passado para sempre. Oh! tende compaixão do meu desespero!

— Pois bem: compadeço-me de vós, e quero salvar-vos; mas, para conseguir esse grande resultado, mister é um grande sacrifício.

— A tudo me sujeito: exigi o que quiserdes e sereis obedecida.

— Vede bem o que prometeis — ponderou a feiticeira.

— Não hesito, senhora, em reiterar a minha promessa.

— Jurais?

— Juro!

— Pois bem: tocai na minha mão para ratificardes o juramento.

A moça estendeu sua trêmula destra, que se prendeu entre as descarnadas mãos da velha.

— Agora repeti o que eu ditar — disse esta.

— Estou pronta.

A velha tomou uma postura grave e pronunciou a fórmula do terrível juramento, que a moça foi maquinalmente repetindo.

— Juro, por todas as potestades invisíveis, pela pedra dos altares, pela hóstia sagrada e pelo sangue de Cristo, juro três vezes pela minha alma, de obedecer e fazer quanto me for determinado pela Profetisa da Cabana, que lê nos astros como em um livro aberto, e cujo poder é infinito e ilimitado como o destino. Juro, se necessário for, renegar todos os dogmas da fé e cometer todos os crimes, por mais repugnantes; e, se eu quebrar o presente juramento, quer seja por fraqueza, quer por alguma outra causa, outorgo à Profetisa da Cabana o direito de vida e morte sobre a minha pessoa e sobre todos os meus descendentes até a quinta geração!

A velha deixou cair da sua a mão gelada da moça, e prosseguiu:

— Agora podeis tranquilizar-vos. Amanhã iremos à Caverna dos Infantes, que fica em um sítio ermo e solitário; imolaremos vosso filho aos poderes invisíveis; e, purificado ao depois com esse sacrifício, comporemos o filtro especioso, que fará o vosso amante esquecer o passado, como se tivesse bebido todas as águas do Lete,* e amar-vos com esse extremo palpitar do coração, que todo se submerge nas delícias encantadoras do primeiro amor.

— Que me propondes?! — balbuciou Anacleta Gonçalves horrorizada. — Não! Para conservar o amor dele, para garantir a minha própria existência, eu não sacrificarei ao vosso deus cruel os dias de meu filho inocente!

— Lembrai-vos do vosso juramento — bradou a profetisa furiosa.

— Oh! não, não! Piedade para meu filho!

— Insensata! Vedes o abismo que se abre ante vós para tragar-vos? Vedes o raio que estoura a vossos pés, e ousais quebrantar sacrilegamente o juramento sagrado que há pouco pronunciastes! Pois bem! Conquanto eu tenha sobre vós o direito de vida e morte, não o exercerei, porque o vosso amante me dispensa dessa tarefa.

— Que me dizeis, senhora? — interrogou a moça entre angústias.

— Digo-vos que o vosso amante logo suspeitará que aqui estais, porque a minha cabana é o asilo dos infelizes, e por isso depressa terá de bater-nos à porta, e eu não só o deixarei entrar como ainda consentirei que ele exerça a mais justa de todas as vinganças.

— Oh! tende compaixão de uma infeliz! Vós haveis feito prodígios estupendos com os vossos filtros miraculosos. Invoco todos os senti-

* Na mitologia grega, rio que traz o esquecimento a quem bebe de suas águas.

mentos ternos de vosso coração: Salvai meu filho, se o vosso poder é tão irresistível como o destino.

— O meu poder é ilimitado; mas, como os mesmos deuses estão sujeitos ao destino, assim esse mesmo poder está também sujeito às regras fixas e invariáveis que o destino lhe tem prescrito. Toda a magia dos meus filtros perderia a sua eficácia se Astolfo visse o vosso filho, o filho do crime, depois de haver tomado o filtro mágico de minha composição. Mas eu já não insisto, e nem me importo convosco, porque vós e vosso filho sereis em breve dois cadáveres.

— Suspendei essa sentença horrível!

A profetisa da cabana já não a escuta. Seus pensamentos voam pelas regiões etéreas; seus olhos alçados para o céu leem nos astros por entre as fendas do teto de palha; deslumbrada pelo fogo sagrado da presciência, ela exclama:

— Assim deve ser! Cumpre que a sacrílega seja punida no mesmo lugar em que perjurou... Lá vem... Lá vem... Lá se aproxima o mensageiro da vingança dos deuses... Ei-lo que vai bater à porta...

Uma pancada estridente fez estremecer a pequena porta da cabana.

— Piedade! — exclamou Anacleta, precipitando-se de joelhos, alçando as mãos convulsas para o céu.

— É ele! — disse a feiticeira com um riso infernal, e sem atendê-la.

— Socorrei-me! E meu filho... — disse a infeliz desfalecendo de angústias, sem poder concluir a frase.

— É tarde! — respondeu a profetisa inexoravelmente.

— Abri! — disse de fora uma voz, medonha como o bramir da tempestade. — Abri, que hoje é o dia da vingança!

— É ele... — balbuciou a desgraçada.

A profetisa levantou-se e deu um passo para a porta.

Anacleta segurou-a com todas as suas forças, e disse-lhe, meio viva e meio morta, apontando para o filho que dormia:

— Aí o tendes... Sacrificai-o aos vossos deuses, mas salvai-me!

— Pois bem: ides ver o poder dos meus sortilégios.

A feiticeira pronunciou entre dentes algumas palavras cabalísticas.

No mesmo instante ouviu-se uma voz, que vinha do lado da porta.

A feiticeira fez aceno à moça, que escutasse.

— Ainda vos perdoarei — dizia a voz —, ainda vos amarei com todo o fervor, se o testemunho do vosso crime nunca mais se interpuser diante de meus olhos; mas se o vir ainda uma vez, uma só vez... Ai dele, e ai de vós! Dou-vos esta noite.

A voz calou-se.

Ouviu-se a bulha de passos de pessoa, que se retirava.

— Vedes o mágico ascendente de meu invisível poder? — perguntou a feiticeira cheia de orgulho, voltando-se para Anacleta Gonçalves.

A moça deu um suspiro e caiu desfalecida junto do filho.

Seguiu-se profundo silêncio, apenas quebrado de quando em quando pelo ininteligível solilóquio da velha e pelos soluços abafados da moça.

Às quatro horas da madrugada levantou-se a feiticeira e, aproximando-se do lugar onde jazia a moça quase cadáver, disse-lhe com voz ríspida:

— São horas: acompanhai-me.

— Para onde? — interrogou a moça estupefata, como se essa voz a revocasse à existência.

— Para a Caverna dos Infantes.

— Tende piedade de meu filho!... — suplicou a mãe desolada, desatando dos olhos uma torrente de lágrimas e pondo-se de joelhos.

— Lembrai-vos que Astolfo ao retirar-se disse: *Dou-vos esta noite.*

— Sim, mas, antes que amanheça, posso eu fugir com meu filho... Oh! Salvai-nos, salvai-nos!...

— Apenas eu retirar de vós a minha proteção, estais na mão de Astolfo, que bem de perto vos vigia os passos. Não há, pois, outro meio de salvação: cumpre resignar-vos. Acompanhai-me.

A moça, sem fazer mais objeções, levantou-se e seguiu resolutamente.

A profetisa tomou a entrada de Sorocamirim e, depois, desviando-se dela, internou-se pela espessura das matas.

Ao amanhecer, a feiticeira parou subitamente e disse apontando com o dedo:

— Eis aqui a Caverna dos Infantes.

A moça olhou para esse abismo profundo e recuou estremecendo como um débil caniço, agitado por ventos impetuosos.

— Covarde!... — exclamou a feiticeira, arrancando a criança que a infeliz mãe apertava convulsamente contra o peito com todas as forças maternais.

A feiticeira, segurando pelas extremidades do corpo do menino e puxando-o violentamente para si, meteu de encontro o joelho esquerdo no espinhaço desse débil corpinho.

Seus ossinhos cederam facilmente a esse choque encontrado, e estalaram.

No mesmo instante a velha, pegando no inocentinho por um pé e fazendo-o três vezes voltear sobre a sua cabeça, o arrojou afinal ao seio dessa horrível caverna.

Um vagido fraco e alquebrado rompeu as sinuosidades silenciosas desse abismo e ressoou aos ouvidos da miseranda mãe.

Consumada estava a obra de Satanás.

A feiticeira esperava um chuveiro de imprecações da parte dessa mofina.

Não foi assim.

No mesmo instante em que se sumiu esse fraco vagido das cavidades do abismo, Anacleta Gonçalves soltou uma gargalhada estrondosa.

A infeliz estava louca.

A feiticeira empregou todos os meios para arredá-la desse fatal lugar, e não podendo consegui-lo, aí a deixou.

Assim foi punida essa mísera, que, impelida pelo terror, arrastada pelo gênio infernal dessa hedionda feiticeira, não soubera opor energeticamente as forças de um coração materno à perpetração de um crime hediondo.

Mas que motivos teria essa fúria infernal para matar um mísero infante, e quais os castigos que a Providência sempre justa terá reservado para punir essa cruenta megera?

A tradição não nos revela, que a profetisa da cabana cometesse este e outros bárbaros assassinatos com a mira em recompensa pecuniária, pelo que entendemos nós, que o instinto de tigre dessa assassina era o único motor dos seus malefícios; e sua alma, requeimada como o carvão do inferno, decerto se comprazia ao contemplar as contrações da morte que agitavam os frágeis corpinhos de suas inocentes vítimas.

A feiticeira contava sessenta anos quando cometeu este infanticídio: era o último, porque soava a hora da vingança de Deus, e a vingança de Deus é tanto mais temível quanto mais retardada há sido.

Voltava do teatro do crime, dessa horrorosa Caverna dos Infantes, a feiticeira embevecida no satânico prazer que lhe banhava o coração de fera quando imolava um inocente ao seu diabólico instinto. Chamejavam seus olhos como as bocas inflamadas do Vesúvio; em seus lábios denegridos pairava um sorriso infernal, e o coração protervo lhe palpitava com esse estrondo delirante com que Satanás recebe em seu reino maldito as almas dos infelizes destinados para eternos suplícios.

De improviso a feiticeira arrancou do peito um brado formidável; formidável como o som de uma trombeta final, terrível como a ira do Deus do extermínio.

Uma cobra de imensa grandeza se enlaçara pela cintura da feiticeira, e ambas as mãos lhe lambia.

Aterrada com o *abraço* do monstro, arrancou a velha esse grito imenso e desusado. Ao dar esse brado, pôs fora a ponta da língua, e a serpente, com a destreza e a rapidez que lhe são inatas, deu um bote nessa língua maldita e, desenroscando-se da cintura da feiticeira, bateu com a cauda nos pés da velha, cravou olhos cintilantes de prazer nos olhos espantados da profetisa da cabana, com a mesma expressão com que ela fascinara pouco antes a Anacleta Gonçalves.

Mais aterrada por este *beijo*, a velha deu um salto como para desprender-se da víbora, e lá foi com o joelho esquerdo sobre uma pedra angulosa, que lho fraturou: fora o mesmo joelho que pouco antes havia quebrado o espinhaço de uma infeliz criança! Com o desespero da dor, a velha, que ainda conservava em bom estado duas ordens de dentes de configuração canina, segurou pelo pescoço da áspide e, introduzindo a cabeça na sua boca, trincou-a entre os dentes.

Acometido inesperadamente com tanta violência, o monstro enroscou-se furiosamente no corpo da feiticeira; e ela, lutando por desenvencilhar-se, rolou por um desfiladeiro que próximo estava.

Com esta queda, a velha teve uma síncope, que poucos momentos durou.

Acordando, viu a seus pés a monstruosa serpente, cujo corpo estava em um moto contínuo pela ação do veneno; a saia do seu vestido estava em astilhas presa aos espinhos do declive; o seu corpo horrivelmente lacerado pelo forçado trajeto que fizera através dessas escabrosidades; o joelho esquerdo fraturado; e a língua tão estendida que não lhe cabia na boca.

A feiticeira, considerando todas essas coisas, teve um calafrio de terror e exclamou:

— Deus! Quanto é horrível a vossa vingança!

E o eco repercutiu horrivelmente:

— Vingança!

E a profetisa, de curvar a cabeça, meio desfalecida.

De súbito lembrou-se que devia ter no seio uma navalha, que era sua companheira inseparável. Sacando dela, partiu a serpente em duas metades e, aplicando uma sobre a mordedura, disse mentalmente com alegria infernal:

— Venenoso réptil! Mordeste-me, eu também te mordi; fizeste com que os espinhos me chagassem o corpo, e eu também separei o teu em duas partes; embebeste veneno mortífero na minha língua, e eu o faço reverter ao teu corpo; a tua morte salva a minha vida; é a pena de talião: conforma-te!

Depois de ter revertido o veneno para o corpo trucidado da víbora, o arremessou para longe de si com majestoso desprezo, dizendo:

— Já não preciso de ti!

Então, apanhando uma das tiras do vestido, fez uma ligadura para o joelho quebrado e tentou sair do abismo a que fora arrojada; mas a cada instante a dor do joelho e a fraqueza das mãos faziam com que ela resvalasse de novo, e de novo recebesse em seu corpo maiores contusões.

Nessa luta horrível, ora desfalecendo de cansaço e dor, ora reanimando as forças exaustas, e tentando novo, mas baldado esforço para sair desse precipício, vieram as trevas da noite surpreender essa fera impotente, que rugia desesperada no fundo de uma caverna solitária.

Pavorosas imagens povoam esse sítio medonho, e a velha sucumbe horrorizada ao peso de tão aflitivos infortúnios.

Essas visões lútuosas, essas crianças que ela tantas vezes sacrificou ao seu furor brutal, agora lhe estendem lá de outro abismo seus bracinhos mirrados pela morte, e nos seus lábios franzinos desponta um riso de desdém. Mais além, está um montão de ossos desses anjinhos, em cuja fronte roçaram as asas do gênio da morte. De improviso esse montão toma o vulto de um gigante, que para ela se dirige com passo firme, rosto sombrio e austero. Esse formidável ciclope se avizinha. Os cabelos da velha erriçam-se de pavor; o sangue gela-se em suas veias; seu coração já não palpita. Ele chega e a sufoca entre seus braços de ferro. Depois, arrastando-a pelos cabelos, a precipita em um lago de fogo.

A infeliz estava no inferno!

Um estampido medonho veio acordá-la desse delírio.

Um manto negro e tenebroso substituía o belo azul do firmamento; os ventos desencadeados sopravam rijo; sibilavam as cobras; as aves noturnas piavam espavoridas; o trovão roncava mais temível que o rugir do leão ferido pela flecha despedida da mão robusta de um guaianá;* o raio estourava de espaço em espaço; e crebros relâmpagos talhavam os ares com seus listões de fogo.

— Estou no meio do inferno! — bradou a desgraçada feiticeira com a força da desesperação, encarando horrorizada esse aspecto medonho dos elementos em confusão.

Em breve copiosa chuva lhe refrescou o cérebro, e ela, conhecendo que ainda não estava no reino tenebroso, exclamou com alguma esperança:

— A tempestade há de passar.

Mas corriam as horas lentamente, e a tempestade bramia cada vez mais raivosa.

E a chuva, agravando as dores da feiticeira, fazia com que o seu sofrimento fosse de instante a instante mais incomportável.

E o frio tinha-lhe invadido corpo e alma, e vivia ainda, mas era para que a trateasse mais longa e dolorosa agonia.

* Membro do povo indígena guaianás.

E ela compreendeu que estava prestes a ir bater os bronzeados portões da eternidade, e depois de tão duras provas o seu coração petrificado ainda se não tinha aberto ao arrependimento de suas culpas!

Vendo, porém, que se demorava a hora do passamento, exclamou com inexprimível desespero:

— Ai de mim! Padeço neste momento o cêntuplo das dores que traspassaram o corpo de Hércules quando trajou a túnica empestada! Esse teve ao menos um amigo fiel para acender-lhe a pira, onde as suas dores acharam termo, e eu...

A feiticeira curvou com indizível expressão.

Subitamente suas feições se expandiram: lembrou-se de sua navalha, e procurou-a para suicidar-se, mas não pôde encontrá-la, porque Deus a reservava para novas provas; porque uma longa série de crimes horrorosos não podia ser purgada pelo sofrimento, embora cruel, de um dia e uma noite; e porque a ira de Deus ainda não estava aplacada.

Em tratos infernais passou a velha o restante da noite, e viu luzir os primeiros raios da seguinte aurora.

Semimorta de fome, frio e dores, a mofina mais não ousou tentar sair desse covil, porque suas forças estavam exaustas.

Eram sete horas da manhã quando escutou uma voz que se aproximava pouco e pouco, até que pôde ouvir distintamente estes versos, cantados com melodiosos acentos, embebidos de ternura:

Ave perdida nos bosques
Em vão procura o seu ninho;
Eu aqui também perdida,
Debalde busco o filhinho.

Enquanto a ave tristonha
Meiga e saudosa piar,
Eu aqui também perdida,
Hei de triste suspirar.

Cheios de leite meus peitos
Vão em breve arrebentar.

E meu filho, onde está ele,
Que não vem para mamar?

Meu filhinho era tão belo...
Onde está? Quem mo roubou?...
Quero matar essa fera,
Que meu filho assassinou.

Essas últimas notas, cantadas com acento terrível, calaram no coração da feiticeira, que exclamou involuntariamente:

— Bem o mereci!

Anacleta Gonçalves ouviu essa exclamação partida do íntimo do coração e, aproximando-se do precipício, perguntou:

— Quem sois vós?

— Uma desgraçada.

— Se sois infeliz, sejais bem-vinda: assentai-vos e dizei-me o que quereis, minha filha.

— Foi assim que eu lhe falei — disse a feiticeira entre dentes.

— Tranquilizai-vos — continuou a louca — e fala quando vos aprouver, mas falai sem receios, porque estais debaixo do meu teto e da minha hospitalidade.

— Salvai-me! Salvai-me! — bradou a velha.

— Pois sim! O que quereis?

— Cortai um cipó comprido; segurai em uma ponta, e atirai-me a outra para eu sair daqui.

A louca obedeceu; cortou o cipó, atirou uma ponta para o fundo da caverna, e segurou em outra. A feiticeira apanhou essa ponta, deu uma volta na cintura e, agarrando-se no cipó, fez aceno à louca para que puxasse.

Esta assim o fez, com essa força sobrenatural que distingue os loucos, e já a velha ia vingando a borda do abismo quando a louca, ao reconhecê-la, largou do cipó, exclamando:

— Assassina de meu filho!

A feiticeira rolou até o fundo do abismo, recebendo novas feridas, abertas pela ponta dos espinhos.

— Compadecei-vos de uma desgraçada — disse a velha gemendo.

— Eu compadecer-me de vós!

— Oh! Tirai-me deste abismo!

— Também arrojastes meu filho a outro abismo.

— Aqui morro de fome.

— Meu filho também tem fome.

— Quebrou-se-me o joelho, e...

— Também quebrastes meu filho pelas costas.

— Então não me salvais?

— Não.

— Nesse caso não amais vosso filho.

— Por quê?

— Porque vosso filho morrerá de fome, se...

— Meu filho já morreu.

— Sim: já morreu; mas, se eu fizer um sortilégio, vosso filho ressuscitará.

— Fazei-o.

— Tirai-me daqui primeiramente.

— Jurais?

— Juro-o.

— Pois bem!

A louca tentou o mesmo expediente, e a feiticeira vingou finalmente a borda da caverna.

— Agora — disse esta — carregai-me até a minha cabana, e aí farei o sortilégio.

A louca levantou-a nos braços e, dando alguns passos, a atirou no chão, dizendo:

— Esperai-me aqui: meu filho está chorando, eu vou amamentá-lo e, quando estiver dormindo, voltarei.

E retirou-se lentamente, cantando as suas quadras melancólicas.

A feiticeira respirou por um momento e, ao depois, arrastando-se como a serpente, encaminhou-se para a sua cabana.

Durante tão longo quão doloroso trajeto, foi Deus servido que ninguém a encontrasse para socorrê-la.

Devia ser um quadro tocante e sentimental o que reproduzisse com vivas cores essa velha meio nua, arrastando-se por uma estrada como a víbora maldita de Deus e expulsa do paraíso, cobertos os cabelos de terra e soltos ao vento, com o corpo chagado de mil feridas, a língua inchada e distendida fora da boca, o joelho fraturado, e morta de fome, soltando ora um gemido doloroso, ora uma imprecação do inferno!

Assim foi de rojo, e chegou já de noite ao seu misérrimo covil.

Ali entrando, deitou-se em um pobre leito, e falto de todos os misteres para a vida, estrugiu os ares com lamentosos gemidos.

Martim do Vale acudiu a esse apelo tão eloquente para as almas sensíveis.

— Minha boa vizinha! Necessita de alguma coisa? — perguntou ele, aproximando-se do leito da enferma.

— Morro de fome — respondeu ela com voz sepulcral.

Martim do Vale correu para a sua casa e trouxe sem demora a sua ceia, que constava de um frango meio assado, e meio queimado; meio assado, dissemos nós, porque ainda não o estava bem; e meio queimado, porque o nosso bom Martim, com a pressa com que acudiu aos gritos da vizinha, esqueceu-se de retirar o frango de sobre as brasas.

A velha o tomou com trêmula mão e principiou a comer, ou, antes, a devorar o frango.

Martim do Vale assistiu a esta operação, meio contente de socorrer a vizinha, e meio descontente de ficar sem ceia.

Um pouco aborrido, dizia entre dentes:

— O bocado não é para quem se faz nem para quem o faz!

A velha macerava entre os dentes o último pedaço do frango quando deu um rugido espantoso e revolveu-se na cama como se estivesse nas contorções da morte.

O nosso bom Martim supôs que, querendo a velha engolir algum pedaço de osso, este se lhe atravessara na garganta, e por isso lhe deu três pancadas nos entre ombros para fazer saltar o osso; mas, vendo que os movimentos do corpo foram substituídos por um entorpecimento glacial, quis, como bom católico, que a sua vizinha não morresse sem absolvição, e correu, ou, antes, voou em demanda do vigário.

Neste tempo era pastor das ovelhas do rebanho de São Roque o reverendo Manuel José Gomes Teixeira, bom filósofo, dotado de um coração eminentemente filantropo, e assaz austero no cumprimento dos seus deveres paroquiais.

Com tais qualidades, é escusado dizer ao leitor que o nosso bom vigário tomou o seu bastão ensebado, encaixou na cabeça o seu chapéu velho de Braga,* e correu pressuroso ao lugar onde requeriam o seu santo ministério.

Entrando nessa pobre cabana, e vendo a enferma semimorta, começou o padre a rezar a sua oração.

Apenas tinha ele proferido as primeiras palavras, a velha, voltando do seu espasmo, disse rispidamente:

— Suspendei!

O vigário ficou assombrado.

A feiticeira continuou:

— Quem sois vós, e que vindes aqui fazer?

— Está em delírio — observou Martim do Vale.

— Sou o vosso vigário, o mensageiro da palavra de Deus, que me acho em toda a parte, para ministrar os socorros espirituais àqueles que, como vós, estão prestes a atravessar os umbrais da eternidade...

— Retirai-vos — atalhou a enferma com azedume —, retirai-vos, que não hei mister de vossos socorros!

— Filha minha! — tornou o padre. — As bênçãos do céu não podem prejudicar a quem vai transpor o limiar da vida sem limites!

— Pois bem! Para livrar-me de vossa graciosa solicitude, para forrar-me ao desgosto de ouvir vossas palavras sagradas, em que eu não acredito, aproximai-vos, ouvi-me, e vereis que não tendes o poder de absolver-me.

O vigário, que guardava escrupulosamente o sigilo da confissão, acenou a Martim do Vale para que se retirasse, e aproximou-se do leito.

A feiticeira foi fazendo a resenha de sua vida extraordinária, sortilégios, crimes espantosos, e do seu pacto com o demônio; e o padre, à proporção que ia ouvindo, empalidecia gradualmente, até que

* Chapéu de fabricação portuguesa, bastante popular no século 19 e conhecido por sua simplicidade.

horrorizado se persignou, erguendo-se violentamente com os olhos estupefatos, e exclamando convulso:

— Oh! Maldita de Deus!!!

A feiticeira respondeu a essa exclamação com uma gargalhada retumbante.

O padre precipitou-se fora desse covil hediondo, deixando bastão e chapéu; e dizem que o seu assombro durou alguns dias.

Pouco depois da retirada do vigário e de Martim do Vale, um vulto, rebuçado em longo capote, entrou com passo lento na cabana da profetisa.

— Admiro mais que ninguém — disse o vulto — a força do vosso poder mágico e presciente, e venho por isso implorar-vos que me digais o que é feito da minha amada.

A velha não respondeu.

— Oh! — continuou o vulto. — O vosso silêncio me revela grande desgraça! Dignai-vos, por quem sois, dar-me notícias dela.

— Há obstáculos que estorvam de vos aproximardes dela — respondeu a feiticeira, quebrando o silêncio.

— Obstáculos! — redarguiu o vulto com assomo. — Nunca o vosso coração foi abrasado pelas chamas de amor, pois, se tivésseis amado, saberíeis que não há obstáculos que amor não vença. Se ela estiver além de um rio caudaloso, bem que fraco nadador, eu afrontarei a sua torrente impetuosa, e o amor me dará forças para vingar a margem oposta; se estiver encerrada em uma torre alcantilada e inacessível, aí chegarei facilmente, porque o amor me dará suas asas ligeiras; se estiver em uma masmorra, guardada por cem portas de bronze, e se lá mesmo um pensamento seu me pertencer, arrombarei essas cem portas como se fossem frágeis tabiques; e se já não vive, irei disputá-la ao domínio da morte. Oh! Dizei-me: que é feito dela?

— Está louca.

— Que importa? O meu amor a curará. Quero saber onde ela está.

A velha deu a Astolfo as necessárias indicações para que ele descobrisse a infeliz Anacleta.

O mancebo seguiu imediatamente em procura dela, mas nunca mais de um nem outro se soube notícia. É provável que a morte unisse os seus cadáveres na Caverna dos Infantes.

Sessenta dias após essa cena que vimos de esboçar, a feiticeira estava curada da fratura no joelho, mas tinha ambas as pernas distendidas, duras e inflexíveis, de modo que não podia pôr-se de pé; a língua tinha tomado tal volume, que parte dela se conservava fora da boca; caíram-lhe todos os dentes e cabelos; os braços ficaram mirrados, e os dedos retorcidos uns sobre os outros; seu corpo era o de um esqueleto no sepulcro; e além de tudo isto dores horríveis a assaltavam a todos os instantes, e a miséria e a fome com seus dedos de ferro ajudavam a comprimir esse corpo amaldiçoado.

Abandonada de todos, a infeliz velha foi transportada para o bairro de Campo Verde, que dista três léguas da vila de São Roque.

Vinte e oito anos são decorridos, e durante tão longo período, essa desgraçada, abandonada quase da Providência, solitária em uma misérrima cabana, tem sorvido de minuto a minuto todo o fel de uma vida mais dolorosa do que a morte, pois se conserva ainda hoje no mesmíssimo estado que acima descrevemos.

Deus se amerceie de sua alma!

São Roque, 20 de junho de 1848

O fim do mundo

Joaquim Manuel de Macedo

Joaquim Manuel de Macedo nasceu em 1820, no Rio de Janeiro, e morreu em 1882, na mesma cidade. Foi médico, jornalista, professor, teatrólogo e memorialista. Como ficcionista, publicou A moreninha *(1844), considerado por muitos o primeiro romance brasileiro. O conto "O fim do mundo" veio em 1857, no* Jornal do Commercio, *do Rio de Janeiro. Nesta história com traços de distopia, um cometa está prestes a se chocar com a Terra, e o narrador, Martinho, prepara-se para o cataclismo.*

I

Estava reservada ao Martinho* a triste obrigação de escrever a lúgubre história do cataclismo por que passou a cidade do Rio de Janeiro, e por que muito provavelmente há de ter passado o mundo inteiro no fatal dia 13 de junho.**

Eu sou o novo Noé que sobreviveu ao novo dilúvio! E sou ao mesmo tempo o Moisés do século das Luzes que deve referir o infausto caso do fim do mundo no ano de 1857.

Não fui daqueles estouvados incrédulos que zombaram da profecia do cônego de Liège; tive sempre a maior veneração pelos cônegos, e não havia de ser em uma questão de cometa que o Martinho duvidasse da palavra de um cônego.

* Referência a Martinho Corrêa Vasques, ator e dançarino negro.

** Em 1857, a imprensa europeia divulgou o rumor de que um grande cometa colidiria com a Terra em 13 de junho daquele ano. Afirmava-se que o fenômeno teria sido antecipado pelo *Almanaque de Liège* (1626), assinado por Mathieu Laensbergh, suposto cônego belga, que se tornaria célebre por suas previsões astrológicas. Alguns periódicos apontaram, contudo, que a obra indicava tão somente a passagem de um cometa para aquela semana, sem mais comentários. A data marca, ainda, o dia de Santo Antônio.

Também não me contei no número dos terroristas e dos aterrados, que, esperando pelo fim do mundo no dia 13 de junho, não pensaram em escapar ao dilúvio, e resolveram-se a morrer imóveis e caladinhos como carneiros.

A ideia de acabar como capão, peru, ou leitoa em dia de banquete me revoltava deveras. "Quê!", disse eu a mim mesmo, conversando com os meus botões, "quê! o Martinho, que tinha direito a considerar-se imortalizado pela fama, há de assim sem mais nem menos perder a sua imortalidade, reduzido a torresmo pelo fogo da cauda de um cometa?".

Dizem que a diligência é mãe da boa ventura: a indústria humana pode vencer quase o impossível, pus-me a refletir, a imaginar, a combinar; gastei nisso mais tempo do que qualquer dos meus colegas em estudar a sua parte num drama novo, e por fim de contas dei um pulo, bati palmas, exclamei como Arquimedes: *Eureka*!

Eureka era o meio que eu tinha descoberto para livrar-me das rabanadas do cometa e sobreviver ao cataclismo.

II

O meu primeiro pensamento foi organizar uma companhia que tivesse por fim fazer construir uma estrada de ferro para o mundo da lua; mas abandonei esse projeto porque com a notícia da nova empresa poderia o Banco do Brasil lembrar-se de elevar ainda mais a taxa de juros, e tínhamos o diabo na praça ainda antes de aparecer o cometa.

Meditei depois sobre a construção de uma segunda Torre de Babel, pela qual pudesse eu subir aos planetas e esconder-me no seio de Vênus, ou pelo menos em uma das asas do caduceu de Mercúrio: não me faltavam materiais para a obra; porque a Torre de Babel é torre de confusão, e eu podia consequentemente arranjar muito bons arquitetos no corpo legislativo; mas tive também de rejeitar essa ideia, considerando que, publicada ela, encontraria eu logo algum outro pretendente e competidor, e dava-se então um caso de duplicata, em que não é de regra que o bom direito seja atendido.

Tornei a pensar, a refletir, a combinar, e dei enfim o meu salto de alegria, e mesmo de casaca e de gravata ao pescoço (porque isto sucedeu exatamente a horas de ensaio no Teatro de São Pedro de Alcântara),* e, portanto, sem estar em menores, ou nuzinho em pelo, como Arquimedes, soltei o meu brado entusiástico: *Eureka*!

Guardei muito em segredo o meu projeto, e esperei ansioso pelo dia 13 de junho, e para que não me faltassem recursos pecuniários para a minha longa viagem, fiz o meu benefício** no Teatro de São Pedro na noite de 9 de junho, isto é, quatro dias antes do cometa.

E fiquei esperando.

III

A noite de 12 de junho foi clara e formosa, como o rosto das amadas de todos os poetas passados, presentes e futuros.

Em redor das fogueiras de Santo Antônio os rapazes namoravam, os velhos falavam de conciliação, as moças tiravam sortes, e as velhas comiam batatas, apesar de serem as batatas a alimentação mais diabólica e ruidosamente indigesta que se conhece.

Os sinos dão o sinal da meia-noite.

Começava desde esse momento o dia 13 de junho: era o dia do cometa.

Eu estava com todos os órgãos dos meus sentidos, menos o olfato, exclusivamente ocupados a esperar o bicho caudato.

Não esperei muito.

* Antigo e importante teatro do centro do Rio de Janeiro. Em 1923, foi demolido para dar espaço ao atual Teatro João Caetano, localizado na praça Tiradentes.

** Espetáculo organizado com o objetivo de angariar recursos para determinada causa ou pessoa.

IV

A peça de artilharia e as bandeirolas do veterano Gabizo* anunciaram o incêndio.

Eram cinco minutos depois da meia-noite.

O senhor conselheiro Melo** oficiou a toda pressa ao sr. ministro da Guerra, participando-lhe que avistara a pontinha da cauda do cometa.

Meia hora depois o sr. dr. Capanema*** foi acordado na Serra da Estrela pela campainha do telégrafo elétrico, e recebeu e transmitiu para Petrópolis a tremenda notícia.

A uma hora da noite o *Jornal do Commercio* publicou e espalhou um *suplemento* dando conta ao público da funesta aparição.

O sr. José Maria dos Reis**** fez pregar anúncios nas esquinas das ruas declarando que alugava telescópios a todos os curiosos.

A população começou a sobressaltar-se; as ruas encheram-se de gente; as senhoras, como de costume, principiaram a gritar e a fazer matinada.

O ministério, o Conselho de Estado, os senadores e deputados reuniram-se e celebraram uma sessão secreta no imperial observatório astronômico, cujo diretor pediu que o dispensassem da presidência da grande assembleia, porque estava todo ocupado em admirar o formoso e imenso dragão aéreo.

Esses astrônomos parecem poetas!

* Referência a Antônio João Fernandes Pizarro Gabizo, tenente-coronel e diretor geral do sistema de telégrafos do Rio de Janeiro à época. Os aparelhos transmitiam informações para diferentes pontos da cidade e informavam a chegada de embarcações. O telégrafo do morro do Castelo funcionava com um sistema de bandeiras, cujas cores e posições nas hastes serviam de sinais para a comunicação.

** Referência a Antônio Manoel de Melo, militar, astrônomo, ministro e conselheiro do imperador d. Pedro I.

*** Referência a Guilherme Schüch de Capanema, responsável pelo estabelecimento da primeira linha telegráfica do país.

**** Comerciante português, vendia objetos de óptica, como telescópios. Em 1857, contava com uma loja na antiga rua do Hospício (atual rua Buenos Aires), nº 71, a qual anunciava nos jornais do período como "o primeiro estabelecimento de óptica no Império".

No meio de toda esta confusão pus eu os pés na rua, e disse: "Martinho! é chegada a hora da ação; faz o teu dever".

E fiz.

V

Aluguei um telescópio ao sr. Reis, e observei o cometa; era um bicho enorme, e vinha-se mostrando do lado do norte, e dirigindo-se para o sul.

Bem, pensei eu; assim como o capoeira quebra o corpo tratando de livrar-se de uma facada, assim eu escaparei da cauda do cometa, fugindo em direção oposta àquela que ele segue.

E tratei logo de realizar o meu projeto.

VI

Não havia tempo a perder.

Começava-se a perceber o cometa sem o socorro de instrumentos ópticos.

Por ordem da polícia, que despertara rabugenta, apagaram-se todas as fogueiras, e apesar disso já se sentia calor como no mês de janeiro.

Deitei a correr.

Entre as companhias de seguros não achei uma de seguros aéreos; contentei-me, pois, com a de seguros marítimos e terrestres, e segurei-me deveras: por este lado estava arranjado.

Principiei a minha obra, que devia ser nada menos que uma escada que me levasse à pequena distância da Lua, contando daí por diante fazer o resto da viagem em uma bem-arranjada máquina de balões de crinolina,* que com antecedência preparara.

* Crinolina era o nome da armação para saias bastante popular em boa parte do século 19. Fabricada com os mais diversos materiais (aros de aço, vime e até mesmo com pneus de bicicleta), era uma anágua em forma de gaiola que dava um formato de balão aos vestidos das mulheres.

Qualquer outro no meu caso talvez procurasse construir a sua escada de cima do Corcovado, da Gávea, ou do mais elevado ponto da Serra dos Órgãos; mas eu, que tinha calculado tudo, comecei a construção da minha de cima de montanhas muito mais importantes e das quais talvez ninguém se lembrasse.

Peguei no montepio,* e carregando com ele sobre os ombros, encarapitei-o sobre o Monte de Socorro;** já tinha, portanto, duas montanhas, uma sobre outra, e daí foi que comecei a arranjar a minha escada.

Tomei como base ou primeiro degrau da escada o Banco do Brasil; com a alta de juros, só esse banco valia por mil degraus; em cima do Banco do Brasil coloquei o banco chamado Rural e Hipotecário, e trepei pelas hipotecas como um macaco pelos ramos e raminhos da mais alta árvore; sobre o Banco Rural pus o Banco Mauá, sobre este, o Banco Agrícola, sobre o Agrícola, o Banco Industrial e Agrícola, sobre o Industrial e Agrícola, o Banco do Rio de Janeiro, e em cima de todos eles acomodei a Caixa Hipotecária, que também me prestou um alto e excelente degrau: banco sobre banco já eu tinha uma escada enorme; é verdade que os três últimos bancos ainda precisavam de alguma obra para entrar em serviço ativo, mas a necessidade era urgente, e eu aceitaria mesmo um banco de pé quebrado.

Se não fosse o medo do cometa, creio que teria dado muito boas risadas com os furores, raivas e desespero do aristocrático Banco do Brasil, ao ver-se por baixo de tanto banquinho democrático; eu o ouvi bradar dez vezes sem tomar fôlego: "Vou levantar os juros! vou levantar os juros!", mas, sem lhe dar resposta, fui cuidando em salvar-me do cometa.

Em um abrir e fechar d'olhos entrei pelos dormitórios dos profetas, ou acendedores de gás, ajuntei todas as suas escadinhas e mercê delas fui subindo pelos ares acima.

* Mecanismo de assistência financeira, precursor da Previdência Social, em que uma pessoa paga valores a determinada associação ou instituição a fim de receber uma pensão.

** Referência à Companhia Monte de Socorro, que oferecia crédito a seus clientes a partir da penhora de bens.

O medo emprestava-me asas, e eu voava como um passarinho: quando cheguei à última escadinha, lembrei-me de olhar para baixo.

Olhei, e nada vi... um mundo imenso, mas um mundo com um enorme rabo estava entre mim e a Terra.

Era o cometa!

Esse monstro horrível tem um ponto de contato com os vaga-lumes, que são uns pobres bichinhos da terra; tanto ele como estes trazem fogo na extremidade posterior do corpo; mas os vaga-lumes são suros, e o cometa desenrola uma cauda tão comprida como o orçamento da despesa geral do Império quando lhe adicionam os aditivos.

VII

Respirei.

Compreendi que tinha escapado são e salvo do fatal cometa: o fogo de sua cauda devia estar abrasando a Terra, que lhe ficava por baixo; mas a mim, que estava de cima, apenas me causava uma sensação de calor um pouco forte.

Estive pensando durante alguns minutos no que me cumpria fazer, e vendo que já não corria perigo de morrer queimado, assentei que era conveniente esperar e não expor-me a viajar para Vênus ou Mercúrio nos meus balões de crinolina, que às vezes pregam suas peças a quem os trazem.

Enquanto estive pensando, o cometa continuou a sua derrota, e foi-se!

Mas eu achava-me tão alto que não pude descobrir a Terra, nem mesmo com o auxílio de um binóculo que tinha trazido comigo.

VIII

Com a retirada do cometa o calor cessou e foi substituído por um frio horrível.

Constipei-me; comecei a espirrar, e senti a mais dolorosa impressão vendo que não havia ali uma alma caridosa que me dissesse *dominus tecum*!...*

O isolamento é horrível; aqueles que repetem que *antes só do que mal acompanhado* nunca se viram como eu, isolado e a quatro braças da Lua.

Porque eu olhei para cima e vi quase assentada sobre o meu nariz a Lua, que por sinal estava cheia e tinha uma cara de bolacha de marinheiro.

O frio redobrava: a neve do Francioni** é brasa ardente em comparação à neve que chovia sobre mim ali ao pé da Lua.

De repente caíram-me as unhas: não me incomodei muito com isso, porque nunca tive ideia de vir a ser tesoureiro; mas aterrei-me lembrando-me que me podia cair também o queixo, e um homem de queixo caído não se pode tolerar, nem mesmo quando é namorado.

Puxei o relógio; era meio-dia, exatamente a hora dos ensaios do Teatro de São Pedro de Alcântara. A força do hábito destruiu todas as minhas hesitações; não pude resistir, parecia-me que me estavam multando por faltar ao ensaio, e atirei-me pelas escadinhas abaixo.

Cometi a incivilidade de não me despedir da Lua.

Desci como um raio. É de regra que se desce sempre mais depressa do que se sobe; até os ministros de Estado conhecem a verdade deste princípio de física, eles que de ordinário poucas verdades conhecem.

IX

Cheguei à Terra às duas horas menos um quarto, e quase que me esbarrei no chão, porque encontrei todos os bancos *rotos*; apenas se conservara inteiro o Banco do Brasil: é que os monumentos levanta-

* Saudação em latim que significa "Que o Senhor esteja contigo", a qual costumava ser empregada quando alguém espirrava.

** Referência à Confeitaria Francioni, antigo estabelecimento no centro do Rio, famosa sobretudo por seus sorvetes.

dos pela sabedoria atravessam os séculos e resistem aos mais formidáveis cataclismos.

Fiquei, portanto, sabendo que o mais seguro degrau de escada por onde se pode subir é o Banco do Brasil.

Olhei para todos os lados, e vi a cidade do Rio de Janeiro reduzida a um ermo. Todas as suas casas estavam intactas, e apenas haviam perdido as vidraças, que o calor excessivo tinha derretido; não havia mudança alguma, nem se ouvia ruído algum, mas não se sentia vida.

O cometa era sem dúvida partidista exclusivo do progresso material, porque destruiu a todos os homens e a todos os animais, respeitando, porém, e deixando ileso tudo quanto era puramente material, tudo quanto tinha existência sem ter vida.

O cometa era *materialista vermelho*.[*]

Aqui e ali eu encontrava homens e mulheres estendidos nas calçadas, de cócoras ou em pé nas esquinas, ou sentados às portas das casas; mas todos petrificados.

Tive medo dessa horrível solidão; gritei, e ninguém me respondeu; um suor frio correu-me de todo o corpo. Desatei a correr de olhos fechados até o Teatro de São Pedro de Alcântara.

O teatro estava aberto: entrei. No saguão avistei o bilheteiro sentado na sua casinhola privilegiada, tendo as mãos cheias de bilhetes de plateia. Tinha morrido como um herói no seu posto de honra.

Três cambistas estendidos na porta do botequim deixavam ver cada um a seu lado uma garrafa vazia: novos heróis que haviam passado à eternidade com intrepidez britânica.

Entrei na plateia e vi no tablado a companhia petrificada ao ensaiar a cena do combate das *Minas de Polônia*.[**] Tive dó de ver o Manuel Soares,[***] morto e reduzido a estátua, representando em minha

* Possível referência à associação da cor vermelha ao barrete frígio da Revolução Francesa (1789). Nesse contexto, o vermelho simbolizava as causas populares.

** *Les Mines de Pologne* (1803), no título original, é um melodrama em três atos escrito pelo francês René-Charles de Pixerécourt. A peça realmente esteve em cartaz no Teatro São Pedro de Alcântara em 1857, com atuação de Martinho Corrêa Vasques.

*** Manuel Soares da Costa, ator, também escalado para a representação de *As minas de Polônia*.

falta o papel que eu fazia: coitado! morreu em meu lugar! Deus lhe fale n'alma.

O ponto estava com o dedo indicador apontando na peça a nota *vai-se* e, com efeito, *foi-se*! É o que se chama morrer a propósito.

X

Saí desconsolado e aflito do teatro; mas, apesar da minha aflição, senti que tinha uma fome de todos os diabos. Entrei na *Fama do Café com Leite*:* o Braguinha morrera com a pena na mão improvisando versos à glória do seu botequim; é uma alma que foi parar no Parnaso, e a esta hora está se banhando na Hipocrene** para se vingar dos ardores por que passou; os fregueses do Braguinha achavam-se em redor das mesas, e um dos caixeiros expirara deitando manteiga derretida em um pão Napoleão: comi-lhe o pão, que achei um pouco duro, bebi café com leite que ainda fervia, e, não tendo a quem pagar o almoço, e não querendo ficar em dívida, rezei um Padre-Nosso pelo amo e caixeiro já defuntos, e saí precipitadamente.

XI

Doeu-me o coração ao entrar na Petalógica,*** que, como se via, tinha acabado em sessão magna. O Paula Brito estava encostado a uma mesa, com os olhos fitos em um número da *Marmota*,**** em que zombara do cometa; o bacharel Gonçalves morrera com um enorme aba-

* Botequim carioca, localizado no antigo largo do Rocio, atual praça Tiradentes. Localizava-se, portanto, na região do Teatro São Pedro de Alcântara. Seu dono era o português José de Souza e Silva Braga, conhecido popularmente como Braguinha.

** Na mitologia grega, é uma fonte capaz de conferir inspiração aos poetas.

*** A Sociedade Petalógica foi uma associação criada durante o Império para difundir mentiras no debate público a fim de gerar ceticismo salutar no público. Um de seus participantes foi o tipógrafo, editor e escritor Paula Brito, mencionado por Macedo.

**** Periódico satírico criado em 1849.

no na mão; o meu colega José Romualdo jogando estoicamente uma partida de xadrez com o barão de Tautphoeus, que se achava a ponto de dar *échec et mat* no adversário; e o Viegas dando conta das últimas notícias do cometa. Chorei pelos meus consócios, e fugi

XII

Achei-me, sem saber como, no paço da Câmara Municipal; os heroicos vereadores morreram em sessão aberta, e em discussão calorosa, e exatamente no momento em que o sr. Lobo pronunciava um discurso ad hoc.

Vi um papel nas mãos do presidente da câmara e tive a curiosidade de o ler: era um ofício em que os fiscais declaravam que desde as dez horas do dia tinha secado toda a lama que havia nas ruas da cidade, e pediam por isso aumento de ordenado. Felizmente não houve tempo de despachar a petição.

XIII

O cometa encontrara na câmara vitalícia os anciãos da pátria na mesma posição em que os gauleses acharam os senadores romanos. Um veterano liberal tinha o braço estendido para um conservador vermelho, e lhe oferecia a mão em sinal de paz e conciliação; o conservador, depois de algumas cerimônias que ainda se lhe notavam na expressão fisionômica, estendera também o seu braço... os dedos daquelas duas mãos patrióticas estavam quase a tocar-se, quando o rabo do cometa passou entre eles, e ficaram ambos os anciãos petrificados e com a conciliação no ar, entre o polegar de um e o indicador do outro, como se fora uma pitada de tabaco mútua!

Sobre a perna de um outro senador encontrei um bilhetinho convidando-o para uma reunião conservadora, com a declaração de que haveria nela sorvetes por causa do calor.

XIV

Fatigou-me esse passeio lúgubre em que andava, e tive vontade de colher algumas notícias a respeito do cometa e de seus estragos. Dirigi-me ao *Jornal do Commercio*.

Penetrei na sala da redação, e a primeira figura que se apresentou a meus olhos foi a do dr. Macedo morto, conservando, porém, derramada no semblante a satisfação que sentira ao ver que estava livre de escrever a "Semana" do domingo, que era o dia seguinte.

O Emílio Adet passara desta para melhor vida no meio dos seus trabalhos, e achava-se estendido entre nuvens de folhas de papel, que continham uns três ou quatro discursos de deputados; o Emílio Adet teve um passamento parlamentar: morreu coberto de *bravos*, *apoiados* e *aplausos*.

O Castro estava sentado à sua mesa, e ainda conservava a pena entre os dedos; os vidros dos seus óculos haviam-se derretido com o excesso do calor, mas os seus olhos estavam fitos na folha de papel em que escrevia.

Eram as notícias ou era o boletim do cometa que ele preparava para o Suplemento do *Jornal*. Foi com lágrimas nos olhos que li o que se segue:

SEIS HORAS DA MANHÃ.

O cometa vem-se aproximando com rapidez incrível; o calor aumenta a cada minuto; os sorvetes e as ventarolas estão por um preço fabuloso.

OITO HORAS.

Reuniram-se as câmaras extraordinariamente; mas permitiu-se a todos os representantes e espectadores das galerias estar em mangas de camisa.

NOVE HORAS.

A polícia mandou espalhar pelas ruas da cidade todos os foles que encontrou nas ferrarias e casas de fundição: os pedestres e acendedores de gás ocupam-se em tocar foles. No Tesouro Público deu-se ordem para que os empregados entrassem de chapéu na cabeça e casaca abotoada: é uma medida que está em harmonia com a anterior que tinha banido os chapéus.

DEZ HORAS.

Há febre na praça: as ações de todas as companhias sobem espantosamente; há uma alta geral; querem todos morrer, provando que são homens de ações.

ONZE HORAS.

O cometa está quase não quase sobre nós; na rua do Rosário vendem-se todos os queijos assados; das bicas das esquinas e de todos os chafarizes a água corre fervendo. — Conciliaram-se definitivamente os partidos políticos. — As pessoas magras ainda se movem e falam: o nosso amigo Pitada queixa-se muito do calor, mas ainda se supõe com forças para resistir. Aquelas que pelo contrário são gordas já estão prostradas e quase moribundas; o sr. Câmara, que chegara anteontem de Petrópolis, acaba de morrer.

MEIO-DIA.

Hoc opus, hic labor est!...* Chegou a hora suprema.

XV

Tudo, portanto, estava acabado! Eu era o único vivente que se achava na cidade heroica e leal; oh! tive vontade de chorar desesperado, como Mário nas ruínas de Cartago!

Vejo-me prodigiosamente rico: tinha palácios, pertenciam-me o Tesouro Público, os cofres de todos os usurários, possuía riquezas incalculáveis; era, porém, uma espécie de Adão sem Eva, e ainda por cima um Adão que, em vez de habitar no paraíso, mora em um cemitério descomunal!

Arrependi-me de haver fugido do cometa: mil vezes antes morrer assado do que sobreviver a um tal cataclismo para ficar em isolamento e na mais completa impossibilidade de ser o tronco de uma nova geração!

Ah, Martinho! Martinho! Como poderás tu viver sem aquele amado e respeitável público que te aplaudia no teatro, que te encorajava com seus bravos e suas palmas, como?...

* Em latim, "Aqui é que está o trabalho e a dificuldade". Verso de *Eneida*, de Virgílio, VI, 129.

XVI

Fazendo essas aflitivas reflexões cheguei à rua do Conde, e por curiosidade entrei na casa da polícia. Triste espetáculo! O chefe de polícia morrera no ato de pagar o subsídio mensal devido a uns dois publicistas independentes, que estavam em pé também petrificados, com os braços estendidos e as mãos abertas para receber os *cum quibus*.* Se houvesse ainda alguém que pudesse olhar para aquelas duas nobres figuras e reparasse em seus lábios entreabertos, adivinharia logo, como eu adivinhei, que os ilustrados publicistas tinham sido torrificados no momento em que diziam: *venha a nós*.

XVII

Deixei a polícia, e para distrair-me quis tomar o fresco no Campo da Aclamação. O espírito de classe obrigou-me a penetrar no barracão do Provisório.

Subi ao salão; e que cena havia de se oferecer a meus olhos?... Ah!... Todas as coristas da companhia lírica tinham morrido no meio de um ensaio: desgraçadas!... Haviam feito pausa final... Eterna.

Aquelas flores viçosas e belas! Aquele formoso grupo de encantadoras fadas!... Aquelas ninfas, ou divindades de beleza arrebatadora e de voz de rouxinol, coitadinhas! Estavam todas prostradas e sem vida; mas nem uma só delas se esquecera de morrer em posição grave e composta.

E diante delas em pé, como em êxtase, porém morto e bem morto, destacava-se a figura do meu amigo Dionísio, de batuta na mão e com o mais terno e suave dos olhares cravado no grupo encantador!

Ah, Dionísio! Foste mais feliz do que eu! Morreste abrasado por dois fogos: fogo do cometa e fogo de amor! Sempre é uma consolação morrer assim.

Requiescat in pace.**

* Expressão latina usada para se referir a dinheiro.

** Em latim, "Descanse em paz".

XVIII

Quando eu acabava de proferir essas palavras em louvor e honra do meu amigo Dionísio, de súbito, inesperadamente, escuto uma voz murmurar:

— Quem fala aí em amor?...

Dei um salto: era uma voz humana, o mais apreciável dos tesouros para mim; e, mais ainda, era uma voz feminina, era a Eva que eu, pobre Adão, ardentemente desejava para bem da humanidade, que não se devia extinguir.

Oh! Não se pode fazer ideia da minha surpresa, da minha alegria, do meu arrebatamento!

Procurei a boca por onde havia passado aquela voz, e vi inclinada sobre uma cadeira em um canto do salão, mas quase moribunda, uma jovem corista, e que corista!... A senhora XPTO,* um demoninho tentador que se apaixonara por mim em 1846 em certa noite em que me ouviu cantar a ária do boleeiro.

Corri a ela, abracei-a, suspirei, chorei, e até cantei-lhe um pedaço da ária predileta.

— Ainda vive alguém?... — perguntou-me com voz sumida a divindade.

— Eu só, eu só — respondi-lhe ansioso —; eu só, que serei o teu Adão, porque tu vais ser a minha Eva.

A corista deu um muxoxo, fez um momo, e fechou os olhos.

— Vive! vive!... é necessário que vivas!...

— Para quê?... — tornou-me ela.

— Para não se acabar o mundo, minha filha; para arranjarmos um artigo aditivo à humanidade, que está em risco de se extinguir de todo. Olha, minha corista, o destino do globo terráqueo está nas nossas mãos.

— Ora!... nem ao menos eu acharia com quem cantar um coro...

* A expressão pode ter diversos significados, sendo um deles uma sigla referente a Cristo — em grego (Χριστός). À época era empregada também para indicar a ideia de algo excelente, magnífico. Como pseudônimo, foi usado para a publicação de artigos de opinião na imprensa brasileira do período. No uso corrente, XPTO adquiriu sentido de algo genérico, sinônimo de "qualquer".

— Cantaremos um dueto, menina!

— Não... não... de que me serviria viver?... que poderia eu ser ainda?...

— Minha mulher, pequena!

— Tua mulher?... ora essa!... se eu fosse agora tua mulher... como tu és o único homem no mundo, nem ao menos eu poderia pregar-te um mono!

E inclinando a cabeça... exalou um suspiro, que me pareceu o último.

XIX

Abracei-me desesperadamente com a corista: chamei-a pelo seu nome, ajuntando a este todos os epítetos ternos, amorosos e poéticos de que se usa nas comédias; beijei-a dez, cem, mil vezes, beijei-a tanto, e tanto, que por fim de contas a corista abre de novo os olhos, sorri... suspira... solta uma risadinha magana, e... levantando-se de repente, escapa dos meus braços, e deita a correr pelo salão fora.

Estava visto que eu devia correr atrás dela: reúno todas as minhas forças, dou um arranco, e...

Acho-me no chão gemendo com uma horrível dor nas costelas.

Reconheci que acabava de sair do domínio de um sonho tão longo como penoso, que me fizera cair da cama abaixo no momento em que ia correr atrás da corista.

Lembrei-me então que antes de adormecer tinha lido um artigo do *Figaro* de 16 de abril intitulado *Le dernier homme*, e que fizera no meu sonho um verdadeiro e quase completo — *plágio*.*

E apesar da dor que sinto nas costelas, dou graças a Deus; porque hoje é o dia 13 de junho, e não há de acabar-se o mundo.

O Martinho

* Com efeito, em 16 de abril de 1857, o *Figaro: Journal non politique* publicou um texto, assinado pelo escritor e jornalista Léo Lespès, no qual se imagina a história de um homem que caminha sozinho pelas ruas de Paris após sobreviver ao cataclismo.

O estudante e os monges*

Couto de Magalhães

José Vieira Couto de Magalhães nasceu em 1837, em Minas Gerais, e morreu em 1898, no Rio de Janeiro. Além de político, ganhou notoriedade por sua participação na Guerra do Paraguai. Como escritor, dedicou-se aos estudos históricos e antropológicos — sua obra de maior sucesso é O selvagem *(1876). O conto "O estudante e os monges" foi publicado na* Revista da Academia de São Paulo, *em 1859, e é um bom exemplar de uma protoficção de horror na literatura brasileira: um estudante narra a ida de dois monges à casa de cortesãs, e a subsequente transformação dos religiosos em figuras demoníacas.*

* A vida do estudante de São Paulo é uma coisa sui generis que nada tem de comum com a do estudante europeu, e por isso oferece muitos quadros originais. Na Europa, o estudante acomoda-se em um hotel do mesmo modo que um negociante; frequenta bailes, aparece no mundo como qualquer outro moço. Esta família especial que nós constituímos aqui nas nossas *repúblicas* não tem semelhante, ao menos naquelas universidades cujos costumes me não são desconhecidos. Na Europa, as comodidades da civilização, o luxo, os mil divertimentos, absorvem o resto de tempo que não é empregado nos livros: aqui não sucede o mesmo; o *spleen*, tão bem caracterizado pela palavra *cinismo*, obriga-nos a fazer da conversação um elemento da vida moral e a buscar nela a compensação de outros divertimentos: estas e outras considerações moveram-me a escrever, nas férias de 1857 a 1858, alguns contos que, ao mesmo tempo que refletissem o doméstico de nossa vida, fossem também uma espécie de crônica de algumas tristes histórias que aqui têm tido lugar: este é o primeiro ensaio, e como tal tem direito a esperar do leitor alguma benevolência. (N.A.)

Às vezes pela alta noite não ouvis vozes destemperadas que turbam o silêncio da solidão? Pois são almas penadas que andam purgando pela terra seus malefícios.

INÉDITOS PORTUGUESES DOS SÉCULOS XIV E XV *

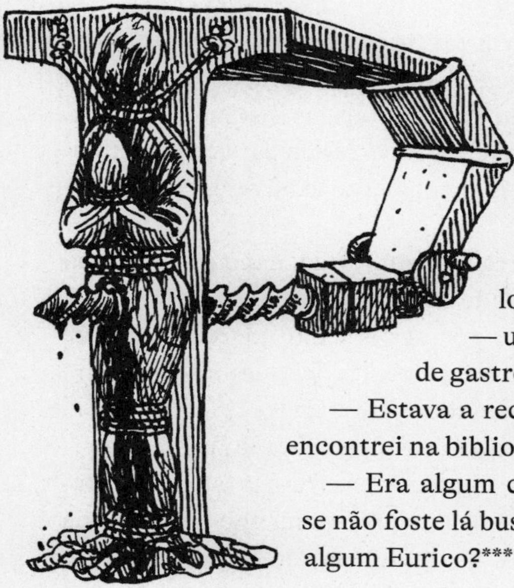

Pois que, Antônio! Dir-se-á que tu, a goela mais parlante que o sol cobre, estejas aí a resmungar monossílabos como um inglês bêbado? — disse Paritá a um moço moreno e de cabelos longos; era o poeta de comitiva — um sonhador crente neste século de gastrônomos e descridos.

— Estava a recordar-me dum manuscrito que encontrei na biblioteca do Mosteiro de São Bento.

— Era algum conto interessante? Quem sabe se não foste lá buscar alguma crônica de Cister,** algum Eurico?***

* Referência à coleção de *Inéditos portugueses dos séculos XIV e XV*, copiados dos manuscritos cistercienses do Mosteiro de Alcobaça pelo frade Fortunato de São Boaventura e publicados em 1829, em Portugal. O trecho supostamente citado pelo autor na epígrafe do conto não foi, contudo, encontrado em nenhum dos três volumes da obra. É possível que Couto de Magalhães tenha inventado a passagem, a fim de estabelecer uma relação de verossimilhança com o manuscrito misterioso apresentado no conto.

** Obra de crônicas historiográficas escrita no final do século 16, de autoria do monge e historiador português Bernardo de Brito.

*** Eurico, o Visigodo, personagem histórico romanceado por Alexandre Herculano, em *Eurico, o presbítero* (1844).

— Não, enganas-te; tenho mais senso do que isso, sei perfeitamente que esses homens, se é que os houve, são raros. Mas o que é fato é que é um conto interessante, cuja cópia eu tenho.

— Tens aí? — perguntaram a um tempo os companheiros de viagem.

— Não, mas é como se o tivera, porque sei-o perfeitamente de cor.

— Conta-nos isso, poeta; um conto de estudante encontrado em biblioteca de frades! A fé que deve de ser coisa curiosa. É negócio de milagres?

— Não, mas há duendes na história.

Paritá não gostou da notícia, porque não era em nada amigo de semelhantes coisas; dizia que não acreditava em almas penadas, mas que não era prudente gracejar em tais assuntos. Ter-se-ia oposto à narração se porventura não receasse despertar contra si as línguas assaz móveis de seus companheiros, e, demais, as instâncias dos outros para que Antônio narrasse o fato concorreram para que ele fizesse das tripas coração, como tão ingenuamente diz o povo, e se resignasse a ouvir o conto.

— Era um papel velho, de letra tão amarelada, e tão roído de traças que despertou-me a curiosidade de interpretá-lo, e por Deus que me não arrependi. Está escrito em português velho: querem vocês que eu repita as palavras do original, ou que repita pelas minhas?

— Pelas do original — disseram todos em coro.

Não sei o porquê, mas é certo, que as narrações do passado perdem sua graça e energia se as traduzimos em frase moderna. Antes o antigo rude e grosseiro do que o moderno-gamenho e polido; há uma espécie de mistério naquele modo de falar de outrora, que encanta extremamente; a imaginação voa mais livremente, e com essa linguagem, que já não é comum, ela ergue diante de si as raças que já não vivem, e o espírito embalado pelo sonoro dessa língua ainda a meio selvagem sonha diante de si esses castelos vaporosos e belos que chamam-se — o romance. Esses editores desalmados dos poetas portugueses, que corrigiram o texto antigo de Cristóvão Falcão, Gil Vicente e Bernardim Ribeiro, fizeram o mesmo que os vândalos com os edifícios romanos. Quiseram emendar — doidos! — aquilo que eles tinham de mais precioso: a singeleza e o selvagem que existia nessas eras de crença e verdade. Oh, Alexandre Herculano e Almeida Garrett, quantas maldições vos não mereceram esses descabelados Aristarcos,* da Fênix** e do Góngora? Os moços tiveram, pois, razão em exigir que a narração fosse feita nas palavras com que se achava ela no manuscrito.

— Mas... És um verdadeiro original, Antônio. Como é que te foste meter com os frades de São Bento?

— Nada mais simples, *caro mio*. Tive um dia de falar com o abade; entrei lá, e senti tanta paz e solidão naquele recinto, que malgrado a minha prevenção contra conventos, senti-me magnetizado por aquelas arcadas solitárias, e aqueles mudos salões. Comecei a cismar, tinha há pouco lido as obras de A. Herculano, e as cenas cheias de encanto ou horror que ele tão habilmente coloca diante do leitor passaram-me diante dos olhos como se foram presentes. Manifestei ao bom velho o prazer que sentia em estar ali e interroguei-o sobre o passado desses muros. Ele simpatizou-se comigo e convidou-me para aparecer por lá, e franqueou-me a biblioteca. Foi numa das tardes que passávamos juntos, mas solitários, a conversar e a ler, que esbarramos com o poento manuscrito de almas penadas de que há pouco vos falei.

— És mesmo um esdrúxulo ao gosto de Hoffmann, meu caro Antônio. Está bom; emborca essa erma garrafa que tem ainda um pouco de sangue, e repete-nos o conto, tendo o cuidado de esporar o teu burro porque já é noite, e as nuvens prometem chuva.

O moço não se fez rogar; virou a garrafa, apertou o longo capote de viagem, porque começava assoprar um nordeste gelado; os companheiros fizeram o mesmo.

— Começarei por dizer-vos que eu não creio em almas do outro mundo — disse ele.

* Referência ao gramático grego Aristarco da Samotrácia (séc. 2º a.C.), bibliotecário da Biblioteca de Alexandria e crítico ferrenho das epopeias homéricas. O antropônimo foi dicionarizado, passando a se referir a críticos de grande severidade, mas reconhecidos por sua justiça e coerência.

** Referência à *Fênix renascida*, cancioneiro seiscentista português, publicado em cinco volumes.

— É judiciosa a reflexão — tornou-lhe Paritá —, mas espora o burro e vamos ao conto.

— O manuscrito encontrado lá rezava o seguinte:

"Demônios vagueiam pelo mundo, e não há aí quem o possa negar; se não tomam hoje a forma de morcego, de cão tinhoso, ou de bode é... Nem eu vo-lo poderei dizer; mas o certo é que por aí correm e tripudiam por sobre os cemitérios alta noite, quando o céu é triste e a terra é muda. Se não aparecem mais quando somos acordados é que Deus, nosso Senhor, se amerceou de nós.

"Hoje creio que não lhes é mais permitido usarem dessas formas tangíveis ou sutis, pois que fácil coisa não era o distingui-los, sendo como eram tão vezeiros e ardilosos em suas traças.

"Muito amavam eles as formas de alimárias selvagens e domésticas, como é dito nos santos livros, naquela edificante história dos porcos que vazaram-se no mar, a ver se apagavam o fogo que lhes havia acendido dentro da pele. Assim como se os povos pulem, assim tão bem eles se civilizam; cada vez são mais sutis as traças que armam, e é por isso que os santos padres tanto aconselham o sinal da cruz.

"Perros, porém, são eles; não cedem com duas nem três razões... E não há meio ao qual se não socorram para empalmar as almas dos fiéis e justos, para deitá-las sobre brasas nos infernos, vazá-las de lado a lado com espetos vermelhos de quentes, derramar-lhes chumbo quente pelas goelas, e quejandas judiarias, como é hoje sabido pelo que referem as almas penadas que por grã mercê de Deus conseguem de lá sair para cumprir penitências. Com o serem leões sangrentos e famintos não deixam de tomar a pele da raposa, ou de mansas ovelhas para mais facilmente nos enganar. E se não nos atrevem arca por arca, fazem-no pior, porque o homem deixa-se mais levar por brandas mostras que por força. É assim que debuxam traças, armam laços, preparam malefícios, e todo o al* conhecido, que não há evitar quando a sina nos depara com um que seja renitente. E o lugar onde Satanás se embetesga hoje mais comumente é nos cofres de dinheiro, nas bebidas e até nos brandos rostos de donzelas; há ainda quem não

* Palavra do português arcaico equivalente a "o mais", "o resto".

duvida afirmar que ele passeia muitas vezes pelo mundo debaixo dos bentos hábitos dos padres e monges; digo-vos isto porque houve ali uma história que o prova, e que passo a narrar; esses exemplos edificam o espírito e fazem conhecer-nos como a perdição eterna está tão perto dos prazeres da terra e da carne.

"Era uma noite... E há já crescido número de anos sobre um século. Tinham-se alevantado a pouco os conventos dos jesuítas aqui nesta terra. Uma noite, pois, viram sair do convento dois monges, os quais, seguindo pela rua fora, entraram na casa de duas barregãs que escandalosamente viviam ali em pecado mortal ao pé da casa de Deus. Que leigos frequentem crapulosas casas, é o que em idade nenhuma espantou; mas que homens santos, votados a Deus por juras e promessas indissolúveis, é o que não achamos escrito em crônicas, e é o que espanta ainda aos corações mais avezados ao vício; porque se, por leveza, desculpamo-nos crimes e vícios em nós, somos as mais das vezes severos para com os outros — enxergando assim pequenos argueiros ao de cima de suas vistas sem sentir a trave que nos tapa a nossa.

"Entraram os dois santos homens na casa das perdidas pela volta da meia-noite.

"Em vez das duas barregãs, encontraram porção delas e de libertinos que se tinham reunido, a fim de ajuntar ao prazer da devassidão o da comezaina e companhia numerosa nas quais sente-se menos a voz do remorso, porque o exemplo dos outros nos assegura mais naquilo que fazemos. Estas e quejandas casas são outras tantas armadilhas que arma o cão tinhoso — o qual, apesar de ter perdido a formosura, e alguns outros atributos da essência angélica, ficou-lhe, contudo, a inteligência de muito superior à humana — a qual, voltada agora para a maldade, encontra sempre fáceis recursos e felizes traças com que obstrui o caminho da salvação e aformoseia o do mal.

"Entraram pois os dois monges para o prostíbulo. Suas sotainas pretas — o cinto de esparto e o largo sombreiro deram aos libertinos vasta matéria para riso e pilhérias. As prostitutas faziam coro de riso a cada um dos apupos e monquices* que salteavam os frades. Estes,

* Possível neologismo. No contexto, parece ser equivalente a "macaquices".

porém, se não desconcertaram; permaneceram mudos e esperaram que passasse aquele primeiro ímpeto de alegria.

"Riram largamente; como, porém, todas as coisas humanas têm um fim, e nomeadamente aquelas que são alegres, passou-se pouco a pouco aquela cachinada. Os frades riram-se então, e, deles, o que pelo gesto parecia mais autorizado, tirou da manga uma bolsa que, pelo volume, mostrava estar largamente abastecida, atirou-a sobre a mesa e disse: é para as duas que primeiro abandonarem seus amantes. As mulheres vacilaram por um pouco; mas aquele tinir das moedas é tão suave para peitos acostumados a mercarem-se que não houve resistir por muito tempo. A princípio uma, logo outra, e depois todas investiram para o bufete. Uma só permaneceu com seu amante; era ele um estudante pálido e magro, que não havia rido dos frades e que, pelo semblante, mostrava estar a contragosto naquela reunião.

"Os libertinos ficaram estáticos, e no gesto de mais de um deles desenhou-se a cólera. O frade, em vez de duas, vendo tantas vir, pôs a mão sobre a bolsa e, com um riso irônico atirado aos amantes, disse-lhes:

"'Esperai, senhoras; sois em número demasiado para nós dois. Eu não desejo quebrar vossas fidelidades tão férreas inutilmente. Permitir-me-ei que escolha entre vós. Pertence a bolsa a estas duas'; as outras corridas de vergonha se foram sentar.

"Palavras não eram ditas pelo frade e dois punhais vibraram-se--lhe pelas costas. Eram os dos dois moços, cujos eram as barregãs que ele escolhera. Como, porém, se dessem sobre mármore duro ou aço polido, resvalaram por elas abaixo. Os frades voltaram-se e, com aquele riso que traduz a um tempo o escárnio e o desprezo, esmagaram aos dois jovens:

"'Somos mais acautelados do que pensáveis, senhores'. E deram duas estrepitosas gargalhadas vendo o enfiamento dos mancebos. Houve quem sentisse algumas pequenas centelhas voarem-lhes das fauces naquele rir; como eram, porém, tenuíssimas, não fizeram mossa e quem as viu julgou ter-se enganado.

"Um profundo silêncio seguiu-se a esta cena, como era natural. Aquele rir nervoso dos frades fez estremecer a muitos. A voz do padre quebrou-o finalmente:

"'Não devemos por isso zangar-nos. Supondo que um negociante nos vem oferecer um qualquer objeto de uso doméstico: vós ofertais três cruzados e eu oferto seis; é natural que o objeto me fique pertencendo.'

"As mulheres não gostaram muito da comparação; ficaram, porém, silenciosas: o frade inspirava já um quer que seja de medo.

"'Portanto', continuou ele, 'sejamos amigos ao menos por esta noite; porém, depois... o futuro é de Deus ou do diabo, e que nos importa o futuro? Irmão Baltazar, dá-nos de beber, que trago a goela seca como a do perro de um filho de Mafamede;'* o outro frade tirou de debaixo da escura sotaina um garrafão e dois pichéis. A barregã dona da casa chamou por sua cuvilheira e mandou vir taças, comida e mais algumas garrafas. As concubinas e os mancebos repotrearam-se silenciosos em torno da mesa, à exceção, porém, do estudante que com sua amante permaneceram quedos em seus lugares como inteiramente alheios e separados daquele auto.

"O vinho que era em extremo generoso, como costuma sê-lo o de pessoas que fazem voto de abstinência perpétua, dissipou em pouco tempo aquela tristeza, que por causa das precedentes cenas tinha ganho a maior parte dos convidados. E sobreveio logo santa alegria que pouco a pouco se foi aumentando até que tudo remoinhou em cantares obscenos, palmas desabridas, ditos irreverentes e mais atos escandalizadores que costumam existir em semelhantes conjunturas.

"E aquelas vestes pretas dos frades votados ao santuário contrastavam lugubremente com aquela cena de orgia e devassidão; e eles, os ministros do altar, eram os mais desenfreados campeadores.

"Havia um como frenesi satânico naqueles convivas; quanto mais bebiam, mais sequiosos e ardentes se mostravam. O garrafão teve de ser surtido por mais de uma vez. A orgia ia-se cada vez tornando mais completa; depois das cantigas livres, vieram os ditos e as saúdes obscenas, que eram seguidas de tantos maiores aplausos quanto mais terríveis eram. Assim como o paladar se gasta quando a sobriedade nos não regula a comida, assim também o espírito se vai morrendo

* Maomé.

com os gozos demasiados: e assim como aquele, depois de estragado, não pode gozar senão dos manjares carregados de acres temperos, assim este, com o longo roçar do vício, fica como insensível aos pequenos crimes e só anela os que produzem violentos abalos em suas sensibilidades embotadas. Foi assim que aqueles ditos foram pouco a pouco parecendo leves, de tal sorte que as mais medonhas blasfêmias já eram ouvidas sem aplauso. Então o frade levantou-se e, com o gesto arrebatado, arrancou do peito a cruz que nele trazia, atirou-a sobre a mesa, e, tomando uma taça, bradou:

"'À saúde do primeiro que cuspir sobre aquele crucificado...' Diante deste extremo de pecado, os libertinos vacilaram, não por amor de Deus, mas pelo medo que dele ainda conservavam, porque é de saber-se que os malvados não veem no Senhor a fonte da bondade e se o respeitam algumas vezes é menos por um natural movimento dos bons instintos do que por verem o inflexível juiz que os há de um dia punir. O frade lançou-lhes um olhar de desprezo e cuspindo em cima desatou a rir tão descompassadamente que as carnes se arrepiariam a outros que não fossem libertinos e perdidos. Foi um rir tão de febre que pouco a pouco foi ganhando aos libertinos, elevando-se logo uma grita tão geral que mais parecia coro de demônios entoando cantares pela perdição das almas do que rir de cristãos.

"Pela volta do quarto de matinas as barregãs e mancebos jaziam ébrios, uns, curvados sobre a mesa, outros, estirados pelo pavimento, onde resfolgavam tão felizmente como se aquilo fora sono de bem-aventurança. Só os dois monges veladores incansáveis estavam ali, de pé, com os olhos afogueados e o gesto medonho, continuando a beber e a blasfemar.

"Ficou dito que o estudante e sua amante se não meteram nessa cena. Na ocasião em que cuspiram na cruz, levantou-se ele e quis impedir, era, porém, tarde; contudo, tomou-a consigo e, vindo para o lugar onde até então tinha estado e tirando de seu fino lenço de cambraia, limpou-a cuidadosamente, dando grandes mostras de respeito; e, depois de ter beijado a imagem do Salvador pelos pés, levou-a ao pescoço, onde deixou-a dependurada. O monge que primeiro a havia deturpado lançou-lhe aí um olhar diabólico, que exprimia vingança de Satanás.

"De ébrios, estavam, pois, todos dormindo; mas já não era tão pacífico o sono, porque aqueles peitos reduzidos a ânforas resfolgavam dificilmente e deixaram sair um som cavo e rouco. De quando em quando algum, opresso talvez por escuro pesadelo, balbuciava frases entrecortadas que eram baldas de sentido ou atirava ao céu uma blasfêmia.

"O moço estudante velava, porém, com os dois monges; sentado e quedo, parecia esperar repousado o desenlace daquele auto. Quem estivesse acostumado a perceber pensamentos e paixões sem palavras, e que por um largo trato do mundo fosse avezado a soletrá-los na cor do semblante, na contração dos lábios ou no errar da vista, veria naquela pálida face do mancebo um não sei quê de tão triste e melancólico que era impossível fitá-lo sem que o coração se contraísse como ao peso de misteriosa recordação que causasse saudades.

"Pela volta das três horas da noite, cantaram os galos; é essa a hora em que o sábio apaga sua lâmpada veladora para gozar do doce repouso que se segue ao trabalho; nessa hora também os espíritos maus, duendes, vampiros, lobisomens e pálidas larvas deixam o mundo para, seguindo caminho de suas moradas, ir repousar em suas covas, ou adejar por sobre as chamas do inferno, começando novas tropelias contra os pobres penados que lá jazem.

"Os monges pararam, e em pé, hirtos como cadáveres, com os olhos profundos e chamejantes, àquela hora avançada da noite, eram medonhos de ver-se.

"Deram algumas badaladas no sino do próximo convento que chamavam para a oração. As figuras do monge tornaram-se então lívidas como cera, e começaram a crescer, e tanto que em pouco haviam quase tocado o teto. Suas unhas cresceram à proporção do corpo e curvaram-se, revestindo-se as mãos de um pelo negro que pareceram duas patas de enormes tigres; curvaram-se depois, cada um para sua barregã, como se fora para dar-lhes um beijo de despedida; ouviu-se um gemido cavo, e um soar sibilante como se o ar que respiravam vazasse por feridas do pescoço, e depois nada mais se ouviu. Os frades levantaram-se; tinham os lábios e as enormes unhas ensanguentadas. Com o olhar ameaçador, e com o passo hirto como sói ser o de larvas, investiram para o moço, e, quando iam pôr-lhe aquelas unhas sanguentas, ele, veloz, como quem de há muito esperava por aquela cena, desviou-se, e tomando da cruz que havia sido sacrilegiada, tocou as larvas, que deram um gemido tão profundo como se foram vazadas de lado a lado por acicalado punhal, e desapareceram pelo teto quais vãs sombras, dardejando sobre o moço um olhar de ódio feroz; o moço riu-se porque havia triunfado, e eis porque dizem que Satanás muito tem ainda que cursar e aprender para cinzar estudantes.

"O moço ergueu-se então e acordou os outros para examinarem as duas mulheres. Seus corpos eram inertes e pálidos como quem não tinha mais pinga de sangue, e só dos pescoços que foram trespassados desciam ainda algumas gotas como rubis líquidos.

"Aqueles, que por acompanhar os monges, como eles, cuspiram na cruz, foram no dia seguinte confessar-se e, após dois anos de severa penitência, tomaram a benta estamenha de frades santos e morreram contritos.

"Eis aqui o caso porque vos eu dizia que Satanás por vezeiro já não usa mais de forma de cão tinhoso e quejandas; toma algumas como a de homens votados a Deus, traça esta que é mais para se temer."

Conto fantástico

Américo Lobo

Américo Lobo Leite Pereira nasceu em 1841, no Rio de Janeiro, e morreu em 1903, no mesmo local. Foi advogado, político, escritor e tradutor. "Conto fantástico" foi publicado em 1861 no jornal Fórum Literário, *de São Paulo. Nesta história com salientes traços de horror, o protagonista Luiz cavalga por uma sombria e ameaçadora floresta após ter enterrado os pais; e perigos ainda maiores o aguardam em seu destino, onde ele despertará a ira de Teresa, a feiticeira.*

I

Era uma Quinta-feira Santa.

Na estrada que segue da vila de ... para a Fazenda da Rocha Negra, cavalgavam dois homens sobre grandes machos, cuja marcha penível e curta bem atestava as fadigas de uma longa viagem.

A escuridão era pavorosa; a noite, a floresta povoada de mil sombras, a tempestade que ameaçava desabar, a viração fria, uma viração de morte; eis aí um quadro dos mais horríveis para os caminheiros do mundo. E os nossos cavaleiros caminhavam mudos, sombrios; dir-se-ia que entre eles se antepunham os espectros da floresta, se esse mais medonho fantasma da escravidão não estanhasse suas línguas; o senhor seguia atrás do pajem, cujo burro branco lhe fornecia a única guia na vasta extensão das trevas.

Se a folhagem largava um gemido, um ligeiro calafrio percorria os corpos dos viajantes; se um galho seco lhes caía na passagem, eles sangravam freneticamente a barriga dos animais. Embalde! As pobres montaduras erguiam de súbito a cabeça ao ar e davam os tristes urros da fome e do cansaço; depois, arrebanhando a cauda nas ilhargas dos cavaleiros, continuavam seu passo de chumbo através da escuridão.

Os dois homens deixaram-se pouco a pouco apoderar do pavor que incute a natureza desolada no silêncio temeroso do ermo e da noite; atravessando aquele deserto de pinheiros selvagens, eles ouviam vozes abafadas e surdas que sucessivamente imploravam e imprecavam. Quando alguma ave desgarrada lhes batia com as asas nas faces, os viajantes persignavam-se e, lembrando-se dos contos que lhes tinham enchido a infância de susto e de receios, estremeciam involuntariamente.

Luiz, aproximando-se da sua fazenda, caminhava mais que apreensivo. Casado havia três meses com a mulher que amava com toda a impetuosidade de uma paixão primeira, fora arrancado da lua de mel e dos braços de Júlia por uma carta que lhe dava a notícia da dupla agonia de seus pais. Nos leitos, que se transformavam em sepulcros, o filho perdeu em insônias e angústias a força de vontade do homem e o fogo abrasador do mancebo. Tendo visto morrer, um depois do outro, seu pai e sua mãe, ele misturou uma prece ao canto funerário dos padres, depôs algumas flores sobre as campas paternas, e tomou melancolicamente o caminho da Rocha Negra.

Era o último dia de jornada, e Luiz já fizera boas dezesseis léguas. Por maiores esforços de imaginação que fizesse para contemplar a imagem de sua esposa, esta passava rápida pelo seu espírito, e o pobre só via figuras de dor desenharem-se no horizonte escuro. Ora era seu pai, que se alevantava do túmulo para dar-lhe o derradeiro ósculo de despedida, ora era sua mãe, que lhe acenava um adeus com as dobras do lençol mortuário. Ele então pensava lá consigo que era bem triste chegar assim, mudo e tão tardio, por aquela noite horrível, nesses lugares outrora alegres e felizes, agora mortos para a sua alma despedaçada.

Sabino era um moleque da fazenda. Sua mãe, Teresa, era tida como feiticeira; um escravo contava mesmo que o bode negro a visitara nove vezes antes do nascimento do filho. O que é certo é que a velha tinha costumes muito estranhos: vivia na toca da Rocha Negra, onde só penetrava Sabino, alimentava-se de raízes e pretendia curar todas as enfermidades; numa noite, Sabino acordou em sobressalto e viu o interior da toca iluminado por um clarão vermelho como a brasa; sua admiração converteu-se em estupor quando seus olhos distinguiram, a essa luz do inferno, um esqueleto horrendo, que movia-se para o seu leito, segurando pela mão a velha Teresa, que brandia um espeto quente, coroada com um barrete de chamas.

O moleque deu um grito e instintivamente fechou os olhos. Parecia-lhe que a toca lhe andava à roda da cabeça. Por fim, sentiu no peito o contato afogueado de um ferro agudo. Nem pôde gemer porque suas forças todas se achavam paralisadas. O espeto descreveu um círculo na sua pele negra e retirou-se; num instante, Sabino ouviu um estampido tão medonho como se fosse o estouro de uma mina enorme e sentiu fortemente o cheiro de enxofre.

Abriu os olhos estonteados... Na entrada da toca, Teresa sorria-se para ele... Desde aquela noite à que se seguira à Sexta-feira Santa do ano passado, Sabino era tentado pelos espíritos maus. Às vezes, imaginava que mil bruxas lhe colocavam um punhal na destra, apontando para o seu senhor; durante a reza, vinha o gênio do crime desdobrar ante ele um painel representando os seus parceiros degolados no terreiro da fazenda, e a sua própria figura feliz e ensanguentada dominando o quadro.

Durante o trajeto, ele lembrava-se, pois, da sua velha mãe, cuidava ver sacis de barrete vermelho, que rolam barris nas estradas, e lobisomens amarelados, que correm pelos cemitérios com seus olhares acesos.

Ambos, senhor e escravo, caminhavam aterrados, quando, às ameaças mais fortes do temporal, Luiz pediu a Sabino o capote de chuva.

Sabino parou o animal, estendeu a mão trêmula para o senhor e ia entregar-lhe o capote, quando um relâmpago alumiou uma cruz de cedro, plantada à beira do caminho, em cuja ramagem pousava uma coruja. Esta soltou três pios horrendos e bateu as asas para o lado da Rocha Negra. O burro do pajem urrou mais lugubremente e disparou a correr.

— Alto! — gritou Luiz, que conheceu a pequenina distância em que se achava de sua casa e esporeou o macho em que montava.

O burro permaneceu imóvel; o sangue jorrava-lhe da barriga e ele continuava pregado ao chão. Finalmente recuou daquele lugar fatal e mordeu a perna do cavaleiro.

Luiz, contrariado por um obstáculo desta ordem, quando a viagem estava a terminar, saltou não sem algum receio em terra, engatilhou uma pistola, e disparou-a sobre o animal.

O eco repetiu ao longe a explosão e a queda.

Luiz, mais e mais supersticioso, e quase com um sentimento de remorso, dirigiu-se a pé para Sabino, fê-lo apear, montou sobre o macho deste e continuou a viajar sem o pajem.

Só, tão só naquele mundo onde não brilhava uma luz amiga, o pobre viajante viu-se perseguido pelas negras visões que amedrontaram-no na infância...

Chegava-lhe aos ouvidos um ruído queixoso e pesado que progressivamente tornava-se maior, maior, como as vozes do desespero que cada vez mais fortes e confusas se ouvem... Aqueles selvagens murmúrios não podiam partir senão das larvas que esperam no cárcere a hora em que devem vagar soltas pelo mundo...

Luiz pensou nos escravos que ele vira sucumbir fulminados pelo cólera e associou imediatamente à lembrança os quadros de abandono e miséria em que os vira. Os miseráveis caíam repentinamente mortos ou, em agonias desesperadoras, lançavam na poeira uma baba peçonhenta e acabavam a vida amaldiçoando o passado de ferros, o presente de torturas e o futuro do inferno.

Àquelas desoras, suas almas deviam vagar pelo ar, vibrando o azorrague contra aqueles que, desde um crime torpemente hediondo até as vexações as mais envilecedoras, corromperam o seu coração, traficaram com a sua carne e venderam sua salvação ao anjo do pecado e do extermínio.

Os azorragues estalavam no céu e na terra; os senhores passavam horrivelmente lívidos, arrastando pesadas correntes pelo mundo que eles desonraram sem piedade, e os carrascos de ontem, vítimas hoje pela Lei Providencial* que pune o parricídio da liberdade, que não pode deixar de castigar esse vergonhoso incesto social — a escravidão; e as vítimas de ontem, fúrias hoje porque Deus as recebera da

* Possível referência à Lei Eusébio de Queirós, aprovada em 4 de setembro de 1850, que proibia o tráfico de africanos escravizados para o país.

mão do homem tão sórdidas que somente serviam para instrumento de seu castigo; carrascos e vítimas, todos num acesso de delirante frenesi, lançavam à face uns de outros sua condenação eterna e em gritos de um remorso tardio e estéril despedaçavam-se reciprocamente, revolvendo-se no abismo da perdição...

A noite ia alta, bem alta!

As ferraduras do macho bateram de encontro à madeira. Era a ponte lançada sobre o rio que limitava ali a Fazenda da Rocha Negra. O macho caminhou sem dificuldade até esbarrar na porteira situada na extremidade da ponte.

Luiz tentou abri-la infrutiferamente. Apeou-se, portanto, reconhecendo que ela estava amarrada. A custo pôde desatar o nó da corda e forcejar contra o madeiro. A porteira escancarou-se toda e deu um baque surdo de encontro à cerca.

Luiz, trêmulo e pálido, montou de novo no macho, que agora disparou a correr impelido pelo instinto da vizinhança do pouso.

A tradição dizia que a alma dos náufragos amarrava à meia-noite aquela porteira e que, se erguendo branca, branca até as nuvens, estendia uma mão mirrada sobre o ombro dos viajantes.

Luiz supunha estar debaixo desta compressão quando um calafrio mais prolongado percorreu seus membros e pareceu-lhe que alguma coisa, atravessando o espaço numa carreira fantástica, se tinha situado na sua garupa com um riso zombeteiro.

Luiz ouviu dizer-lhe: “Eu te esperava no teu tigre branco! fogo e rapina!”. Depois sentiu nas faces dois tapas gelados, e tudo aquilo desapareceu como um mundo vertiginoso de visões. Ele perdera o acordo de si.

Quando abriu os olhos, já se achava no seu quarto. Júlia debruçava-se como um anjo de consolação sobre o seu leito, e lhe dizia baixinho:

— Que te sucedeu, meu querido?! Ai! tão inquieta estive por ti, que é agora a primeira vez que reparo na cor negra de teus trajos...

E continuava, inundada por um rio de lágrimas: mais três meses, e eles beijariam também o “nosso querido filho”...

II

A beleza de Júlia brilhava no seu semblante coberto pelos aljôfares do pranto. Ela embebia em Luiz os seus formosos olhos, e chorava, gemendo com a pomba ferida nos seios.

Júlia era uma moça excessivamente poética; uma extrema sensibilidade fazia-a estremecer ao menor ruído e rodeava-a de uma atmosfera de compaixão pelas infelicidades do mundo. Dotada de uma organização tão débil quanto nervosa, qualquer espetáculo menos alegre lhe valia um delíquio. Não era mesmo raro que ela chorasse sem causa; aquele ser, que pertencia mais à ordem dos espíritos do que às terrenas filhas de Eva, obedecia, muitas vezes sem o querer, a uma ternura desconhecida e doida que já era quase sensualidade; então somente seu marido podia fazê-la sorrir-se um pouco, seu marido, a quem ela dera todo o amor exaltado de sua alma apaixonada.

Júlia era bela e meiga! Contemplando-a num enleio que é admiração e piedade, Luiz viu o sinal de sua gravidez e regozijou-se com a esperança de um filho; ao mesmo tempo, porém, cuidando na debilidade daquele corpo tão sujeito a mil perigos, Luiz empalideceu, pensando que crise poderia nascer da notícia infausta que sua mulher recebera-se tão de súbito.

— Não chora — dizia ele entre soluços abafados. — Deus o quis! Agora vivamos para esse inocente que virá nos pedir amor e amparo. Há de ser lindo! Já o vejo a brincar nos nossos joelhos com a imagem de sua mãe no seu belo semblante. Havemos de fazer-lhe um rico batizado; eu libertarei todos os escravos nascidos este ano, tu te ocuparás com o vestuário do anjinho.

A essas palavras, Júlia serenou sua dor e sorriu-se.

Tomando seu marido pela mão, levou-o ao pé do guarda-roupa e mostrou meigamente ao pai as roupagens que havia já preparado para o filho. Eram camisolas de seda, calcinhas brancas e um véu de batizado.

— Foi o meu único consolo durante a tua ausência; ali está o berço cheio de flores à espera do infante.

Luiz comoveu-se por aquela cuidadosa prevenção de mãe e por toda resposta depositou um ósculo na fronte santa de Júlia.

Já eles dispunham-se a tomar repouso no leito conjugal quando um enorme clarão, penetrando pelas vidraças do aposento, veio repentinamente trazer-lhes um cruel desassossego. De um jato, Luiz chegou-se para as janelas e abriu-as. Espetáculo medonho!

Chamas terríveis crepitavam nos paióis da fazenda e os devoravam, se erguendo a uma altura incomensurável, e aluminando sinistramente todos os arredores e a Rocha Negra que se destacava das trevas, carrancuda e ameaçadora; os cães uivavam pelo terreiro; para cúmulo de desordem, os escravos, arrancados seminus de suas tarimbas, vagavam à roda dos paióis, pasmos e abismados de espanto, e dando grandes gritos de terror.

— Água, água, água!!

À voz de seu senhor, os negros largaram a correr; os cães continuavam a latir, o vento soprava mais rápido e furioso sobre o vasto braseiro, e todo o gado que ruminava pacificamente pelos campos vizinhos começou a berrar.

Júlia reclinou-se sobre a janela e não pôde conter uma exclamação de medo à vista de tal desastre. O trovão troava nas nuvens, o incêndio brilhava na terra, até a casa abalava-se nos seus alicerces e como que desmoronava-se.

Luiz fechou violentamente a janela e, querendo salvar ao menos sua habitação, passou por sua mulher, que se ajoelhara ante o crucifixo, e desceu rapidamente para o terreiro.

Os negros vinham trazendo água em barris e talhas e começaram a lançá-la sobre os paióis. Era tarde! Caíam já as pranchas do edifício com um estrépito rouco, e o fogo, que o circulava numa rajada mais forte do vento, lambeu a fachada do sobrado.

Os negros gritavam sempre, o fogo ateou-se no sobrado e, como se materiais inflamáveis dessem-se mãos através do espaço, das senzalas se levantaram também labaredas mais furiosas. A obra da destruição se propagava.

Luiz lançou-se desesperado para o seu quarto, pensando em salvar sua mulher. Achando-a inanimada sobre o tapete, "acorda", disse ele; e, envolvendo-a num largo manto, tomou-a nos braços e fugiu.

Apenas havia chegado ao topo da escada, alguns negros saíram-lhe ao encontro, alegres e desordenados. Luiz ia lhes censurar a brutalidade do prazer, quando um deles lhe disse:

— Senhor, a tempestade!

A voz perdeu-se no concerto horrível dos trovões; instantaneamente, uma chuva grossa bateu nas vidraças e no telhado. Todos os escravos, ajoelhados no chão, começaram o terço com um alarido selvagem. Luiz, agradecendo no íntimo do coração o auxílio que a Providência lhe dera, ordenou um silêncio completo na casa e voltou para o seu aposento.

Júlia acordara; sabendo do resultado da catástrofe, dirigiu uma prece à divindade, balbuciou algumas palavras e adormeceu mais tranquila.

Pelo seu lado, Luiz recostou-se no sofá e tentou conciliar o sono.

Uma modorra cerrou seus olhos; dormia como um ébrio; o corpo estremecia convulsivamente e cruéis pesadelos comprimiam sua alma.

E ele sonhava e sonhava com rapinas, incêndios e mortandades... Como há pouco, os negros corriam, os bois berravam e os cães uivavam, não já rodeando os paióis, mas seguindo ao encalce de onças famintas.

A água, um dilúvio d'água, inundava os campos da fazenda; as cataratas caíam do céu e o rio crescia, crescia, tragando as árvores, os animais, as casas e as senzalas... Repentinamente o sobrado desapareceu num boqueirão aberto pela inundação, e Luiz submergia-se com sua casa, seus escravos e sua mulher. Dando um gemido de agonia, o desgraçado sentiu uma mão agarrar-lhe nos cabelos e erguê-lo à superfície das águas. Seu pai lhe mostrava a Rocha Negra boiando num mar imenso e pútrido de sangue, e, na toca, Teresa e Sabino, que afiavam facas e punhais.

Luiz apertou com força a mão de seu pai, e, de novo, afundou-se no abismo. Havia despertado em sobressalto. Estupor! O desgraçado segurava a mão de Sabino, que tentava degolá-lo!...

O moleque deu um grito e deixou cair a foice homicida; Luiz, pasmo e horrorizado pelo perigo iminente que correria Júlia se acordasse naquele instante, atou com força um lenço na boca de Sabino e foi empurrando-o para baixo.

No fundo de um corredor havia um quarto escuro, onde muitas vezes ficavam presos os maus escravos da fazenda. Luiz impeliu Sabino para dentro dele e trancou o ferrolho.

Feito isto, adormeceu. Tanta agitação o tornara mais morto do que vivo. Contudo, o espírito ainda refletia as visões de incêndio e devastações. Com os olhos arregalados, o semblante lívido, Luiz, arrebatado de cólera, estrangulava mulheres e homens, velhos e crianças...

III

Rompeu o dia de Sexta-feira Santa.

Júlia levantou-se do leito, atou as tranças de seus cabelos e desceu para dar as ordens de costume.

As negras agruparam-se em torno dela com demonstrações de amor e de interesse. A mais velha das escravas, chamando-a de parte, disse-lhe mais ou menos o seguinte, em tom de mistério:

— Menina, eu te vi criança; quero-te mais de que à minha netinha. Aceita um conselho. Manda embora a tia Teresa.

— Que mal nos faz ela? Coitada! Desde que sofreu dos olhos, nunca mais apareceu-me...

— Menina, se ela fosse a causa de todas as desgraças de ontem? E pensas que o seu malefício parou somente no que viste? Escuta: os animais amanheceram estafados; os bois e as vacas, com a cauda cortada; os bezerrinhos... nem se fala! estão com a boca denegrida, como se tivessem andado a beber leite de bruxas!

Júlia empalideceu ouvindo tais palavras.

— Já que estamos ameaçados de tantos males — disse ela —, jejuaremos todos neste dia.

E foi acordar seu marido.

A conversação dos dois esposos correu tristemente; Luiz sentia a apatia que sucede às grandes comoções; Júlia tinha o espírito preocupado com as cenas da noite anterior.

A Sexta-feira Santa correu sombriamente entre jejuns e preces. A natureza aumentava o luto que reinava na fazenda. O disco do sol, embaçado por densos nevoeiros, projetava, sobre as ruínas dos paióis, as cinzas do terreiro e as paredes denegridas das senzalas, um clarão lúgubre e tristonho.

Nenhum esclarecimento se pôde mesmo obter quanto à causa do incêndio.

Os escravos, bem ou mal, imputavam-no à Teresa. Fosse, porém, da feiticeira, de Sabino ou do acaso, a mão devastadora conservou-se oculta.

Às seis horas da tarde, Luiz se achava sozinho no salão. Lia, ou tentava ler. Então ouviu um burburinho de vozes que se aproximavam mais e mais do sobrado. Ergueu-se e viu cem barretes vermelhos* entrando pelo terreiro adiante de seu mercador. A primeira ideia de Luiz foi de indignação contra aquele comércio de homens, talvez do próprio sangue do vendedor, e de mulheres, que, assim à face da natureza e de Deus, expunham-se em leilão para fecundar, talvez, a riqueza do comprador no leito do crime e do adultério. Depois, Luiz lembrou-se de Sabino, fez o mercador subir, e lhe disse com tristeza:

— Senhor, quero entregar-vos um escravo que vendereis pelo preço que quiserdes. Devo-lhe um grande desgosto; por isso não posso conservá-lo na minha casa. Libertá-lo seria um mal para a sociedade. Entrego-vo-lo. Piedade para ele...

O mercador riu-se a furto de uma proposição cujos interesses cuidava já em explorar. Luiz mandou buscar Sabino; Júlia veio saber do que se tratava.

Conhecendo as intenções de seu marido, Júlia declarou em termos enérgicos e positivos que nunca consentiria na entrega do escravo. A seus olhos, era um delito tirar-se um homem de sua casa, onde os rigores da escravidão eram tão abrandados, para pô-lo à discrição do azorrague e da má fortuna.

* Possível referência à utilização de barretes vermelhos no comércio escravocrata para indicar os indivíduos que estariam disponíveis para a venda.

— Demais — dizia ela —, Sabino pareceu-me sempre um moleque bom, será tirania imperdoável separá-lo de sua mãe e da fazenda em que nasceu e tem vivido até aqui.

Luiz não queria assustá-la narrando-lhe o atentado da véspera. Como, porém, estivesse convencido de que Sabino o mataria se continuasse a viver em sua companhia, insistiu pela primeira vez contra a vontade de Júlia.

Esta animou-se progressivamente. Como sucedia quando advogava a causa dos oprimidos, seu semblante brilhava de entusiasmo, e um rubor celeste cobria a palidez de suas faces. Sua fisionomia refletia a emoção e o fogo da inspiração. Concluindo, rogou ao mercador que se retirasse de uma casa onde nenhum lucro poderia lhe vir para o seu comércio negro.

Luiz nunca notara tanta dedicação em Júlia. Admirou-se em extremo e, fosse que a discussão o fizesse esquecer os justos receios sobre a gravidez de sua mulher, fosse que as contrariedades de que fora vítima o tornassem menos afetuoso, o esposo tornou-se quase ríspido para com o anjo que defendia os infortúnios do escravo cujos crimes desconhecia.

O mercador, presenciando uma cena semelhante, despedia-se discretamente, quando abriram-se as portas do salão e apareceram dois negros arrastando um cadáver.

Júlia disparou a chorar; era o corpo de Sabino, que se conduzia junto dela, morto e esticado. O moleque tinha os olhos injetados de sangue, o semblante desfigurado, a roupa despedaçada e todos os sinais de uma estrangulação.

Luiz ficou fulminado. Trêmulo e lívido, pregou os olhos no chão. Viu então uma mancha de sangue nos seus chinelos... Os olhos se lhe turvaram e só pôde exclamar:

— Meu Deus!

O mercador nada mais tinha a fazer naquela casa; cumprimentou os senhores dela e saiu dali com horror.

Ao mesmo tempo, gritos tão furiosos como os do tigre, tão descompassados como seriam os dos botocudos rodeando um montão de cadáveres inimigos, repercutiram no espaço com um estridor assombroso. Fortes e terríveis, eles avizinhavam-se com uma maravilhosa rapidez até que as paredes do sobrado abalaram-se todas ao som daqueles berros infernais. Dir-se-ia que o gênio da iniquidade se arremessara do polo para mergulhar aquela casa em espanto e desolação.

Júlia nem sequer pôde levantar-se da cadeira em que estava prostrada. Pálida e sem voz, quase em vertigem, ouviu um alarido satânico pela casa e passadas na escada e no corredor; a custo fixou os olhos enfraquecidos na porta do salão. A vida lhe fugia.

Então a velha Teresa, seguida pela multidão de escravos, atraídos magneticamente pelo poder de seu olhar, pulou no salão e, agarrando o cadáver de seu filho, arrastou-o junto de Luiz.

Houve um instante de silêncio mortal. Júlia cria sonhar. Às luzes duvidosas do crepúsculo, ela via de um lado os escravos espalhados pela sala, homens e mulheres, todos subjugados pelo terror; de outro, seu marido, amarelo como um defunto, lançando uns olhares desvairados sobre o cadáver de Sabino, que a mão da feiticeira conservava de pé no meio da sala; e a feiticeira? Na cabeça colossal, ardiam em chamas as muquiranas de sua cabeleira hirsuta; junto da testa pequenina e enrugada brilharam com fulgor diabólico dois olhos ferozes, circulados de carne viva no lugar das pálpebras; nas faces encovadas, tão negras como o carvão, sobressaía um nariz rombo, cujas ventas eram tão largas quanto medonhas; a boca lançava uma baba nojenta; os braços e as pernas, compridos e finos, numa desproporção exagerada com o corpo e a cabeça, e dois buracos rubros e fundos no lugar dos seios completavam-lhe a figura disforme.

A feiticeira sacudiu com força o ombro de Luiz e lhe bradou com fúria:

— Assassino de meu filho, assassino! Oh! Possam os teus rasgar-te as entranhas! Possa o inferno cuspir na fronte de tua amásia uma nódoa de infâmia e de desonra! Meu filho!! Meu filho!! — E continuou, voltando para Júlia: — Que teu ventre três vezes maldito gere somente répteis e jararacas! Que sejas a fonte impura de uma descendência bastarda! Adúltera, adúltera, adúltera!!

Como dois cometas desgarrados, que, um dia, encontrando-se, obedecessem espantados à lei do equilíbrio, os olhos da feiticeira fitaram-

-se em Júlia com uma fixidade horrível. Júlia, sentindo aproximar-se de sua cadeira em mil voltas extravagantes aquela fúria asquerosa, que a fascinava como a serpente, soltou um grito de dor. Sob o olhar da feiticeira, que tinha-a domado, a mísera sofreu uma agonia pior do que mil mortes.

Uma grande revolução se operou no seu corpo, cujas entranhas uma mão maldita revolvia entre punhaladas agudas. O ventre como que partia-se e substituía-se...

Júlia pensou enlouquecer naquele suplício. Caiu no chão em desvario.

A feiticeira deu três grandes brados e, pondo nas costas o cadáver de Sabino, partiu rápida como a flecha. Luiz levantou-se, solene e grave, ordenou aos escravos que se retirassem e levou Júlia nos braços.

— Um médico! — gritou ele.

Anoitecera.

IV

São oito horas da noite.

Luiz está reclinado sobre o leito de Júlia, que dorme; ela respira dificilmente e, de instantes a instantes, murmura palavras entrecortadas.

Repentinamente a fisionomia de Júlia tomou uma expressão de horror, como se fugisse de um espectro assentado à sua cabeceira; ela voltou-se para o outro lado do leito, exclamando: "Assassino!".

"Tudo me condena", pensou Luiz. "O meu sonambulismo, a gota de sangue que tenho nos chinelos, as palavras da feiticeira, Júlia!"

Era ele o autor de um atentado involuntário, mas que a consciência e o remorso lho exprobravam sem misericórdia! Era ele o esposo infeliz, que gemia entre as acusações de sua querida mulher e os perigos de uma crise! Fatal doença, fatal obediência do corpo às inspirações tenebrosas de um poder oculto, que faz da vontade um cadáver, do cadáver um réu!

Júlia acordou. Vendo junto de si seu marido tão desfigurado, exalou um gemido. Ao mesmo tempo, tornou a sentir o horror que manifestara durante o sono:

— Fugi daqui, senhor!

Luiz não sabia que fizesse. Não podia desampará-la; não devia aumentar-lhe o martírio. Junto dela ao menos cumpria um dever e alcançaria talvez um perdão. Ficou.

— Tu sofres, Júlia, e teu sofrimento vem de mim; tu me acusas, e não sabes consolar-me. É, pois, verdade que eu cometi esse crime? Oh, meu Deus!

Gemidos dolorosos responderam a suas palavras. Júlia tinha empalidecido mortalmente e revolvia-se no leito debaixo da pressão de dores pungentes. Um parto precoce, sem médico nem parteira, se anunciava a Luiz!

Era demais. O desgraçado já não podia suportar o peso de tantos abalos. Corria pelo quarto como um louco e, no desespero de sua alma, amaldiçoava o dia de seu nascimento, sua mãe, Deus!

Um quarto de hora passou-lhe como um século, Júlia soltava gritos cada vez mais agudos; por fim seus lábios fecharam-se, seu corpo imobilizou-se, sua respiração sumiu-se.

Luiz, supondo-a morta, chorava como uma criança e arrancava os cabelos da cabeça com furor.

Batendo na fronte, teve uma ideia e chamou a feiticeira!

A porta abriu-se e apareceu a velha Teresa.

— Eu esperava que me chamasses — disse ela tranquilamente. — Pobre menina! E fui eu que provoquei o parto! — E uma lágrima brilhou nas faces negras, tão brilhante como a pérola.

A feiticeira endireitou seu barrete e encaminhou-se para o leito; vinha coberta com um capote de baeta e mostrava grande arrependimento e pesar.

— Um momento! — disse Luiz, arrastando-a para junto de uma mesa, de cuja gaveta tirou uma pistola. — Eis aqui o que responderá pelo resultado do parto.

A feiticeira consternou-se toda, fez um grande sinal de cruz e, de novo, chegou-se pacificamente para o leito.

Luiz conservou-se um pouco longe, com a arma engatilhada, pronto a fazer fogo.

Teresa entornou nos lábios de Júlia o conteúdo de um vidro que trazia e preparou tudo para o parto; rezou depois um Padre-Nosso e disse a Luiz:

— Ela já tem o corpo quente; em cinco minutos!

Luiz pedia a Deus que Júlia não visse aquela negra. Já o semblante da doente coloria-se com uns débeis fios de rubor, e seu coração palpitava...

A feiticeira esperava.

Finalmente Júlia abriu os olhos e exalou um gemido; a feiticeira disse... "Enfim!"

Luiz sentiu o coração pular-lhe do peito e o sangue refluir-lhe ao cérebro. Tapou os olhos com a mão.

— Enfim! — repetiu a feiticeira.

Luiz esqueceu tudo e foi abraçar seu filho...

Uma gargalhada satânica percorreu os ares... Teresa deixou cair seu barrete e seu capote sobre o tapete e bradou com seu hálito de enxofre:

— Ei-lo, senhor! O filho de meu filho! Vós o matastes, mas vossa esposa o reproduz!

E desapareceu milagrosamente, deixando o aborto entre os lençóis.

Horror! O feto era uma monstruosidade fétida... Tinha a cor denegrida, os olhos cercados de carnosidade, dois buracos rubros nos seios e os sexos confundidos...

O projeto de assassinato na ocasião da sua chegada; a resistência que Júlia empregara à saída de Sabino; a beleza deste; até mesmo o espetáculo de seu cadáver, determinando uma crise que o incêndio não pudera produzir; aquele feto negro; fuzilaram sinistramente pelo espírito de Luiz. Cego de raiva, ele agarrou o monstro pelas pernas e atirou-o contra a parede.

Ouvindo o choque do crânio que se despedaçava de encontro à pedra, arrancou os últimos cabelos que lhe restavam. Meu Deus! Estavam brancos como a neve. O espelho fronteiro refletia sua figura, sua longa barba estava também embranquecida!

Quem pode descrever o que se passou naquele mártir? Quem pode contar como um mundo inteiro esboroou-se, e o astro da esperança, vermelho de sangue, tombou no espaço para não mais ressurgir?

Meu Deus! Ela era inocente e pura! Por que destes poderes sobrenaturais às criaturas más?!

Luiz ia tentar contra a vida de Júlia. Agarrou a pistola, que desfecharia se um pensamento de ciúme não o contivesse.

— Oh! — bradou ele —, não serão os adúlteros reunidos pela morte; é preciso que vivas, infame meretriz!

Abriu uma janela do quarto e atirou o feto para o quintal. Depois fez um laço de seus cabelos brancos e lançou-o, por escárnio, na face de sua esposa.

Maldição! A mísera, por último insulto, ficou desamparada no leito de agonia, e Luiz corria pelos campos da fazenda sem tino nem fito.

Daí a meia hora, os escravos ouviram gritar ao longe: "Adúltera, adúltera!". Não entenderam a significação daquela palavra, mas a dor com que era proferida lhes dizia quanta desgraça ela resumia. Sentindo que o desgraçado que tão tristemente acordava os ecos da noite se aproximava de suas senzalas, levantaram-se todos e, a custo, conheceram seu senhor num louco que trazia a roupa despedaçada e lhes dizia:

— É muito tarde! que importa! Escravos, não quero um só nos meus domínios. Marchemos para a vila; vós sereis todos libertados! Aprontai-vos!

Os negros obedecem mesmo a um louco. Foram vestir-se, não sem um sentimento de dor pelos tormentos que adivinhavam. Num instante voltaram preparados para seguir viagem.

— Fogo nas casas! — gritou Luiz, acendendo um facho.

A febre de destruição comunicou-se como por encanto à multidão e, em breve, as senzalas e o sobrado ardiam num incêndio devastador.

Luiz tomou uma enxada e desapareceu.

V

Ao torpor que se seguira ao parto de Júlia, sucedeu um despertar horrível.

Recobrando os sentidos, a esposa abandonada começou por sentir uma fraqueza extraordinária no corpo e um peso atordoador na cabeça. Não podia mover-se; de nada lembrava-se.

Vendo-se rodeada de trevas, julgou-se enterrada viva. O frio do ar e o frio do corpo mais aumentavam o seu pavor. Um silêncio de túmulos reinava em torno, grave e imponente. Júlia sentiu um calafrio de morte e certamente expiraria se uma voz que gritava ao longe — "adúltera!" — não lhe restituísse a consciência do presente.

Aquela voz era de Luiz... A chegada deste, o incêndio, Sabino, a feiticeira e o parto vieram-lhe repentinamente à lembrança; depois, um pensamento do inferno lhe arrancou um grande brado de desesperação — a mísera reconheceu-se mãe...

E Luiz, que tanto a amava, proferia uma palavra tão sinistra! E naquele abandono inexplicável nada alegrava seu coração, nem um sorriso de esposo, nem um vagido de infante! Onde estava seu filho?

Sua razão perdeu-se num martírio sem nome. Um suor abundante gotejava de seu corpo. Ela não era já uma mulher, mas o anjo da maternidade, que não podia viver, porque embalde seus olhos buscavam ver o fruto de suas entranhas que a fatalidade lhe roubava, quando as carícias há tanto tempo contidas pediam o objeto querido para uma vez expandirem-se, quando aos seus clamores só respondia esse grito de acusação tenebrosa que pesava-lhe tanto n'alma!

Um terrível clarão iluminou o quarto. Ao mesmo tempo, quebravam-se as vidraças do sobrado, e ouviam-se gritos de escravas que se salvavam, lançando-se das janelas.

Um pressentimento medonho atravessou o espírito de Júlia. Os lençóis e as paredes estavam manchados de sangue... Uma catástrofe horrenda caía sobre a sua família; seu filho tinha sido assassinado!

Nem sequer ela pôde gritar: a vida prendia-se-lhe na garganta, seus belos dentes, rangendo fortemente, caíam quebrados. Não despregou os olhos do sangue fatal. Parecia-lhe que aquelas listas rubras estendiam-se infinitamente para envolvê-la num amplexo de fogo. Milhares de demônios lhe repetiam baixinho: "Adúltera, adúltera!".

Então uma criancinha loura lhe apareceu ao pé. Era pequenina, tinha os olhos diabolicamente brilhantes e um sorriso eterno nos lábios. Essa criancinha lhe indicou com o dedo a janela do quintal; Júlia ouviu daquele lado umas enxadas. O menino pagão (era ele) saltou sorrindo no leito, encostou a pele enregelada no colo de Júlia e começou a lhe açoitar levemente as faces com uns fios de cabelos brancos. Meu Deus! Aqueles cabelos doíam mais do que um azorrague; aquele menino inocente e calado era mais terrível do que todos os carrascos do mundo.

Júlia sentiu uma vertigem. Ao princípio julgou que outras criancinhas iguais corriam das extremidades do quarto com aquele triste sorriso. Depois o ar como que se pejou de milhares de crianças que cada vez menores e imperceptíveis se tornavam. Seus ouvidos zuniram e ela desmaiou.

Daí a cinco minutos acordou ainda mais aterrada. As chamas crepitavam no seu quarto. A mobília, as paredes e cortinas já estavam meio devoradas pelo fogo; todo o alarido da noite da quinta-feira repetia-se de novo.

Júlia quis fugir à morte pelo incêndio. A força, porém, lhe faltava e as esperanças de vida se perdiam. Ela resignou-se aos transes cruéis da agonia que a esperava, pensando somente na felicidade de abraçar no outro mundo o seu querido anjinho.

Ai! O berço formoso também ardia. Júlia viu-o queimando-se. Quando faltou alimento à destruição, quando a madeira, os véus e as flores foram reduzidos à cinza, uma labareda última subiu até o teto. Nesse lampejo final, apareceu à Júlia um negrinho com buracos vermelhos nos olhos e nos seios e a cabeça coberta de cabelos.

A criança chamava-a. Júlia sentiu uma afeição extrema pelo monstro nascido no berço de seu filho. O desespero e o amor lhe deram forças; a mísera precipitou-se pela porta do quarto após a visão, que caminhava adiante dela, sempre risonha, sempre cercada de chamas.

Arrastada pelos acenos da criança, Júlia passou como uma sombra pelos corredores desertos, pelos aposentos da casa e através do incêndio. Vendo-a tão lívida a seguir um fantasma, diríeis a imagem viva de humanidade a seguir também a ilusão que lhe foge.

Júlia seguiu seu guia até o quintal. Os negros, que a viram sair dentre as chamas, foram esconder seu terror nas matas vizinhas. Os cães uivavam tristemente na sua passagem. Ela só viu um homem cavando uma sepultura, e sobre essa cova sumir-se o menino negro.

O instinto de mãe revelou-lhe toda a verdade. A dor era muito grande para que ela sobrevivesse. De outro lado, aquela marcha fantástica houvera-a aniquilado. Júlia caiu fulminada gritando: "Meu filho!".

Nesse instante uma gargalhada feroz repercutiu no espaço. Ouviu-se também um tinido de armas.

Uma tropa de soldados vinha acompanhando a velha Teresa. Esta adiantou-se para Luiz e bradou:

— Ei-lo, o assassino do escravo, da mulher e do filho!

E largou nova gargalhada, vendo a figura desordenada de Luiz.

Os soldados ficaram estupefatos à face de dois cadáveres e de um louco. Houve um silêncio completo. Finalmente o sargento disse:

— Há em tudo isto um mistério; a feiticeira o há de decifrar.

Seguiu-se um espanto maior. Teresa tinha desaparecido. Em torno dos cadáveres, adejava uma coruja; às palavras do sargento, ela voou rapidamente para o poente e, descrevendo um largo círculo no horizonte com o seu olhar de carbúnculo, desapareceu para sempre no ocaso, soltando três pios medonhos.

Jacinto

Conto fantástico

Bruno Seabra

Bruno Seabra nasceu no Pará, em 1837, e morreu na Bahia, em 1876. Funcionário público durante toda a vida, foi um poeta de relativa expressão do romantismo brasileiro, tendo se aventurado também pela prosa e pela escrita para o teatro. O conto "Jacinto" foi publicado em 1861 na revista A Marmota*, do Rio de Janeiro, e é uma legítima* ghost story*. Traz o relato de um homem cético que, após provocar um necromante, recebe uma visita aterrorizante à meia-noite.*

Das reminiscências que posso colher dos meus primeiros anos, concluo que fui incrédulo desde a mais tenra infância.

Aos quatro anos de idade, já eu duvidava muito.

Lembro-me ainda, como se as lesse ontem, de todas aquelas historietas fantásticas, com que minha boa ama me acalentava. Lembro-me também que nunca eriçou-se-me um só fio dos cabelos com ouvir-lhe a descrição de tantas cenas de almas do outro mundo, de que abundavam as suas historietas. Pois não era porque ela não tivesse queda natural para descrever um fantasma, não era; que um fantasma, posto entre os vivos por minha ama, era para fazer sair às carreiras o mais destemido do grupo.

Avanço mesmo a dizer que, se ela dispusesse de uma educação literária, equivalente à dose de espírito fantástico que possuía, o Brasil podia a esta hora gabar-se de ter sido o berço de uma escritora rival de Ann Radcliffe.

Entretanto, eu a escutava tranquilo e não perdia a ocasião de arregalar os meus olhinhos para o canto mais escuro da alcova, com suma curiosidade de ver algum fantasma, enquanto ela própria fechava os seus.

Se, porém, a mãe Claudina (assim chamava-se ela) não teve lógica bastante para convencer-me que depois desta vida há uma outra, onde ab aeterno reinam os espíritos, pudera ao menos gabar-se que foi ela com as suas historietas quem me ensaiou o espírito no gosto fantástico.

Aos vinte anos, eu deixava em meio o melhor de um poema ou a mais interessante página de um tratado de filosofia para ler um conto fantástico, ainda que fosse de folhinha. Os contos de Hoffmann, os de Ann Radcliffe, o *Orlando furioso*, *As mil e uma noites*, e eram, ingenuamente falando, os *chefs-d'œuvres** da minha pequena estante. Os mais livros estavam mal arrumados nos últimos raios dela, considerados por mim livros de pouco mais ou menos.

Numa sala, num baile, numa soirée, deixava de escutar os pormenores do romance de uma morena ou loira, de dezoito anos, para ouvir tagarelar uma velha que tivesse sessenta vezes visto amanhecer o dia de São Silvestre, no intuito de ouvir-lhe também uma história de almas do outro mundo, de tantas que só as velhas sabem. Nessa idade, mais ou menos, *nas verdes asas da esperança*, vim ter a este Rio de Janeiro.

Seja dito de passagem, seis meses depois as asas de tal esperança estavam negras como as asas de um corvo...

Aqui, pois, Mafoma** de nova espécie, à procura de um teto, cujo agasalho acomodasse mais as minhas algibeiras de estudante do que meu próprio corpo, depois de correr Ceca e Meca, fui hospedar-me nos fundos de umas águas-furtadas, cuja metade havia mais tempo ocupava um tal sr. Marçal, com quem vim a tomar conhecimento.

Era o sr. Marçal um homem tratável, alto, magro, de olhos encovados e ainda em cima lânguidos, e de cútis crestada, sem dúvidas, pelos sóis de quarenta e oito a cinquenta anos que representava já ter vivido. Fora para um volume de quatrocentas páginas, oitavo francês,

* Em francês, no original: obras-primas.

** Mesmo que Maomé.

tipo mignon, se eu me propusesse a escrever circunstanciadamente a respeito do meu companheiro de teto, e por isso direi em uma palavra que o sr. Marçal era um mágico... mas o sr. Marçal não era simplesmente um mágico. À magia, juntava ele o conhecimento profundo da *onomatomancia* ou *ciência anagramática*, que outrora, entre os discípulos de Pitágoras, esteve em alta voga. Como o filho de Jacó, ele interpretava os sonhos mais exóticos.

A *astronomancia* tão respeitada no Oriente, a *bibliomancia*, a *quiromancia* ou *ciência dos boêmios*, em que li algures ter sido grande o rei Salomão, e que Aristóteles e outros reverenciavam; a *fisiognomia* ou *ciência de Lavater*,* a que devemos a descoberta da frenologia pelo dr. Gall** etc., eram *ciências*, teórica e praticamente, de dia e de noite, estudadas pelo sr. Marçal, e das quais ele provava quando se quisesse tirar inquestionável aproveitamento.

Assim, quando um indivíduo desejava saber o que lhe aguardava o futuro, ia ter com o sr. Marçal e ele lho dizia tim-tim por tim-tim, já fazendo diversas transposições das letras de que se compunha o nome próprio do *crédulo*, e com elas formando outras palavras, que só ele traduzia; já pela influência do signo sob que tivesse o consultante vindo ao mundo; já fazendo-o abrir com estilo mágico a Bíblia, e tirando hipóteses para os seus cálculos da primeira frase ou palavra que lhe ficasse à esquerda etc.

Ainda não para aqui todo o saber do sr. Marçal.

Ele compunha filtros contra a melancolia, preservativos de frouxidão de nervos e nostalgia, amavios infalíveis para os amantes, amuletos contra os feitiços e talismãs contra as desventuras etc.

Possuía ainda todos os segredos do magnetismo, e presumo que seria capaz de magnetizar até o próprio Mesmer.***

Fui testemunha ocular do seguinte fato.

* Johann Kaspar Lavater, poeta, escritor, filósofo e conhecido pelos seus trabalhos sobre fisiognomia.

** Franz Joseph Gall, médico alemão que desenvolveu trabalhos nos quais correlacionava o tamanho do crânio de um indivíduo a características pessoais e morais.

*** Franz Anton Mesmer, médico austríaco que dá nome ao mesmerismo, uma prática pseudocientífica de hipnose para cura de doenças e de magnetismo animal.

Lá pelo nosso bairro moravam juntas três mênades dos tempos modernos, para as quais não havia remédio que sanasse o mal com que elas tanto se deleitavam — o vinho.

A própria polícia que, rival das pílulas de Mr. Holloway,* também é uma espécie de panaceia, desenganada da incurabilidade de semelhante mal, já as tinha abandonado. Aquelas mulheres! aquelas mulheres!

Todos os vizinhos diziam ter sido feito para elas o "*Deus os fez e o diabo os ajuntou*" — frases que as velhas repetem quando falam de dois bem-casados de gênios e feitos iguais.

Uma noite — dir-se-ia que, para as três criaturas, era a noite de *juízo* —, estavam elas no meio da rua, e, ao contrário das mênades da fábula, que se enfeitavam com cachos de hera, trazia cada qual por enfeite um cacete de vara e meia.

Aos cambaleios descompassados das pernas e aos movimentos grotescos dos braços, soltavam das bocas um enxame de palavras, cada qual mais obscena.

Passa por elas o sr. Marçal; as mulheres implicam com o homem, dirigem-lhe de um jato um cento das *tais palavras*, e avançam para ele com os cacetes em pino.

Para o mágico, fita-as e faz-lhes algumas momices com as mãos. Todos os curiosos pasmaram, e não foi para menos.

Em dois segundos, as três indomáveis mulheres dormiam placidamente, em pé, como dorme um sultão no seu fofo e perfumado leito. Tinha-as magnetizado o sr. Marçal.

Não ficou só nisso, e não foi só por isso que aqui trouxe este fato.

Foi o mais importante que, desse dia avante, nunca mais ninguém viu aquelas mulheres levarem aos lábios sequer um bago de parreira, quanto mais uma gota do licor que tantas culpas deixa às costas de Noé.

Vê-se claramente que o magnetismo extingue a sede do vinho.

* As chamadas pílulas Holloway eram um medicamento famoso no século 19 que prometia curar doenças e mal-estares bastante variados, tais como dores de cabeça, asma, hemorroidas, inflamações, tumores, doenças venéreas e de fígado.

Aos sectários de Mesmer os meus emboras por tamanha descoberta. Era, sobretudo, da nigromancia, ou arte de evocar os espíritos, em que o sr. Marçal dizia-se um completo *thebh*, que em chim significa *sábio*.

Com aquela condescendência trivial, com que ali pelas ruas um desconhecido para a um nosso aceno e nos dá o fogo do seu charuto, o espírito, qualquer que ele fosse, vinha, estivesse onde estivesse, a um aceno do sr. Marçal. Quando soube que o mágico dispunha de mais esta qualidade, não me pude suster, que não desse um pulo de contente, dizendo para mim mesmo: "Agora, sim, senhor, podemos travar conhecimento com uma alma do outro mundo e atirar a *dúvida* para um canto".

Eu zombava!

Entretanto, desejava ansiosamente ter um pé para acreditar! Que Pirro não dará todo o seu sangue a quem repartir com ele as crenças do velho Sócrates?

Tomei a resolução de divertir-me à minha custa, e, em dia de mais paciência, fui bater à porta do nigromântico.

Aquele gabinete, todo forrado de encarnado, com o seu quê de misterioso e lúgubre, como uma sala maçônica; um esqueleto humano, que ficava logo à entrada, e o aspecto grave do mágico fariam calafrios a quem não estivesse como eu familiarizado em lá entrar e sair. Entrei com familiaridade, e, sendo do mesmo modo correspondido pelo sr. Marçal, não me demorei em tocar-lhe a respeito do que me levava à sua presença.

— Ora, meu amigo e sr. Marçal — disse-lhe depois de concisa divagação —, venho pedir-lhe hoje um grande favor: faz-mo?

— Se estiver ao meu alcance, com muito boa vontade — respondeu-me ele.

— Está...

— Então o que vem a ser?

— Olhe, sr. Marçal, eu não sei se já reparou, eu sou cético.

— Cético?

— Absolutamente cético.

— Que anomalia... na sua idade... ou é agora porque está arrufado com o mundo?

— Pelo contrário, estou em boa harmonia... Quem me dera que eu nunca saísse dele...

— Então por que é cético? Desde quando o é?

— Desde que nasci.

— É célebre... o amigo estudou filosofia?

— Sim, senhor.

— Que seita adotou?

— Eu sei, sr. Marçal! Eu sou uma porção de filósofos a um tempo... Sou Aristipo, Pirro, Zeno, Xenofonte, Diógenes, Antístenes, Epicuro etc. etc.

— Pelo amor de Deus! Nenhum desses charlatães presta para coisa alguma. Um dedo de Platão vale mais do que as cabeças deles todas juntas...

— Ora, aí está como são as coisas! Sou completamente oposto à seita de Platão. Ainda não posso crer que o homem tenha alma, e, de mais a mais, imortal. Minha ama, como Platão; um sem-número de velhas com quem tenho conversado, e quantos livros de contos fantásticos tenho lido, não me fizeram mudar de opinião. *Post vitam nihil est*,* quem me arredar disto deita uma lança em África.**

— Pois aqui estou eu que o farei, e com os fatos mais palpáveis.

— Anda por aí o favor que lhe venho pedir, sr. Marçal. Desejo conversar com uma alma do outro mundo, a ver se tomo caminho; o senhor quer evocá-la?

— Sim, senhor.

— Quando há de ser?

— Quando quiser.

— Pois vá feito; seja hoje mesmo.

— Vá feito.

— À meia-noite?

— À meia-noite certamente.

— Está dito.

— Dito.

* Em latim no original: "depois da vida, não há nada".

** Dito popular que significa "vencer uma grande dificuldade".

— Nunca deixarei — continuou o bom nigromântico — de dar crenças aos incrédulos. Quem as dá, dá a mais valiosa esmola e faz um bem que só Deus recompensará. Posso gabar-me de ter lutado com os caprichos dos mais exigentes incrédulos e, graças a Deus, ainda uma só vez não cansei antes de vencê-los.

"Há três dias aqui esteve um senhor que declarou-se-me incrédulo até as pontinhas dos cabelos, e, no fim de duas horas, daqui saiu crédulo, crédulo a causar dó.

"Diga lá o nome do seu defunto, amigo ou parente, cuja alma hei de evocar esta noite."

— É indispensável essa cláusula?

— Certamente.

— Espere, deixe-me então lembrar de alguém... já achei... há de ser ele. Escute, sr. Marçal. Eu tive um tio materno chamado Gregório, que foi o único anacoreta da minha família.

"Quando eu nasci já o tio Gregório não existia, mas todos os meus parentes falavam-me dele. Diziam-me que ele aos trinta anos morava só em uma casinha sita num dos arrabaldes mais isolados lá da nossa terra. Que fora casado com uma viúva, que, para isso, insinuado por ele, envenenara o próprio marido.

"Três meses depois de casado, enviuvou, morrendo-lhe a mulher abrasada por uma combustão espontânea. Daí começou meu tio pouco a pouco a emagrecer e tomando a mania de conversar sozinho, até que afinal não fez mais caso dos parentes, e quando se deu com ele tinha professado o anacoretismo.

"Soube-se ainda que em todas as sextas-feiras, à meia-noite, saía da casinha que meu tio ocupava um animal, que grunhia como porco, e cuja cabeça seria perfeitamente a de um cavalo, se não sustentasse duas enormes pontas, retorcidas como parafusos.

"Os olhos pareciam dois archotes deitando chispas fosforescentes, e o resto do corpo era negro como carvão e felpudo como o de um bode.

"Por onde passava aquele animal tresandava a enxofre, que sufocava. No dia seguinte amanhecia o tio Gregório mais pálido do que nunca, magro como um esqueleto, e com as unhas e dentes verdes como azinhavre.

"Isto durou seis meses seguros.

"Já ninguém queria habitar no bairro do tio Gregório, desgraça que fosse: já, ainda os mais civilizados, não lhe davam o bom-dia; enfim, todos fugiam-lhe como se foge de um leproso, quando, de uma sexta-feira em diante, nunca mais soube-se dele.

"Quero ouvir, pois, esta noite a alma do tio Gregório, perguntar-lhe o que fizeram-lhe do corpo, e pedir-lhe certas informações da vida além-túmulo."

— Pois, à meia-noite em ponto — disse-me o sr. Marçal —, lá irá ter a seu quarto a alma do seu parente. É preciso não ter luz e não fechar a porta.

— Essa não seja a dúvida: deixo a porta encostada, apago a vela, deito-me e, se pegar no sono, a alma do tio Gregório me acordará?

— Há de acordá-lo.

— Muito obrigado, sr. Marçal; até amanhã.

— Até amanhã.

— Com que então — disse comigo, saindo do gabinete do sr. Marçal —, vou conhecer esta noite o defunto tio Gregório, graças ao condão do lítuo* do meu vizinho?

Ri-me da minha lembrança, e deixei correr o resto do dia entretido com os meus afazeres.

À noite, ao recolher-me às minhas águas-furtadas, já não me lembrava do pacto que fizera de manhã com o nigromântico.

Entrei, fechei a porta do quarto, despi-me, enchi a transbordar o meu velho cachimbo, acendi-o, deitei-me e abri um livro para conciliar o sono.

Dez minutos depois, pesavam-me as pálpebras como se eu tivesse tomado ópio.

Despedi-me do cachimbo, fechei o livro e apaguei a vela.

Estava pega, não pega no sono, quando inesperadamente veio-me à ideia que tinha o vizinho nigromântico à minha esquerda.

* Bastão recurvado em uma das extremidades, utilizado pelos áugures, os sacerdotes romanos que faziam presságios.

— Ai — refleti —, que cabeça esta minha! Não deve tardar por aí a alma do tio Gregório, e eu não fechei a porta? Pois ela que entre pela fresta.

E, sem dar maior importância à lembrança, fui pensando... pensando... e peguei no sono.

Dormi.

Sonhei.

Sonhei que, sem saber explicar como, subira até o ápice de uma montanha árida e íngreme.

Via à direita o oceano imenso, tal qual ele o é, e à esquerda, uma vasta e deserta planície. Afigurou-se-me impossível descer daquelas alturas. Olhei em redor de mim, não vi ninguém! Sondei o sítio e não dei com o mais pequeno sinal por que concluísse ter antes de mim chegado até ali uma criatura.

Pouco a pouco, o sol foi descambando. Camadas de nuvens negras foram-se aglomerando por todo o espaço.

A norte e sul, qualquer lado que tomava para o horizonte, eu o via escurecendo.

Tentei gritar socorro, socorro, muito socorro! Debalde! Faltava-me ar! Faltava-me luz! Faltavam-me as forças!

Anoiteceu!

Tateando pelas trevas, pude enfim abrigar-me a uma árvore que ali topei.

Sentei-me bem junto a seu tronco, esperando que amanhecesse. Pisado pelo horroroso daquela situação, fatigado de esperar pela manhã, adormeci.

Sonhei que despertava no espaço, preso aos dentes de um vampiro, que, sem dúvida, fazia pouso na árvore cujo tronco me servira de encosto.

Oh! como eu estava longe da Terra! Que posição a minha!

Restava-me escolher de dois males um! Um e outro era uma irremediável sentença de morte!

Ou morrer devorado pelo vampiro, ou daquelas alturas atirar-me à Terra, aonde, no fim de um século, chegaria dividido em átomos! Lutei com o animal.

Empreguei quanta força me foi possível.

Venci-o.

Ele abriu a enorme boca e deixou cair a presa!

Jesus!

Lá venho eu *rolando* pelo espaço abaixo... e leva-me a breca o tombo... se não desperto no meu leito...

Acordei sobressaltado, o coração batia-me fortemente...

Abri os olhos... nada... o quarto estava tão escuro que eu não acreditava ter os olhos abertos!

Sinto que alguém está de pé junto à minha cabeceira.

Quis falar... mas a língua tornou-se insensível à vontade.

Quis mover os braços... tinha-os paralisados!

— Quem é? — pude enfim perguntar.

— Eu — ouvi distintamente —, eu, que mandaste evocar, um espírito do outro mundo. Aqui estou, ouve, e crê. Mandaste evocar o espírito de um teu parente que nunca existiu, eu vim na falta dele. Queres descortinar os mistérios dos túmulos? Embalde te cansarás. Crê e fica-te.

— E tu quem és? — perguntei, sentindo-me ir desfalecendo.

— Jacinto.

Ouvi e não soube mais de mim.

Acordei, cheio de impressão, às sete horas da manhã.

Vesti-me e fui ter com o nigromante.

— Ora viva! — exclamou o sr. Marçal, vindo ao meu encontro: — Então o amigo queria experimentar-me?

— Como assim? — repliquei-lhe.

— Disse-me que tinha tido um tio chamado Gregório, e bem podia eu gastar toda a noite evocando o espírito do tal seu tio, e ainda a esta hora não se teria ele movido.

— É verdade, sr. Marçal, perdoe-me; foi uma peça de estudante, eu nunca tive semelhante tio.

— Isso vi eu, evocando o espírito três vezes baldadamente.

— Mas eu ouvi... ou sonhei...

— Ora, pois não! Então o senhor havia de pregar-me uma peça para não ter desforra? Quando vi que o tal seu tio não tinha alma, porque ainda não nasceu, evoquei a alma do último defunto seu conhecido, e ela aqui esteve e para lá encaminhei-a, um quarto justinho depois da meia-noite.

— E por onde entrou ela, se eu esqueci-me de deixar a porta aberta?

— Pois ainda põe dúvida? Os espíritos entram à vontade pelo buraco de uma fechadura, ainda que seja estreito como o fundo da mais fina agulha.

Fingi concordar com o que dizia o nigromante, e saí pensando seriamente a respeito.

— Jacinto... Jacinto... — repetia para mim, a ver se me lembrava de algum amigo ou conhecido que tivesse este nome. — Jacinto... não conheço ninguém com este nome. O certo é que o homem atilou que eu nunca tive a desgraça de ter um tio malfadado, como o tio Gregório de minha invenção. E o resto? Qual alma de Jacinto, nem meio Jacinto! O resto foi meramente sonho, sonho e mais nada. O vizinho Marçal não passa de um inofensivo fona, benza-o Deus.

E não cuidei mais no sucedido.

Já havia decorrido oito ou dez dias, a contar daquela noite, quando encontrei-me com um velho amigo que chegava de Minas e com quem travei relações de amizade na Academia Militar.

— De luto! — exclamei, reparando que ele trazia fumo no chapéu. — Quem te morreu?

— Pois ainda não sabes? — replicou, admirado.

— Não.

— Foi o meu irmão Jacinto.

— Jacinto! Tinhas um irmão chamado Jacinto?!

— Com efeito, como está esquecido! Já não te lembras do Jacinto, que tanto simpatizava contigo?

— Acredita, não tenho a mais pequena ideia...

— Aquele rapaz, magro como tu, e branco como a neve, com quem jogavas o dominó no *Cercle*...

— Ai... espera... é verdade... lembro-me agora, chamava-se Jacinto o teu irmão, com quem tantas vezes joguei o dominó... Pois ele morreu?

— Há vinte dias... morreu tísico em Diamantina...

— Pobre Jacinto, como eu já me tinha esquecido dele!

E apertei, comovido, a mão do meu amigo...

Desse dia em diante consagrei a mais distinta consideração ao meu vizinho da esquerda, a quem tão levianamente chamara — fanfarrão.

Esther

Fagundes Varella

Luís Nicolau Fagundes Varella nasceu no Rio de Janeiro, em 1841, e morreu em 1875, no mesmo estado. Foi um proeminente poeta da segunda geração do romantismo brasileiro. Em prosa escreveu contos marcados pelo macabro e pela atmosfera fantástica. Um exemplo é "Esther", publicado em 1861 no Jornal do Recife *(antes, no* Correio Paulistano, *mas não conseguimos confirmar em que data); nesta narrativa emoldurada e fantasmagórica, acompanhamos a história de amor entre Antônio e sua prima, a personagem-título, que acaba condenada à infelicidade pelo padrasto.*

I

Não é um mero produto da imaginação o que eu vou contar, não é um desses episódios criados para enganar as horas de tédio e de enfado e que a literatura denomina "romances" ou "novelas" — não; é um fato verdadeiro, um drama de sangue e de loucura, que passou de geração em geração e gravou-se para sempre na mente das turbas — o grande livro das epopeias populares.

Em uma das províncias centrais desta bela terra do Brasil, houve outrora um homem nobre e opulento, que, longe do bulício das povoações habitava uma de suas vastas propriedades, na encosta de uma serraria escabrosa: era esse homem o Barão do Rio Negro.

Tinha ele em sua companhia dois filhos: o primeiro chamava-se Máximo, o segundo Antônio. Máximo, forte e robusto, era o predileto de seu pai; Antônio, frágil e doentio, era olhado com desgosto pelo Barão, que não prodigalizava sequer uma carícia a essa pobre criança doente, cujo nascimento tinha ocasionado a morte de sua mãe. Máximo vivia sempre aos joelhos paternos; era aplaudido em todos os seus atos, mesmo naqueles em que merecia severa repreensão; Antônio, porém, era desterrado para o interior da habitação e só tinha por quinhão neste mundo a moléstia que minava-lhe a existência e os duros tratamentos de seu pai. Assim cresciam estes dois meninos.

Uma vez, um irmão do Barão, vendo-se completamente arruinado, resolveu ir a África tentar fortuna; deixou, pois, aos cuidados deste uma filhinha de oito anos chamada Esther, bela como os anjos. A criança ligou-se logo de uma profunda amizade a Antônio e mais tarde, quando fogem os loiros sonhos da meninice para dar lugar aos castelos brilhantes da adolescência, esta amizade transformou-se em uma paixão ardente e sem termos.

Contudo, não falaram eles de seu amor; não o fazem os passarinhos, as flores e as borboletas, nem as estrelas que cintilam no firmamento, nem os vagalumes que lampejam na floresta, mas eles sabiam que se amavam.

Havia uma voz íntima, que vinha murmurar poemas de felicidade ao ouvido de Esther, quando ela acariciava esse moço pálido e formoso que, engolfado em cismas de ventura repousava a cabeça em seu regaço como o Romeu de Shakespeare.

Os prados, as brenhas, as savanas eram de contínuo o teatro dessas cenas sublimes de amores primeiros, que banhadas de tão santa poesia as descrevera outrora, à sombra das bananeiras, — o singelo autor de Virgínia.* Máximo era indiferente a tudo isso, seus dias ele os esperdiçava embrenhado no mais denso das matas virgens, entregue aos ardentes prazeres da caça.

Quando a idade perigosa dos vinte anos chegou, Antônio principiou a adoecer gravemente; seu rosto tornou-se mais descorado, seus olhos orlaram-se de um roxo sombrio e no esforço de uma tosse seca e ligeira às vezes um escarro de sangue vivo pulava-lhe dos lábios. Os médicos que consultou aconselharam-no que partisse quanto antes para a Europa, onde o clima e os hábeis professores, talvez pudessem sanar a moléstia terrível que tinha-se apoderado dele.

O moço ajuntou a herança que lhe deixara sua mãe, abraçou Esther, fê-la jurar um amor eterno, uma fidelidade sem limites; despe-

* Provável referência à personagem principal do romance *Paul et Virginie* (1788), de Bernardin de Saint-Pierre.

diu-se de seu pai e seu irmão, que o viram ir sem pesar — e ungido das lágrimas virginais de sua noiva partiu.

II

A felicidade na vida é uma dolorosa quimera. O destino do homem é tender sempre para um ideal que lhe escapa dos braços e como esses espíritos de que fala Ossian,* o montanhês, desfazem-se em vapores e perdem-se na amplidão. Nossos desejos são insaciáveis, nossas esperanças sem termos; estas esfumam-se ao desengano, aqueles descoram-se no enojo. Já alguém disse que a posse era o túmulo do desejo. A esperança é uma lívida ironia, disse o maior poeta do século passado.

Chegando ao Rio de Janeiro, Antônio embarcou-se em um navio que partia para Itália. Era a pátria de Boccaccio e Dante, debaixo desse belo céu que fizera suspirar Byron e Musset, que ele ia mendigar o ambiente embalsamado um átomo de vida que refrescasse seus corrompidos pulmões.

Na casa do Barão, entretanto, a vida continuava na mesma, como se nada acontecesse, exceto para Esther, cuja existência parecia, com a partida de Antônio, ter-se transformado em um medonho deserto. Com efeito, a moça estava excessivamente triste e pensativa, longas horas inclinada à janela, como a pálida amante de Raul, ela passava com os olhos fixos na extrema nebulosa do horizonte, onde desaparecera Antônio quando partira. Era triste, triste aquele olhar, que parecia sair do seio, transpor o espaço e banhado de amor e de saudades ir descansar nas plagas estranhas onde estava o noivo de seu coração.

Há em nossa terra umas florinhas — melancolicamente azuladas — que crescem à margem dos rios e são cultivadas nos jardins; na Alemanha chamam-nas — *Vergiss mein nicht*, *não te esqueças de mim*. Conta-se que um cavalheiro passeando à tarde pelas margens do Reno ao lado de sua amante, vira uma multidão dessas flores que se embala-

* Suposto autor de poemas épicos nos anos 1760 que, mais tarde, seriam bastante influentes para o romantismo.

vam docemente ao sopro das brisas. Sendo rogado por sua dama ele desceu a colhê-las, então o pé lhe faltou e ele caiu na profunda corrente; nas agonias da morte, entretanto, surgindo à tona d'água, lançou à sua bela o ramalhete que tinha colhido murmurando — *Vergiss mein nicht*, não te esqueças de mim! — e afundou para não mais se erguer. Desde então aquelas belas filhas da tristeza que se balançam à beira d'água tomaram o nome saudoso que tem.

Por uma dessas coincidências que se dão todos os dias, sem conhecer a legenda poética que acabei de narrar, Antônio tinha deixado a Esther como lembrança um ramalhete destas lindas florinhas. A donzela guardou-o no seio e, quando apertavam as saudades de seu noivo, ela banhava de lágrimas aquelas pétalas emurchecidas pelo tempo e pelo calor de seu peito.

Um ano tinha decorrido depois da partida de Antônio, quando o Barão recebeu uma carta da África em que lhe participavam que seu irmão tinha morrido, deixando a Esther uma fortuna imensa. Notando então que Máximo principiava a enamorar-se da donzela, resolveu casá-los, aumentando assim o patrimônio de seu filho.

Foi ter por isso com Esther e comunicou-lhe seu desejo.

A moça recusou apenas lhe tinha falado seu tio. O Barão zangou-se e dobrou de instâncias, porém como ela prosseguisse firme no seu intento enfureceu-se aquele e exclamou:

— Deve existir um motivo para não aceitares a mão de teu primo, exijo que mo digas.

Esther abaixou os olhos e não respondeu.

— Então calas-te? — bradou de novo o Barão.

— Amo Antônio, meu tio — disse ela corando —, jurei não casar-me senão com ele, não devo trair meu juramento.

— Porém pensa — prosseguiu o tio ameigando a voz —, Antônio está longe, muito longe, e tão cedo não voltará, no entanto, estás já moça e precisas escolher um marido que te proteja, pensa bem e...

— Tenho pensado — interrompeu Esther —, não aceito senão Antônio.

— E se ele não voltar?

— Oh! Há de voltar! — exclamou a virgem com voz repassada de íntima confiança.

O Barão carregou o sobrolho e continuou.

— E se te houvesse ele esquecido, se te não amasse mais, se estivesse casado, enfim, nesses países onde há tão belas mulheres?

A moça empalideceu um momento, depois abanando tristemente a cabeça, respondeu:

— É impossível, meu tio. Antônio não podia fazer isto, porque ama-me... Oh! Ama-me muito.

— E se o houvesse feito? — prosseguiu o Barão.

— Se o houvesse feito — repetiu Esther, olhando fixamente para seu tio —, se houvesse feito, eu morreria.

Uma gargalhada sarcástica e motejadora escapou dos lábios do Barão.

— Morrer... morrer... — exclamou ele depois —; pois olha, Antônio não voltará porque está tísico declarado, porque não tem um ano de vida; tu te casarás com Máximo porque eu o quero, agora morre, vamos ver...

Assim falando saiu arrebatadamente deixando a moça inundada de prantos.

No outro dia o casamento de Esther e Máximo estava convencionado para daí a um ano, enquanto se ia tratar dos negócios da herança d'aquela, e o Barão escrevia uma longa carta a Antònio, dizendo que a moça tinha mudado de resolução, a pedido seu, e que de hora em diante não a considerasse senão como mulher de Máximo, seu irmão.

III

Um ano tinha desaparecido no sombrio abismo do tempo para nunca mais volver.

A casa do Barão do Rio Negro estava esplendidamente iluminada, os convivas passeiam conversando pela grande sala, a orquestra preludiava uma contradança. No outro dia, às dez horas da manhã, devia ter lugar o casamento de Máximo e Esther.

A donzela tinha estado o dia inteiro febril e agitada, seus lábios descorados e secos pareciam queimar, seus olhos ardiam em labaredas delirosas, seu peito precisava de ar. Como a pedido do Barão os convivas tinham se reunido depois da ceia na grande sala para dançarem e divertirem-se, Esther protestou uma grande dor de cabeça e pediu a seu tio que a dispensasse aquela noite, porque desejava descansar. Concedida a licença, a moça entrou para seu quarto e deitou-se.

Máximo tinha proposto que dançassem até ao amanhecer e os convivas tinham aceitado. O divertimento continuava por isso com mais fervor.

Era já bem tarde quando uma rapariga que estava à janela, respirando o ar da noite, deu um grito e recuou horrorizada. Correram todos para ela e perguntaram a causa de seu espanto.

A moça trêmula e pálida respondeu:

— Ali embaixo, ali junto ao portão, vi à luz das luminárias passar vagarosamente a figura de um frade.

— Um frade! — exclamaram todos.

— Sim, um frade — continuou a moça —, tinha o capuz caído sobre o rosto e em vez de andar parecia arrastar-se a um bastão que segurava com as duas mãos.

— E para onde foi? — perguntaram alguns.

— Entrou para o portão — respondeu a rapariga.

— Nossa Senhora! — gritou uma dama que ali estava. — É preciso ver, sr. Barão, é preciso ver...

O Barão riu-se sarcasticamente.

— Mas, sr. Barão — disseram alguns convidados —, é prudente, é...

— Ora, é prudente que as senhoras tenham medo, vá, mas homens é intolerável!

Os convivas morderam os beiços e retiraram para um canto.

No entanto, junto da moça tinha-se feito uma roda e falavam impressionados.

Então o Barão adiantou-se e disse:

— Não foi nada, meus senhores, algum criado passava por ali embrulhado em seu capote e a senhora tomou por um frade.

— Asseguro-vos — disse a moça —; vi atentamente, porque não estava ainda assustada, e asseguro-vos que vi um frade.

— Na vossa imaginação — atalhou o Barão com voz sarcástica.

— E ainda mesmo que fosse um frade que mal vos faria — disse Máximo aproximando-se da janela.

— Foi ilusão, foi ilusão — disseram todos —, vamos dançar.

E o baile continuou.

Nublada e triste apontou a aurora no horizonte, uma brisa úmida e fria sacudia as folhagens lá fora e vinha bater nos rostos dos convivas empalidecidos pela insônia.

— É já dia — gritaram todos —, acorde-se a noiva, acorde-se a noiva.

— É verdade — disse o Barão —, vamos acordá-la; — e como ainda os corredores da habitação estavam na obscuridade, tirou uma vela da serpentina e seguido pelos convivas encaminhou-se para o lado do quarto de Esther.

Chegando à porta pararam; o Barão bateu.

A moça não respondeu.

Segunda vez bateu o Barão com mais força; houve o mesmo silêncio.

Terceira, quarta, quinta vez bateu ele violentamente, porém nada: era um silêncio de morte.

— Arrombe-se a porta! — gritaram os convivas assustados.

A porta foi arrombada.

Um vulto estava de joelhos junto ao leito da virgem: era um frade.

Todos recuaram horrorizados.

Máximo, porém, como o mais valente, tomou a vela da mão de seu pai e encaminhou-se até o meio do quarto.

Então o frade fez um movimento, o capuz caiu e um rosto magro, esverdeado, um rosto onde se lia a maceração e os desgostos apareceu aos olhos de todos.

O Barão deu um grito e Máximo afastou-se até a parede, exclamando:

— Antônio!... Antônio!...

— Sim, é Antônio — murmurou o frade com voz surda e rouquenha —, é Antônio que há seis meses se torce em fundas agonias entre as quatro paredes de um convento; é Antônio que sentindo a morte chegar a sua fronte, abandonou a cela de abstinências para vir morrer aqui!

Depois voltando-se para o Barão que chamava repetidamente Esther por seu nome, prosseguiu:

— Não a desperteis, ela dorme, delirou de febre a noite inteira, debateu-se em angústias malditas enquanto vós dançáveis!...

Entretanto Máximo aproximou-se do leito da moça, depois recuou espavorido e com a mão trêmula e convulsa apontou para ali.

Todos correram, chamaram-na repetidas vezes, agitaram-na de um lado para outro, porém ela não respondia; estava morta.

Louco, desesperado como uma hiena, Máximo lançou-se sobre Antônio, bradando:

— Miserável! Foste tu que a mataste!

O monge recuou vacilando até a muralha, e com essa voz rouca do moribundo que sai das estranhas e parece vir dos pés, como disse Vigny, falou:

— Não me toques porque em breve estarei com ela, porque também vou morrer! — e caiu torcendo-se sobre os joelhos.

No outro dia, dois caixões mortuários saíam da casa do Barão do Rio Negro. Eram Esther e Antônio que se iam enterrar.

O Barão contemplava da janela o fúnebre préstito dando gargalhadas frenéticas. Máximo tinha-se afundado pelas matas virgens com os cabelos hirtos, o olhar inflamado e os beiços espumantes. Tudo estava acabado.

LEGENDA

Quando a noite é sombria e carregada e o vento ruge nas folhagens da selva e os mortos cantam suas lamentações à sombra dos ciprestes do cemitério, então a luz amarelenta das fosforescências, o frade se levanta de sua cova para chorar amargamente as desditas que sofreu.

Viajante que passais pela estrada, tomai sentido ao aproximar-vos do cemitério.

Ele chora, o sombrio frade, mas, de outra cova mais longe, sua amante levanta-se para vir chorar com ele.

Ela está vestida de noiva, tem um véu sobre o rosto e na cabeça uma grinalda de flores de laranja. O vento ruge, as fosforescências valsam sobre as sepulturas e a coruja lança o seu canto desolado.

Mas os gemidos de seu peito e os soluços de seu coração continuam cada vez mais dolorosos.

Quando a aurora aparece no horizonte e o galo canta pela terceira vez, eles se abraçam e cada um entra para seu leito de morte.

Viajante que passais pela estrada, tomai sentido ao aproximar-vos do cemitério.

A trindade maldita

Contos no botequim

Franklin Távora

João Franklin da Silveira Távora nasceu no Ceará, em 1842, e morreu no Rio de Janeiro, em 1888. Foi advogado, político e jornalista. Influente figura literária de seu tempo, é autor de romances, peças de teatro e coletâneas de contos. Em homenagem declarada à obra Noite na taverna, *de Álvares de Azevedo, seu "A trindade maldita" foi publicado no* Diário de Pernambuco *em 1862. As obras se assemelham na estrutura emoldurada e no enredo: durante uma noite de bebedeira em um botequim, três jovens começam a narrar histórias escabrosas. Aqui, apresentamos um trecho, o terceiro relato, de Eduardo, uma impressionante sucessão de desvarios e brutalidades.*

Eduardo, o pálido qual uma lua de inverno, o poeta enchafurdado e envilecido nos lupanares e alcouces, o moço louro italiano, que apreciava com mais frenesi a narração de uma história imoral e diabólica, recostado ao travesseiro sebento e sujo de um leito abjeto de prostituta, do que a suave leitura de um salmo inspirado de Davi, feita outrora por seu pai, nos serões da meia-noite aos pés de uma macilenta imagem do crucifixo, falou também por sua vez.

— O álbum de minha vida está repleto — disse. — Todas as suas páginas de sangue se acham escritas, mas com caracteres de luto: é um perfeito livro negro. O que, de menos negro e lutuoso, corre por essas colunas de tinta é o seu prefácio; eu principiarei por ele.

"Aos meus dezoito anos, na Itália, amei uma virgem.

"Dizer-vos que era encantadora seria uma ociosidade; porque todos compreendem que a primeira fibra de amor do coração de um poeta só pode ser vibrada pelo que há de mais sublime, pelo que há de mais santo e pelo que há de mais belo.

"Não é uma vaga e quimérica fantasia do meu poetar de mancebo o que vou a dizer-vos; não entendais desta guisa.

"Julieta, a morenita Napolitana, a casta e pudibunda filhinha de Gennaro, o joalheiro, seria por sem dúvida a decantada Julieta do Romeu do poeta, se ela nesse tempo já pudesse existir.

"Era bela, bela como um lânguido filete de sol nascente por sobre a trava de uma cruz de mármore à esplanada do pátio de um templo arruinado.

"Era um anjo mimoso e cândido de fazer alucinar-se de amor por si qualquer homem que não fosse uma estátua de bronze, uma alma sem sentimentos ou uma cabeça bombástica de inglês.

"Nós nos endeusávamos pelo amor, como se as nossas almas não representassem mais que os reflexos de um mesmo corpo de luz. Nunca, que eu saiba, por esse turbilhonar da vida mundana perpassaram dois espíritos que tanto se irmanassem. Era uma maravilha.

"O nosso amor levou-nos enfim a jurarmos casar-nos. Juramo-lo aos pés de uma imagem de Cristo, pelo tombar de uma noite sossegada e pura como as crenças de um mártir de Deus.

"As nossas testemunhas desse ato majestoso foram mudas, porém solenes: Deus, o infinito do céu, o silêncio da noite, o reflexo cambiante das estrelas, a viração perfumada das desoras.

"Uma tarde, fui visitar Julieta.

"Não era bem tarde ainda. A noite começava a despenhar-se da cúpula dos pinheiros e das sumidades das montanhas como um lençol de névoa escura, mas ainda vislumbravam-se, ao fitar-se o ocaso, os derradeiros e incertos lampejos do sol poente, já modorrado entre os brancos coxins de espuma do oceano.

"Entrei no humilde casebre de Gennaro e não o encontrei aí, como quase sempre, nem também a Julieta.

"Fiquei, porém, surpreso com a ausência desta última, porque, além de ser modesta e tímida, ela era naturalmente retraída e reconcentrada; e, indagando eu nesse sentido de alguém da vizinhança, as palavras que me disseram em resposta foram estas:

"'Pois não soubestes ainda, senhor?... A Julieta do sr. Gennaro foi agora mesmo ao templo para ser recebida em casamento pelo mancebo Giovani.'

"Se empalideci, se corei, se tremi ou se permaneci inabalável e impassível, como um cedro sem folhagem, não vo-lo sei dizer.

"Depois pensei que aquilo era uma chacota ridícula ou uma calúnia revoltante feita a mim em desfavor à minha Julieta, e então todo o sangue das minhas veias correu-me ao cérebro revolto, e eu fixei meus olhos turvos, com ar de invulnerável descrença, na pessoa que me havia dado aquela informação.

"Fui perfeitamente compreendido, porque ela repetiu e repetiu ainda tudo quanto havia antes aventurado, acrescentando mais o seguinte:

"'Oh!... senhor!... Já que nada é suficiente a fazer-vos convencer desta verdade, demorai-vos por aqui um pouco mais, que em breve vê-los-eis voltarem de braços entrelaçados e tão satisfeitos de si como dois pombos.'

"Ao ouvir tais expressões o meu primeiro pensamento foi esperá-los.

"Mas depois, envergonhado de mim próprio e receoso também dos irresistíveis impulsos do meu gênio indomável e vertiginoso, entendi que a mais sensata medida a tomar era ausentar-me.

"Fi-lo incontinente.

"Mas no instante em que ia a voltar à esquina da rua, vi-os com efeito entrar no albergue de Gennaro de braços entrelaçados e tão satisfeitos de si como dois pombos, segundo o fraseado da desinteressada vizinha de Julieta.

"Tive muita vergonha então, tomei-me em seguida de uma fúria de tigre e mordi-me nos próprios braços, como um possesso, ao só pensamento de que essa mulher que eu reputava o símbolo da castidade e pureza havia zombado e iludido traiçoeira e tiranicamente os meus mais belos, lisonjeiros e puros sonhos de poeta. Mordi-me de raivoso que achava-me à presença do despojo e infame desleixo de Julieta em face do seu esposo e, para desabafar-me, cravei a uma árvore o meu pontiagudo punhal até o cabo. Não sei por que me não suicidei.

"Depois disto abracei uma determinação decisiva, perigosa, horrível.

"Voltei à casa de Gennaro, que se havia retraído ao seu gabinete de trabalho, e que, no momento do meu ingresso nele, se ocupava em arrumar na gaveta da sua mesa vetusta e poenta os braceletes com que a noiva se adereçara.

"Ao ver-me, estendeu-me a sua mão calejada, que formalmente recusei com estas palavras firmes e graves:

"'Senhor, sois um infame, um infame indigno de apertar a mão de um mancebo que, como eu, preza mais a sua honra e a sua dignidade do que, talvez, a própria felicidade do céu!... Sois um infame, não me retrato, um ente desprezível e vil como uma toupeira, ignóbil e venal como um agiota, sem alma, nem coração como um demônio, sem consciência, nem critério como um insano!'

"O velho ergueu-se pronto e lesto, lançou mão de uma faca que descansava à superfície da mesa e fitou-me espantado.

"'Prometestes-me a mão de Julieta', continuei no mesmo metal de voz pausado e decoroso e na mesma posição resoluta e inalterável, 'prometestes-me a mão de vossa filha e acabais de vendê-la ignobilmente a esse moço, Giovani, talvez porque do seu ofício de timoneiro resultam a vós mais réditos e lucros do que do meu de pintor. A promessa que me fizestes foi injuriosamente cuspida, e a jura de que jamais nos uníríamos a outros que não fôssemos nós mesmos, pronunciada por mim e por Julieta, às caladas de uma noite pura e solene pelo seu silêncio de sono eterno, tendo por direta e presente testemunha uma santa efígie do Mártir do Calvário, foi ludibriosamente escarnecida e menosprezada por ela. Pois bem, venho pedir-vos a reparação dessa afronta que me atirastes ao rosto e que sobre as minhas faces, até então imaculadas de estigmas de infância, pesa e dói como uma barra de ferro em brasa; para tomar contas do perjúrio dela aí está sempre imparcial, impassível e reta a santa justiça do céu. Eu, como vedes, aperto entre os meus dedos um punhal de rija e branca lâmina, e vós, ali sobre essa mesa, conservais um outro de não inferior e menos duro aço! Compreendeis-me?!... Ou o vosso pus de verme (porque nas vossas veias não corre sangue) delir-me-á das faces essa mancha infamante ou no meu sangue de puro e honrado italiano saciareis ainda mais a vossa sede de harpia!...'

"Gennaro quis falar, mas conteve-se por um momento. Esse momento de perplexidade da parte dele se me apresentou com as aparências de um século de dúvida. Oh!... que luta acerba, terrível, infernal não senti nesse instante agitar-se e torvelinhar nas arcas de minha alma em fogo e em febre!...

"O velho, que até então se portara altivo, encorajado e a modo de decidido, a erguer da face rugosa a luva negra de desafio que eu lhe acabava de rojar a ela, tornou-se de chofre pusilânime e medroso a ponto de deixar escorregar-se dos dedos finos e ossudos a faca de que se apoderara ao ouvir os meus primeiros vocábulos de desafronta.

"Creio que foi tomado de um terror pânico fora de proporções naturais, porque, em seguida, escancarou uma das janelas que davam para a rua e correu a precipitar-se por ela. Julgando que ele escapar-me-ia daquela vez sem a devida punição do seu revoltante ato, agarrei-o por uma das pernas, fi-lo cair estirado aos pés de mim, cuspi-lhe na face uma gota de baba espumante que se me exalava por entre os lábios e assassinei-o! Ele soltou um grito surdo e abafado, e cerrou as pálpebras arroxeadas; estava morto.

"Sem um segundo de demora precipitei-me para o interior da casa cujos fundos, rematando em um pequeno morro relvoso, davam para um lago profundo.

"Giovani e Julieta ali se demoravam sentados a um banco de pedra, dizendo-se naturalmente frases amorosas e apaixonadas. Ele conservava entre as mãos uma das madeixas da moça, em quem fitava olhares que só uma alma de noivo é capaz de compreender; Julieta conservava os baloados amarrotados do seu vestido branco.

"Cego de cólera, atirei-me a ele como um raio e apunhalei-o inesperadamente. Julieta ao lobrigar-me quis fugir, porém foi baldada a sua louca tentativa; peguei-a pelos braços débeis e delicados e joguei-a à superfície do lago. Por um instante as brancas roupagens do seu vestido sustiveram-na a debater-se inutilmente contra essas águas sossegadas e mortas; depois, a sua cândida imagem submergiu-se e desapareceu."

— O amor?!... Eis aí o que é o amor de mulher, mancebo! — disse o narrador com amargura. — Falai-me em tudo que possa existir de mais inexequível, ilusório e fantástico, falai-me das riquezas fabulosas de Edmond Dantès,* da salvação da alma danada de Judas Iscariotes, o mau discípulo, ou da imortalidade dos ingleses que eu os crerei. Mas não me trateis nunca de um amor de mulher, que seria uma irrisão!... Um amor de mulher!... Se o amor se traduz por essa tendência ao vanglorioso da vida, tendo por meios conducentes o cálculo e o egoísmo, a ambição e o orgulho, convenho que a mulher possa amar. Porém se, como definem os poetas, ele não é outra coisa senão esse sentimento nobre, suave e sublime que une dois corações e duas almas, como os dois anéis de uma cadeia, que faz que os pensamentos e as ideias de um não sejam mais que os raios reflexivos do intelecto do outro, que arrasta até a abnegação de si mesmos dois espíritos que se compreendem e identificam como dois serafins humanados, afirmas comigo sem receio de errardes que o amor de mulher é um mito ou a criação de uma fantasia estulta e lunática.

Eduardo permaneceu um segundo pensativo.

E como o frio continuasse com maior intensidade a se desenvolver por aquela atmosfera vaporosa de botequim, Eduardo falou ao taberneiro nestes reais vocábulos:

— Tendes por aí conhaque, sr. Germano? O conhaque desempenha para mim, nestas noites de geada e frio, o mesmo papel que representa um cigarro para o marinheiro, uma noite de lua para o poeta, o silêncio das dez horas para o pensador, a meretriz para o soldado. Conhaque, sr. Germano; uma gota desse *lacryma christi*** sequer.

Depois de haver absorvido num hausto um copo do licor pedido, o poeta prosseguiu:

— À proporção desse triste episódio, outros muitos poderia contar-vos eu, porque a cada página do livro da minha vida se acha es-

* Protagonista do romance *O conde de Monte-Cristo* (1846), de Alexandre Dumas. Como no conto de Távora, o protagonista tem seus planos de casamento malfadados. Tendo sido preso injustamente, elabora um plano de vingança contra seus inimigos e se torna rico ao encontrar um tesouro escondido numa ilha.

** Em latim, no original: lágrima de Cristo é um tipo de vinho branco produzido na região da Campânia, Itália.

tampado um sem-número deles, sempre negros, como um corvo, sempre tristes como um anjo de cemitério, sempre horríveis e medonhos, como o cadáver de um réprobo.

"E se não, escutai:

"Corria uma noite em Londres.

"Chovia, como está chovendo, uma catarata pesada e glacial. A noite estava trevosa, o ar abafava, as ruas jaziam despovoadas, um silêncio profundo, apenas descontinuado pelo bater das gotas d'água sobre as calçadas, dominava em toda a cidade.

"Numa taberna ou tasca, dos fundos de uma casa imunda e doentia na extremidade de uma rua deserta, eu e mais dois perdidos da minha laia jogávamos a dados.

"Havia muito tempo que consumíamos as horas da noite nesse trabalho aturado e ilícito. Eu já tinha perdido tudo o que possuía de meu dentro das algibeiras azinhavradas: os dois ingleses, práticos e peritos no atirar dos dados, ganhavam sempre.

"Ao cabo de mais alguns minutos fiquei exausto; achei-me depenado como uma galinha nuela: chapéu, camisa, sapatos, numa palavra, todo o meu modesto fato era já propriedade dos malévolos londrinos.

"Ia já a depor o copo sobre a mesa e levantar-me, enfiado e taciturno, como de ordinário se levanta todo o jogador que sai perdendo, quando lembrei-me de uma cruzinha de ouro maciço, dádiva que recebera da mão de minha mãe, no apertado e crítico momento em que tive de fugir de Nápoles por causa dos três assassínios que havia cometido.

"Feliz e salvadora ideia!... Senti uma comoção indizível de prazer e de surpresa e, decorrido um segundo, atirei de novo os dados dentro do meu copo e rolei-os outra vez sobre a mesa, em sinal de quem possuía ainda alguma coisa sobre que pudesse aventurar-se.

"Os ingleses fitaram-me atento; um deles disse-me:

"'Fazei mesa, senhor.'

"'Correi os vossos dados sobre esta *moeda*', expressei-me eu, mostrando ao mesmo tempo, através da abertura da camisa, a cruzinha preciosa que pendia-me do pescoço sobre a volta de uma fita escarlate.

"O inglês a quem eu me dirigira pareceu duvidar da realidade do que acabava de presenciar, porque às súbitas levou a sua espaçosa mão aos olhos pequeninos e torvos pelos vapores do vinho como que para certificar-se de que não sonhava.

"'Falais sério?', perguntou-me com incredulidade.

"'Falo mais sério do que se me confessasse dos meus pecados a um padre de boa vida', tornei-lhe com gravidade.

"O inglês arregalou mais e mais os seus olhinhos de pombo, qual se pretendesse, naquele momento de esforço, expeli-los de uma só vez das suas órbitas lívidas; o outro estava boquiaberto e suspenso de estupefação.

"'Correi os dados, já vo-lo disse', repeti impaciente porque às duas horas tinha eu de comparecer a uma conferência amorosa e faltavam apenas oito minutos para o relógio da taberna fazer soá-las.

"Não hesitou mais um só instante. Os dados rolaram na mesa, e eu perdi a dádiva de minha mãe.

"Levantei-me furioso e desatinado, chamei a ambos de ladrões ou roubadores e atirei o copo de sola à cara do que me havia ganho a cruz de ouro.

"Ele ergueu-se vacilante e pesado, e engatilhou um *revolver* que trazia à algibeira.

"'Nem um passo, nem um só passo!', lhe disse com voz vibrante.

"'Sois um estulto', disse-me o outro. 'Não vedes que somos mais que suficientes para esbandalharmo-vos aos nossos pés, como se fôsseis um copo de vidro?...'

"'Enganai-vos, enganai-vos, meu tonto', tornei-lhe, 'mesmo porque nem eu em tempo algum me disporia a brigar com salteadores, nem vós, com as vossas fumaças de nobres cavaleiros e magnânimos, vos lançaríeis jamais sobre um homem inerme.'

"'O que pretendeis então?', perguntou [aquele] a cuja face eu tinha manejado o copo dos dados. 'Acaso supondes que, porque não apertais em vossos dedos uma lâmina de ferro, gozais do direito de cuspir-nos injúrias, insultos e impropérios?'"

— Ah! Meus senhores, se em minha mão repousasse agora o cabo daquele esguio punhal que há pouco roubaste-me à custa de dados falsos, talvez que neste momento não vos fosse mais permitido articular um monossílabo. Há instantes disse-vos que nunca encruzaria o meu ferro com o de um salteador, mas retrato-me; a salteadores do vosso jaez é impossível recusar-se um *retruco*, porque os seus *trucos* são por demais grosseiros, descomedidos e quiçá petulantes.

"'Safai o vosso chué uniforme e entregue-me a cruz que vos ganhei, pobre mendigo', tornou-me o atrevido compatriota de Byron, acompanhando essas palavras de um riso meio sardônico de enfurecer um mancebo italiano.

"'Mendigo! mendigo!'... repeti alucinado. 'Infame raça do Caim renegado da Escritura, se desejais conhecer até onde vai a coragem de um italiano, mutilado no seu melindre, restituí-me o meu punhal!'

"E, pegando pela abertura da camisa na minha única relíquia da casa paterna, a uma forte sacudidela, parti a fita que a prendia e joguei-a com raiva sobre a mesa.

"O inglês, naturalmente pretendendo ser tomado por um novo Roldão* do Carlos Magno, pegou pela ponta o punhal que me ganhara ao jogo e atirou-mo com desdém. Agarrei-o nos ares pelo cabo; ambos apreciaram, por um rápido movimento de admiração que me não escapou, a minha esperteza e agilidade.

"Indo as coisas neste pé de seriedade, conjecturei um pouco sobre o modo de captar de uma vez o terror daqueles energúmenos. A questão cifrava-se em pôr eu em realização uma ação de natureza e notabilidade tal que angariasse-me o respeito ou a estupefação da parte deles para, desse modo, furtar-me às suas mãos de rolantes;** por outro meio, ser-me-ia impossível chegar ao conseguimento desse fim, porque, de um lado, a evasão ou a fuga, além de repugnar com os meus sentimentos de dignidade, me seria inexequível, e, de outro, a

* Referência a Rolando (*Roland*, em francês), personagem principal da canção de gesta *A canção de Rolando*, produzida no século 11. Sobrinho e combatente do imperador e rei franco Carlos Magno, o protagonista é símbolo de heroísmo e abnegação.

** Possível referência àqueles que fazem rolar de dados.

luta com esses dois colossos de matéria importaria matematicamente o meu total aniquilamento."

Eduardo interrompeu-se, tomou alguns goles de conhaque, soltou aos ares algumas fumaradas esbranquiçadas do seu charuto e falou aos que atentos escutavam-no com sepulcral silêncio:

— Sabeis o que pratiquei para derramar naqueles corações vinosos de britânicos influxos de respeito e veneração por mim? Ouvi.

"Empertiguei-me como um mosqueteiro em fila, fitei-os com olhares de pantera, apertei com toda a potência do meu braço o punhal na mão e bradei-lhes:

"'Não tremo, pagãos abjetos e satânicos, bem o vedes. A escorva de vossos *revolvers* decerto não ateará chama contra mim porque o vosso dedo é inerte para incendiá-la. Agora se compreendeis que o pálido napolitano que vos fala neste momento ficará esmagado sob o peso do vosso corpo de gigante, lançai-vos a ele. Oh! Sim, ladrões ou roubadores sem caráter e sem vergonha, se a tanto se aventurar o vosso descomedido orgulho de sicários, em breve gozarei a ventura e o prazer de espetar-vos na ponta deste punhal com a mesma facilidade com que vou espetar a cruz de ouro que acabais de roubar-me.'

"E, pronunciando estas palavras com o mais expressivo acento de cólera concentrada, rápido cravei o sacrílego ferro sobre o topo da relíquia santa sem o menor laivo ou vislumbre de escrúpulo, cerimônia ou consideração devida a essa imagem veneranda do Mártir da montanha, como se o ferro houvesse penetrado na fronte suarenta e rubra de um dos meus antagonistas.

"Destes, um recuou espavorido e horrorizado àquela terrível cena de desrespeito e diabólico desdém ao dossel do Cristo representado por mim; o outro insensivelmente deixou cair da mão trêmula e gelada o revólver engatilhado, que, à contusão no sórdido tijolo da taverna, disparou-se com infernal estampido. O melhor, porém, de toda esta aventura é que, quando o fumo do tiro esvaeceu-se, não restava no recinto daquela taverna, como lembrança dos dois filhos de Álbion,* senão as suas grandes pegadas impressas na camada lamacenta que o

* Um dos nomes pelos quais a Inglaterra é conhecida.

tapetava como uma alcatifa de lodo, e o esfumaçado revólver que, em boa hora o digo, alguns minutos depois vendi por dois soberanos ao próprio dono da imunda tasca."

Depois de uma ligeira interrupção, o historiador voltou-se para os seus dois companheiros a quem dirigiu estas expressões, à semelhança de quem queria verificar-se se o escutavam:

— Dormes, mancebo?...

— Pareces um tolo, Eduardo — disse Carlos com enfado. — Acaso ignoras que nessas noites de invernada e de gelo quando os membros se contraem ao frio e os músculos se engrunhinham aos beijos das lufadas noturnas, a não dormir-se sobre um colo ofegante de Gautier, o sono é tão impossível como sobre um campinal de névoa?!...

— Pois então escutai ainda — retrucou o napolitano de fronte amarelenta e afervorada.

Bebeu, fumou e disse:

— Uma vez em Paris, pelo correr de uma noite umbrosa, asfixiei uma virgenzinha costureira por se não querer prestar-me à sociedade de um deleite libidinoso de demônio sob uma das lodosas arcadas do Louvre, e, outra vez, na Alemanha, separei a cabeça a um cardeal que viajava a serviço do papa, por saber, melhor do que eu, atirar ao alvo. Que quereis? Sou um demônio em pessoa, talvez o próprio Satã humanado; não é possível mesmo que por toda essa vasta esfera terrestre haja quem arraste, aos poucos anos da minha idade, um manto de perdição tão ensanguentado e hediondo como o que me cobre o perfil. E, se o duvidais, ouvi-me ainda um pouco.

O taberneiro apresentou-lhe um copo de conhaque; o perdido vazou-o de um sorvo e continuou:

— Um céu caliginoso enrolava uma noite a cidade de Madri.

"Era uma hora da noite. Eu saíra cambaleante de raiva por não ter podido dormir alguns quartos d'hora ao leito morto da mulher de um negociante, como havíamos convencionado, em consequência de um incidente imprevisto e vagava pelas ruas da grande cidade, arrancando-me os cabelos e dizendo-me anátemas.

"Andei muito, mas sem rumo e sem destino, como um vadio, até que fui ter aos destroços de um templo caído. Já estava fatigado do muito andejar; sentei-me de fadiga.

"Um quarto de hora permaneci naquela soledade, sepultado na nudez desse eloquente retiro das ruínas de um templo, contemplativo e absorto como um poeta aos pés de sua amante. Depois, ao peso do cansaço e ao friorento das desoras caí de sono.

"Quando despertei, madrugava. Mas, como a atmosfera ia plúmbea e nublada, fazia escuro ainda.

"Ao cabo de algum tempo um vago sussurro de vozes abafadas veio ferir-me os ouvidos. Levantei-me presto e apalpei nas trevas o meu punhal. Eram dois vultos pardos que falavam e cujo aparecimento pude distinguir após essa camada negra que se me antolhava como uma cortina de tinta.

"Logo que eles passaram em frente dos fragmentos de paredes que me abrigavam, pude conhecer que uma dessas sombras noturnas era um homem e a outra, uma mulher. Então um pensamento infernal germinou-me no cérebro. Sabeis-lo?... Era o de privar da existência a um homem para servir-me alguns minutos de uma mulher, que eu não sabia ser anjo ou harpia, sobre os pedaços de tijolos carcomidos e musgosos dessas ruínas silentes. Era uma ideia sangrenta e maligna, porém a cuja execução ninguém se me oporia, porque a fome do gozo de sensualidade me corroía as entranhas.

"Dei um passo para diante; ao verem-me, ambos pararam igualmente, como se um só pensamento os assaltara naquele instante.

"'Sois vagabundos?', perguntei-lhes.

"'Somos estrangeiros', respondeu-me o homem.

"Aproximei-me e disse:

"'E não sabeis que as nossas leis proíbem expressamente o trânsito público antes das seis horas da manhã e depois das dez da noite?...'

"'Até o presente ignorávamos.'

"'Muito bem', tornei-lhe. 'Mas como a ignorância de direito não aproveita a ninguém e vós formalmente acabais de transgredir uma lei vigente, convido-vos a me acompanhardes à prisão.'

"'À prisão!...', disseram ambos, como que maquinalmente, recuando.

"'Já vo-lo disse. As nossas leis são inexoráveis; não há que retrucar.'

"'À prisão, à prisão!', repetiram eles, recuando sempre.

"Dissésreis que uma aluvião imensa de reminiscências ou pensamentos dolorosos aquela minha palavra lhes despertara fatalmente na memória ou na imaginação, atentas as emoções de dúvidas, perplexidade, horror ou receio que claramente ressumbravam do seu perfil confuso, incerto, ora agitado e medroso, ora impassível, resignado e resoluto.

"'Sim; que de extraordinário achais nisto?...', perguntei com azedume e enfado, e já agarrando pela abertura da *blouse* ao incógnito estrangeiro.

"'Oh! Isto não é terra, nem polícia!', bradou o indivíduo profundamente encanzinado com o meu modo insólito de policiar e, certamente, ainda mais com aquela minha fantasiada disposição de lei. 'Soltai-me, senhor! Não vedes que seria tirania ou despotismo encarcerar um homem, chegado aqui apenas há dois dias, e que por isto não tem razão de conhecer as leis do país?!...'

"'Oh! Sim, deixai-o, deixai-nos pelo céu!...', falou pela primeira vez a sua companheira.

"E aquela voz fina, grave e retumbante penetrou-me naturalmente até o âmago d'alma. Apostaria que ela me não era desconhecida, se naquele momento alguém houvesse querido apostar comigo sobre tal objeto.

"Mas eu nada disse.

"E como o estrangeiro se obstinasse em permanecer na firme e inabalável resolução de não querer acompanhar-me à cadeia, dei-lhe uma bofetada, empurrei-o com força, e ele, cambaleando, caiu com a face sobre os meus sapatos.

"A mulher despenhou-se também aos meus pés, porém, como alucinada, de joelhos e com as mãos postas.

"'Senhor!', exclamou naquela suplicante posição, 'tendes mãe, tendes pai, tendes filhos?!!... Por vossos pais e por vossos filhos, imploro o vosso perdão para ele, e deixai-nos passar!...'

"Essas últimas palavras foram ditas em profundos soluços.

"Tudo, porém, foi debalde, porque a minha intenção era firme e estava tomada.

"O estrangeiro levantou-se ainda trôpego, e deitou-se a mim com fúria, e atirou-me um golpe de faca que pegou-me num braço. Arremessei-me sobre ele, arranquei-lhe das mãos o ferro ensanguentado e rojei-o de novo ao chão; a mulher, sem tino e sem pronunciar um só vocábulo, ia e vinha ao derredor de nós, descrevendo um semicírculo, com os cabelos em desordem, tiritante de cansaço e de horror, e com os trajes em completo desarranjo. Parecia doida ou uma fúria das trevas e despertaria horror ou compaixão no coração de qualquer que não fosse Lúcifer em corpo e alma!

"Em vista da pusilanimidade de ânimo ou incapacidade física do desconhecido, entendi que o emprego do meu punhal, como meio de desaver-me dele, era ignominioso. Apontei por isto a velha mantilha da estrangeira, que jazia aos meus pés, passei-a em roda do pescoço do miserável estrangeiro e fui pendurá-lo, como um Judas, numa árvore, a um dos braços da cruz de pedra que ainda avultava, inabalada e firme, à frente das ruínas silenciosas do templo. Enforquei-o.

"Oh! Não vos sei expressar, nem por alto, o que a vista dessa imagem oscilante e pendente d'através d'essa cruz veneranda produzia no ânimo sobressaltado e tímido da pobre mulher!... Prantos, gemidos, imprecações, súplicas, tudo ocorreu àquela personalidade sensível, fraca e irritada!

"Depois peguei-a por um dos braços e arrastei-a para as ruínas.

"'Senhor, matai-me, matai-me logo!... Oh!... isto seria agora a minha maior felicidade!...'

"'Matar-vos!...' disse-lhe eu, com a voz sensivelmente modificada pelas emoções de lascívia. 'Não sabeis que eu tenho sede de gozo, como um prisioneiro de vinte anos?!... Não atinastes ainda que a morte do vosso barregão teve por fim conservar-vos a vida para saciar-me aos vossos lábios a fome de sensações voluptuosas que me abocanha como a uma freira desonrada?!...'

"A mulher, àquelas palavras, mordeu-me nas mãos para impedir-me de arrastá-la e especou os pés ao lamaçal escorregadio da lúbrica esplanada para poder resistir-me.

"Foi em vão. Suspendi-a e transportei-a para as ruínas, onde deitei-a a um recanto de parede meio caída. A estrangeira permaneceu ali, daquela inalterável posição em que eu a colocara, calma, sossegada e quieta, qual se uma resignação evangélica houvesse substituído o seu anterior trasguear. Foi uma metamorfose radical, cuja explicação eu pedia a mim mesmo, sem que, todavia, me pudesse dar."

Eduardo calou-se e pareceu refletir; diríeis, ao encará-lo naqueles pequenos instantes de profunda meditação, que um pensamento horroroso perpassara naquele momento através da sua fronte esbraseada, larga e marcada pelo fumo doentio dos vapores deletérios dos bordéis.

— Cansaste, Eduardo? — perguntou-lhe Jorge.

— A que termo atingiu a tua aventura madrilense?... — interrogou-lhe Carlos.

— Ides já sabê-lo — disse o interrogado.

E, depois de haver ainda libado alguns pingos do licor irritante, as primeiras palavras que se lhe escaparam dos lábios úmidos foram estas:

— Um instante depois de uma emoção de deleite, apercebi-me que havia gozado numa mulher cadáver. A estrangeira, durante o tempo em que conduzi-a para as ruínas, batera-se com a cabeça a um portal esguio, que ainda se conservava de pé, como um fantasma de pedra, e suicidara-se.

Eduardo tornou a absorver os derradeiros tragos de conhaque que restavam no copo e concluiu:

— Mas sabeis o que há de mais interessante em tudo isto? Atendei: "Quando amanheceu de todo e eu voltei ao teatro infernal daquela cena de horror, uma multidão inumerável, aglomerada em roda desse lugar medonho, admirava as duas vítimas inocentes, uma, ainda oscilante e pendente da trava da cruz de pedra, e a outra, distendida e engolfada numa grande poça de sangue coagulado, no meio da tijolada lodosa do templo caído. O enforcado, ouvi... o enforcado era meu pai, e a mulher das ruínas, em cujos lábios friorentos eu delibara alguns átomos de gozo era... minha mãe!..."

— Basta! basta!... — bradou Jorge. — As tuas histórias são realmente lutuosas!... Estamos assaz satisfeitos de narrações negras e horríveis!

O mestre Germano estremeceu todo, desde as plantas até a cabeça, qual uma vara abalada pelo pé.

Carlos começava a modorrar.

[...]

O punhal de marfim

José Ferreira de Menezes

Nas poucas informações existentes sobre José Inácio Gomes Ferreira de Menezes, consta que o autor nasceu no Rio de Janeiro, em 1845, e morreu no mesmo local, em 1881. Foi jornalista, advogado e teatrólogo. Sua produção ficcional está dispersa por jornais e revistas, e sua obra mais lembrada é "Poverino", que, assim como "A trindade maldita", de Franklin Távora, emula Noite na taverna. *O conto "O punhal de marfim" foi publicado na* Revista Popular, *Rio de Janeiro, em 1862; com ares de fantasia sombria, relata a jornada da princesa Maria para tentar conquistar o jovem poeta Alberto — que, por sua vez, só faz chorar de saudade pela finada Idalina.*

UMA PALAVRA

Há títulos, nomes, que por si sós trazem-vos à imaginação um drama inteiro em toda a variedade de suas cenas — nó e desfecho —, que vos fazem sonhar com todo um romance fantástico e intrincado de episódios.

É este um deles, a mim emprestado e sobre o qual fiz fiasco, porém em tudo o que se segue não fala só a imaginação inspirada num título; palpita aí, ainda que um pouco encoberto, um *fato real*.

O fantasma — o espírito de um outro mundo — penetra até vosso quarto de dormir; como o pai de Hamlet, não vos pode descortinar os mistérios da vida de além, apenas vos diz — *com essa voz cadaverosa que parece sair da terra* — na frase do poeta francês:* "Eu sou alma, sou espírito"** e, no entanto, vedes-lhe a caveira; seus ossos tiritam e a ponta do manto dele é tão fria que leva-vos gelo à medula dos ossos.

* O autor parece errar a nacionalidade de Shakespeare.

** Provável referência a uma passagem bíblica: Tessalonicenses 5,23.

Senta-se à vossa mesa e remexe em vossos papéis — era capaz de gostar do vosso vinho, se não houvésseis tido a previdência de bebê-lo todo.

E, no entanto, é espírito.

E fala? E anda? E bebe? E come?! Não sei responder-vos; perguntai-vos antes ao faceto Charles Dickens quando faz falar a sombra de Marley ao seu amigo Scrooge —* e *de tal maneira ruidosa que a polícia devia vir multá-lo*; a Achim von Arnim,** o fantástico ingênuo, quando faz falar Esther aos convivas noturnos de suas visões.

É assim no meu conto, há fantasia aqui; porém reveste-se e funda-se em um fato *que se deu*.

Demais — afora isso e o título, que não me pertence — tudo é meu.

Não graceje o leitor sobre tanta coisa que me *resta*; lembre-se que apesar de tudo eu pinto, e se pinto mal é porque não sou matriculado em belas-artes, sou *curioso* apenas.

I

Era uma princesa destes tempos: quero dizer afável, coquete, flutuando em sedas e crinolina.

Não habitava castelos góticos, não cuidava de falcões, não sonhava para seu cavalheiro armas nem proezas de torneios, nem glórias da Terra Santa. Nada disso. Ela era de seu tempo. Tinha, é verdade, ricos palácios de escadarias de mármore, mas eram palácios de nossos dias; tinha harpa como uma castelã da Idade Média, mas também havia o seu piano.

Sonhava, e bem romanticamente, um cavalheiro pálido, de pretos cabelos, morbidez no olhar, trazendo bem a casaca, de um nome distinto nas tricas da diplomacia, de palavra autorizada nas lutas da

* Menção aos personagens de *Um conto de Natal* (1843), de Charles Dickens. Na narrativa, Ebenezer Scrooge, um avarento, é visitado pelo fantasma de Jacob Marley, um de seus antigos parceiros de negócio.

** Achim von Arnim, escritor romântico alemão. Esther é uma das personagens de sua novela *Die Majoratsherren* (1820).

tribuna. Não era pouco, mas estava com seu século, e depois era uma princesa.

Não vos direi ao certo em que país teve lugar este romance. Devo mesmo ocultar.

Ficai, porém, sabendo que as decorações do teatro desta ação eram como convinham.

O céu era azul; brilhavam tanto as estrelas nas noites de luar que, sem o quererdes, esquecíeis as horas contemplando-as; o sol era quente — como um sol do Oriente —, as montanhas eram azuis e altas, e quando vinha a aurora, elas descobriam-se de um véu de nuvens pálidas e leves que tomavam o seu sono à noite.

Nas praias, nas longas praias de suas costas, onde o caminhante ao pino do dia via faíscas de fogo — e ardentes de calcinar as pedras — elevarem-se das areias quentes; nas praias, nas longas praias, as palmeiras sussurravam e os cocais levavam suas flechas de folhas ao ar — tremiam aos beijos de um vento brando — e as gotas de orvalho destombavam pelos seus ramais, límpidos como brilhantes, semelhando a árvore dos desertos que chora, só e inconsolável, lágrimas de pérolas de fantásticas cores.

Nos vales havia acácias e açucenas, junto aos rios debruçavam-se trêmulos e moribundos os nenúfares, nas pedras e nos rochedos brilhava também, como em sangue, a flor do cacto.

Nos jardins da princesa, ficaríeis atônito em colher flores, tantas eram; ficaríeis indeciso ante a palidez doce e cândida das margaridas, o brilho das dálias, a beleza do gerânio.

Sob os caramanchões, onde era o mistério, os jasmins adormeciam-vos de fragrâncias; quando à noite, umedeciam-se de orvalho aos beijos dos silfos.

Está bem! Não vos esqueçais, porém, que nas noites de tempestade a morte corria horrenda e assoladora — mil vítimas tinham as sepulturas no mar; nessas longas e tão belas praias, escondiam-se grutas fantásticas, nos antros das quais as figueiras-bravas sombreavam lagos de água de fogo, e os náufragos vinham ali buscar das mãos de espectros, que se diziam frades, a absolvição de pecados, a água santa dos finados.

Nas matas, belas e luxuriantes como as do Novo Mundo, rugia o tigre como um trovão, e a cascavel perturbava o silêncio das noites com o tinir de suas campainhas misteriosas, e infectava o ar com emanações pestilentas.

Assim era esse país, bem infielmente descrito e onde, não sei por quê, levavam meus heróis a vida.

O palácio da princesa era rico e suntuoso como um de Gênova, Veneza ou Malta.

As escadarias de mármore vinham banhar-se nas ondas do mar — e amarrada a elas estava sempre a barqueta do palácio.

A rica moça, faceira e romântica, dava todas as tardes, ao dobrar ave-maria — a doce e poética hora —, um passeio nas quietas águas do mar.

Não estou certo se ela cantava, mas sei que tinha uma fisionomia tão bela e tão triste; nas tranças pretas de seu cabelo prendia-se com tanta graça uma flor; era com tão doce e simpática voz que ela chamava pelo seu barqueiro que ignoro do que mais se precisava para alegrar um passeio, poetizar uma tarde!?...

Às noites havia reunião no palácio — a companhia era escolhida e agradável.

A gente da cidade sentava-se então nas escadarias e contemplava os céus e as luzes brilhantes dos salões refletindo-se nas águas.

E então corriam, como vibração elétrica em toda a imensa baía, as notas doces, sonoras de cantos apaixonados, por vozes de mulher; os instrumentos doces e graves iam adormecer sonhos nas cabeças dos poetas; soavam as gargalhadas estridentes e espontâneas, e tudo mostrava que a vida ali ia alegre e festiva.

Maria — eis o nome da princesa — era órfã; seu pai, nobre e destemido guerreiro, morrera no exílio, diziam que suicidado.

Maria era criança, contava apenas um ano de vida; o ar do desterro, a desgraça de sua família, tinham-lhe impresso aquele palor e tristeza que lhe davam tanta beleza.

Maria, por um acaso singular (e que não serei eu quem o explique), tem uma lembrança longe de um agonizante que a abraçava e bafejava-lhe em beijos o hálito da morte.

O último estertor do moribundo fora um tão longo e desesperado beijo nos lábios da criança que, diziam, havia deixado neles uma marca indelével e tornado frios como os de um cadáver.

Essa imagem nunca mais havia ela perdido, e a pobre moça, em todos os aniversários da morte de seu pai... corria espavorida diante de um espectro e ia esconder, no seio de sua velha mãe, seus beiços de criança que um fantasma procurava beijar.

A mãe da princesa, o orgulho das belezas do seu tempo, sofrera grande impressão pelas desditas de sua casa, e seu cérebro havia se ressentido delas. Conheciam-na todos por "Idiota", mas os mendigos da cidade levavam suas preces pela loucura dela, pois grandes, copiosas eram as esmolas que derramava — e diziam eles que não era isso devido à sua generosidade, mas sim ao desarranjo mental de sua cabeça.

Até aqui o prólogo, leitor; vamos ao drama.

II

É em uma das salas do palácio. Uma suntuosidade grave e de bom gosto vê-se ali nas paredes, nos móveis, nos ornamentos, na escolha dos quadros; um deles representa um velho trajando à militar: brilham-lhe no peito as condecorações; a fronte é severa, mais de uma ruga afundou-se ali pelo desgosto, pelo excesso dos prazeres; mas também nos campos de batalha ela alteou-se aos gritos da vitória.

Aquele homem nasceu fadado para da vida só gozar prazeres; deram-lhe a natureza e os homens títulos, honras, coragem e inteligência, e, no entanto, morreu no exílio — miserável e desgraçado.

Esse homem é o príncipe.

Em frente, está sentada sua mulher. É uma velha de fisionomia simpática; seus cabelos brancos caem-lhe em anéis na branca face — são os sinais dos anos que pesam sobre essa mulher, anos de prazer, mas também de desgraças.

Seu olhar é melancólico e vago; às vezes, porém, fixava-se sobre o retrato de seu marido, e seu peito de velha estremecia todo.

Sua filha está com ela e aperta uma das suas mãos.

— Então sofres, minha filha? — dizia ela.

— Oh! Muito, minha boa mãe! As noites levo-as em claro, meu travesseiro amanhece banhado em lágrimas — respondeu a moça.

— E tuas faces tornam-se cada vez mais pálidas, minha pobre filha!

— É verdade, e, no entanto, não sabe ainda tudo! Tenho-o seguido por toda a parte; nos passeios à noite que costumo fazer no mar, ele, ele também aí aparece. Pois bem! Era já bem tarde: a estrela vespertina raiava bela e límpida — parecia o diadema de alguma princesa dos ares que se debruçava em coxins de nuvens de azul; meu peito estremecia doce a um pensamento dos céus; meus cabelos, pretos como meus olhos, haviam se desenrolado, e minhas lágrimas caíam neles, como em fundo de veludo negro pérolas e brilhantes... A margarida que se prendia neles caiu e balouçava-se nas águas; e então ele, que vinha em uma outra barca que seguia a minha, debruçou-se, apanhou-a e, antes que pudesse pedi-la, ele já a tinha despedaçado, e suas pétalas iam na correnteza das águas. Olhei para o ousado sem atenção e delicadeza, e, meu Deus! Bebi essa paixão que me acabrunha num olhar dele, altivo e apaixonado.

"Em uma outra noite, estava eu na grande janela da fachada do palácio, quando uma voz doce e sonora, com um ar de tristeza, aos acentos da guitarra, soou nos ecos perturbando a calma e o silêncio deles.

"Era ele! Aquela voz penetrou bem fundo em mim, estremeceu vibrando como em uma caverna de sons. Depois não hei mais tido um momento de descansar, a imagem dele me segue em toda parte.

"E, por desgraça, eu sei que ele não me ama, nem me poderá amar!"

— E por quê? Minha filha, não és tu tão bela? — disse a mãe.

— E o beijo dele, que é frio como o de um cadáver? Em que fronte colarei meus lábios sem ali matar todo o pensamento ardente de poesia, sem que se fuja horrorizado como ao tocar um espectro?...

— Silêncio, filha! — disse a velha, pondo-lhe o dedo na boca e olhando desvairada para o quadro do príncipe. — Não fales nele! — e ambas estremeceram.

Passou-se um instante de silêncio.

A moça chorava.

— E então, minha mãe?! — disse ela à velha, como esperando um remédio, uma consolação ao menos.

— Queres então que ele te ame, minha filha?

— Oh! Sim, minha mãe.

— Sabes da câmara verde?

— Sei.

— Ao lado, no toucador, nunca viste o diamante negro e o punhal de marfim?

— Sim, já os vi.

— São as dádivas da Cigana; toma deles e terás felicidade, assim dizia a Cigana.

— Sim, obrigada, minha boa mãe, porém, diga-me...

— Vai, vai — disse a mulher —, não posso falar mais, tenho medo de que o morto ouça... — E apontava trêmula para o fúnebre quadro.

Maria viu que a loucura tomara da cabeça de sua pobre mãe, que não havia meio de obter-lhe explicação, e correu a buscar as dádivas da Cigana.

Maria, a princesa, estava apaixonada pelo moço dos passeios ao mar e dos cantos noturnos aos sons da guitarra.

Alberto, eis o nome do misterioso desconhecido.

A princesa estava doida de amores por ele, e, no entanto, não era diplomata, nem orador, nem havia cabelos pretos.

Não, não, seu ideal tinha falhado.

Alberto ocupava-se em gastar dinheiro — o que tinha em abundância —, fazer versos à lua, namorar as estrelas, recordar-se de Idalina, sua noiva morta no dia dos esponsais, ainda levando ao túmulo sua capela de flores de laranja!

Alberto ainda não se havia esquecido da pobre virgem roubada assim à felicidade, e para levar o tempo derretia seu ouro em ondas de vinho do Reno, em espumas de champanhe e gim.

Era pálido como um poeta, loiro como um filho da Germânia, vadio e doentio como um cigano; não aspirava a honra ou glória alguma neste mundo.

Era um louco, dir-me-ão; sim, convenho; mas era rico, era inteligente e gostava de bom vinho e de poetas; pelo que era um louco de bom gosto.

Em sua casa reinava a desordem elegante de um rapaz. Um dos seus colegas de prazeres, moço de espírito e humor, dizia da casa:

— É este o reino da extravagância, o rico bazar do mundo, o juízo final da inteligência e da arte!...

"O Dumas deveria vir à nossa casa; devíamos mandá-lo convidar a um almoço conosco, e então teria ele a fumar em narguilé com tubos de essências, como nem o seu Monte Cristo teve em ideia.

"Méry, o fantasista, teria cachimbos com bocas de âmbar de que tanto fala o Gautier* e pasmaria ante esse desenho dúbio, essas linhas fugitivas de uma beleza misteriosa que aqui se deita em nuvens de cinza de charuto.

"'Anatak!,'** gritaria Hugo, o profundo, quando desse com essa virgem de Murilo junto dessa espanhola — *effrontée* —*** que lança, na olhadela, dardos aos passantes e esse ramo de violetas no casco descarnado e oco de alguém que foi abade.

* Joseph Méry e Théophile Gautier, escritores franceses.

** Possível referência ao comentário de Victor Hugo no início do romance *Notre-Dame de Paris* (1831), no qual afirma ter encontrado a palavra *Ananké* — em grego, fatalidade ou necessidade inalterável — inscrita na parede de uma das torres da catedral. Menezes possivelmente erra a grafia da palavra grega.

*** Em francês, no original: insolente, atrevida.

"Abade e espanhola! — continuava ele — Ah! Sem dúvida, quando unidos, sois fortes e grandes, e eis por que tão heroicos defendestes Sevilha e Saragoça."

E esse endemoninhado que lembrava os estudantes de Salamanca de outrora — do tempo de Gil Blas —,* esse maldito, que em verdade tinha na cabeça um bazar em espumas de champanhe, continuava assim a falar e ensurdecer uma assembleia inteira.

Convém, entretanto, dizer: conquanto falador, em nada exagerava ele a casa de Alberto.

Eu, porém, que não sei relatar bem e que não tenho a torrente diluviana de palavras do nosso homem, direi apenas que poucas vezes se achava um criado nessa casa, de tantos que tinha; os quadros amontoavam-se e muitos cobriam-se da poeira dourada das garrafas de Porto velho.

A discussão dali de todos os dias era sobre poetas e jornais, mulheres de todos os países, amores de todos os meses; faça o leitor ideia do harmonioso ruído que reinava ali.

E, entretanto, muitas e muitas vezes, era triste o rosto de Alberto, e o copo caía-lhe das mãos: era que uma saudade de Idalina vinha-lhe num suspiro e lhe afastava o prazer.

Previna-se o leitor de uma coisa: Alberto não era um herói de Byron, de Shakespeare ou de Musset: não, não.

Ele sabia todos esses poetas de cor, e era uma doçura ouvi-lo recitar o "Don Paez"** ou a "Parisina";*** sua voz era pausada e fraca, porém de maneira nenhuma queria ele assemelhar-se a esses personagens invocados de cérebros sublimes e que deliraram a imaginação da Europa inteira.

Também não era ele um desses cínicos de Paris que têm a vida no mármore dos hotéis e nos bastidores da Ópera; cínicos aborrecidos, enfastiados e que trazem na carteira a relação de suas vítimas; excên-

* Protagonista da novela de picaresca *L'Histoire de Gil Blas de Santillana* (1715-35), escrita por Alain-René Lesage.

** Poema dramático de Alfred de Musset, escrito em 1829.

*** Poema dramático de Lord Byron, publicado em 1816.

tricos no falar, trovejando contra o mundo, mas adulando o alfaiate do dia e trazendo calças e barbas à inglesa.

Não se parecia tampouco com o alemão esplenético das universidades, de botas e boné, buscando esquecimento em gim e cerveja, lançando sonhos nas baforadas do seu cachimbo.

Não, não era nada disso.

Era sim um galante rapaz, de uma imaginação móbil como as bandeiras dos navios, de um caráter desconhecido, sentindo como uma criança a morte de Idalina — satisfeito, porém, de ter podido escapar a esse prosaísmo de uma união e à morte provável de todas as suas sensações e ideias de poeta.

Ria-se e bem espontâneo, porque era rapaz — via seus amigos rapazes como ele; tinha flores, ouvia música e tinha o ouro em sua bolsa, e escaldava o vinho em sua cabeça.

Mas, passageira como um relâmpago, vinha-lhe a tristeza em uma ideia única, múltipla, porém, como um vidro de muitas faces, e era: seus pais mortos, a velhice, Idalina e no momento não ter quem o amasse.

Oh! Era um estranho rapaz esse loiro mancebo!

E muitas vezes bateu ele em sua testa de vinte anos, como se chamasse pela razão acordando-se da loucura!

III

Duas tinham sido as dádivas da Cigana fornecidas a Maria por sua velha, a Idiota: o diamante negro e o punhal de marfim.

O imprudente que olhasse o diamante ficava perdido de amores por quem o trouxesse, fosse uma mísera — e, se passado tempo se esfriava a paixão, tendendo a apagar-se, uma gota de sangue vertida pelo punhal fazia reverdecê-la e torná-la mais viva do que nunca.

Era essa a santidade das duas dádivas da Cigana, morta de fome nos degraus de uma igreja, porque era-lhe vedado vender pelo que quer que fosse as duas cabalísticas prendas, com as quais, em outros tempos de crença e de supersticiosa poesia, havia ganho montões de ouro.

Por sua morte, a Cigana legara à princesa esses objetos, em paga dos quais teve enterro decente, já que não havia podido livrar-se da morte miserável que teve.

O autor relata todas essas coisas — por fidelidade — sem pedir ou não que creia nelas o leitor.

Já disse: conquanto encoberto e disfarçado, existe em todo este conto um fato real, a forma sob a qual está o todo em que se apresenta, pareça-lhe, se quiser, uma alegoria ou símbolo, pertencendo a seu espírito a descortinação deles.

Vai alta a noite. Maria, a princesa, está em sua câmara; encosta-se ao divã, e seus olhos vão do relógio à porta com visível impaciência.

Em que pensas, Maria? Em memória de quem derramas as lágrimas que assim te brilham no rosto? Fala, princesa, sonhas com o teu loiro Alberto, esse doido mancebo de olhos tão azuis, de tez tão pálida e por quem levas em claro as tuas noites solitárias de donzela?

Tu o amas, não é assim, Maria?

Como ofega teu peito! Como ressaltam em teu branco colo as pérolas do teu colar!

Como são belos os teus cabelos desatados assim, sem flor nem pedrarias!

Ai! Maria, como és bela!

Um rei dar-te-ia a melhor pérola do seu diadema; um poeta, a mais doce de suas inspirações, o mais dúlico dos seus arpejos, só por um beijo nesses teus lábios de moça!...

E tu choras, princesa? E por quê? Acaso não foi potente o negro diamante da cigana?

E se ele for ainda rebelde, não tens o punhal de marfim?

Seca, seca teus olhos, branca princesa!

Toma de tua harpa, busca distrações nos acentos amorosos dela; o ar de tua câmara também abafa: a fragrância das flores, o álotes que se queima na lâmpada de prata entontecem-te o cérebro, criam-te fantasmas; busca o ar a teu seio agitado, branca princesa!

Mas quê?! Esperas alguém, altiva princesa?!

Pobre de ti, Maria! Onde lançaste o branco e puro véu de tua virgindade?!

Onde as flores de donzela?!

Ouviram-se passos; Alberto, o pálido, assomou à porta.

— Ah! — gritou a princesa, e seus braços nus lançaram-se em derredor do pescoço do moço, e uma lágrima lhe rolou nas roupas negras.

— Aqui estou, Maria; o que me queres?

— O que te quero? Ainda mo perguntas? Quero passar minhas mãos nas ondas de ouro de teus cabelos. Sonhar a ventura no límpido azul de teus olhos, viver em teu sorriso; pressentir, gozar o céu em teu peito.

— Sempre louca — murmurou Alberto.

— Louca! Sim, mas se soubesses como ferve-me o peito a um pensamento teu?!

O moço conservou-se calado.

— Amo-te tanto!

E a princesa apertou no seio a meio aberto, e onde corriam em azuladas veias torrentes de um sangue quente, a loira cabeça do poeta.

Ele conservou-se frio e ergueu-se a passear na câmara.

— Escuta, Maria — disse ele, parando em frente da princesa, que sentada no divã, agitada e inquieta, aberto o roupão no peito, passava as mãos febris pelos cabelos negros e os lançava em ondas nas brancas espáduas. — Escuta, eu sei que tu me amas.

— Oh! Muito, muito, não é assim, Alberto? — interrompeu a doida.

— Sim, muito, eu o sei, e eis o que me desespera.

— Te desespera! É o que dizes, Alberto?

— Sim, Maria, eis o que me desespera. É forçoso que te diga e, entretanto, tu talvez não compreendas... eu não posso te amar, a ninguém mais tampouco.

— Meu Deus, meu Deus! — disse a mísera e escondeu nas mãos a cabeça.

— Escuta, Maria, tu me vais perdoar. A palidez de minhas faces é um anúncio de morte; meu peito, que tantas vezes bateu apressado ao conchego do teu, está frio, está em cinzas.

"Eu revolvo-me desesperado, como o cego nas trevas que o cercam, como o afogado nas águas do mar!... Um peso do inferno me acabrunha o peito, sofro como de um pesadelo horrível: não posso mais amar na terra; vou abraçar-me com a morte e no sepulcro terei meu leito de esposo!

"Minha cabeça queima como um ferro quente, tenho sonhos que me enlouquecem... Oh! Se eu pudesse amar!?..."

— Cala-te, cala-te, Alberto, tu me horrorizas! Cala-te, que inda quero te amar; cala-te, que quero ter em teus lábios as delícias celestes! E, no entanto, é forçoso que deixes de amar-me!

"Olha, Alberto, não me faças sofrer muito, a dor é má conselheira e eu poderia..."

— O quê?... — perguntou o moço.

— Nada; dá-me um beijo — e a princesa sorriu-se entre as lágrimas.

— Deixa-me, deixa-me, princesa; passou-me agora um arrepio no corpo como o roçar das asas da morte.

— És sublime comediante, meu doce amado!

— E por quê?! — sobressaltou-se o moço.

— Dá-me um beijo — respondeu a princesa.

— Não, não.

— Ah!... Que tu não sabes, Alberto, que talvez tenha nas mãos a tua vida!

— Pois tira-ma, tira-ma, pelo amor de Deus! Pesa-me demais! Tarda-me tanto conhecer os mistérios de um outro mundo!!

— Assim, queres morrer! E o meu amor, o que fazes dele? Morrer, para mim, eis o que projetas; mas estás enganado, Alberto; ninguém, ouves? Ninguém te pode arrebatar de meus braços, sem que eu queira. Ferve-me nas veias o sangue vingativo de espanhola.

— Ah, ah! — gargalhou Alberto.

— Não te rias, te digo; tua vida, tenho-a nas mãos. Vês este punhal de marfim? Ele é fatídico; é a dádiva de uma Cigana; uma gota de sangue que ele derrame de teu peito, tu serás a mim mais tímido, mais cativo do que nunca... e se eu tivesse a certeza, a dúvida só de que tens outra mulher, nos braços da qual queiras talvez me esquecer... por meu pai, morto desgraçado no exílio e cuja sombra agora nos escuta; por minha mãe espanhola e louca; por teus olhos de tão divino brilho, não terias mais um instante de vida!

— Por Deus! É o que eu te peço, Maria! Mata-me, e te deverei a última ventura.

— Alberto! — bradou trêmula a princesa, e as lágrimas saltaram brilhantes dos seus olhos.

— Peço-to de joelhos; o passamento por tuas mãos deve ser belo; és pálida e mística como o anjo da morte; apaga-me na fronte, com o teu beijo frio, o lume da existência!

E Alberto acercou-se dos joelhos da princesa, tomou-lhe das mãos e fitou nos dela seus olhos de poeta. E de pé, trêmula, os negros cabelos em alvoroço, o peito a descoberto, estuante... a bela e romântica filha da nobreza debruçou-se sobre a cabeça dele e pregou nela seu beijo de mulher...

— Ah! — gritou Alberto, ao roçar daqueles lábios e saltando horrorizado. — Teu beijo é frio como o da morte... Eu te odeio... Idalina, Idalina, em breve vou ter contigo; esta mulher acaba de matar-me!...

— Idalina! — bradou ferida de ciúme a princesa. — Ah! Eis aí a tua sentença e a minha também... agora é que vais morrer!

E travando do punhal da Cigana, avançou para o amante atônito e terrificado.

— Ah! — gemeu o infeliz...

E um jorro de sangue foi à face da moça como um estigma de maldição...

A lua mostrou seu rosto empalidecido, cansada de procurar o seu amante,* desenlaçando-se do seu negro manto de nuvens, e viu:

Uma mulher em desalinho com um moribundo nos braços, colando seus lábios no rasgo do peito como para lhe estancar o sangue; e o mísero debatia-se na agonia e exclamava:

— Maria, Maria... adeus... eu te perdoo... adeus!

* Tradições poéticas da România. (N.A.)

— Espera, espera, meu bem-amado... dá-me, dá-me teu beijo último...

— Ai! Como são de gelo os teus lábios, anjo da morte!...

— Adeus, adeus! — soluçavam ambos.

Nuvens negras cobriram de novo a face do astro... uma estrela rubra como uma lágrima de sangue rasgou-as, tombando no espaço; o mar gemeu na praia e morreu num suspiro...

Tudo ficou em silêncio.

Rio de Janeiro, maio de 1862

Festim no cemitério

Conto fantástico

Cícero Pontes

Nascido no Ceará, Cícero Pontes foi contista, crítico e poeta. Fez parte da Sociedade Ensaios Literários nos anos 1860, contribuindo frequentemente para a Revista Mensal*. Nela foi publicado o conto "Festim no cemitério", em 1864. Aqui, temos a história de Maurício, rapaz cético que, contrariando os presságios de uma noite tempestuosa, decide ir à cidade visitar a amante e quando passa pelo cemitério do Campo Negro presencia um evento medonho.*

I

Era uma noite escura e medonha. O trovão fazia ecoar em todo o espaço a sua voz de bronze; os relâmpagos fosforejavam no horizonte em um movimento contínuo; o mar ao longe bramia, soltando agudos gemidos, e a chuva caía a cântaros!

Parecia que o gênio das tempestades, soerguendo-se em suas negras asas, ditava a uma coorte de fúrias o completo extermínio da criação! Era a natureza em luta com os elementos!...

As casas do curato de N... conservavam-se fechadas, hermeticamente fechadas: nem uma luz, nem um vestígio que denunciasse a existência de um ser humano.

Apenas o mocho, o augureiro cantor das trevas, soltava de quando em vez um lúgubre piar, que, sendo levado por entre as fortes rajadas do vento, semelhava o cântico fúnebre dos sepulcros ou o rir infernal do demônio às últimas convulsões de suas vítimas!

Era horrível!!...

II

O caminho que conduz do pequeno curato de N... à cidade de C... é um estreito e tortuoso carreiro, completamente deserto.

Os grandes arvoredos que lhe orlam os lados, a densidade dos arbustos que aí se aglomeram, dão-lhe um ar sombrio e fantástico que faz estremecer de pavor, muitas vezes, o coração dos poucos viajantes que por ele passam.

Além disto, o único lugar descampado que há, e a que os habitantes do país lhe dão o apropriado nome de Campo Negro, é povoado por um cemitério em ruínas, onde a crença popular tem feito o teatro de mil fatos singulares.

Perguntai por cada uma dessas lendas a qualquer morador do curato, e ele, depois de benzer-se duas ou três vezes, vo-la contará na linguagem expressiva do povo, possuído de tal convicção e apoiando-a de tantas circunstâncias, que ver-vos-eis na necessidade de acreditá-lo ou de meditar profundamente no fantástico da tradição.

Nenhum deles, ainda mesmo que lhe prometais os tesouros de Monte Cristo, se animará a transpor de noite, e principalmente na de sexta-feira, a distância que separa o curato da cidade: preferem fazer um caminho muito mais longo a passarem pelo Campo Negro.

III

Nessa noite, porém, que acabamos de descrever, um homem abria cauteloso a porta de sua casa e, entre os horrores da tempestade, marchava em direção à estrada que vai do curato à cidade.

Embuçado em uma longa capa, com um chapéu que lhe encobria a fronte e com um grande punhal atravessado à cinta, ele toma precipitadamente o caminho como que impelido por uma força sobrenatural.

Nem o raio que caía a seus pés, derribando as gigantescas atalaias da floresta, nem a corrente que impetuosa se despenhava, talando os campos e os montes, nada, nada o fazia demover do seu propósito: o seu pensamento era fixo e inabalável, como o rochedo contra quem luta debalde o embate das ondas!...

Oh! Quem seria o louco que, zombando assim das crenças de todo um povo, dirigia-se a essas horas a um lugar reputado maldito, aonde nenhum outro se animava a ir?! Quem seria o precito que, afrontando os próprios elementos, conjurava destarte as iras do céu, a cujo poder tudo parecia curvado?!...

IV

Maurício (assim se chamava o nosso desconhecido) era um mancebo de temperatura ardente e caráter fogoso, que tinha aprendido um pouco de latim com o cura, e que com o vinho das orgias tinha igualmente bebido o gelo da descrença.

Na idade de 22 anos, que então contava, tinha já perdido os seus pais, honestos e industriosos agricultores, que, à força de uma severa economia, o deixaram único senhor de uma modesta fortuna.

Só, sem ter quem guiasse os seus passos na escabrosa estrada da vida, sem um parente ou um amigo que o aconselhasse, ele costumava ir repetidas vezes à cidade, onde tinha uma amante, e onde, em companhia de outros rapazes, entre o vinho e as cartas, gastava quase sempre o dinheiro que levava.

Sem participar das crenças dos seus patrícios, a quem chamava supersticiosos e visionários, encarando as coisas debaixo de um prisma todo diferente, Maurício passava sempre e a qualquer hora por esse caminho, que vai do curato à cidade, com a maior indiferença possível.

Era, portanto, para as orgias, para os braços da sua amante, a quem não via há dias, que ele corria pressuroso com semelhante tempo; mas dessa vez a sua curiosidade foi seriamente despertada quando, ao chegar a uma pequena distância do Campo Negro, ouviu como que umas vozes que partiam do cemitério.

A princípio quis ele atribuir isso ao ciciar do vento na folhagem das árvores; porém, ao passo que mais se aproximava, mais distintas se tornavam essas vozes: já não era, pois, uma aparência, uma quimera — era uma realidade!...

V

Maurício, tão veloz como o pensamento e com o punhal na destra, galga em dois pulos a distância que o separa do cemitério: franqueia as paredes desmoronadas e salta dentro.

Horror!!...

Sobre a campa de um sepulcro jazia um cadáver dilacerado. Uma multidão de esqueletos com gestos endemoniados o rodeavam; e fazendo desaparecer todos os seus membros com uma voracidade incrível, bebiam em crânios reluzentes um sangue negro e pútrido que infeccionava o ar!!...

De todas as sepulturas levantavam-se fachos de uma cor azulada para iluminarem esse horrível festim, e de sob a terra saíam gemidos tão prolongados, suspiros tão magoados, que se iam infiltrar um a um no coração do temerário mancebo!

Dir-se-ia que Satanás, nessa hora, sentado sobre o seu trono de fogo, dava rendez-vous a todas as fúrias do inferno!

Maurício estava como que petrificado sobre seus pés: seu punhal havia-se-lhe escapado insensivelmente das mãos; e ele, que jamais tivera medo, sentia sua coragem abandoná-lo pelas copiosas bagas de suor que lhe saíam do corpo.

De repente sentiu uns lábios frios, frios como o mármore, que lhe pousavam nas faces, e uns braços descarnados, que o apertavam convulsivamente: olhou e achou-se nos braços de um cadáver, nos braços de sua amante que já era morta!!...

Um grito agudo escapou-se-lhe do imo do peito, e com ele uma gargalhada estridente repercutiu no espaço!...

VI

No outro dia, dois viajantes que passavam pelo Campo Negro viram um homem estendido dentro do cemitério.

Tomados de medo, e na dúvida de que seria ou não algum fantasma, permaneciam em expectação e a fazerem diversas conjecturas, quando um deles, vencendo a sua própria repugnância, ali entrou e reconheceu Maurício.

Estando convencido de que este ainda vivia, chamou o seu companheiro; e, fazendo uma padiola de ramos, o conduziram para sua casa no curato, onde, graças aos cuidados que lhe foram prodigalizados, tornou a si depois de algumas horas.

Uma febre devoradora, porém, o teve prostrado por muito tempo na cama entre a vida e a morte; e, ou fosse o vigor da mocidade, ou fosse a prontidão com que lhe aplicaram os remédios, ele viu-se enfim escapo, conservando, todavia, uma dolorosa impressão sobre o seu semblante.

A notícia desse estranho acontecimento circulou imediatamente por todo o curato, e a estrada do Campo Negro ficou, de uma vez para sempre, interceptada, pesando sobre ela um anátema geral.

Ahasverus

Francisco Bernardino de Souza

Francisco Bernardino de Souza nasceu na Bahia, em 1834, e não há registros da data e do local de sua morte. Foi padre, tradutor e autor de ampla obra, tanto de ficção quanto de outros escritos. O conto "Ahasverus" foi publicado em 1865, no Jornal das Famílias, *e apresenta um angustiante relato narrado pelo próprio Judas Ahasverus, o judeu errante, também conhecido como Ashaverus, Asvero, condenado por Jesus a vagar pelo mundo até o retorno do Messias.*

Ahasverus!

Sou eu, o maldito de Deus e dos homens; tendo, como Caim, marcada a fronte com o sinal indelével da vingança eterna; condenado, pela vontade d'Aquele que tudo pode, a viver, a viver indefinidamente na Terra!

Ah! não posso, não me é dado o morrer!

Disse ao Cristo, quando parara por um momento à minha porta: "Caminha", e condenou-me o Eterno a caminhar sem cessar, a caminhar sempre, até a consumação dos séculos!

Essa palavra que horroriza o homem, porém que eu procuro como o árabe do deserto procura a sombra do oásis ou a fonte em que refrigera as fauces; essa palavra — que quer dizer paralisação de todas as dores, termo de todos os sofrimentos, cessação de todos os males, sono de que se não desperta, descanso da lousa, paz eterna dos túmulos, a morte, a esperança derradeira e querida nas agonias violentas do desespero, nas ânsias do desalento — não a tenho, não a posso ter, porque me não é dado morrer.

Tudo tem desaparecido da Terra; as gerações se têm sucedido às gerações; têm surgido impérios e ao depois desabado para outros surgirem em lugar dos que desapareceram.

Espécies inteiras de animais, milhões de espécies de vermes, aves do céu, e peixes do mar, se têm aniquilado, ao passo que outras surgem animadas, para terem também seu dia derradeiro.

Tudo tem desaparecido da Terra, que constantemente se modifica e se transforma; tudo!...

Só eu, Ahasverus, eu o maldito de Deus e dos homens, só eu não posso morrer!

O que não tenho visto nesse voltear de tantos séculos; que de transformações, que de espetáculos assombrosos não têm presenciado meus olhos!

Vi o império dos Césares crescer e estender-se como imensa serpente abarcando a terra toda.

Vi aquele corpo de gigante, gasto pelos excessos e pelos vícios, ir pouco e pouco perdendo a robustez e o vigor, até cair inanimado e frio na terra que por tantos séculos dominara altivo.

Vi hordas de bárbaros agarrarem-se àquele corpo sem vida, como aves de rapina despedaçando a presa, disputarem-se os fragmentos, lutarem, destruírem-se, e novos impérios se irem formando das frações divididas daquele grande império.

Vi as conquistas assombrosas da religião do Cristo, e os apóstolos da nova lei levando a luz da fé e da civilização às mais remotas e agrestes regiões do globo.

Tudo hei visto; tenho acompanhado todos os cataclismas por que tem passado a humanidade; tenho assistido às lutas entre os povos; tenho presenciado os horrores, hei sido espectador de todos os grandes dramas representados no imenso cenário do mundo.

Entretanto hei sobrevivido a tudo, embora tenha arrostado todos os perigos, embora tenha procurado a morte sob as mil diversas formas com que se reveste... embalde!

Quando o manto negro da peste se desenrola ameaçador por sobre os campanários das cidades, levando a desolação e o terror a todos os corações; quando o incêndio devora os campos e infrenes as paixões dos homens vão saciar-se no estridor dos combates, no tinir das armas, no fumo da pólvora, na explosão da metralha — aí vou eu... insensato e mísero que sou!!! Marcou-me na fronte o dedo da vingança celeste e o fantasma da peste passa carrancudo e soturno por ao pé de mim, sem erguer, sequer, os olhos, e respeita-me o fogo, e por meus ouvidos vão voando as balas, sem ao menos me roçarem as vestes.

Oh! Cristo! Cristo! Bem mo disseste tu, quando acurvado ao peso de tua cruz, subindo a ladeira do Gólgota, quiseste ofegante parar por um momento e descansar à porta de minha casa!

Bem mo disseste, quando, repelindo de meu coração todos os sentimentos de homem, apontei-te para a estrada e te gritei: "Caminha!".

Sim, bem me disseste que caminharias, porém que chegarias ao teu destino, ao passo que eu caminharia, caminharia sempre, sem interrupção, sem descanso, até que, com juiz, de novo voltasses à Terra.

Bem me disseste que se fechariam as cidades quando delas me aproximasse e que me deixarias por fardo o peso de tua cruz e por bebida o absinto de teu cálice!

Ah! Sou o maldito de Deus e dos homens, sou o *judeu errante*, o homem que não morre, que caminha sempre e sempre.

Basta... Deve estar satisfeita tua vingança, tu a quem conheci tão humano e misericordioso; suspende de sobre mim essa maldição que me tortura; termina esse desespero que me devora, esse ansiar violento em que vivo; faz emudecer a voz eterna e inexorável que, noite e dia, grita aos ouvidos:

"Caminha!"

Caminhar! Caminhar sempre, sem repousar um momento, sem cerrar um instante só as pálpebras... é horrível, Senhor, é bem horrível!

Perdoa-me, Cristo, perdoa-me a dureza do coração; perdoa-me as expressões saídas dos lábios; perdoa-me pela cruz que me deixaste, pelo cálice de absinto que hei tantas vezes tragado!

E o mísero parou um momento — imperceptível como o pensamento; uma lágrima lhe correu longa pelas faces cavadas; e ao depois, sacudindo a poeira das sandálias, e tomando o bordão nodoso, soltou um gemido de desalento e rápido desapareceu na curva da montanha.

O frade de fogo

Silva Guimarães

Nas poucas informações disponíveis a respeito de José Pereira da Silva Guimarães, consta que ele foi estudante da Faculdade de Direito de São Paulo, editor, ensaísta e ficcionista. A sua série Contos da serra *foi publicada em 1869, no* A Chrysalida: Jornal Scientifico Litterario e Noticioso, *dirigido pelo próprio autor, e contava ainda com outras três partes além desta primeira — "O judeu errante", "Os Herodes dos montes"* e *"Poverino" —, todas publicadas no mesmo veículo. O enredo do conto "O frade de fogo" é centrado em um ímpio frade que aterroriza um pequeno vilarejo e que, após sua morte, segue assombrando a região em cenas de puro horror gráfico.*

Por uma tarde tempestuosa e escura um cavaleiro percorria rapidamente a estrada que vai de N... a S..., e forçado pelo péssimo tempo que fazia então, viu-se obrigado a bater à porta de uma casinha à beira da estrada.

Depois de muito instar para que lhe dessem pousada por aquela noite, entrou em uma sala cujas paredes estavam completamente cobertas de pinturas as mais grotescas de santos e homens ilustres.

A família que hospedou-o compunha-se de uma velha, um velho e um homem de trinta anos pouco mais ou menos.

Este último conservou-se sempre calado enquanto os dois velhos estiveram na sala, mas, logo que viu-se a sós com o viajante, perguntou-lhe:

— Meu amigo, não tem medo de viajar sozinho por esta estrada?

— Não — respondeu o viajante.

— Pois faz mal, porque estes sítios são mal-assombrados.

O viajante conheceu imediatamente com que espécie de homem se achava, e, excitada a curiosidade por estas palavras, disse-lhe:

— Mas porque são eles mal-assombrados?

— Porque tem aparecido coisas que só Satanás lembrar-se-ia de fazer.

— Então você tem visto muita coisa má por aqui? Conte-me porque isto deve ser muito divertido.

— Qual! É feio e muito de meter medo. Se você não tem sono nem medo faço-lhe a vontade, mas advirto-lhe que são coisas de arrepiar o cabelo.

— Pode fazê-lo sem susto.

E o moço principiou a referir o que se segue.

Há bastantes anos, e era eu ainda muito pequeno, morava por aqui um frade que não usava dos hábitos talares, nem tinha coroa, nem dizia missa, nem entrava em igrejas.

Chegara, havia pouco, de muito longe e falava a nossa língua; dizia-se que fora expulso de um convento porque seu comportamento era levado do diabo. A princípio fora soldado e entrara muitas vezes em combate, pelo que era aleijado de uma perna. Era ainda moço e bonito, porém gostava muito de duas coisas que a igreja proíbe aos eclesiásticos — a libertinagem e a embriaguez.

Raro era o dia em que o réprobo não estava embriagado a ponto de ficar de cama semanas inteiras sem mesmo comer porque, logo que acabava de cozinhar uma, caía noutra, de sorte que parecia com as velhas que, quando principiam a rezar no rosário não cessam senão quando acabam de rolar nos dedos conta por conta.

Todas as aldeães daqui de baixo tinham medo do frade maldito, isto, porém, não impedia de ele fazer das suas quando a cabeça não estava muito cheia de vinho.

Esmola e pousada eram coisas que ele desconhecia completamente.

Um dia o irmão de uma pobre rapariga a quem ele perdera foi à casa daquele filho do demônio e deu-lhe tanta pancada que obrigou-o a ir para cama.

O frade jurou vingar-se, e como tinha sido outrora soldado e fizera algumas campanhas, achou que fora ferido demais em seus brios de militar e pôs-se a meditar em seus planos.

Como tudo o que ele tinha na cabeça era justamente tudo quanto aprendera e jurara, como frade, não fazer nem aconselhar que fizessem, vê você perfeitamente que seu plano não era ir apresentar-se a seu ofensor e dizer-lhe "meu amigo, há dias você deu-me umas bofetadas, coisa de muito mau gosto, mas enfim, como sou frade aqui apresento-te a outra face para que repitas a dose, como manda o Evangelho".

Qual! Pois se ele nem lembrava-se mais do Evangelho como teria ânimo de humilhar-se sujeitando-se a apanhar até ficar com todo o rosto inchado como uma bola? Nada! Aquilo era astuto e malicioso como a raposa.

Foi à aldeia e arranjou dois mulatos* possantes, companheiros seus do deboche, e juntos foram numa noite dar assalto à casa da moça.

O irmão lá não estava, e, portanto, facilmente conseguiram raptar a desgraçada e levarem-na para a casa do frade.

Aí chegados este mandou que eles dessem muita pancada na pobrezinha a ponto de deixarem-na no chão desfalecida e muito maltratada.

Logo que o frade viu a moça desmaiada entrou para casa com seus dois companheiros e caíram no vinho com vontade.

Quando, ao amanhecer, os dois retiraram-se, viram a infeliz ainda no chão e sem movimentos.

Chamaram-na pelo nome, levantaram-na, porém a moça estava dura e fria.

Era já cadáver!

Puseram-na deitada na escada, e chamando então o frade, gritaram-lhe: "Eis um presente que te deixamos na escada da porta. Venha buscá-lo e depois arranja-te como quiseres".

E retiraram-se.

* No contexto da época de publicação do conto, o termo faz referência a filhos de pais brancos e mães negras ou de mães brancas e pais negros.

O frade sem quase poder suster-se de pé foi cambaleando abrir a porta, e, tropeçando no cadáver de sua vítima, caiu de bruços sobre ele, deixando escapar de seus lábios impuros e satânicos uma praga ou blasfêmia só dignas dele.

Levantou-se, pegou no corpo e atirou-o para uma vala que havia do lado da casa dizendo:

"Que o diabo encarregue-se de levar teu corpo daqui como já encarregou-se de tirar-te a vida".

E pôs-se a rir como um possesso. Entrou para a casa e adormeceu.

Quando no dia seguinte acordou viu um comprido manto negro estendido na vala, aproximou-se e viu que eram os corvos que já estavam dando caça ao cadáver.

"Ah! Nem mesmo o diabo quis apossar-se de ti! Deixou que os corvos devorassem teu corpo!... E eras virtuosa e santa, maldita embusteira! Pois arranja-te agora com todos os diabos."

E ia dirigindo-se para casa quando dois corvos saltaram-lhe no rosto, e com os bicos aduncos arrancaram-lhe cada um um olho.

Imediatamente uma nuvem correu no céu; o dia tornou-se noite por alguns instantes, e um raio mandado expressamente por Deus caiu-lhe-por cima da cabeça, matou-o, incendiou a casa e estendeu mortos os corvos que devoravam o corpo da moça.

Pouco depois, o dia tornou a ficar claro: tudo desapareceu, e só a casa é que ardia em intenso fogo como uma grande fogueira, destas que se fazem nas noites de São João.

E o moço calou-se por alguns instantes, depois continuou:

— Agora, sim, agora é que é terrível.

— Vamos, meu amigo — disse-lhe o viajante —, nada de interrupções.

— Pois bem — continuou o primeiro —; noites depois, logo ao escurecer, um frade de fogo surgia, gritando, do lugar em que estivera edificada a casa, e, dividindo-se em pequenas moléculas estas abrangiam, dispersando-se, um espaço imenso de terreno, volvendo sempre em círculo.

Depois ajuntavam-se aos poucos e compunham um corpo horrível, hediondo e repugnante que lançava altas chamas que erguiam-se em espiral e que voavam, impelidas pelo vento, desfazendo-se em átomos que perdiam-se no infinito.

Todos aqueles que se aproximavam dali morriam imediatamente asfixiados; o mato ficou inteiramente queimado por aqueles sítios; o rio secou, e, só à noite, o espectro de fogo era quem dominava aqueles lugares.

Por muitos anos o frade de fogo apareceu todas as noites dando gritos e implorando as preces dos vivos e crentes.

Parece que Deus enfim atendeu aos rogos dos inocentes e afastou dali o terrível fantasma.

Mas as suas culpas eram grandes, por isso ele obrigou-o, contudo, a dividir-se em corpos que todas as noites saem do mesmo lugar amaldiçoado e que aparecem ali como pirilampos que voam, voam como luzes pequenas correndo por todo o campo em diferentes direções acompanhando sempre os viajantes noturnos.

Estas luzes dirigem-se em grande parte para o cemitério da aldeia; ali correm em todos os sentidos e conservam-se até hoje, como se pode verificar logo que a noite fica bem escura.

Senhor das caças

Juvenal Galeno

Juvenal Galeno da Costa e Silva nasceu no Ceará, em 1836, e morreu no mesmo estado, em 1931. Dedicou a vida às letras: foi diretor da Biblioteca Pública do Ceará, patrono da Academia Cearense de Letras, e conviveu com autores como Machado de Assis, Quintino Bocaiuva e Gonçalves Dias. É dono de vasta produção poética e em prosa, dedicando-se em especial aos contos. "Senhor das caças" foi publicado em 1871 no livro Cenas populares, *e é uma das primeiras narrativas brasileiras a colocar em cena uma figura de nosso imaginário: o Curupira, com quem o ancião Gonçalo tem um inquietante encontro.*

I

Era uma noite de farinhada.

Para adiantar o serviço do dia seguinte, combinara-se um serão, e neste raspava-se a mandioca, ouvindo-se alegres cantigas ou casos vistos e presenciados pelos circunstantes, ou dessas longas histórias que o povo guarda na memória para entretimento de suas noites.

É uma das cenas mais animadas do trabalho agrícola — a farinhada.

Aqui mulheres, homens, crianças, em torno à tulha de mandioca, raspam-na com suas quicés, estabelecendo entre si uma luta — a que chamam "botar capote" —, raspando alguns a mandioca até o meio para que os outros acabem de raspá-la. E por isso, que afã, que ligeireza na lida; quanto dito espirituoso e quanta léria e sorriso ao vencido, principalmente se este é o que *botava capote*!

De vez em quando chegam as cargas; aumenta a tulha e os cargueiros dão recados dos arrancadores, ou respondem aos preguiçosos, se ainda há muita mandioca arrancada.

Adiante, os puxadores, de camisa atada à cintura, alagados de suor, puxam a roda cantando com as pausas apropriadas àquele trabalho, como o fazem os remadores ou falando à cevadeira que lhes pede ligeireza e azeite nos mancais do rodete.

Perto, o forneiro, assentado ao banco do forno ou em pé junto deste, a mover o rodo em todas as direções, ora animando os carregadores da lenha e lhes pedindo mais fogo, ora a gritar por massa ao encarregado da prensa e ao peneirador.

Depois, cada qual faz o seu beiju, espreme seu bocado de goma e não deixa de comer o seu punhado de farinha quente e cheirosa.

E tudo isto por entre as toadas, as pilhérias, as narrativas, sempre acompanhadas da orquestra que formam os zunidos da roda, os esguichos do rodete, os gemidos da vara da prensa no brinquete e o tom das quicés na mandioca.

Mas voltemos ao serão da farinhada, onde apenas trabalham as quicés, pois que o forno, a prensa e o rodete descansavam para recomeçarem suas lidas ao quebrar das barras da madrugada, depois que os galos cantassem a terceira vez.

Estava animado o serão e todos dispostos não só a dar à língua, como a vencer a grande tulha de mandioca que no meio da casa erguia-se afrontando as quicés. Maria das Dores, com a ponta do lençol enrolada ao pescoço, Chica Pereira, com um pano amarrado à cabeça, e Madalena, vestida com uma camisa de homem para resguardar o cabeção de rendas, *botavam capote* a Zé Gomes, ao Raimundo da Josefa e ao João Marreca e o mesmo entre si faziam a Rosa dos Tabuleiros, Gonçalo da Silva, a Rita Lavandeira, Manoel Mateus e os demais trabalhadores. Os cachimbos passavam de mão em mão e uma vez ou duas apareceu inesperadamente na roda uma botija de aguardente, por lembrança do dono da farinhada, e foi recebida com alegria e, com maior alegria, esgotada.

— Eu não gosto desta bicha, gente, faz-me mal à cabeça — disse Maria das Dores, e cuspindo e fazendo uma careta, emborcou a xícara.

— E mais é que não achou espinho... hein, comadre? — observou o João Marreca piscando o olho à Rosa dos Tabuleiros.

— Eu também não gosto, mas bebo por penitência, que tenho bastantes pecados — acrescentou Manoel Mateus.

Todos riram e mais animados continuaram a palestra.

Falava-se então em caiporas, aventuras de caçadas e encantamentos.

Cada qual contava a sua história ou declarava o seu pensamento a respeito, e alguns opunham dúvidas para afervorarem a discussão.

— Eu não acredito nessas coisas, minha gente, não sei como se acredite nisto — exclamava com muita graça a Inácia do Mané Coco.

— Pois deve acreditar, senhora Inácia; e saiba que este que aqui vosmecê está vendo já teve negócio com os caiporas...

— Que está dizendo, senhor João Marreca? Pois vosmecê está falando sério? — tornou-lhe a Rita Lavandeira.

— É o que disse, e fiquem certas de uma vez que eu não minto.

— E ninguém diz menos disto — acudiram os ouvintes.

— Eu sei!? — acrescentou em tom duvidoso a senhora Inácia —, mas às vezes a gente vê coisas em sonhos que parecem realidades...

— Sim, senhora, mas saiba vosmecê que eu tive amizade com os caiporas por muitos meses.

— Não duvido da sua honrada palavra, senhor João; o que não posso é acreditar em bruxarias e feitiços... é gênio meu.

— Ora... é porque você não viu como a mulher do Rufino morreu botando baratas pela boca, por causa de feitiço que lhe botaram — respondeu-lhe Chica Pereira.

— E o filho do Inácio, que quase vai-se de um mau-olhado que lhe botou a...

— Que é isso, Rosa? Não fale de quem já deu contas a Deus...

— Mas, nos conte, senhor João, a história das amizades que teve com os caiporas — pediu-lhe o Raimundo da Josefa.

— Eu lhe conto, embora a senhora Inácia ria-se de mim. Que me importa? O mundo está cheio de incréus e quem quiser que o endireite...

"Mas, escutem... Uma vez, ainda era eu bem rapaz, fui esperar na bebida, ali perto do serrote do Bolo. Era meio-dia em ponto, e o sol estava de queimar a gente. Trepei-me na espera, junto de um grande poço, e, armando minha rede, deitei-me com a espingarda atravessada nas pernas e pronto para o primeiro movimento.

"As veredas estavam fundas. Muitos bichos bebiam de noite e outros bebiam de dia. Mas o tempo passava e nada aparecia; e eu já ia desconfiando da minha sorte.

"Nisto botei os olhos para a banda do serrote, e vi descer correndo um caboclinho muito esperto. 'É o tal caipora!', disse eu, e pus-me a espiá-lo, com o coração meio sobressaltado. E o culumim chegou, olhou para a espera, deu fé de mim, e sem assustar-se dirigiu-se ao poço e, tirando água com as mãos, começou a beber. E eu vendo a tenção dele!

"Boto outra vez os olhos para o serrote e vejo vir outro caipora, correndo como o primeiro. 'Temos outro', disse eu, 'pior vai-se tornando o negócio!' E bem não tinha chegado este, o outro apontou para mim; e ele sem fazer caso foi ao poço e, tirando água com as mãos, começou a beber. Então o primeiro caipora levantou-se e, subindo os paus da espera, veio assentar-se à beira da minha rede..."

— Que susto não teve vosmecê, senhor João! — exclamaram as mulheres. — E o que fez ele?

— Não gostei da graça, e tive vontade de empurrá-lo, mas felizmente lembrei-me que o tal culumim é valoroso, e podia matar-me. Demais eram dois, e quem sabe se não viriam outros? E logo o culumim virou-se para mim e pediu-me fumo.

— É o que ele queria; eu vi desde o princípio que a tenção dele era esta — disse Chica Pereira.

— Eu lhe dei um pedaço bom, e ele tirando debaixo do sovaco um cachimbinho, encheu-o, quebrou um garrancho, roçou um pedaço no outro, fez fogo e o acendeu, num abrir e fechar de olhos.

— Ah, excomungado! — disseram os rapazes.

— E depois?

— Depois me disse: "Daqui a pouco virá beber um bando de caititus, e entre eles verás um grande e esbranquiçado; não atires neste. Deixa todos beberem, e depois mata o que quiseres para te arremediares com tua família".

"'Não quero caititu', lhe tornei, 'o que desejo é um veado capoeiro para minha mulher, que está doente.'

"'Pois então espera mais um pouco, que eu vou botar veados para cá. E toma este assobio, e quando quiseres caça sopra três vezes.'

"E dizendo isto desceu ligeiro como um fura-coco, repartiu o fumo com o outro e ambos, correndo, desapareceram."

— E cumpriu o prometido, senhor João?

— Não se meteu meia hora, Raimundo. O poço coalhou-se de veados, cada qual o mais bonito; e eu botando a espingarda ao rosto matei o melhor, e sem detença empurrei-me para casa.

— Homem, esta...

— E o assobio, senhor João?

— Guardei-o na patrona, e desde então sempre que precisava, assobiava três vezes, aparecia-me o caipora e tudo me saía a jeito. Mas um dia... não sei que rumo tomou o caipora; cansei de assobiar e ele nunca mais me apareceu!

— E não viu outros depois, senhor João? — perguntou Madalena.

— Não, senhora, somente esses. E quem quiser, ria-se, que se ri de uma verdade.

— Pois eu, gente — disse Manoel Mateus —, nunca vi e nem desejo ver os caiporas; porém conheci um velho que era muito amigo deles e por isso tinha artes... Credo... Nem gosto de me lembrar dessas coisas...

— O Zé de Góes, meu tio?

— Esse mesmo, menino. O diabo do velho era *artista*!

— E o ele fazia, senhor Manoel?

— De todas não me lembro, mas uma... parece que a estou vendo. Trabalhávamos na limpa de uma capoeira, quando uma cascavel mordeu o pé de um dos rapazes.

"'Dá cá um pau', gritaram todos.

"'Não precisa', disse o velho.

"E cuspiu em cima da cobra e com pouco ela revirava morta no chão.

"Depois... Virgem Maria!? Ele perguntou ao rapaz se queria que o curasse e se para tal se sujeitava ao que lhe fosse ordenando. O rapaz respondeu que sim, e o velho assobiou e apareceu cobra de toda a diversidade. Virgem Maria! Eu me trepei por uma cajazeira arriba com medo de tanto bicho feio. E o velho ordenou que uma das cobras mordesse o pé do rapaz... Virgem Maria! Dito e feito..."

— E morreu o rapaz?

— Qual! Continuou a trabalhar ao cabo da enxada como se nada sofresse.

— Nanja eu que desse meu pé!

— Nem eu! Virgem Maria! E diziam que o velho aprendera estas artes com os caiporas...

— Só sendo! — exclamaram alguns dos ouvintes.

Os outros riram-se baixinho e olharam curiosos para o velho Gonçalo da Silva, como procurando saber a sua opinião a respeito.

II

Gonçalo era autoridade na matéria.

Seus cabelos tinham embranquecido nas caçadas; e as chamas do fuzil de sua lazarina queimaram-lhe as pestanas e diminuíram-lhe a vista em mais de mil casos perigosos de que se salvara milagrosamente.

Era o mais velho dos caçadores, e o mais escopeteiro e afamado entre todos os daquelas serranias.

Conhecia a vida dos bichos, sabia de cor e salteado os seus costumes, adivinhava-lhes o rasto, as veredas e as tocas, e por isso ninguém tão feliz como ele em suas continuadas correrias.

Uma circunstância mais concorria naquela ocasião para tamanho respeito ao velho; e era que Gonçalo da Silva tivera seus encontros com um caipora, além de muitas visagens e misteriosas cenas nas matas virgens da montanha. Ninguém ignorava essas coisas e por isso os rapazes instantemente pediram ao velho que ainda uma vez as contasse.

— Não vejo nesta terra quem melhor saiba dessas coisas do que o tio Gonçalo...

— Já tu vens, Manoel! Não podiam acabar tuas conversas sem meter-me no meio.

— E o que lhe parecem, meu tio, o curador de cobras, e os caiporas do senhor João Marreca?

— É que quem não vê, é como quem não sabe. Vocês riem-se porque nunca viram o que em desconto dos meus pecados tenho presenciado nestes matos.

— Gosto de ouvir falar assim — disse João Marreca com ar de triunfo.

— Quem sabe, sabe — acrescentou magistralmente o Raimundo da Josefa.

— É verdade, tio Gonçalo; mas agora nos conte a história do que lhe aconteceu com os caiporas ali na serra.

— Inda mais esta, rapaz! Pois já não te contei isto tantas vezes?

— Sim, senhor, e quem se cansa de ouvir aquela história? Foi decerto um caso medonho, capaz de estatelar o mais temero! Vosmecê é homem de coragem, meu tio!

O velho caçador, como todos os filhos de Adão, gostava da lisonja; era esse o seu fraco; e por isso, coçando a cabeça com o cabo da quicé, espalhou na roda um olhar de satisfação e orgulho, disposto a corresponder à fineza do rapaz.

— E não é mentira, não, Manoel, que se me faltasse a coragem, eu não passaria, como passava na mocidade, dias e semanas no meio daquelas serras, nos lugares mais esquisitos.

— Mas, agora — interrompeu Madalena sorrindo-se maliciosamente —, vosmecê não vai a esses lugares nem que o matem...

— Saia-se daí, que você não sabe o que diz — respondeu-lhe o velho, desconfiando. — Intrigado com o caipora, seria uma loucura embrenhar-me naquelas grotas para ajustar contas com um inimigo tão feroz como ele. O que é preciso é rezar e não empregar meu tempo em tafularias, como muita gente que eu conheço...

— Em mim não assenta a carapuça, tio Gonçalo — respondeu Madalena, rindo-se para disfarçar o despeito.

— É assim mesmo, tio Gonçalo; vosmecê tem razão; mas vamos ao caso...

— Deixemo-nos mais de histórias, rapaz, que já é tarde, e, além disso, ali a senhora Madalena pode caçoar a seu jeito...

— Ora, primo! — replicou Maria das Dores —, pois você não conhece o gênio da Madalena! Conte lá, que estou morta por ouvi-lo.

— Conte, tio Gonçalo, conte...

E o velho, não podendo resistir a tantos pedidos, acendeu o cachimbo e após alguns momentos de pausa falou assim, dirigindo-se a todos:

— Eu não gosto de contar estas coisas... sim, senhor, não gosto! Há gente que, sem mais nem menos, ri-se dos casos sérios, como que duvidando. E sabem por quê? Aposto que não sabem; pois é porque, como lá diz o outro, nunca saíram mais longe do que o terreiro; e nascem e morrem desconhecendo o que há de assombroso por esses matos de meu Deus.

— Tal e qual; falou como quem sabe, senhor Gonçalo da Silva — disse um velho que perto raspava mandioca.

— Quanto a mim, nasceram-me quase os dentes nas brenhas da serra em perigosas caçadas, e em que tempos? Não havia por ali e nem por aqui uma só casa; a mais vizinha era a do João de Góes na distância de três léguas e meia...

— E das boas, tio Gonçalo!

— É verdade, são léguas que valem pelo dobro. Mas, como ia contando: nesses tempos eu andava pelos vinte e dois ou vinte e três anos, e meu emprego era caçar. Possuía uma lazarina... e que arma, rapazes! Parece-me que as boas espingardas também se acabaram.

— Como acabou-se o algodãozinho americano encorpado e a chita de cores fixas. Hoje em dia não há chita que não largue, primo.

— É assim, prima Maria; as coisas têm mudado completamente e, por infelicidade, para pior.

A rapaziada quis protestar, mas, para não interromper a história, deixou sem resposta a queixa da velhice.

Gonçalo continuou:

— Quando eu levava minha espingarda ao rosto, via a queda. E eu por isso amava-a mais do que à minha mulher; e saibam que marido algum já amou tanto a sua cara-metade como eu à minha Lauriana, que Deus haja. E devia ser assim, porque aquela espingarda não só me dava o bocado como também muitas vezes salvou-me a vida. Uma vez, principalmente, se não fosse ela eu teria morrido nas garras de uma suçuarana audaz. Onça terrível! Fez tais voltas e reviravoltas ali no Boqueirão da Arara, que se me mentisse fogo a lazarina, ou se não fosse tão certeira, o Gonçalo da Silva teria sido carniça!

"Mas vamos ao caso. Além de tão boa arma, eu possuía quatro cachorros de caça que melhores não havia nestes arredores: o Sereno, o Leão, o Veloz e Rompe-Ferro. Aquela cadela da Josefa do Córrego dos Moços é bisneta do Veloz e é pena que dos outros se perdesse a raça.

"Sim, senhor... Eu, quando saía de casa, não voltava senão quatro ou cinco dias depois e sempre carregado de caça fresca e seca. Levava a rede às costas para esperar os veados, a cabaça d'água, a farinha, o algodão ou artifício de tirar fogo, no ombro, a lazarina, na cintura, a patrona e a faca, e, na cabeça, uma carapuça de couro de preguiça. E assim empurrava-me pelo mato adentro, ora trepando-me pelos despenhados da serra, ora rompendo os fechados e ia esperar os bichos ao meio-dia nas bebidas e à noite nas comidas, para tal armando minha tipoia nos galhos das árvores, ou fazer mondés, ou armar os quixós, ou cavar os fojos, ou arrancar tatus nos buracos.

"Lembro-me agora de uma que me aconteceu nas esperas. Escutem lá, que eu vou contá-la pelo alto.

"Uma madrugada... A névoa envolvia a serra e aumentara a escuridão, de modo que não se enxergava a dez passos. Eu estava deitado em minha rede, numa espera muito alta e perto de um riacho, e tão tresnoitado, que dormia a bom dormir. Mas, embora tresnoitado, quem não acordará ao menor rumor em matos tenebrosos? Foi o que me aconteceu.

"No melhor do sono, despertei ouvindo quebrar paus secos perto da espera. 'Não tem dúvida', disse eu, 'é bicho, e grande!' E senti logo um estremecimento no coração, porque, rapazes, não há caçador, por mais acostumado que seja, que não se perturbe ao aproximar-se a caça. E então, pegando com cautela na minha lazarina, engatilhei-a devagar, e, botando os olhos para a banda do barulho, vi como que um vulto à beira do riacho. Não tive mais demora, não; papoquei-lhe fogo, como quem tinha vontade, e fiquei a observar o efeito.

"Tudo calou-se ao redor; e olhando bem, não vi mais o vulto e nem sinal de coisa alguma. À vista disto, entrei a imaginar, e concluí que atirara em vão e que o rumor não passara de sonho. E pus-me a esperar com os olhos arregalados, e nada! Desenganado já, e quando as barras vinham quebrando, deliberei-me a descer da espera; e escorregando pelos paus abaixo, fui beber água, que estava morto de sede. Mas lá me ficara a cuia, e por isso deitei-me de bruços sobre o riacho entre duas grandes pedras, e assim bebia, quando... Oh, que susto, minha gente! Botei os olhos para um lado e vi entre dois paus uma onça como que armando o salto para agarrar-me. Não tive demora, não; dei um pulo, mas de modo tão desastrado que bati com o joelho direito na pedra e imprensado fiquei, sem poder erguer-me.

"Considerem agora o meu vexame, a minha aflição!

"Não podia, sem firmeza na perna, levantar-me de pronto e nem tirar os olhos de cima da onça; e esta, sempre na posição de saltar na minha goela! O que devia eu fazer? Gritar seria tempo perdido, pois o lugar era deserto e além disso assanharia mais a fera. Rezei, pois, o ato de contrição e esperei a morte, que não podia tardar. Passados alguns instantes, que me pareceram anos, foi clareando o dia, e, tendo eu melhorado um pouco, e vendo que a onça não se mexia, levantei-me devagarinho, sempre com os olhos nela, e aproximei-me...

"Oh, rapazes, acontecem neste mundo coisas a gente! Pois não querem saber? A onça estava morta! Naquele tiro, ferira-a eu no coração, no momento em que ela ia pular o riacho, e por isso ficara a bicha enganchada entre os dois paus, naquela posição. E eu a pensar que estava viva!"

— Sim, senhor! E que susto não raspou vosmecê! Não era para menos — disseram os ouvintes.

— Minha gente, eu morria de medo! — aclamou a Rita Lavandeira.

— E se te acontecesse outra, que me aconteceu, ó Rita? Esta, sim, foi de arrepiar as carnes...

— Mas não tarda acabar-se a mandioca e o primo ainda não contou a história do caipora — observou Maria das Dores.

— É verdade. Se eu contar todas as aventuras de minha vida de caçador, um mês é pouco; pois não menores perigos e sustos tive muitas vezes nas brenhas daquela serra. Não tem par e nem conta! Mas vamos à história...

III

— Um dia — e foi numa sexta-feira! — eu caçava no coração da serra acompanhado dos meus cachorros, quando dei com um bando de queixadas. Tratei logo de persegui-los sem descanso, e assim embrenhei-me, indiferente ao rumo que seguia. O Rompe-Ferro e o Veloz brigavam bonito com os queixadas e os outros dois não os largavam. Não sei por que atrasei-me um pouco e os perdi de vista, mas sempre ouvindo o barulho adiante...

"Eis senão quando, rapazes, apenas ouço gritarem os meus cachorros como se estivessem apanhando! Não havia dúvida, estavam açoitando os meus bichinhos! Quem seria? Gente não era possível, que naquelas paragens não passava vivalma. E por isso meus cabelos se arrepiaram tanto que mais pareciam de cuandu assanhado do que de criatura humana. Considerei um instante — que remédio senão fazer das tripas coração? Reuni pois as forças, tomei ânimo e, engatilhando a espingarda, empurrei-me para o lado onde gritavam os cachorros, como quem tem vontade de se desempulhar, embora com risco de vida.

"Quando cheguei... oh, que raiva e pena senti ao mesmo tempo, minha gente! Os cachorros grunhiam e rolavam no chão debaixo do chicote de um caipora cruel!"

— De um caipora, tio Gonçalo? — exclamaram os rapazes.

— Sim, de um caipora! Não sei como não morri, tamanha foi a minha ira.

— E como era o tal caipora?

— Como todos os outros: um culumim de cor escura, de cabelos duros como os de porco e dentes alvos e afiados como os da guariba. Os olhos pareciam dois tições acesos, ou olhos de onça acuada na furna. Montava um grande caititu e, dando voltas e reviravoltas por entre os meus cachorros, os açoitava com uma grande chibata de japecanga.

— E o que vosmecê fez?

— O que havia de fazer, gente? Vontade não me faltou de empurrar-lhe uma bala no bucho; porém, felizmente, lembrei-me que, sendo os caiporas encantados, de nada valiam as minhas balas. Talvez as aparasse para sacudi-las depois em meu rosto. Então disse eu comigo mesmo: "Gonçalo, o melhor é não dar sinais de zanga e procurar a amizade do caipora". Meu dito, meu feito. Tomei chegada e, cortesmente tirando a minha carapuça, salvei-o, dizendo:

"'Perdoe por esta vez os meus cachorrinhos, senhor caipora.'

"Ele, suspendendo o castigo, fitou-me irado e, pouco a pouco se acalmando, perguntou-me:

"'Quem és tu?'

"'Eu sou o Gonçalo da Silva, pobre caçador carregado de família, e moro lá embaixo no talhado das Marizeiras.'

"'E que andas aqui fazendo?'

"'Senhor, eu ando caçando uns bichinhos para comer com a minha mulher e filhos.'

"'E não sabes que estás nos meus domínios, e que sou o senhor das caças desta serra?'

"'Não sabia, senhor; mas fico sabendo.'

"'E não sabes também que ninguém pode caçar nestas florestas sem a minha licença?'

"'Não sabia, senhor; mas fico sabendo.'

"'E não sabes também que todos os caçadores são obrigados a pagar-me tributo pelas caças que me roubam?'

"'Não sabia, senhor; mas fico sabendo.'

"'E não sabes também que mato aqueles que se negam ao pagamento, e os como assados no moquém de minhas grotas?'

"'Não sabia, senhor; mas fico sabendo.'

"'Pois, bem, o tributo é um grande pedaço de fumo...'

"'Mas, senhor, eu não sabia, e por isso não o trouxe.'

"'Pois morrerás.'

"'E o que será de minha pobre mulher, senhor, se eu não voltar à casinha das Marizeiras?'

"'Não me importa; tu morrerás.'

"'E meus filhinhos, senhor, as criancinhas que me esperam?'

"'Não me importa; tu morrerás.'

"'Mas, eu lhe prometo, senhor, voltar amanhã e trazer-lhe o dobro do tributo.'

"'Tu me enganarás, Gonçalo, tu me enganarás.'

"'Não o enganarei, senhor, eu lhe afianço.'

"'Tu me enganarás, Gonçalo, tu me enganarás.'

"Eu estava mais morto que vivo! O que seria de mim naqueles gerais, no poder do feroz encantado, para quem não havia balas, nem faca, nem forças humanas capazes de o dominar? E onde tiraria eu o fumo para lhe pagar o tributo? Não me restava, pois, senão ir à garupa do seu caititu para as grotas escuras e ser comido assado no moquém.

"Assim pensava eu com tristeza, enquanto o senhor das caças, fumando em seu cachimbo, ocupava-se em apanhar perto algumas plantas medicinais."

— E para que essas plantas, tio Gonçalo?

— Para curar os bichos feridos, menina, os bichos que escapam dos caçadores. O caipora é o melhor dos vaqueiros, trata com muito zelo o seu gado e cura-o com plantas virtuosas, que ele pila nos almofarizes, por suas mãos abertos nas pedras.

— Por isso é que há na serra tantos buraquinhos nas pedras, assim a modo de pilão...

— Foram feitos pelos caiporas. Mas vamos ao caso...

"Tristemente imaginava eu, quando o caipora virou-se para mim, e em tom mais calmo e brando me disse:

"'Então, Gonçalo, então?'

"'Mate-me logo, senhor, pois que não confia na minha palavra', respondi com inteira submissão, lembrando-me de que quase sempre nada é mais forte que a humildade.

"Ele sorriu e tornou-me:

"'Gostei de ti, Gonçalo; e por isso confiarei em tua palavra. Volta agora para casa, e amanhã virei aqui receber o preço de minhas caças.'

"E tal dizendo, empurrou-se pelas brenhas adentro, e eu cuidei em descer logo, por via das dúvidas, mas disposto a cumprir o trato, desse no que desse, para não ficar privado das caçadas da serra.

"A Lauriana não me esperava naquele dia e, pois, assustou-se quando arrebentei em casa, sossegando quando lhe disse que voltara atrás de pólvora, porque tinha derramado a que levava para o mato.

“Nada lhe contei do sucedido, receando amedrontá-la; e, comprando duas varas de bom fumo, larguei-me à primeira cantada do galo em procura da serra. O caipora chegou igual comigo.

“‘Voltaste, Gonçalo, e bem fizeste em voltar.’

“‘Sou pobre, senhor, mas não sei faltar ao prometido. Aqui tem fumo e desejo que o ache de seu gosto.’

“O senhor das caças o recebeu, e enchendo e acendendo o cachimbo, começou a fumar com sinais da mais completa satisfação.

“‘Podes caçar em todos os meus domínios, Gonçalo; dou-te licença e protejo-te, porque cumpriste com a tua palavra.’

“‘Obrigado, senhor, muito obrigado.’

“‘Uma coisa, porém, te peço, Gonçalo: atira sempre com segurança para que a caça não fuja ferida, e assim tenha eu o trabalho de curá-la, ou morra pelos matos, perdendo-a tu e eu, porque deste modo não servirá para ti e nem para mim.’

“E daí em diante, quando eu ia à serra, voltava carregado da melhor caça. Parecia um encanto, rapazes! Como que o caipora, para proteger-me, vaquejava e reunia os seus gados nos lugares em que os esperava. Eu era, pois, o caçador mais afortunado, o mais afamado entre todos do pé da serra; e como a ninguém contara esses negócios, asseverava-se geralmente que só pautas com o demo podiam tanto!

“Que me importavam esses ditos? Seria eu um doido se pretendesse tapar a boca do mundo. Agora o que querem? Sempre que subia à serra, encontrava o caipora, dava-lhe fumo, e conversávamos como dois amigos íntimos; e então aprendi coisas que nunca ensinarei, por mais que me roguem.”

— E por que o tal caipora tornou-se depois inimigo do tio Gonçalo? — perguntaram as raparigas.

— Ah, isto é história muito comprida... Fica para outra vez.

— Não, primo, conte agora!

— Ora, prima Maria, pois não vê que está quase toda raspada a mandioca?

— Ainda falta uma porção... Conte, tio Gonçalo, conte! — pediram com instância os rapazes.

— Arre lá! Que dores de barriga são vocês! Pois bem, eu vou contar o resto da história, porque encerra uma lição... um exemplo para os ambiciosos...

— Isto é bom: presta atenção, ó Rita — disse João Marreca.

— Que é isso? Quem ouvi-lo há de pensar que eu sou ambiciosa! Pois se engana: ninguém mais contente com a sua sorte do que eu.

— Nanja eu; antes queria ser muito rico...

E, restabelecendo pouco a pouco o silêncio, o velho caçador contou como interrompera suas relações com o senhor das caças, isto é, a história da Lagoa Encantada.

IV

— Um dia me disse o caipora:

"'Gonçalo, o homem indiscreto, que não sabe guardar um segredo, não merece confiança, e sim desprezo.'

"'É assim mesmo, senhor; eu penso do mesmo modo.'

"'Gonçalo, o homem que se deixa dominar pelo demônio da ambição não merece estima, e sim a maldição.'

"'É assim mesmo, senhor; eu penso do mesmo modo.'

"'O indiscreto arrisca o seu amigo, e o ambicioso é capaz de todos os crimes...'

"'É tal e qual, senhor, é tal e qual!'"

— Homem, o caipora era um vigário! — exclamou Zé Gomes.

— Sim... senhor! — acrescentaram os outros.

— Não interrompam! — ralhou a Chica Pereira.

— E disse mais o senhor das caças — continuou o velho caçador:

"'Quem sabe, Gonçalo, se mereces a minha confiança e a minha estima?'

"'Não duvide de mim, senhor, que me ofende.'

"'Pois bem, vou experimentar-te; mas, se revelares o meu segredo e se fores tentado pelo demônio da ambição, nunca mais me apareças, nunca mais! Que, indigno de minha amizade, empregarei contra ti as armas mais ferinas.'

"E depois acrescentou:

"'Escuta. Vou dar-te a riqueza; vou mudar a tua pobreza em abundância; mas, vê lá! Não sejas o algoz de teus semelhantes, só porque tens os meios de seres o seu benfeitor! E nunca te esqueças de que o rico não é mais do que o depositário do ouro de muitos pobres e por isso entre eles deve dividi-lo, em suas necessidades, como bom amigo e fiel tutor. Acompanha-me agora.'

"E montando em seu caititu, enfiou pelas brenhas, e eu o acompanhei, ora subindo os mais altos penhascos, ora descendo aos mais profundos abismos. E que lindos arvoredos carregados de flores e frutos e de viçosa e escura folhagem; que abundantes riachos ladrilhados de pérolas e diamantes; que longas campinas cheias de veados, de antas, tamanduás e outros bichos da serra, atravessamos nós! Parecia um sonho, meus rapazes, um sonho prodigioso!

"Ele caminhava adiante em seu caititu e eu o acompanhava como fora de mim, de espanto em espanto! Assim, depois de muito caminhar, atravessamos um grande corredor, escuro como noite de inverno e como que aberto nos rochedos, e desembocamos numa lagoa, cercada das mais formosas matas e sombreada por uma grande gameleira.

"Ah, minha gente, não sei como não caí pela repentina mudança do escuro para a luz, não só do dia como de tão assombrosa beleza!

"O senhor das caças parou e, deixando moderar-se o meu espanto, disse-me:

"'Gonçalo da Silva! Eis a Lagoa Encantada! Aqui se oculta um grande tesouro; e eu to ofereço para felicidade de tua família, de teus amigos e dos pobres que à tua porta baterem. Vai buscá-lo, vai. Da raiz daquela gameleira desce uma grossa corrente de bronze ao fundo das águas. Puxa-a, planeando a caridade e desde logo sentindo o seu deleitoso prazer, que arrancarás um caixão cheio de ouro. Mas, se tentar-te o demônio da ambição, debalde, ó Gonçalo da Silva, procurarás arrancá-lo! As águas, os peixes e as raízes reunir-se-ão para prendê-lo, para zombar de teus esforços! E se revelares a alguém este mistério... treme, treme de minha vingança!'

"E sem mais nem menos, o senhor das caças açoitou o seu ginete, e, trepando-se pelos despenhadeiros mais a pique, desapareceu a meus olhos.

"Fiquei só.

"A princípio, estendi alucinado a vista por todo aquele prodigioso quadro, e, depois, fatigado pela viagem e estremecimento do coração, sentei-me numa pedra e pus-me a cismar ou a sonhar com os olhos abertos.

"Não é possível, prima Maria das Dores, descrever tanta beleza, como a que vi na Lagoa Encantada... Não, minha gente, não se pode pintar, nem mesmo fazer-se ideia de tais maravilhas! Contudo, eu vou ver se posso contar algumas coisas... Escutem.

"A mata mais verde, mais frondosa, mais bonita que já os olhos de criatura viram neste mundo, cercava aquela grande lagoa. De um lado, erguia-se a gameleira que o caipora me apontara, e, de outro, estendia-se verde-escuro juncal; e por toda a parte lindíssimas flores exalando deliciosos perfumes.

"Da lagoa corria um riachinho por entre seixos alvos como a névoa, a água era cristalina como as chuvas do céu. Um ventozinho fresco, ou como lá diz o outro, a brisa, viera encrespar docemente as águas e brincava por entre as flores; e também por entre elas passarinhos de penas azuis, verdes, encarnadas, douradas e prateadas voavam alegres, cantando uns cantos que iguais somente devem ser os dos serafins do Altíssimo! E peixes de todas as cores e tamanhos vinham à tona d'água, como que para escutar os passarinhos.

"Esqueci-me de contar, minha gente, que no meio da lagoa havia uma ilha, com o mais primoroso jardim e uma gruta de madrepérolas.

"Pois bem, eu contemplava todos esses abismos de beleza, quando vejo erguer-se das águas uma moça alva e corada, de cabelos compridos e soltos, colo feiticeiro... enfim, de uma formosura sem igual!"

— Era uma mãe-d'água, tio Gonçalo?

— E o que havia de ser, ó rapaz, senão a mãe-d'água? Depois apareceu outra, e mais outra, e dirigindo-se todas à ilha, coroaram-se de flores, e começaram a tocar uns instrumentos desconhecidos, ao mesmo tempo dançando e cantando...

“Ah, prima Maria das Dores, Madalena, compadre Zé Gomes, nunca vi moças tão lindas e nem danças e cantigas como aquelas! Eram decerto mães-d’água, que tinham deixado no fundo do lago os seus palácios de cristal e vinham brincar à luz do dia. Eu estava embasbacado, rapazes, e mais ainda fiquei quando vi, ao som daqueles cantos, as árvores, as flores, os juncos e os rochedos movendo-se; os peixes pulando; os passarinhos saltando e batendo as asas; e tudo como que dançando compassado, como se fosse gente! E, dançando, cantaram por muito tempo. Depois, descansaram um instante e, fitando-me, continuaram dizendo-me assim em suas melodiosas cantigas:

“‘Ergue-te, Gonçalo, oh, venturoso, é tempo.’

“‘Quanto ouro levarás, e no ouro vai a opulência.’

“‘Levantarás um palácio na vargem; e no palácio dançarão as belas.’

“‘Terás criados sem conta; e sem conta serão tuas festas para tuas amantes; manas, sejamos suas amantes.’

“‘Comprarás sedas para tuas amantes; manas, sejamos suas amantes.’

“‘Comprarás perfumes e joias para tuas queridas; manas, sejamos suas queridas.’

“‘Quanta riqueza, Gonçalo; Gonçalo, quantos prazeres!’

“‘Todos te respeitarão; porque o ouro é o respeito.’

“‘Todos te obedecerão; porque o ouro é a obediência.’

“‘Todos te louvarão; porque o ouro é a lisonja.’

“‘Quanta riqueza, Gonçalo; Gonçalo, quantas delícias!’

“‘Terás os manjares mais finos; porque o ouro tudo compra.’

“‘Terás mimosas donzelas; porque o ouro tudo vence.’

“‘Terás, enfim, o que desejares; porque o ouro tudo alcança.’

“‘Quanta riqueza, oh Gonçalo; no cofre pesam as moedas.’

“‘E tantas são as moedas, quantos besouros nos ares.’

“E milhares de milhares de besourinhos dourados surgiram das águas e escureceram o tempo.

“Um momento depois, fadas e besouros, oh, prima Maria, haviam desaparecido. Tudo estava calado. Botei então os olhos ao redor e somente vi a lagoa, a gameleira, as matas, as flores, a ilha e os passarinhos, no mesmo estado em que os encontrara; porém eu, minha prima, estava inteiramente mudado.

"Uma fome cruel me roía as entranhas — a fome dos prazeres; uma sede fatal me consumia — a sede da riqueza!

"Levantei-me, então, e pus-me a andar como doido.

"'Gonçalo', dizia eu mesmo comigo, 'serás em breve muito rico, Gonçalo! Não caçarás mais para comer e sim para te divertires. Terás uma espingarda de ouro, uma patrona enfeitada de diamantes, um polvarinho de cristal... e um palácio, e as moças mais formosas, e banquetes e danças. As melhores fazendas serão tuas, os melhores sítios, os maiores roçados! Comprarás estas terras... as mais rendosas propriedades... Todos te respeitarão. Crescerá a tua riqueza. Aumentarás os teus gozos. Gonçalo, serás em breve muito rico, Gonçalo!'

"E sem mais demora corri para a gameleira, e, agarrando a corrente de bronze que prendia o tesouro, puxei-a com força. Nada! Nem ao menos alui...

"E uma grande gargalhada estrondou nos ares.

"'São as mães-d'água que zombam de mim', pensei eu, e tornei a puxar, a puxar, até que desalentado caí junto da corrente, escumando de cansaço e raiva. Outra gargalhada estrondou nos ares.

"Era demais! Bradei desesperado: 'Dinheiro, hei de arrancar-te, dinheiro!' E agarrei-me à corrente a puxar, a puxar, mas qual! Desta vez, oh, rapazes, caí mais depressa, e maior foi a gargalhada que estrondou nos ares.

"Então, sem lembrar-me do que ouvira ao senhor das caças, eu disse comigo mesmo: 'Gonçalo, estão caçoando de tua fraqueza: corre lá embaixo e convida dois ou três camaradas para te ajudarem a arrancar o caixão...'.

"E meu dito, meu feito..."

— E não lhe ordenou o senhor das caças, tio Gonçalo, que não revelasse o mistério de seus domínios? — interrompeu Madalena.

— Eu só me lembrava, menina, da riqueza, daquele grande caixão de ouro... O demo da ambição me tinha revirado a bola...

"Mas, como ia eu contando, disposto a descer, enchi o seio de frutas, e saí botando uma no chão a cada passo, para acertar quando voltasse.

"E outra gargalhada estrondou nos ares e um bando de anuns apareceu e começou a comer as frutas que eu deixava cair.

"Não sei como não morri de raiva!

"Enxotei os anuns atirando as pedras que pude apanhar, e eles voaram, mas voltaram logo em maior número. Assim contrariado, botei fora o resto das frutas e, arrancando a faca, saí cortando a casca das árvores para assinalar a passagem. Mas ainda não havia eu dado dez passos quando, olhando para trás, vi os talhos desaparecerem das árvores e ouvi...

"Oh, vocês não podem fazer ideia do barulho infernal que então estrondou nos ares! Eram gargalhadas, toques de sinos e caixas de guerra, assobios, gritos... enfim, o diabo a quatro!

"Não tive mais demora, não; azoado e furioso corri pelos matos adentro, sem direção, ora trepando as mais altas penhas, ora rompendo espinheiros, aqui escorregando nas lajes, ali batendo nos troncos, cada vez mais atordoado porque o barulho me acompanhava... crescia... tornava-se mais diabólico!

"E anoitecera de todo, e a noite era mais escura do que nunca! Já não enxergava as grotas, o lugar que pisava, o rumo que seguia... e sempre a correr, a correr... até que, faltando-me o chão nos pés, caí em medonho boqueirão... rolei nos ares... e fiquei pendurado nuns ramos, sobre horroroso abismo!

"Mais penosa, pois, tornou-se a minha posição.

"Naquelas profundezas, soluçava um rio por entre as rochas; e os galhos que me seguravam, estremeciam, vergavam e de vez em quando estalavam. Eu não podia mexer-me. Qualquer movimento bastaria para fazer-me cair e morrer despedaçado naquelas rochas...

"Oh, ainda hoje se me arrepiam os cabelos!

"Eis senão quando, minha gente, em vez do barulho que me perseguia, estouram os trovões, fuzilam os relâmpagos e zune o vento com força embalando-me sobre o abismo! E no meio da tempestade aparece um bando de molequinhos montados em capivaras, lançando fogo pelos olhos, faíscas pelas ventas, arreganhando os dentes, rodeando-me e cantando, acompanhados de novas gargalhadas:

"'Bacos... ba... bacos; bacos... bacos...'

"'Gonçalo, cadê teu ouro? Teu ouro virou xenxém!'

"'Gonçalo, por que caíste? Gonçalo, por que subiste?'

"'Bacos... ba... bacos; bacos... bacos...'

"E assim continuaram fazendo-me caretas, sempre ao som das gargalhadas, enquanto uivava a tempestade...

"Depois... estalaram os galhos... e caí perdendo os sentidos!"

V

O auditório ouvira gelado de terror aqueles lances angustiosos da história do tio Gonçalo. Ninguém ousava interrompê-lo, e nem mesmo mover-se para não perder uma palavra. Como que não se respirava, houve ocasião em que as quicés pararam nas mãos de todos.

Calou-se o velho e pôs-se a limpar o seu cachimbo, indiferente à curiosidade geral, ou esperando talvez uma pergunta para com a resposta fechar o conto.

Madalena não pôde conter-se.

— Então, tio Gonçalo, e depois?

— Clareava o dia quando acordei, ardendo em febre, ali na cajazeira grande do riacho. Levantei-me ainda atordoado, e empurrei-me para casa, dando graças ao Altíssimo por ter escapado daquela embrulhada.

"Adiante encontrei o Mané Coco, que saía para uma pescaria de jereré, e contando-lhe o sucedido, disse-me ele embalançando a cabeça:

"'Hum... hum... hum... Essas artes de caipora... Eu já as conheço! Quase a mesma graça já fizeram comigo uma noite. Eu logo vi, senhor Gonçalo, que as suas caçadas nos esquisitos daquela serra vinham dar nisto!'

"E chegando em casa nada contei a Lauriana, para não afligi-la, mas, lembrando-me das agonias da ambição, lidas e dissabores da riqueza, achei tão doce, tão suave, tão cheia de sossego a pobreza entre os afagos da família, que não pude deixar de exclamar dentro do coração: 'Quem quiser ser rico, que seja, que a mim não faz inveja!'."

— Eu, da minha parte, quero ser muito rica, mas da graça do meu divino Jesus — acrescentou Maria das Dores.

— E o caipora não tomou mais vingança contra vosmecê, tio Gonçalo? — perguntou a Rita Lavandeira.

— Talvez ainda me espere nas brenhas da serra para isso, Rita; porém eu lá não voltei.

— É verdade que vosmecê só caça aqui no plano e pelo pé da serra?

— E nem era eu tolo para caçar lá em cima; nesta não caía. Naquele dia protestei não continuar a amizade com os caiporas, e nem subir mais às brenhas esquisitas da serra.

— E faz bem, compadre Gonçalo, que os tais caboclinhos são levados da breca! — disse o João Marreca, como quem entendia do negócio.

— Mas devia acontecer o que lhe aconteceu, primo, para você não ser ambicioso! — observou-lhe Maria das Dores.

— O ambicioso nunca medrou, e nem quem junto dele morou. É ditado dos antigos — acrescentou o Zé Gomes.

E como já não havia mandioca para raspar e estivesse acabada a história, concluiu-se o serão, e todos ergueram-se, dando-se as boas noites, e retiraram-se — os que moravam distante, para suas casinhas, e os outros, para as suas tipoias.

Um instante depois apenas se ouvia ao longe a voz de Gonçalo da Silva, que no caminho de sua choça cantava a lenda do caipora:

"... Cuidado, caçadores, cuidado, que o senhor das caças campeia agora na serrania inculta."

Jupira

Bernardo Guimarães

Bernardo Joaquim da Silva Guimarães nasceu em Minas Gerais, em 1825, e morreu no mesmo estado, em 1884. Além de escritor, foi jornalista, magistrado e professor. De sua vasta obra poética e ficcional, destaca-se o romance A escrava Isaura. *Também escreveu narrativas fantásticas como o conto "A dança dos ossos"* e *o poema "A orgia dos duendes". A narrativa indianista "Jupira", de 1872, contudo, pertence ao espectro das violentas paixões humanas: a protagonista se revela capaz de matar não apenas quem desejar aprisioná-la, mas também quem recusar a ela devoção.*

I

Jupira está sentada à sombra de uma canjerana ainda nova, de folhagem mui viçosa e cerrada, que dava fresquíssima sombra. Estava tecendo um cabaz de palhas de buriti, enquanto sua mãe, índia algum tanto idosa, a alguns passos de distância, moqueava um gordo e grande tiú.

Era isto à margem do rio Grande de Minas Gerais, algumas léguas acima das paragens onde ele, reunindo-se ao Parnaíba, toma o nome de Paraná.

Como a pequena árvore, que lhes prestava sombra, Jupira era também uma flor nova das selvas, que apenas abria o cálice às virações do deserto; uma ainda caboclinha* de treze a catorze anos, mas de tez um pouco mais clara do que a das suas companheiras da floresta. Era no verânico de janeiro; o rio estava baixo, e na larga zona de areia, que mediava entre eles e a floresta que o bordeja, viam-se dispersos alguns bugres de ambos os sexos, uns pescando ou banhando-se, outros dormindo ou comendo. O sol ardentíssimo do meio-dia reverberava no seio do rio e nas areias da praia, a ponto de ofuscar as vistas; estava um calor insuportável.

* Ao longo do conto, o termo faz referência a indivíduos descendentes de indígenas e brancos.

Pouco abaixo daquele grupo via-se um indígena de formas truculentas e vigorosas cortando as águas em todas as direções, ora nadando com rapidez, ora boiando à flor do rio, ora sumindo-se de mergulho na profundeza dos rebojos, e era preciso olhar com muita atenção para ver que tinha em uma das mãos uma delgada linha. Ninguém diria que ele estava pescando. O índio pesca à linha os grandes peixes, quase como quem persegue um veado ou uma anta através de campos e florestas. Com um pequeno anzol ou fisga, e uma linha de tucum da grossura de um fio de barbante, pescam não só os pequenos bagres e piratiningas, como os corpulentos dourados e crumatãs, e o jaú, que atinge, às vezes, o tamanho de um homem de alta estatura, e tem a força de um touro. Apenas o peixe ferra a isca, e que o índio o percebe fisgado, em vez de procurar puxá-lo à terra, salta na água e dá-lhe corda, acompanhando-o em todas as voltas que lhe apraz dar pelo rio, tenteando a corda de modo que não se quebre, como quem tempera as rédeas a um poldro bravio e fogoso. A própria força do peixe arrasta o índio e o ajuda a romper as águas sem fatigar-se muito, e assim, ora pairando à flor do rio, ora cortando-o veloz como uma seta, ora sumindo-se nos escuros abismos, o índio acompanha todos os seus movimentos, até que o peixe, extenuado de cansaço, se deixa facilmente arrastar para a praia.

Depois de ter gasto cerca de meia hora naquelas evoluções, o índio surgiu à praia agarrando pelas guelras com ambas as mãos e arrastando a custo um enorme peixe que media a altura de seu corpo, e ainda a cauda vinha abrindo um sulco pela areia, e dirigindo-se à sombra onde se achava a linda caboclinha.

— Uff!... Jupira!... — exclamou, largando o peixe e deixando-o estourar no chão; sei que não gostas de tiú, que é o que tua mãe tem para te dar, e fui ao fundo do rio buscar esse peixe para ti; custou-me bem a arrancá-lo d'água. Fala menina, qual desses teus fracos companheiros é capaz de lutar no fundo d'água com um peixe destes?

Jupira contemplou o peixe por alguns instantes com admiração, depois olhou para o índio, fez-lhe um ligeiro gesto de agradecimento e continuou no seu serviço. O índio deitou-se de ventre sobre a areia a alguns passos de distância e fitava os olhos ardentes sobre a gentil menina. Parecia truculenta jiboia procurando fascinar com os olhos a tímida pomba, que pretende devorar.

— Então, ingrata columi — disse o índio abanando a cabeça —, de todo modo não queres saber do infeliz Baguari?...

Por única resposta Jupira levantou-se, e levando o seu trabalho foi sentar-se por detrás de sua mãe, como para esconder-se do índio e furtar-se a seus olhares devoradores.

Baguari pôs-se em pé de um salto, arrancou do íntimo peito um gemido rouco, antes um rugido, e disse:

— Baguari! — exclamou a mãe assustada por sua filha, que cada vez mais se chegava a ela —; a menina ainda é muito nova... olha agora é que os peitos lhe vêm apontando. Para que apanhar a flor que ainda não abriu, colher os favos do jataí que ainda não têm mel?... Deixa passar mais algumas luas; quando o ipê der flores outra vez, Jupira te abraçará.

— Não fale assim, minha mãe! — murmurou a menina ao ouvido de sua mãe. — Assim pudesse o ipê nunca mais dar flores!

Baguari afastou-se silencioso, e chegando ao meio do areal da praia, bateu palmas e soltou um assovio estridente como o da anta. A horda que se achava dispersa pela margem reuniu-se em torno dele. Baguari mostrou-lhes o peixe, e os selvagens, soltando alaridos de alegria, em um instante o fizeram em postas, levando cada um o seu pedaço, para se banquetearem aquela tarde.

Jupira disse a sua mãe:

— Não viu aquele peixe tão grande, que Baguari matou?

— Pois não vi, minha filha?... foi para ti que ele pescou.

— Não quero do seu peixe, nem de nada que passar por suas mãos. Tenho mais medo dele do que daquele jaú, se o encontrasse no fundo d'água.

Daí a pouco a tarde trazia sombras e fresquidão por aquelas magníficas solidões e os índios, tripudiando e banqueteando-se, com seus alaridos, faziam saltarem espantadas as feras de seus covis, e os passarinhos deixarem em sobressalto os seus abrigos de verdura.

Somente Baguari — que cuidara nessa tarde abrevar-se de cauim e de prazer nos braços da gentil Jupira —, retirado no mais recôndito antro da floresta, arrancava rugidos de amargura e despeito.

II

Em seu lado sudoeste, a província de Minas termina em um ângulo agudo, em uma vasta nesga de terra encravada entre as províncias de Goiás e de São Paulo, das quais a separam os dois grandes rios Parnaíba e rio Grande, que se vão reunir na ponta do ângulo. Nessas regiões, sobre as quais a natureza parece ter entornado a fluxo todo o cofre de seus favores, trinta léguas, pouco mais ou menos acima da confluência dos dois rios, está situado o Seminário de Nossa Senhora Mãe dos Homens, fundado há cerca de cinquenta anos, pelos padres da Congregação da Missão de São Vicente de Paula, em uma vasta e rica fazenda, que lhes deixou em legado um opulento fazendeiro daquelas paragens.

Possui a fazenda matas na prodigiosa uberdade, pingues e magníficas pastagens, por entre os quais um caudaloso ribeirão vai sereno rolando suas águas cor de esmeralda sombreadas por duas orlas de frondoso e verde-negro arvoredo, pelo que decerto lhe deram o nome de rio Verde. Atravessa as mais formosas e risonhas Campinas entrecortadas de viçosos capões e palmares pitorescos, e vai perder-se no rio Grande, que passa a cinco ou seis léguas do seminário, ocultando seu curso entre gigantescas e profundas matas.

Pelas imediações do seminário, para logo se foram agregando alguns moradores, e, em torno dele, construindo-se algumas casinhas dispersas pela campina, de sorte que o lugar chamado Campo Belo, nome que perfeitamente lhe quadra, tornou-se como uma pequena aldeia.

Por aqueles sertões vagavam por esse tempo alguns restos das tribos selvagens* vindas de Goiás e Mato Grosso, já algum tanto familiarizadas com a sociedade dos brancos, mas conservando ainda os hábitos selváticos e a independência da vida errante. Os padres fizeram reiterados esforços para chamá-los ao grêmio do cristianismo e da vida social, doutriná-los, e utilizar seus serviços.

* Termo pejorativo utilizado reiteradas vezes no conto para designar os indígenas.

Os missionários de São Vicente, porém, parece que não são dotados daquele tino e habilidade, de que dispunham os discípulos de Ignácio de Loyola para catequizar os indígenas. Por vezes conseguiram reunir alguns bandos; mas nunca que se sujeitavam por muito tempo a um trabalho contínuo e regular.

Atraídos pelo desejo de obterem algumas roupas, ferramentas, armas e enfeites, acudiam de quando em quando ao seminário; mas no fim de um a dois meses, quando se aborreciam do trabalho, entregavam-se a sua natural indolência e, se apertavam com eles, desapareciam, e internavam-se de novo pelas matas do rio Grande, continuando sua vida nômade e selvagem.

Em um desses bandos, que se acolhiam às vezes à fazenda de Campo Belo, havia uma caboclinha nova por nome Jurema, não de todo linda, mas um pouco menos feia e mais bem feita do que as suas companheiras. José Luiz, moço branco e bem-disposto, empregado do seminário, agradou-se sumamente dela, e por tal arte soube catequizá-la, que no fim de algum tempo Jurema lhe deu uma linda e viçosa filhinha.

Sabedores do fato, os padres induziram José Luiz a casar-se com a índia. Batizaram-se ao mesmo tempo a mãe e a filha, e no dia seguinte o pai e a mãe receberam-se em legítimo matrimônio. Jurema trocou o seu nome selvático pelo de Ana, e a filha, que a mãe chamava Jupira, pelo de Maria.

Os índios não punham dificuldade alguma em se deixarem batizar, casar e receber todos os mais sacramentos da igreja; mas isso para eles era um ato sem consequência. No dia seguinte esqueciam seus novos nomes, e os esposos se separavam com a mesma facilidade com que largavam seus vestidos, para tomarem de novo a arazoia, e tornavam aos matos para serem tão bons adoradores de Tupã como d'antes.

Aconteceu, pois, que um belo dia a esposa de José Luiz anoiteceu e não amanheceu, desaparecendo com seus irmãos em Tupã, e levando consigo sua filhinha ainda de mama. José Luiz ficou sumamente aflito e magoado com o acontecimento; fez imensas diligências para apanhar ao menos a filha, pois com a mãe já não contava mais, à vista de um tal procedimento. Mas todos os seus passos foram perdidos, e depois de um ano de pesquisas e excursões pelas matas, desanimou...

As florestas são imensas, e aquela gente não tem pouso certo nem por uma semana.

Eram já passados mais de dois anos quando Jurema, sem mais cerimônia, entrou-lhe pela porta dentro, e se lhe apresentou conduzindo pela mão a pequena Jupira, e já com outro caboclinho às costas, acocorado em uma pequena maca de buriti, que trazia presa à testa, como é costume entre as índias. Apareceu a seu marido sorrindo-se tranquila e fresca, como se nada houvesse acontecido, como se se tivessem separado na véspera. José Luiz ficou atônito com aquela inesperada visita; maior, porém, foi a sua alegria do que o seu espanto, e deu graças ao céu, que lhe havia restituído a filha, a qual ele tratou logo de pôr em bom recato e segurança, despedindo cortesmente a mãe, que com isso não se mostrou nem de leve magoada, pois segundo as aparências, já tinha novo esposo no bando dos seus.

Receoso, José Luiz, de que sua filha não fosse de novo levada para o mato por sua mãe, guardou-a com toda a cautela, confiando-a aos cuidados de uma velha parenta que era a sua caseira, e não respirou tranquilo enquanto Jurema, com todo o seu bando, não desapareceram das imediações de Campo Belo.

A menina crescia linda, engraçada e travessa como uma ariranha. Tinha muita vivacidade e penetração, mas os instintos selváticos prevaleciam nela, e foi com muita dificuldade que seu pai, no fim de sete anos, conseguiu que ela adquirisse alguns costumes de civilização, andasse vestida, cosesse, lesse e escrevesse alguma coisa. Muitas vezes a iam agarrar pelos matos quase nua, trepada como macaco nas mais altas árvores, ou nadando nos profundos remansos do rio Verde, em risco de ser devorada por alguma sucuri.

Todavia Jupira era uma interessante menina, e pela singularidade de suas qualidades físicas e morais era o enlevo de toda aquela pequena povoação.

Andava de casa em casa, e em todas elas era mui querida e festejada. Às vezes também penetrava no seminário, e aí fazia o regalo e as delícias dos padres e dos estudantes.

Quando, porém, ali se achava algum bando dos seus parentes da selva, não queria mais sair do meio deles: já lhes conhecia bem a língua, da qual já balbuciava algumas palavras, quando voltara do mato. Por isso, muitas vezes, servia de intérprete entre os índios e os padres com sumo gosto e contentamento de todos. Somente José Luiz — e com razão — se afligia muito com isso, e não gostava nada de ver sua filha tão afeiçoada aos seus parentes do mato. Zangava-se, ralhava, castigava, mas era debalde; o pendor que a menina tinha para os seus era irresistível. Jupira já tinha nove para dez anos quando sua mãe, depois de vaguear largos anos pelos sertões de Goiás, Pará e Mato Grosso, tornou a aparecer em Campo Belo com a horda a que pertencia. Jupira!... exclamou a índia, apenas pôs os olhos em sua filha. Esta também imediatamente reconheceu sua mãe, saltou-lhe ao colo, nunca mais quis deixá-la.

José Luiz ficou cheio de gosto e inquietação com o reaparecimento da mãe de sua filha. Desta vez redobrou de cuidados e precauções. Jupira, sem que ela soubesse, não andava sem um sentinela à vista. Era um primo seu, um sobrinho de José Luiz, por nome Carlos, e a quem todos chamavam Carlito, pouco mais velho do que ela, rapazinho vivo e esperto como um diabrete. Não tendo podido parar no seminário em razão de seu gênio trêfego, indócil e insubordinado, frequentava como externo a escola de primeiras letras, onde se havia muito mal. Entretanto era excelente para servir de companheiro de brinquedos e ao mesmo tempo de sentinela a sua prima durante o dia, porque de noite dormia ela fechada debaixo de chave em companhia da velha caseira de José Luiz.

Todavia, apesar de todas essas precauções, uma bela manhã Jupira não amanheceu em casa. Tinha arranjado modos de trepar pela parede, e como a casa era de telha vã, isto é, sem forro no teto, descobriu um pedaço de telhado, saltou fora e voou para as selvas em companhia da mãe.

III

Esta segunda fuga foi muito mais dolorosa ao coração de José Luiz do que a primeira. Já amava extremosamente sua filha, e tinha a mais terna solicitude por aquela interessante menina, cuja criação lhe tinha custado tantos cuidados e desvelos, cujo fruto em um só momento vira esvaecer-se. Era à semelhança de uma flor peregrina e rara, em cuja cultura o jardineiro se esmera com o mais desvelado amor. Um dia, porém, quando pela manhã vai visitar o tenro botão, que de dia a dia anseia por ver desabrochar em flor, acha-a cortada pela raiz por verme daninho, murcha e perdida para sempre.

José Luiz fez altas diligências para reaver sua filha, mas sempre sem resultados. Bem quisera ele para reivindicá-la armar uma bandeira e levar a guerra a todas as tribos selvagens, como outrora Menelau levou toda a Grécia armada aos muros de Troia para reconquistar a esposa, que um peralta lhe havia seduzido e roubado. Mas não lhe era isso possível, e contentava-se em dirigir súplicas ao céu, e fazer promessas a Nossa Senhora Mãe dos Homens para que lhe restituísse a filha.

Nas selvas, Jupira cresceu linda e garbosa como a palmeira das Campinas, mas esquiva e soberba como a ema, a rainha dos chapadões. Suas graças fascinaram as vistas de todos os jovens bugres, que a seguiam, admirando-a e adorando-a como um manitó caído do céu; mas a nenhum deles foi dado colher aquela peregrina flor das selvas. Baguari era chefe de uma forte e numerosa horda estranha. Encontrando-se com o bando de Jupira, encantado de sua beleza, abandonou os seus para segui-la.

Mas Jupira fugia dele como a tímida lontra foge do jacaré, ou como a pomba se esconde do gavião. Era a sombra de sua mãe que vinha arquejante e espantada como a caça acossada pelo jaguar, abrigar-se das perseguições do cacique. Temerosa de cair-lhe nas garras, a menina mal ousava arredar alguns passos da companhia dos seus.

Os outros bugres pretendentes aos favores de Jupira, que sabiam das intenções de Baguari, furiosos de raiva e ciúme, e não ousando opor-se de viva força ao possante cacique, ainda que desejassem devorar-se uns aos outros para fazer face ao inimigo comum e mais forte, e seguiam e vigiavam por toda a parte a formosa menina a fim de obstar a que o cacique lograsse seus intentos. Assim, Jupira, sem querer e sem o pensar, tinha sempre ao pé de si uma escolta ativa e vigilante para a defender contra qualquer tentativa violenta de seu sanhudo amante, como sói acontecer entre as brutas alimárias, pouco acima dos quais se achavam aqueles selvagens na categoria dos entes. Baguari era valente e terrível; membrudo e robusto como a anta, ágil e veloz como a onça, já tinha sufocado nos braços um dos seus rivais, e traspassado o coração a outro com uma flecha, por terem ousado disputar-lhe abertamente a posse da formosa Jupira. Mas era só e detestado por todos, e eram muitos contra ele. Por isso também da parte dele havia constrangimento e receio.

O tronco do ipê já se tinha de novo toucado de seus tufados cachos de flores amarelas. Baguari, que conforme a promessa de Jurema, estava esperando com impaciência aquela quadra, foi ter com ela, e disse-lhe:

— Olha, Jurema; o ipê já está florescendo. É tempo de cumprires a promessa que me fizeste, e entregar-me tua filha.

— Ah! Minha mãe! Minha mãe! Dá-me antes a uma sucuri — exclamou Jupira, atracando-se com a mãe.

— Jupira — disse Jurema para sua filha —, olha que Baguari é forte e te quer muito bem. Vai com ele, minha filha.

— Se minha mãe teima, eu irei lançar-me na lagoa das Sucuris — retorquiu a menina com firmeza.

A lagoa das Sucuris era um banhado, que por ali havia, e onde existia enorme quantidade desses formidáveis répteis. Quem nela caía era irremissivelmente devorado pelos monstros. Jurema sabia que sua filha era bem capaz de pôr em prática a sua ameaça, e disse ao cacique:

— Estás ouvindo, Baguari? — ela não te quer ainda. É que ainda não é tempo. Espera ainda, Baguari; ... mais tarde...

— Cala-te, filha de Anhangá! — bradou o índio, rugindo e batendo o pé com força —, não quero mais te escutar, boicininga enganadora... ou hoje ou nunca!...

Ouvindo os gritos e vendo a atitude ameaçadora do cacique, os outros bugres, que estavam de alcateia, aproximaram-se de arco e flecha em punho, murmurando palavras de ameaça. Baguari lançou-lhes de revés um furibundo olhar, soltou um rugido de raiva e de despeito, e retirou-se vagarosamente, rosnando como um tigre enfurecido.

Vendo que nem por bem, nem por violência lhe era possível obter a posse da virgem indiana, Baguari, que não desistia de seus intentos sobre ela, recorreu às ciladas.

Jupira gostava de caçar pássaros. Com um pequeno arco e flechas proporcionais às suas forças, ela varava os jaós, inhambus, macacos, capoeiras e outras aves que abundam naquelas florestas, e abastecia de copiosa caça o rancho de seu pequeno bando. Um dia, à hora do pôr do sol ela estava sozinha com sua mãe à beira de um capão, embalando-se indolentemente em sua maca de palhas de buriti e abanando o rosto e enxotando as mutucas com o cocar de penas, que havia tirado de sua cabeça. Seus companheiros vagueavam pelo campo a pouca distância. Um jaó começou e piar dentro da mata. Jupira saltou lestamente da rede, tomou o arco e flechas, e embrenhou-se no capão, sem que sua mãe, que estava ocupada em esfolar um tamanduá, desse por fé daquele movimento.

O jaó é uma ave grande e excelente de se comer, mas muito arisca e dificílima de se caçar.

Os índios e os sertanejos, que com eles aprenderam, empregam uma engenhosa astúcia para os atrair e apanhar. É de ordinário ao pôr do sol que os jaós costumam piar, vagueando pelas sombras da mata. O caçador esconde-se cuidadosamente em alguma moita junto ao lugar em que os ouve piando e começa também a piar, imitando-os com toda a perfeição. O jaó, acudindo àquele chamado, que cuida ser de algum de seus companheiros, vem se aproximando, descobre-se, e então o caçador atira-lhe ou flecha-o muito à vontade.

Jupira, que era habilíssima nesse manejo, foi se esconder e começou a responder ao jaó. Mas este, em vez de aproximar-se, ia-se afastando aos poucos, e piando cada vez mais longe. Jupira, piando sempre e mudando de esconderijo em esconderijo, o foi acompanhando sem nunca conseguir avistá-lo, entranhou-se a uma grande distância e pelo capão adentro. O sol já era entrado e as sombras do crepúsculo começavam a escurecer a floresta; Jupira, desanimada, ia já voltando, quando sentiu pelas costas mão de ferro agarrar-lhe o ombro, e uma voz medonha bradou-lhe:

— Jupira, agora és minha!

Era Baguari, que usara daquela negaça para atrair Jupira e arredá-la dos seus. Assim, a pobre menina, cuidando ser a caçadora, era a caça, que vinha descuidada cair nas mãos de seu feroz perseguidor.

Jupira deu um grito de terror; mas o cacique levou-lhe imediatamente a mão à boca, e nem os companheiros dela poderiam ouvi-la, na distância em que se achavam. Viu que nenhum partido poderia tirar da resistência, e procurou aplacar o seu feroz agressor.

— Espera, Baguari! — dizia ela arquejando de susto: — Não me faças mal; eu me entrego... Mas larga-me.

— Não; tu queres enganar-me; mas é escusado; desta vez não me escaparás.

— Não quero te enganar, não, Baguari. Vamos aonde está minha mãe... Ela me entregará a ti, e eu te juro que não hei de pôr dúvida nenhuma em ser tua.

— Por Tupã!... Nesse laço não caio eu, minha formosa garça do Paraná. Já agora não sairás mais dos meus braços, quer tu e tua mãe queiram, quer não queiram.

— Pois bem, Baguari; sou tua; não te fugirei mais... Mas larga-me... Tu assim me sufocas... Ai!

Falando assim e debatendo-se, Jupira procurava ganhar tempo a ver se seus companheiros, dando por falta dela vinham em seu socorro, ou a excogitar algum ardil para arrancar-se dos braços do seu brutal amante. Melhor porém do que ela esperava, veio o destino, ou o céu, em seu auxílio. Pisada pelo índio, uma enorme jararaca, que dormia em uma moita de capim quase debaixo de seus pés, salta enfurecida, e enrosca-se-lhe nas pernas. O índio dá um grito de horror, sacode vigorosamente a perna, e atira longe o medonho réptil, que felizmente não o havia picado, recua em dois pulos, com Jupira nos braços, larga-a no chão e investe de tacape alçado sobre a cobra, que se ia esgueirando pelo matagal adentro. Jupira não perdeu um só instante; mal se viu solta dos braços do truculento cacique, enquanto este a rijos botes de tacape perseguia a cobra, mais veloz e sutil do que uma irara, desapareceu pela mata, e chegou suando e arquejante ao pé de sua mãe.

— Está morta!... — bradou triunfante o cacique. — Jupira!... Jupira!... Onde estás?...

Mas Jupira já estava longe.

IV

Quando Baguari, perseguindo Jupira, chegou ao lugar em que Jurema se achava, já era noite e os outros bugres já ali reunidos estavam acendendo seus fogos.

— Que fizeste a Jupira, que ela me apareceu correndo e chorando, toda assustada? — perguntou Jurema a Baguari.

— Não lhe fiz mal algum, Jurema; ela é arisca e medrosa como a saracura do brejo.

— Tem medo de ti, porque não sabes animá-la. A pomba foge do carcará, que lhe fisga as unhas, mas gosta do torcaz, que a beija e acaricia.

— Mas porventura sou eu algum jacaré do rio para ela fugir-me assim, e obrigar-me a negaceá-la como o jaguar que anda à espia da veada nova?...

— Por essa forma, Baguari, nunca Jupira te quererá.

— Não queira, embora, há de ser minha. Para que me deu Tupã estes olhos, que enxergam mais do que os do gavião, e estes pulsos, mais fortes do que os do canguçu?...

A essas palavras ressoou por entre os outros bugres um murmúrio surdo, e alguns rosnaram palavras de indignação e de ameaça. Baguari vibrou sobre eles um olhar de fogo e sangue, e voltando-se para Jurema e sua filha:

— Está bem — disse —, não quero mais teimar contigo, Jurema. Vou-me embora para os meus. E tu, Jupira, fica-te em paz; não te perseguirei mais. Dou-te seis luas para me esperar e ai daquele que ousar tocar-te, e ai de ti, se te entregares a algum!

De feito eram já passados dois meses, e ninguém mais via por aquelas paragens o sanhudo Baguari. Tinha realmente ido reunir-se a seus companheiros, cuja residência favorita era para as bandas de Santana do Parnaíba, próximo à junção dos dois grandes rios.

Jupira, pois, podia já passear sozinha e desassombrada, e adormecer tranquila à sombra da figueira silvestre, pelas margens do seu pátrio Paraná, ela que tinha mais medo do amor de um homem do que das sanhas do canguçu, das ciladas da sucuri.

Em uma sesta ardente ela estava sozinha sentada à sombra, bem junto à margem do rio. Pendurada a um galho se via perto dela uma pequena maca, onde dormia um irmãozinho seu, que ela embalava cantando, e enxotando com um ramo os marimbondos e mutucas que lhe esvoaçavam em torno. Espalhados pela praia, pendurados ou encostados pelos troncos viam-se armas, redes, esteiras e mais utensílios indianos, sinal de que a sua horda não devia andar por longe. De feito, Jurema e seus companheiros tinham-se entranhado pela floresta à cata de jabuticabas, araticuns, bacuparis e outras frutas silvestres de que abundam aquelas matas, e deixaram ali Jupira tomando conta do rancho e vigiando a criança.

Entretida com aquele cuidado, Jupira não viu um vulto, que na margem aposta surgiu da mata, e atirando-se ao rio o veio atravessando sereno e sem ruído, como um jacaré, mal tendo a cabeça fora d'água.

Ao aproximar-se da barranca, mergulhou, e Jupira só o viu quando, surgindo fora d'água, saltou na praia perto dela. Soltou um grito de susto, cuidando ser algum monstro aquático, que a vinha devorar; porém seu terror ainda subiu de ponto, quando naquele vulto reconheceu Baguari, que se erguia ao pé dela, gotejante, gigantesco e hediondo, com os olhos vermelhos e chamejantes como duas brasas.

— Jupira, hoje é o dia! — bradou o índio, lançando-lhe as mãos. — Hás de ir comigo ou hei de dar-te a comer aos peixes deste rio.

Jupira, tremendo e transida de horror, deixou-se ficar muda e queda, como a corça que sentiu no cangote a garra aguçada da sussuarana.

— Vamos, Jupira!... desta vez eu te juro que não me escaparás mais.

— Sim, vamos, Baguari — disse Jupira, voltando-se do susto e recobrando sua natural coragem e resolução. — Devo ser tua; bem vejo que Tupã me destinou para ti, e que não me é possível, por mais que faça, escapar ao teu poder.

— Ah!... enfim!... ainda bem que o conheces. Acompanha-me. — Falando assim, Baguari a ia arrastando para a mata.

Presa à barranca estava uma canoa que aqueles indígenas, que já tinham alguma indústria e possuíam alguma ferramenta, haviam fabricado.

— Não! Para aí não! — exclamou Jupira. — Minha gente não pode tardar a voltar, e ai de nós, se nos encontram! Matar-nos-ão a mim e a ti!... Entremos naquela canoa, vamos para a outra banda, e fujamos para longe.

Não pareceu má a Baguari aquela proposta.

— Seja como quiseres... mas esse columim?... — disse o índio, apontando para a criança.

— Tupã tomará conta dele — respondeu a menina, apontando para o céu.

Entraram na canoa, e Jupira, para mostrar que de bom grado acompanhava o seu roubador, levou para dentro dela seu arco e flechas, e mais utensílios que lhe pertenciam. Sua intenção, porém, era precipitar-se no meio do rio, e deixar-se afogar, no caso que não pudesse matar Baguari. Chegados que foram ao meio do rio, Jupira debruçou-se sobre o bordo da canoa, como para mirar a profundidade das águas. Um forte pé de vento, que então se levantou, arrancou-lhe de cabeça e atirou no rio o bonito canitar de penas de arara, guarnecido de ouro e pedrarias, que trouxera da casa de seu pai.

Uma súbita inspiração atravessou o espírito de Jupira.

— Ah! O meu canitar!... O meu canitar... — exclamou a menina, ajuntando as mãos, com mostras de grande lástima. — O meu canitar, que eu quero tanto... lá se vai pela água abaixo!... ah!... meu Deus... espera, Baguari!... vou ver se posso apanhar.

Dizendo isto fazia gesto de quem ia lançar-se a nado.

— Espera tu aí, que eu já te trago o teu canitar.

Disse e de um salto atirou-se ao rio. Apenas se havia afastado umas quatro ou cinco braças da canoa, Jupira toma o arco, e acocha-lhe uma flecha, que foi cravar-se-lhe na espádua. O índio arrancou um rugido de dor, e afundou-se por um momento; apenas surgiu de novo à tona d'água, nova flecha voou do arco de Jupira e foi cravar-se na outra espádua do índio. Nenhuma das flechas, porém, havia penetrado muito fundo, e nem lhe tolhiam o movimento dos braços; o índio enfurecido lançou-se sobre a canoa, a qual também não sendo governada vinha rapidamente sobre ele, levada pela torrente. Quem o visse então com aquelas duas hastes emplumadas sobre o dorso cuidaria ver um dragão alado arrojando-se sobre a canoa para devorar a infeliz menina. Jupira, que o esperava em pé com um feroz sorriso de triunfo, deixou-o chegar, e quando o índio enfurecido ia deitar mão ao bordo da pequena igara, descarregou-lhe com toda a força o remo sobre a cabeça e rebentou-lhe o crânio. O índio desapareceu, e foi surgir um pouco abaixo à flor da água entre uma multidão de peixes, que saltitando devoravam o sangue e os miolos que escorriam do crânio do desventurado cacique.

V

O cadáver de Baguari foi rolando longos dias à mercê da torrente do Paraná, servindo de pasto aos peixes, e de banquete e batel a um tempo aos urubus, que sobre ele iam boiando rio abaixo, até que enfim foi encalhar em uma praia arenosa, justamente em um lugar onde, então, achavam-se arranchados os seus companheiros. Dir--se-ia que a mão do destino para ali o tangera de propósito, como para clamar vingança. Posto que já meio devorado pelos peixes, foi logo reconhecido pelos seus. Baguari, ao partir, lhes havia prometido que em menos de três luas havia de voltar com Jupira; que, se até então não aparecesse, é porque o teriam morto, e nesse caso deixava a cargo deles a sua vingança. De feito voltou, mas sem vida e sem Jupira; e apenas trazendo ainda no dorso as flechas que ela lhe havia cravado, como em vida havia trazido cravadas no peito as setas, com que os lindos olhos de Jupira lhe haviam atravessado o coração. Apenas os índios o reconheceram, soltaram grandes alaridos de dó, recolheram o cadáver em uma grande maca, teceram um torno dele danças fúnebres e deram-lhe sepultura à sombra de uma velha sucupira.

Feitas as honras fúnebres ao seu valente chefe, aqueles indígenas trataram logo de marchar pela margem do rio Grande acima, a fim de lhe vingarem a morte. A horda de Baguari era muito mais numerosa e forte do que o bando desorganizado em que vivia Jupira, o qual constava de relíquias de hordas devastadas pelos brancos. De longo tempo em contato com os brancos, tinham perdido os hábitos belicosos, e grande parte de sua coragem e fereza selvática. Em breve chegou-lhes aos ouvidos a notícia de que a gente de Baguari marchava contra eles, a fim de vingar a morte de seu chefe. Fracos e pusilânimes, aqueles restos da família caiapó não podiam resistir aos robustos e aguerridos guaianases, que sobre eles vinham cheios de cólera e sede de vingança, e seriam infalivelmente exterminados.

Jupira não havia ocultado aos seus a morte do sanhudo Baguari; pelo contrário, risonha e triunfante lhes narrou com toda a franqueza e ingenuidade a astúcia de que se valera para livrar-se para sempre daquele feroz pretendente. Contando como certa a sua ruína e possuídos de terror, seus covardes companheiros resolveram mandar um emissário ao encontro dos inimigos para dar-lhes satisfações e dizer-lhes que nenhuma parte tinham tido na morte de seu chefe, que fora Jupira a única autora daquele atentado, e que para aplacar sua justa cólera estavam prontos a entregar-lhes viva ou morta a criminosa. Este teria sido o destino da linda caboclinha se um de seus pretendentes, esperando assim fazer jus à gratidão e ao amor da rapariga, não a tivesse avisado da bárbara e aleivosa intenção dos seus.

Jupira e sua mãe fugiram para Campo Belo e acolheram-se à fazenda dos padres, resolvidas a nunca mais voltarem para a companhia de seus pérfidos companheiros.

Era já a quarta vez que Jupira, desde que nascera, trocava a selva pela casa paterna, e a casa pela selva alternativamente. Seu pai a recebeu com os braços abertos, e sentiu grande alegria em tornar a achar a filha, na qual já há muito havia perdido as esperanças de tornar a pôr os olhos em dias de sua vida. Recolheu-a para casa e, extasiado de sua formosura e do viçoso desenvolvimento de suas esbeltas formas, deu-lhe lindos vestidos e enfeites, que ela de bom grado trocou pelo curto saiote e pelo canitar de que usava nas selvas, e empregou todos os meios, todas as carícias e seduções possíveis para fixá-la de uma vez para sempre no seio da sociedade civilizada.

Se com os trajos selváticos Jupira, por seu garbo e gentileza, fazia lembrar uma Moema* ou uma Lindoia,** vestida à maneira da gente civilizada era uma rapariga sedutora, capaz de alvoroçar o coração e inflamar o sangue de um anacoreta. Era alta e muito bem-feita. Os cabelos negros, corredios e luzentes como asa do anu, eram tão bastos e compridos, que a linda cabocla ainda pouco adestrada na arte de se toucar, via-se em apuros para acomodá-los sobre sua pequena cabeça, e muitas vezes, rebelando-se contra as fitas e prisões, as quebravam e tombando-lhe pelo colo se derramavam em liberdade pelos nédios e morenos ombros. Os olhos um pouco levantados nos cantos exteriores eram bem rasgados, e dardejavam das pupilas negras lampejos que denunciavam o ardor de seu temperamento e uma alma enérgica e resoluta. Os lábios rubros, carnosos e úmidos eram como dois favos túrgidos de mel da mais inefável voluptuosidade, e quando se fendiam em um sorriso mostravam duas linhas de alvíssimos dentes um pouco aguçados como o dos carnívoros, e seu sorriso tinha singular e indefinível expressão de ingenuidade e de selvática fereza. A todos esses encantos, a todas essas linhas e voluptuosas formas servia como de brilhante invólucro a tez de uma cor original, um rosto acaboclado, como que dourado pelos raios do sol, que dava peregrino relevo à sua linda figura.

Quando ia à missa aos domingos, na pequena capela do seminário, todos os olhos se voltavam para a interessante cabocla, todos a contemplavam sorrindo com o mais curioso interesse e complacência. Até mesmo os seus gestos e ademanes um pouco estouvados, o ar desajeitado e constrangido, com que vergava as suas novas vestiduras, tudo nela parecia galante e encantador. Se bem que na pia batismal tivesse recebido o nome de Maria, os moradores de Campo Belo conservavam-lhe sempre o seu nome indígena de Jupira, por acharem-no mais galante e entenderem que lhe assentava melhor.

* Figura do poema épico indianista *Caramuru* (1781), de Santa Rita Durão. É conhecida por seu amor incondicional e trágico pelo náufrago português Diogo Álvares Correia.

** Heroína indígena do poema épico *O Uruguai* (1769), de Basílio da Gama. Fiel e abnegada, não consegue aceitar a morte de seu amado Cacambo, e busca voluntariamente a própria morte.

É escusado dizer que não faltaram apaixonados àquela tão sedutora quão peregrina formosura. Mas como já corria pela aldeia a história da morte do cacique, que às mãos da frágil menina pagara com a vida a sua audácia, os amantes de Jupira tinham-lhe certo respeito, e não a requestavam senão com certa timidez e reserva, se bem que nenhum deles tivesse intenção de lançar-lhe mãos violentas. Mas aquele episódio de sua vida, rodeando-a de um terrível prestígio, servia-lhe de salvaguarda e de broquel contra qualquer desacato ao seu pudor.

Entre os amantes de Jupira, o mais assíduo, ardente e apaixonado, e talvez o mais guapo, o mais rico e considerado de todos, era um mancebo por nome Quirino, filho de um abastado fazendeiro daqueles arredores. Era um rapagão alto e bem-disposto, de barba cerrada e negra, e pupila ardente e viva, em que transluzia todo o fogo de sua alma capaz de todos os extremos.

Quirino amava, não como se ama na cidade, onde se namora muito e ama-se quase nada, mas como se ama no sertão, em meio da solidão, debaixo daqueles céus ardentes, no seio daquela natureza esplêndida; amava com paixão, com fogo. Quirino frequentava assiduamente a casa de José Luiz, onde cercava a rapariga de mil atenções, obséquios e adorações, sem que ela nem de leve se mostrasse sensível a tantas demonstrações de afeto, por mais que ele empregasse todos os meios ao seu alcance para ganhar-lhe o coração. A princípio nem lhe passava pelo pensamento casar-se com uma pobre cabocla, filha de uma gentia e criada nos matos.

Porém, quanto maior era a insensibilidade e esquivança de Jupira, mais ardente se tornava a paixão do rapaz, e mais se lhe atiçava o desejo de possuí-la; estava disposto a empregar todos os meios, a fazer todos os sacrifícios para esse fim.

Como Jupira tratava todos os outros amantes com a mesma indiferença e talvez pior do que a ele, Quirino entendeu que toda aquela insensível esquivança não era senão resultado dos poucos anos e da selvática timidez e acanhamento da rapariga, e esperava que de modo nenhum ela recusasse uma proposta de casamento com um moço como ele era, bem apessoado, rico e de boa família. Depois de ter lutado em vão por vencer a obstinada indiferença da menina, era aquele o seu último recurso. Uma vez casado, mais fácil lhe seria catequizá-la e ganhar-lhe a vontade e o coração.

Demais, já esse casamento não lhe parecia tão ridículo e desigual, pois Jupira era filha legítima de José Luiz; e José Luiz, empregado do seminário, tinha adquirido alguns bens de fortuna, e era homem que gozava de respeito e consideração no lugar. Quirino, pois, não hesitou por mais um instante, e foi pedir-lhe a mão de sua filha.

José Luiz acolheu com infinita satisfação a proposta do mancebo; pois não podia desejar melhor partido nem maior ventura para sua filha, e foi logo comunicar-lhe a pretensão do moço.

Ela, porém, com grande pasmo e desgosto de José Luiz, recusou-se obstinadamente a semelhante casamento. Foi debalde que José Luiz, por muitos dias, lutou com ela, empregando exortações, conselhos, súplicas e até por fim repreensões e ameaças para induzi-la a aceitar a mão de Quirino.

— Meu pai — disse-lhe ela afinal, com um sorriso, que fez se arrepiarem as carnes a José Luiz —, ninguém será capaz de dar-me um marido contra a vontade; eu já sei como a gente se livra deles, quando nos querem levar à força!

José Luiz, assombrado com aquela resposta, recolheu-se ao silêncio, e desistiu do seu propósito.

VI

Quirino enganava-se; a indiferença de Jupira por ele não era simples efeito da timidez selvática, nem da inocência própria dos verdes anos da rapariga; tinha outro motivo mais poderoso, o qual Quirino absolutamente ignorava. Para aquele temperamento de fogo, para aquela alma inflamável, aos quinze anos o amor era uma necessidade imperiosa; Jupira começava a amar outro.

O leitor há de se lembrar de Carlito, sobrinho de José Luiz, aquele menino travesso que ele pusera como sentinela a sua filha durante a sua anterior estada na casa paterna.

Carlito, que agora apenas entrava na puberdade, se bem que não fosse estudante, tinha morada no seminário, mas ia com muita frequência a casa do seu tio, onde tinha entrada franca por todos os cantos, entrando e saindo à hora que lhe aprazia. Era impossível que em tão contínuo contacto com sua formosa prima não ficasse gostando dela.

Carlito, por sua parte, era um adolescente lesto, bem-disposto, e de encantadora presença. Ainda mais uma circunstância era própria para torná-lo agradável aos olhos de Jupira; era ágil e travesso como ela; tinha artelhos de aço, e corria e soltava como um gamo; trepava a uma árvore como um sagui, e nadava como uma lontra.

Foi vagueando e brincando à sombra dos laranjais em flor, ao murmúrio da fonte do quintal, que aquelas duas almas, virgens como duas pombas novas que começam a bater as asas fora do ninho, arrulharam em segredo seus primeiros amores.

Por alguns meses assim se lhes passaram rapidamente os dias no enlevo daquelas primeiras emoções de um amor virginal, naqueles eflúvios d'alma tão puros e deliciosos como exalações balsâmicas, que a brisa da madrugada levanta dentre os rosais orvalhados. Carlito amava como menino que era. Era mais a febre dos desejos sensuais, que lhe agitava o sangue juvenil à vista dos sedutores encantos de sua prima, do que o coração que acordava suspirando ao sopro de uma paixão. O amor de Jupira era amor de cabocla, ardente como o sol do deserto que lhe dourava a tez, profundo como os abismos do rio onde banhava os membros infantis. Aquela que matara para se desfazer do amante importuno que odiava era também capaz de morrer de amor por aquele a quem adorasse, ou apunhalar o amante que a atraiçoasse. Carlito, simples criança, não podia adivinhar quanta paixão havia no fundo da alma daquela menina na aparência tão indolente, tão frívola e descuidosa.

Apesar dos esforços de seu pai, Jupira nunca pudera perder de todo os hábitos de selvática liberdade em que fora criada. Saía sozinha de casa e vagava por campos e matas, caçando ou pescando, como se fosse um rapaz, e muitas vezes, nos dias calmosos, ia sozinha banhar-se nas águas do seu querido rio Verde, no mesmo sítio em que na infância se exercitara a fender-lhe as ondas, em um remanso límpido e profundo sobre o qual se debruçavam árvores copadas, cobrindo-o de sombra e fresquidão deliciosa. Esses passeios, que seriam muito inquietadores e dariam muito o que falar em outra qualquer rapariga, em Jupira ninguém os estranhava.

Ela gozava da reputação de ter em aversão os homens, principalmente aqueles que a amavam. Essa fama, baseada no seu gênio arisco e um tanto crespo, na história do cacique que havia matado, e no uso de uma pequena faca guarnecida de prata que sempre trazia no seio, serviam-lhe de salvaguarda, e ninguém ousava atravessar-se em seu caminho quando saía às suas excursões, e, se acaso algum rapaz a encontrava pelos rincões solitários ou pelas veredas escusas da mata, tirava-lhe respeitosamente o chapéu, e seguia seu caminho.

O próprio José Luiz não mostrava inquietar-se muito com aqueles passeios de sua filha. — Quem sabe tão bem guardar-se — costumava ele dizer — e fazer-se respeitar por tanto tempo no meio das matas e entre os bugres bravios, que risco pode correr aqui no meio de gente cristã e civilizada?

Só havia uma pessoa que não lhe tinha medo; era Carlito. Mas esse mesmo ainda não tinha ousado ir perturbá-la em seus giros solitários.

Todavia Carlito sentia um vivíssimo desejo, que não podia refrear, e era de ir espiar sua linda prima, quando ela ia banhar-se nas águas do rio Verde. Nada lhe era mais fácil do que gozar, sem que Jupira o pressentisse, daquele espetáculo, com o qual esperava que gozaria todas as delícias do céu e que nada mais lhe restaria a desejar sobre a terra.

Quando a viu, pois, dirigir-se para os lados do rio, o qual corria como a um quarto de légua de distância, deu uma grande volta, passou para o outro lado do rio, e foi cuidadosamente esconder-se em uma moita, donde a esteve espreitando muito a seu sabor. Daí por diante, todas as vezes que Jupira ia ao seu costumado banho, tinha sem o saber um espectador invisível, que a espreitava e cevava olhos ávidos e ardentes na contemplação de seus mais ocultos encantos.

Um dia, porém, Carlito, petulante e lascivo como um sátiro, não pôde mais se conter.

— Vou aparecer-lhe, dê no que der — murmurou consigo o rapaz. — Que mal me poderá fazer uma fraca rapariga? Tenho boas pernas e braços e sei nadar e correr... E, também, se ela me matar, terei muito gosto em receber a morte das mãos dela.

Jupira brincava descuidada no rio, ora boiando serena, ou resvalando à flor d'água em todas as posições, ora dando pulos e mergulhando como a lontra, ora espanejando-se e fazendo saltar uma chuva de aljôfares sobre sua cabeça, como a marreca silvestre a bater as asas lavando a luzidia plumagem. Eis senão quando ouve um barulho como de um corpo que caiu de golpe na água, e sumiu-se no fundo. Olhou assustada em roda de si, arredando dos olhos os cabelos ensopados, mas nada viu.

— Não pode ser senão alguma ariranha — pensou Jupira. — Dessa não tenho eu medo. Jacaré aqui não há, que eu saiba.

Pensando assim, a moça nadava rapidamente para a margem oposta, que era a que lhe estava mais próxima. Qual, porém, não foi seu espanto, quando viu surgir diante de si a cabeça do travesso e petulante Carlito, soltando-lhe à cara uma estridente gargalhada. A cabocla deu um grito, sumiu-se de mergulho, e arrepiando carreira foi reaparecer no meio do rio, nadando rapidamente para a outra margem, onde tinha seus vestidos.

— Sossegue; não tenha susto, Jupira! — gritou-lhe Carlito. — Eu já me vou embora.

Jupira voltou o rosto, e com um gesto entre irado e risonho, que tanto se podia tomar por uma ameaça como por um convite, continuou a nadar. Carlito, que era estouvado e audacioso, atirou-se a nado em seguimento dela. Mas antes que pudesse alcançá-la, já ela tinha saltado à praia, e agarrando suas roupas, não havendo tempo de vesti-las, nelas embrulhou-se às pressas, e correu a embrenhar-se no mato, soltando uns clamores, que mal se podia saber se eram gritos de terror ou risadas de prazer.

Carlito seguiu-a de perto, e um momento depois sumia-se também pelas brenhas, atrás dela.

Os mistérios que a cúpula frondente do bosque amparou com discreta sombra nos momentos que se seguiram ninguém os sabe. É certo que uma nuvem carregada tapou então a face do sol, um tufão vergou o tope dos arvoredos com pesaroso sussurro, e uma sombra sinistra toldou o álveo e límpido das águas e... no adito das brenhas ressoaram murmúrios intercadentes, beijos e suspiros abafados.

VII

Imaginem os leitores, que eu não tentarei descrever, como rápidos e deliciosos corriam os dias aos dois jovens amantes, fruindo em segredo seus furtivos amores à sombra das florestas virgens, ao murmúrio dos córregos do deserto. Vênus e Adônis vagueando pelos vergéis da Idália, Diana e Endimião pelas selvas da Tessália não gozaram momentos mais venturosos do que os nossos dois jovens sertanejos à sombra das florestas americanas.

Mas essa bem-aventurança não devia durar muito tempo, como toda aquela que provém de uma fonte impura e viciada. As portas daquele paraíso de delícias deviam ser-lhes trancadas, como foram aos primeiros pais da humanidade, que morderam o fruto vedado por expressa determinação da divindade.

Carlito era leviano e volúvel como criança que era. Depois de se ter longamente embriagado de volúpia, nos braços amorosos da feiticeira cabocla, começou a sentir cansaço, a enfastiar-se, como o conviva repleto depois de uma longa noite de orgia. Pouco a pouco, e sem o sentir, ia escasseando suas carícias, e já não era tão assíduo e extremoso ao pé de sua amante. Jupira, pelo contrário, cada vez o amava com mais ardor, e seria capaz de passar a eternidade nos braços dele, sem a menor quebra na exaltação de seus afetos. Doía-lhe cruelmente no íntimo d'alma aquele resfriamento da paixão do moço; mas Jupira não sabia queixar-se, nem chorar.

Quantas vezes ia ela ao aprazível remanso do rio Verde, onde costumava banhar-se, sítio favorito de suas furtivas entrevistas, e ali ficava largo tempo sentada com a mão na face, a olhar para o fundo límpido do rio, a esperar em vão pelo remisso e frouxo amante que não vinha!

Uma tristeza mortal lhe pesava sobre o coração, e cansada de esperar, voltava para casa com a fronte baixa e a passos vagarosos.

— Que tens, Jupira?... O que estás cismando assim tão triste?... — disse-lhe Carlito um dia em que a encontrou naquela triste postura, pensativa, à beira do rio.

— Ah! Carlito! Carlito!... Por que razão não me queres mais bem?...

A rola viúva não saberia gemer com mais tristeza do que Jupira suspirou aquela magoada queixa.

Carlito, comovido, caiu em si, e sentiu acudirem-lhe lágrimas aos olhos.

— Eu não te querer mais, meu bem? Quem te disse isso?...

— Quem me disse!?... Ainda me perguntas?... Estas árvores, este rio, este céu que nos cobre, tudo está vendo que não sou mais querida...

Carlito, não sabendo o que responder-lhe, abraçou-a, e procurou abafar-lhe a voz com beijos.

— Deixa-me, Carlito! Jupira já não é mais tua — murmurou ela, esquivando-se aos beijos de Carlito.

Os olhos de Jupira desataram uma torrente de lágrimas. Era a primeira vez que chorava em dias de sua vida, desde que deixara de ser criança.

As lágrimas que borbotavam ardentes e copiosas dos olhos de Jupira escaldavam as faces de Carlito, mas bem depressa se estancaram, e os olhos da cabocla reluziram secos e cintilantes como os da jararaca enfurecida; passou pelos lábios ressequidos a língua fina e rubra, soltou um sorriso convulso, amargo, indefinível e disse:

— Quando não me quiseres mais bem, me fala; ouviste, Carlito?...

— Quando é que hei de deixar de te querer bem?... Jupira, por quem és, não me fales assim.

— Como não hei de falar?... Torno a repetir, quando não me quiseres mais, fala, Carlito.

— Então podes ficar certa de que nunca te hei de dizer nada.

— Sim?... Por quê?

— Porque nunca hei de deixar de te querer.

— Isso é de boca... Teu coração diz o contrário... Bem estou vendo... Não será necessário que me digas nada... Mas quero ver ainda mais, e depois...

— E depois o que, Jupira?

— Estás vendo esta faca? — disse a cabocla, tirando do seio e desembainhando a lâmina luzente e afiada de sua pequena faca.

— Jupira!...

— Não estás vendo? — continuou Jupira com um tom de glacial indiferença, que fez estremecer o rapaz. — Acho que a folha desta faca é bastante comprida para chegar-me ao coração, e ao teu também, Carlito.

Carlito, que estava sentado ao pé dela, pôs-se em pé de um salto.

— O que é isso? — exclamou aterrado: — O que me dizes, menina?...

— Não te assustes, meu Carlito — disse a cabocla com um sorriso de inexplicável expressão, e tornando a meter no seio a faca. — Cuidas já que quero matar-te?... Não sou tão má como isso... Tu é que queres matar-me com tuas ingratidões.

— Mas quantas vezes queres que eu jure que nunca, nunca te deixarei?...

— Tens razão... Perdoa-me... Eu sou uma doida... Vem, Carlito; vem sentar-te outra vez ao pé de mim...

O beijo da reconciliação soou entre suspiros. Os dois amantes enlaçaram nos braços um do outro, e alguns momentos depois se retiraram, por lados diversos; Jupira melancólica e abatida, Carlito aterrado e apreensivo.

Jupira ainda não conhecia toda a extensão do seu infortúnio; não sabia a que ponto chegava a ingratidão e aleivosia de seu volúvel e leviano amante. Carlito tinha travado um novo relacionamento, que o ia fazendo esquecer sua encantadora prima. Uma formosa menina loura e branca como uma açucena, filha de uma pobre mulher que vivia de lavar a roupa do seminário, tinha-lhe cativado... não o coração, porque esse era leve e livre como o vento; tinha-lhe cativado os olhos. Rosália era uma criança de treze para catorze anos, uma flor quase em botão. Carlito tornou-se seu assíduo adorador, e com tal habilidade soube se haver, que em breve tempo tinha conquistado o coração da menina. Tendo sorvido a fartar o aroma ativo e inebriante da magnólia das florestas, queria aspirar também o delicado perfume do lírio dos jardins. Era um formidável conquistador, que se estava preparando na pessoa do pequeno sertanejo, um Dom Juan dos sertões. Não pôde ficar oculta por muito tempo a Jupira a nova afeição e a deslealdade de seu primo. A pequena povoação de Campo Belo, se povoação se podia chamar, composta de alguns agregados, que viviam na dependência do seminário, constava apenas de um muito limitado número de casinhas, dispersas aqui e acolá, pelo suave e descampado lançante de uma colina, ao pé da qual corria um pequeno córrego. Da casa de Jupira, portanto, se avistava perfeitamente a de Rosália, onde ela viu por diversas vezes entrar e sair o seu amante. O zelo entrou-lhe no coração como uma lava incandescente e devastadora. O abatimento e a tristeza em que vivia converteram-se em raiva e desesperação. Naquela mulher, que amava tanto e com todas as forças de uma alma ardente e impetuosa, o ciúme devia produzir terríveis explosões.

Mais por medo que lhe ia tomando e por dissimular sua inconstância, do que por satisfazer a um desejo do coração, Carlito não deixava de procurar sua prima. Carlito ficou assustado à vista dos lampejos torvos e sinistros que viu luzirem nos olhos de Jupira, num dia em que a foi visitar em sua casa; pareciam relâmpagos que se desprendiam do seio de uma nuvem negra e tempestuosa. A cada momento cuidava ver luzir-lhe na mão o terrível punhal que lhe havia mostrado à beira do rio Verde.

— Que tens, Carlito, que estás assim com os olhos espantados? — disse a cabocla com um sorriso de mofa e de desdém. — Ainda estás com medo de mim?...

— Eu, com medo de ti?!... mas pareces que estás zangada comigo?...

— Se estou!... Carlito!... não zombes comigo assim, que me matas... ou eu te mato...

— Mas o que é isso então?... Que mal te fiz eu, Jupira?...

— Olhem o inocente!... O que é que vais fazer tantas vezes em casa da Genoveva?...

— Ah!... É só isso?... Costumo ir lá sempre, isso não é de agora.

— Mentira!... Nunca te vi lá ir.

— Eu mentir?!... Para que, Jupira!... — disse Carlito em tom de desdém.

— Para que?!... Então, se gostasses de Rosália, não me enganavas?...

— Ora, deixa-te dessas ideias, menina — disse Carlito em tom de gracejo, querendo meter à bulha o negócio, para disfarçar a perturbação e o embaraço em que se achava. — A Rosália é uma boa menina, com quem estou acostumado a brincar desde criança, e a mãe dela me quer muito bem. Vou lá patuscar com elas e tomar café com biscoitos, que a tia Genoveva faz muito benfeitos.

— Café com biscoitos! E por que não o vens tomar aqui, como costumavas?...

— Ora! — replicou o rapaz, esforçando-se ainda por gracejar. — Os biscoitos da Rosália... digo, da tia Genoveva, são tão doces...

— Carlito! — bradou a rapariga, levantando-se de um salto do tamborete em que estava sentada, e com os olhos faiscantes. — Carlito, tu zombas de mim?

O rapaz recuou aterrado; mas depois sentiu que era vergonha ter medo de uma mulher.

— Que tens hoje que estás bravinha, caboclinha do meu coração?... — disse ele, procurando ainda zombetear.

Jupira, enfurecida como a boicininga que foi pisada, agarra-lhe num braço, morde-o e enterra-lhe os agudos dentes com toda a força, até esguichar sangue. Carlito deu um grito horrível, e saiu correndo porta afora.

— Arre!... Que dor! Que dentes, meu Deus do céu!... — ia murmurando o rapaz, e saltaram-lhe dos olhos lágrimas de dor.

De feito, para um primeiro arrufo, uma dentada daquelas não era má estreia, e fazia pressagiar para o segundo um braço quebrado, e para o terceiro uma punhalada.

VIII

Jupira, em sua cólera, era bela e sublime, mas bela e sublime para inspirar um artista, e não para despertar o ardor e ameigar o coração do amante, que começa a arrefecer-se. Sua palidez era como a do mármore encardido; os olhos fuzilavam revérberos cor de sangue; a boca espumava, e os lábios e as narinas lhe tremiam convulsivos. Reinava em seu todo um imperioso, feroz, que fazia medo.

À indiferença e enfado que Carlito começava e sentir por Jupira vinha agora juntar-se também o medo, para mais arredio e esquivo torná-lo. Todavia esse mesmo medo fazia com que ele a procurasse mais vezes do que desejava, mas com toda a precaução e reserva, temendo mais alguma explosão de seu furioso ciúme, e tratasse daí em diante de ocultar o mais possível suas entrevistas com Rosália.

Quirino tinha-se retirado para a fazenda de seu pai, triste, acabrunhado, porém ainda não de todo desanimado. A repulsa de Jupira ainda mais lhe avivara a chama que o devorava. Aquela boca feiticeira da cabocla, que prometia um paraíso de volúpias, os contornos daqueles ombros, daquele talhe, tão bem boleados; aqueles olhos negros, cujo brilho profundo era um pouco velado por pálpebras languidamente descaídas, aqueles seios redondos, que lhe arfavam sob a camisa como duas rolinhas arquejantes arrulando de amor em seu ninho; tudo isso a todo momento se lhe estava pintando na imaginação com as mais sedutoras e vivas cores, escaldando-lhe o coração e ferver-lhe o sangue, em frenéticos anelos de volúpia e de amor. Não pôde suportar a ausência por muito tempo, e voltou a Campo Belo decidido a envidar os últimos esforços, a tentar o último sacrifício para alcançar o objeto de seus ardentes desejos.

Jupira desta vez acolheu Quirino com mais brandura, e ouviu suas queixas sem se enfadar; ou porque já sabedora de quanto é doloroso o dissabor que provém de um amor mal correspondido, se compadecesse do mancebo; ou porque quisesse punir Carlito com pena de talião, correspondendo ou fingindo corresponder ao amor de Quirino; ou talvez porque, no estado de angústia e perturbação em que se achava, gostasse que alguém lhe falasse e fizesse diversão às ânsias de seu coração. Quirino criou alma nova e encheu-se de esperanças.

— Bem dizia eu! — pensava ele consigo. — Era uma criança arisca e medrosa e nada mais; mas isso não podia durar sempre... já vai chegando à fala; não tardará muito a cair-me nos braços.

Jupira já não podia duvidar da deslealdade de Carlito. Todavia ainda algumas dúvidas lhe pairavam por vezes no espírito; era uma ligeira sombra de esperança que a triste afagava em seu coração; desejava convencer-se por seus próprios olhos, queria uma prova bem positiva da aleivosia de Carlito. Se, em seus amores, era livre como a brisa do deserto, consideração nenhuma a podia tolher nos violentos acessos de seu feroz ciúme. Como a onça esfaimada rodeia e espia o nédio e tenro veado, que descuidado vagueia por bosques e campinas, até lançar-lhe as garras, assim Jupira espiava com olhar cioso todos os passos de seu volúvel amante, acompanhava-o sem ser vista, conhecia-lhe o rasto, e em seu instinto selvático quase que o farejava.

Carlito bem o pressentia, e por mais desvios que procurasse, por mais que tentasse ocultar seus passos, não podia escapar às vistas penetrantes, ao instinto adivinhador de sua ciosa amante. Esta espionagem o fatigava e aborrecia, dando lugar a queixas e arrufos cotidianos, e quando se achavam juntos, em vez de se afagarem e beijarem-se como outrora, não faziam senão brigarem, arranharem-se e morderem-se como dois gatos do mato.

Esse constrangimento em que o temível ciúme de Jupira colocava o pobre rapaz, ainda mais lhe atiçava o desejo de estar com sua alva e meiga Rosália. Posto que sua afeição pela cabocla estivesse quase de todo extinta, não sei por que ela exercia sobre seu espírito um poderoso e terrível ascendente, e ele, ainda que com medo e repugnância mesmo, vinha sempre rojar-se aos pés dela. Dir-se-ia que ela tinha o poder de fascinar como a cobra.

Já havia quatro ou cinco dias que Carlito não fazia uma visita a casa de Genoveva e não via Rosália, com medo de Jupira, que o espreitava lá de sua janelinha, ou lhe seguia a pista sutil e sorrateira como a jaguatirica. Por fim não pôde mais ter-se, e rebelando-se resolutamente contra aquele aperreamento em que vivia, encaminhou-se franca e impavidamente para a casa de Rosália.

— Não faltava mais nada! — ia ele rosnando pelo caminho. — Eu ter medo daquela caboclinha, como se fosse minha mãe ou minha senhora moça!... Nada! Quer tomar-me à sua conta!... Está enganada; nem tão bobo sou eu, que me deixe alinhavar como o cacique que ela matou... Não me mete cucas... porventura ela é minha mulher para me proibir que eu esteja com a coitadinha da Rosália! ao menos ela não anda de faca e nem tem dentes de onça para morder a gente. Hei de ir vê-la, quer Jupira queira, quer não. Se quiser ver, veja; se não quiser, não me ande espiando.

Fazendo essas reflexões, Carlito entrava em casa de Rosália muito ancho e senhor de si. Jupira o viu; sem mais demora meteu no seio a sua faquinha prateada e, com os olhos em chama e batendo os dentes como o javardo em furor, saiu e correu a casa de Genoveva. Era esta um pequeno rancho, cuja frente constava unicamente de uma sala com uma porta e uma janelinha. Nesta sala, sentados em um banco, se achavam Carlito e Rosália, enquanto a mãe descuidada lavava roupa na fonte do quintal. Jupira chegou sutilmente e sustendo a respiração, para não ser pressentida, avizinhou-se à janela e olhou para dentro. Enlaçados em um delicioso abraço, os dois amantes beijavam-se em um beijo sem fim, e tal era o seu enlevo que não deram fé da chegada de Jupira. Esta mal deu com os olhos naquele interessante espetáculo levou subitamente a mão ao coração, como se o sentisse atravessado por uma facada, abafou um grito, e ficou por um momento hirta, pálida, imóvel. Depois levou a mão ao seio e apalpou a faca, mas hesitou e abanando a cabeça:

— Não! Não! — murmurou —, ainda não!... mais tarde.

E deitou a correr para casa. Lá foi dar desabafo à violência da dor e da raiva que a torturavam, e os mais atrozes planos de vingança lhe tumultuavam no espírito. Ter-lhe-ia sido fácil matá-los a ambos, mas isso não a satisfazia. Queria fazer Carlito sofrer muito e por muito tempo dores horrorosas do corpo e da alma, insultá-lo, esbofeteá-lo, cuspir-lhe no rosto, antes que morresse, e depois apunhalar-se sobre o seu cadáver. Entregue a um turbilhão de ideias, que se atropelavam em seu espírito, indecisa, arquejante, louca, ora percorria a casa a passos precipitados, ora se debruçava sobre o leito, arrancando soluços convulsos e chorando lágrimas de sangue.

Nesta terrível agitação a veio achar Quirino, que entrava pela porta adentro. Ao vê-la com as feições transtornadas, os olhos macerados e injetados de sangue, os seios ofegantes, o olhar torvo e desvairado, Quirino recuou de espanto.

— Meu Deus! — exclamou ele. — O que lhe terá acontecido, que a vejo tão alterada!

— Ah! o senhor está aí, moço...

— Desculpe-me, se está incomodada, eu vou-me embora.

— Incomodada!... Não... Não estou; mas... Estou com uma raiva... — disse a cabocla encrespando os punhos e trincando os dentes.

— Raiva?!... De quem?... Será de mim, meu Deus!...

Jupira não sabia ocultar, nem disfarçar os tempestuosos transportes de sua alma ardente; sentia mesmo necessidade de desabafar a sua cólera, e foi dizendo tudo, sem rebuço nem preâmbulos.

— Do senhor?! Não — replicou a cabocla —, é de um atrevido, de um malvado que me desfeiteou...

— Quem foi esse atrevido?... Diga, diga já, que quero ir castigá-lo neste instante...

A cabocla fitou em Quirino um olhar firme e penetrante, como quem queira devassar-lhe o fundo da alma, e perguntou-lhe:

— Moço!... o senhor me quer bem, mesmo como tantas vezes me tem dito?

— Ainda pergunta?!... Não é possível querer-se mais bem do que eu lhe quero.

— Pois bem! É chegada a ocasião de mostrar, que é deveras que me quer bem.

— Sim, formosa Jupira?... Quer dar-me esse gosto?... O que quer que eu faça?... fale... aqui estou às suas ordens como o mais humilde de seus escravos!... — disse Quirino, pondo-se de joelhos nos pés da cabocla.

— Então está pronto a fazer o que eu mandar?...

— Pronto! pronto sempre, linda Jupira; não há impossível a que não me arroje por seu amor.

— Jura?

— Juro.

— Pois bem; escute; o senhor conhece o Carlito, não conhece?

— Se conheço!... Muito; desde criança.

— Pois saiba que foi ele quem se atreveu a desfeitear-me.

— Deveras!... o Carlito? Aquele fedelho, aquele biltrezinho?... Que atrevido!... Vou já puxar-lhe as orelhas e esfregá-lo a cachações.

— Arrancar-lhe o coração, e beber-lhe o sangue é o que eu queria... Mas escute, moço; eu preciso dizer-lhe toda a verdade; eu queria muito bem àquele menino...

— Queria-lhe bem?... Deveras, Jupira?... Ah!... Por que razão não me falou isso há mais tempo? — Quirino soltou um gemido abafado.

— Como, se nem eu mesmo sabia? — replicou-lhe a moça; — empreguei bem mal o meu amor... mas não se aflija, moço; se era grande o amor, maior é o ódio que hoje lhe tenho. Tinha vontade de ver varado a facadas aquele maldito, e pisá-lo debaixo dos pés... Ah! Se eu pudesse virar-me em onça para estrafegá-lo entre meus dentes e chupar-lhe todo o sangue do coração!... Mas o senhor quer o meu amor?... Quer que eu seja sempre sua?...

— Ah! Não me pergunte; para tê-la um só instante nos meus braços eu daria mil vidas que tivesse.

— Não é preciso que perca a vida; basta tirá-la a outro.

Quirino estremeceu e fez um gesto de horror; espantava-o ver em tão tenra idade aquela fria ferocidade e sede de vingança.

— Tem medo, moço?... Ah! pensei que era homem...

— Medo, eu?... Fale, Jupira; o que quer que eu faça?

— Pois não me entende?...

— Talvez não; fale claro — disse o mancebo ainda duvidando do que estava ouvindo. Jupira tirou tranquilamente a faca que tinha no seio e a apresentou a Quirino.

— Carlito me desfeiteou, me atraiçoou, e eu não tive e nem sei se terei ânimo de o matar... entretanto quero que ele morra. Sou uma fraca mulher; o pulso do homem é mais firme e certeiro. Não pode morrer por minha mão, vá ao menos minha faca beber-lhe o sangue.

Quirino olhava espantado para a cabocla sem saber responder-lhe.

— Não tem ânimo?... — disse ela resolutamente. — Então adeus, moço; não me apareça mais aqui...

— Mas Jupira! — disse o mancebo hesitando —, eu... não sei... matar uma pobre criança!... É uma barbaridade... Oh! Isso nunca!

— Ah!... É assim que me quer bem? Que me importa!... Se o senhor não tem ânimo, não faltará quem o mate, e ele há de morrer mesmo, e eu nunca hei de ser sua.

— Nunca! Ah! Jupira! Jupira! Que palavra cruel! Moça!... Ah... não me ponha a perder... eu perco o juízo!

— Vai ou não?

— Jupira!...

— Hei de amá-lo tanto como odeio a Carlito.

— Jupira!... Ai!... Eu perco a cabeça...

— Vá, vá; eu juro que hei de ser sua; vá... e tome este beijo em penhor de que hei de cumprir a minha palavra.

Jupira enlaçou o braço ao colo do mancebo, e imprimiu-lhe na boca seus lábios nacarados e ardentes. Aquele beijo alucinou-o, exaltou até ao delírio a sua paixão; foi como um filtro sutil e fatal, que coou-lhe até o mais íntimo d'alma, e nela vazou todo o ódio, ferocidade e sede de vingança de que a cabocla se achava possuída, acabando com toda a sua indecisão.

— Dá-me, dá-me essa faca!... — exclamou Quirino, e arrebatando a faca da mão de Jupira saiu precipitadamente.

IX

Na noite desse mesmo dia Quirino foi procurar Carlito e o convidou para uma pescaria em canoa no rio Verde, na manhã do dia seguinte, que era um domingo. Carlito, que muito gostava desse gênero de divertimento, no outro dia bem cedo já estava pronto, à espera do companheiro, com seus anzóis preparados e algumas provisões de boca para passarem o dia no mato e sobre as águas. Saíram ambos, a manhã estava magnífica; os passarinhos faziam ouvir pelos pomares a mais festiva algazarra; o sino da capela repicava alegremente, derramando ecos sonoros por aquelas aprazíveis deveras.

O rio Verde coleando através dos vargedos, parecia uma luzente cobra de escamas de esmeralda, espreguiçando-se à luz do sol formoso das solidões. Pelas diversas veredas da colina viam-se diversos grupos de famílias camponesas com seus vestidos domingueiros de garridas cores, encaminhando-se para o seminário, para ouvirem as missas e as práticas dos padres santos, que assim chamava a gente do sertão aos padres da congregação.

Carlito sentia o coração pular-lhe no peito cheio de vida, animação e alegria. Tinha acabado de assistir à missa matinal, onde estivera extasiado a contemplar e a trocar olhares expressivos com a meiga e formosa Rosália, e só essa lembrança era como um perfume que o embevecia nas mais suaves emoções.

Não assim Quirino que, com o espírito turbado por sombrios e sinistros pensamentos, parecia um réprobo, que traz na fronte o selo da condenação eterna, e debalde se esforçava por ocultar a angustiosa agitação de sua alma. Encaminhavam-se rio acima, para um lugar chamado Olaria, onde o rio, depois de atravessar em carreira pressurosa os mais risonhos chapadões, refletindo à flor do campo todo o esplendor daquele céu deslumbrante, como para descansar de suas correrias pelas campinas vem espreguiçar-se sereno em um extenso e profundo remanso, à sombra de duas alas de frondentes e viçosos capões.

Chegados à beira do rio, os dois pescadores desprenderam uma pequena canoa, que ali estava agarrada com um cipó a um tronco da margem. Quirino tomou na praia uma grande e pesada pedra e a colocou dentro da canoa.

— Para que essa pedra? — perguntou Carlito.

— Esta canoinha é muito doida, Carlito; esta pedra é para fazê-la calar mais um pouco na água, e não virar com a gente.

Soltaram a canoa e a tangeram rio abaixo pelo remanso de que falamos. Carlito preparou o seu anzol e o lançou na água. Estava em pé, no meio da canoa; com a vara em punho e os olhos fitos no rio. Por detrás dele Quirino, assentado à popa, manejava o remo. Quem os visse então, havia de notar o extremo antagonismo que havia na expressão daquelas duas fisionomias. Carlito, com o olhar tranquilo, que revelava a placidez de sua alma tão serena como a torrente mansa sobre que resvalava, tinha a atenção presa aos movimentos da linha de seu anzol, e um meio sorriso, como uma satisfação íntima lhe pairava pelos lábios. Quirino, com os olhos torvos e espantados, olhava com inquietação, ora para uma, ora para outra margem; ora apalpava a faca e fitava o olhar sinistro e desvairado sobre o adolescente que estava diante dele, ora deixava por instantes cair a fronte sobre o peito, em profundo abatimento. Seu espírito debatia-se entre os estertores da mais violenta e angustiosa luta.

Aquele mocinho tão novo, tão esbelto e garboso, com a alma tão serena, tão cheia de risonhas visões e doces sonhos de esperança; aquela criança descuidosa, que nenhum mal lhe fizera, que a ele se abandonava com tão sincera e ingênua confiança, ter de cair vítima do seu punhal, ir servir de pasto a esses mesmos peixes que procurava atrair ao seu anzol, e com que esperava regalar-se!... O coração do mancebo fraquejava e tinha ímpetos de arrojar ao rio a faca que lhe dera Jupira e dizer ao seu companheiro:

— Fujamos, Carlito, fujamos; um grande perigo aqui nos ameaça!

Mas para logo surgia ante o seu espírito a linda e voluptuosa imagem de Jupira, que como o anjo do mal conjurava todos aqueles escrupulosos impulsos. O beijo de fogo, que lhe dera, ardia-lhe ainda nos lábios, e lhe fervia no coração como um filtro peçonhento que lhe queimava o sangue, e lhe escaldava o cérebro em delírios de volúpia. — Oh! —pensava ele ainda contemplando com olhos cheios de inveja e de ciúme as esbeltas e bem talhadas formas e o encantador semblante do imberbe adolescente. — Oh! — Este menino!... Este menino!... E ela o amava!... Por mais que diga que o odeia, esse ódio não pode durar muito... E, no fim de contas, se eu o poupar... Quem sabe... Será ele o feliz amante, que há de vir a gozar de todos aqueles mimos, que eu há tanto tempo cobiço com todo o ardor de minha alma!... Oh! Não? Mil vezes não! Já agora, Jupira, ainda que te arrependas mil vezes, ainda que venhas me pedir de joelhos por ele, tem de morrer! É preciso absolutamente, que eu te livre a ti e a mim desse rapazinho que estorva a nossa felicidade... Eia! Ânimo!... Antes que se arrependa...

E a canoa vinha suavemente resvalando à mercê da torrente serena; Carlito, com semblante plácido e risonho, em pé com a vara na mão, refletindo na água límpida do rio os contornos de sua gentil figura, cismava nos sorrisos e beijos de Rosália, à espera que o peixe lhe viesse morder no anzol, e por detrás dele hirto, medonho, sombrio, o vulto de Quirino com a faca em punho se ia erguendo sinistra e vagarosamente.

X

Jupira passara a noite entre penosas insônias e sonhos pavorosos, entregue à mais horrível agitação. Apenas adormecia via a figura de Quirino com os olhos torvos e abrasados, hirtos os cabelos, e nos lábios um feroz sorriso de triunfo, com as mãos e o punhal banhados no sangue de Carlito, vir correndo a ela pedir-lhe o cumprimento de suas promessas.

Outras vezes era Carlito que lhe aparecia pálido, triste, abatido, com um punhal cravado no coração, e que com voz dorida vinha acabrunhá-la com o peso de maldições e terríveis imprecações. Mil outras hediondas visões se atropelavam em seu espírito, e os remorsos torturavam-lhe o coração.

Mal despontou a primeira barra do dia que ela ansiosamente esperava, ergueu-se e quis sair; mas seu pai tinha o costume de guardar cuidadosamente todas as chaves das portas de fora, e foi-lhe forçoso esperar, na mais angustiosa impaciência, que despertasse e se levantasse.

Apenas pôde sair, foi direta correndo a casa onde Quirino costumava hospedar-se. Já não estava em casa; soube que tinha saído ao romper do dia.

— Ai de mim! — disse ela na mais extrema aflição. — Deus sabe o que terá acontecido... Meu Deus!... Meu Deus!... Será já tarde!

Dali correu imediatamente ao seminário, onde Carlito morava. Um criado disse que tinha saído muito cedo, e que não sabia para onde tinha ido.

— Ai! Meu Deus! Meu Deus! Que será dele!... Desgraçada de mim! — saiu a menina exclamando na maior consternação, e dali se foi sempre a correr a casa de Genoveva. Esta e sua filha acabavam de chegar da missa, e perguntando-lhes Jupira se não tinham visto Carlito.

— Esteve conosco ainda agora, lhe disseram, na missa da madrugada, e nos disse que dali ia para o rio Verde passar o dia e pescar com o sr. Quirino, que estava junto com ele.

Com esta notícia a aflição e angústia da rapariga subiram ao último ponto, cobriu-se de palidez mortal, cambaleou, e foi preciso encostar-se à parede para não ir ao chão.

— Para que banda foram eles? — perguntou ela ainda com ar tão inquieto e perturbado que surpreendeu as duas mulheres.

— Foram para a banda da Olaria — respondeu Genoveva —, mas o que tens, minha filha, que estás tão assustada?... Aconteceu alguma coisa?...

Sem nada responder, com grande espanto das duas mulheres, Jupira de um salto pôs-se da parte de fora, e lá se foi a correr para o lado da Olaria, que distava dali quase meia légua.

Dirigiu-se para o remanso, onde esperava encontrá-los, penetrou pela estreita ourela de mato que bordeja o rio naquela paragem, e chegou à borda esbaforida, desgrenhada e torva como uma onça malferida. Lançou os olhos pelo rio acima, e viu a canoa boiando serena pela torrente abaixo, em meio dela Carlito em pé com seu anzol na mão pescando tranquilamente, e por detrás dele Quirino com a faca alçada... Súbita vertigem cobriu-lhe os olhos de uma nuvem cor de sangue, e antes que ela pudesse soltar um grito, a faca tinha descido três vezes sobre as costas da infeliz vítima, que sem soltar um ai caiu de bruços no fundo da canoa golfando sangue aos borbotões.

Através da caligem que lhe turvava os olhos, Jupira viu aquela horrível cena como em um pesadelo, bateu palmas, e deu um grito, antes um uivo horroroso, com os braços em tremor convulsivo estendidos para o céu.

Quirino assustado olhou rapidamente para aquele lado; mas depois que reconheceu Jupira:

— Está satisfeita? — bradou de longe mostrando a faca ensanguentada, e apontando para o fundo da canoa, onde jazia o cadáver de Carlito estrebuchando e vomitando sangue.

— Bravo! Bravo!... Muito bem! — gritou a cabocla, com um sorriso de infernal ironia. — Agora venha! Venha depressa receber o prêmio...

— Espera lá ainda, minha Jupira; preciso dar sepultura a este desgraçado...

Falando assim, Quirino desatava da cintura uma forte e comprida cinta de duas voltas, que trazia de propósito, destinada a atar ao pescoço de Carlito a pedra, que pusera na canoa, e atirá-lo ao fundo do rio.

— Ainda não, moço!... Espera... Traze-o cá... Quero vê-lo ainda uma vez... Coitado... Era tão bonitinho!...

Quirino, ainda que um tanto receoso de qualquer fatal contingência, não ousou replicar-lhe; aquela mulher exercia um ascendente irresistível sobre aqueles que a amavam. Quirino tocou a canoa para a margem. Jupira contemplou muda, por alguns instantes, o cadáver de seu infeliz amante com os braços cruzados, os olhos em brasa, engolindo lágrimas e soluços, que ninguém poderia dizer se eram de furor ou de angústia, de dó ou de terror, de remorso ou de desesperação, porque era de tudo ao mesmo tempo.

— Está satisfeita comigo? — perguntou o mancebo olhando para ela com terror e desconfiança.

— Oh! Muito! Muito! — respondeu-lhe com um sorriso satânico. — Agora pode entregar-me a minha faca.

Quirino assombrado restituiu-lhe a faca ensanguentada.

— Bem! Podemos agora dar sepultura a este pobrezinho — disse apontando para o meio do rio, e entrando para a canoa. Quirino tangeu-a para o meio do rio.

— Olha, moço! — continuou ela com os olhos fitos no cadáver. — Não era tão lindo o meu Carlito?... Oh! Muito!... Muito lindo!... Quero dar-lhe ainda um beijo... Não tenha ciúmes, moço... É um derradeiro adeus.

Jupira abaixou-se sobre o cadáver que estava de bruços, afogado em sangue, voltou-o de costas, e cobriu-lhe os lábios e as faces de ardentes e repetidos beijos. Transido de assombro e de terror, Quirino contemplava aquela cena.

Quando ela se levantou com os lábios, as faces e o colo manchados no sangue de Carlito, estava hedionda!... Quirino horrorizado estava quase a lançar-se ao rio. Mas ela imediatamente ameigando a voz, e abrindo-lhe os braços:

— Agora sou tua — disse. — Abraça-me!

Quirino arrojou-se aos braços dela com o frenesi de uma paixão louca, que o levara a praticar o mais vil e hediondo assassinato. Mas ao mesmo tempo que a ia apertando contra o peito, a faca de Jupira lhe ia atravessando o coração, e nas vascas da morte ele ouvia uma voz rouca e sinistra rosnar-lhe ao ouvido estas palavras:

— Morre também, vil matador! Eu não te quero...

Dois dias depois encontrou-se boiando, já a uma légua de distância, uma canoa sem ninguém que a governasse, mas tripulada por uma multidão de urubus, que disputavam entre si os restos de dois cadáveres.

Quanto a Jupira, sumiu-se, e nunca mais se soube ao certo o que foi feito dela.

Passados tempos, uns caçadores encontraram em uma grota no seio de uma mata profunda o esqueleto de uma mulher pendurado a uma árvore por um cipó. Presume-se com muita probabilidade que era Jupira que se havia enforcado.

Sem olhos

Machado de Assis

Joaquim Maria Machado de Assis nasceu no Rio de Janeiro, em 1839, e morreu na mesma cidade, em 1908. Foi autor de uma produção vasta e variada, abrangendo romances, poemas, peças teatrais, crônicas e, claro, contos. Considerado um dos maiores contistas da literatura brasileira, hoje é visto como renovador do gênero. Ao todo, foram mais de duzentas narrativas breves publicadas. Em "Sem olhos", de 1876, outra legítima ghost story *desta antologia, temos o trágico relato de um rapaz enlouquecido e uma jovem que padece nas mãos de um marido ciumento.*

O chá foi servido na saleta das palestras íntimas às quatro visitas do casal Vasconcelos. Eram estas o sr. Bento Soares, sua esposa d. Maria do Céu, o bacharel Antunes e o desembargador Cruz. A conversa, antes do chá, versava sobre a última soirée do desembargador; quando o criado entrou, passaram a tratar da morte de um conhecido, depois das almas do outro mundo, de contos de bruxas, finalmente de lobisomem e das abusões dos índios.

— Pela minha parte — disse o sr. Bento Soares —, nunca pude compreender como o espírito humano pôde inventar tanta tolice e crer no invento. Vá que uma ou outra criança dê crédito às suas próprias ilusões; para isso mesmo é que são crianças. Mas, que um homem feito...

— Que tem isso? — observou o desembargador apresentando a xícara ao criado para que lhe repetisse o chá. — A vida do homem é uma série de infâncias, umas menos graciosas que as outras.

— Queres mais chá, Maria? — perguntou a dona da casa à esposa de Bento Soares, que acabava de beber a última gota do seu.

— Aceito.

O bacharel Antunes apressou-se a receber a xícara de D. Maria do Céu com uma cortesia e graça que lhe rendeu o mais doce dos sorrisos.

— Eu acompanho o desembargador — disse Bento Soares.

Enquanto o bacharel Antunes ampliava ao marido de Maria do Céu o obséquio que acabava de prestar a esta, com a mesma solicitude, mas sem receber o mesmo nem outro sorriso, e passava ao criado a xícara vazia, Bento Soares prosseguia em suas ideias acerca das abusões humanas. Bento Soares estava profundamente convencido de que o mundo todo tinha por limites os do distrito em que ele morava, e que a espécie humana aparecera na terra no primeiro dia de abril de 1832, data de seu nascimento. Esta convicção diminuía ou antes eliminava certos fenômenos psicológicos e reduzia a história do planeta e de seus habitantes a uma certidão de batismo e vários acontecimentos locais. Não havia para ele tempos pré-históricos, havia tempos pré-soáricos. Daí vinha que, não crendo ele em certas lendas e contos da carocha, mal podia compreender que houvesse homem no mundo capaz de ter crido neles uma vez ao menos.

A conversa, porém, bifurcou-se; enquanto o desembargador referia a Bento Soares e ao dono da casa algumas notícias relativas a crenças populares antigas e modernas, as duas senhoras conversavam com o bacharel sobre um ponto de toilette... Maria do Céu era uma mulher bela, ainda que baixinha, ou talvez por isso mesmo, porquanto as feições eram consoantes à estatura: tinha uns olhos miúdos e redondos, uma boquinha que o bacharel comparava a um botão de rosa, e um nariz que o poeta bíblico só por hipérbole poderia comparar à torre de Galaad.* A mão, que essa, sim, era um lírio dos vales — *Lilium convalium* —, parecia arrancada a alguma estátua, não de Vênus, mas de seu filho; e eu peço perdão desta mistura de coisas sagradas com profanas, a que sou obrigado pela natureza mesma de Maria do Céu. Quieta, po-

* Referência à grande cadeia de montanhas de Galaad, localizada na Jordânia. No Antigo Testamento, diz-se que ela teria sido criada com diversas pedras por Jacó.

diam pô-la num altar; mas, se movia os olhos, era pouco menos que um demônio. Tinha um jeito peculiar de usar deles que enfeitiçou alguns anos antes a gravidade de Bento Soares, fenômeno que o bacharel Antunes achava o mais natural do mundo. Vestia nessa noite um vestido cor de pérola, objeto da conversa entre o bacharel e as duas senhoras. Antunes, sem contestar que a cor de pérola ia perfeitamente à esposa de Bento Soares, opinava que era geral acontecer o mesmo às demais cores; donde se pode razoavelmente inferir que em seu parecer a porção mais bela de Maria não era o vestido, mas ela mesma.

Uma contestação, em voz mais alta, chamou a atenção deles para o grupo dos homens graves. Bento Soares dizia que o desembargador mofava da razão, afiançando acreditar em almas do outro mundo; e o desembargador insistia em que a existência dos fantasmas não era coisa que absolutamente se pudesse negar.

— Mas, desembargador, isto é querer supor que somos uns beócios. Pois fantasmas...

— Não me dirá nada de novo — interrompeu Cruz —; sei o que se pode dizer contra os fantasmas; não obstante, existem.

— Como as bexigas; também se diz muita coisa contra elas.

— Fantasmas! — exclamou Maria do Céu. — Pois há quem tenha visto fantasmas?

— É o desembargador quem o diz — observou Vasconcelos.

— Deveras?

— Nada menos.

— Na imaginação — disse o bacharel.

— Na realidade.

Os ouvintes sorriam; Maria fez um gesto de desdém.

— Se a entrada na Relação* dá em resultado visões dessa natureza, declaro que vou cortar as asas às minhas ambições — observou o bacharel olhando para a esposa de Bento Soares, como a pedir-lhe aprovação do dito.

* O antigo Tribunal da Relação foi uma instância jurídica de apelação que reunia desembargadores, característica do período colonial brasileiro e do sistema judicial português.

— Os fantasmas são fruto do medo — disse esta, sentenciosamente. — Quem não tem medo não vê fantasmas.

— Você não tem medo? — perguntou a dona da casa.

— Tanto como deste leque.

— Sempre há de ter algum — opinou Vasconcelos.

— Não tenho medo de nada nem de ninguém.

— Pode ser — interveio o desembargador —; mas, se visse o que eu vi uma vez, estou certo de que ficaria apavorada.

— Alguma bruxa?

— O diabo?

— Um defunto à meia-noite?

— Um duende?

Cruz empalidecera.

— Falemos de outra coisa — disse ele.

Mas o auditório tinha a curiosidade aguçada, e o próprio mistério e recusa do desembargador faziam crescer o apetite. Os homens insistiram; as senhoras fizeram coro com eles. Cruz imolou-se ao sufrágio universal.

— O que eu vi foi há muitos anos — disse ele —; ainda assim conservo a memória fresca do que me aconteceu. Não sei se poderia ir até o fim; e desde já estou certo de que vou passar uma triste noite...

Uma risadinha de Maria do Céu interrompeu o desembargador.

— Prepare o auditório! — disse ela. — Vamos ver que a montanha dá à luz um ratinho.

Alguns sorriam; mas o desembargador estava sério e pálido. Bento Soares ofereceu-lhe uma pitada de rapé, enquanto Vasconcelos acendia um charuto. Fez-se grande silêncio; só se ouvia o tique-taque do relógio e o movimento do leque de Maria do Céu. O desembargador olhou para os interlocutores, como a ver se era possível evitar a narração; mas a curiosidade estava tão pendente de todos os olhos, que era impossível resistir.

— Vá lá! — disse ele. — Contarei isto em duas palavras.

“Quando eu estudava em São Paulo raras vezes gozava as férias todas na fazenda de meu pai; ia a Cantagalo passar algumas semanas e voltava logo para o Rio de Janeiro, aonde me chamava o meu primeiro e último namoro, paixão de quatro anos, que a Igreja consagrou e só a morte extinguiu. Nas férias do terceiro ano fui morar no primeiro andar de uma casa da rua da Misericórdia. No segundo morava um homem de quarenta anos que parecia ter mais de cinquenta, tão alquebrado e encanecido estava. Éramos os dois moradores únicos, salvo o meu pajem, que fazia o número três. O vizinho de cima não tinha criado.

"A primeira vez que o vi foi logo no dia seguinte da minha entrada na casa. Ao passar pelo corredor, dei com ele na escada que ia do primeiro para o segundo andar, de pé, com um livro aberto nas mãos. Tinha um pé no quinto e outro no sexto degrau. Fiquei a olhar de baixo para ele durante algum tempo; não o conhecendo, entrei a suspeitar se seria algum ladrão. O pajem explicou-me que era o morador de cima.

"Dois dias depois, estando eu à noite em casa, perto das onze horas, a ler na minha sala, senti alguém bater-me à porta; fui abrir; era o vizinho, que descera, com um livro na mão, talvez o mesmo que lia dois dias antes na escada, não sei.

"'Venho incomodá-lo, não?', disse ele.

"Fiz um gesto duvidoso, e fiquei a olhar para ele como quem espera uma explicação.

"'O morador da loja', continuou ele, 'disse-me hoje que o senhor é estudante. Talvez me possa explicar uma coisa. Sabe hebraico?'

"'Não.'

"'É pena!', disse ele, consternado.

"Ficou alguns instantes silencioso, a olhar para o livro e para o teto. Depois fitou-me, e disse:

"'Ando a ver se meto dente numa passagem de Jonas.'

"Dizendo isto, sentou-se abrindo o livro sobre os joelhos. Joelhos chamo eu, porque é esse o nome daquela região; mas o que ele tinha naquele lugar das pernas eram dois verdadeiros pregos, tão magro estava. A cara angulosa e descarnada, os olhos cavos, o cabelo hirsuto, as mãos peludas e rugosas, tudo fazia dele um personagem fantástico. Esteve algum tempo ainda silencioso, até que continuou:

"'Há aqui um versículo de Jonas, é o onze do cap. 4, em que leio: 'E então eu não perdoarei a grande cidade de Nínive, onde há mais de cento e vinte mil homens, que não sabem discernir entre a sua mão direita e a sua mão esquerda?'. Como entende o senhor este versículo?'

"A ideia de que o vizinho era doido apoderou-se logo de meu espírito. Que outra coisa seria, vindo consultar a semelhante hora, a um vizinho de três dias, sobre um texto de Jonas? Também eu não tinha medo nesse tempo — tal como a sra. d. Maria do Céu —, deixei-me estar quieto na cadeira, a olhar sem responder, contendo uma grande vontade de rir.

"'Que lhe parece?', repetiu o vizinho.

"'Que quer o senhor que me pareça?'

"'Homens que não sabem discernir a mão direita da esquerda', frase que, geralmente, tem um sentido óbvio, e vem a ser nada menos que isto: o profeta refere-se às crianças ninivitas. Jeová quer perdoar a cidade por amor dos meninos que ela encerra. Mas eu dou do texto uma interpretação que vai assombrar o mundo.'

"'Sim?'

"'Jonas não alude às crianças, mas aos canhotos, que são os homens que não podem discernir a direita da esquerda. Sendo assim, veja o senhor a importância da minha interpretação. Duas coisas se concluem dela: primeira que os ninivitas eram geralmente canhotos; segunda que o ser canhoto era, no entender dos hebreus, um grande mérito. Desta última conclusão nasceu uma terceira, a saber, que chamar canhoto ao diabo é estar fora do espírito bíblico. Isto é claro como água e evidente como a luz.'

"A profunda convicção com que ele disse tudo isto e o ar de triunfo com que ficou a olhar para mim, confesso que me impressionaram singularmente. Não sabia que dizer; o melhor era concordar, declarando que a sua opinião era por força verdadeira.

"'Não lhe parece?', disse ele. 'Contudo, não sendo eu forte no hebraico, desejava consultar alguém que me dissesse se o texto original está bem traduzido na Vulgata, e se a expressão bíblica é essa ou outra diferente. Liquidado este ponto, escreverei um livro. Afiança-me que não sabe hebraico?'

"'Não sei sequer o alfabeto.'

"'Nesse caso, há de perdoar.'

"Dizendo isto, ergueu-se, fez-me uma cortesia e deu um passo para a porta. Ali parou e voltou-se.

"'Esquecia-me de dizer-lhe o meu nome; devia de ser a primeira coisa. Chamo-me Damasceno Rodrigues, moro há três anos aqui em cima, onde estou às suas ordens. Viva!'

"Não esperou que lhe dissesse o meu nome; curvou-se e saiu. Imaginem facilmente como fiquei; a vontade de rir foi o primeiro efeito; o segundo foi uma mistura de pena, receio e curiosidade. No dia seguinte, disse ao pajem que tirasse informações acerca de Damasceno Rodrigues. Tirou-as, e o que liquidei delas foi que o meu vizinho morava aí havia três anos, como dissera; que era um velho médico, sem clínica; que vivia pacificamente, saindo apenas para ir comer a uma casa de pasto da vizinhança ou ler duas horas na biblioteca pública; enfim, que no bairro ninguém o tinha por doido, mas que algumas velhas o supunham ligado ao diabo. Esta crença, comparada com a ideia que o homem tinha a respeito do Canhoto, dava bem para uma anedota romântica, que eu podia escrever logo depois que voltasse a São Paulo; tal foi o motivo que me levou a visitá-lo alguns dias depois.

"O segundo andar era antes um sótão puxado à rua; compunha-se de uma sala, uma alcova e pouco mais. Subi. Achei-o na sala, estirado em uma rede, a olhar para o teto. Tudo ali era tão velho e alquebrado como ele; três cadeiras incompletas, uma cômoda, um aparador, uma mesa, alguns farrapos de um tapete, ligados por meia dúzia de fios, tais eram as alfaias da casa de Damasceno Rodrigues. As janelas, que eram duas, adornavam-se com umas cortinas de chita amarela, rotas a espaços. Sobre a cômoda e a mesa havia alguns objetos disparatados; por exemplo, um busto de Hipócrates ao pé de um bule de louça, três ou quatro bolos, meio pote de rapé, lenços e jornais. No chão também havia jornais e livros espalhados. Era ali o asilo do vizinho misterioso.

"Achei-o, como lhes disse, estirado na rede, a olhar para o teto. Não me sentiu entrar; mas eu falei-lhe e ele ergueu um pouco a cabeça.

"'Quem é?', disse ele.

"'Eu.'

"'O senhor?'

"'Seu vizinho de baixo.'

"'Ah!', disse ele, erguendo-se; 'pode entrar.'

"'Não se incomode; vinha apenas pagar-lhe a visita.'

"Damasceno tinha-se levantado; e, das cadeiras, ofereceu-me a melhor, isto é, a que não tinha costas, porque, das outras duas, uma estava exausta de palhinha e a outra possuía três pés somente.

"O riso de Damasceno era pior que a seriedade; sério, dava ares de caveira; rindo, havia nele um gesto diabólico; a tudo resiste, porém, a ambição do escritor juvenil. Eu queria uma novela, e estava disposto a conversar com o diabo em pessoa. Para dizer alguma coisa, falei-lhe na passagem de Jonas.

"'Descobriu alguma coisa?', perguntei-lhe.

"'Nada', tornou ele, 'mas cuida que pensei mais em semelhante assunto?'

"'Suponho.'

"'Qual! No dia seguinte deixei-o de lado.'

"'Entretanto, creio que era importante decidir se realmente o nome de Canhoto dado ao diabo...'

"Damasceno interrompeu-me com uma risadinha sardônica e gelada que me tapou a boca. Não tive ânimo de continuar e faltava-me assunto para entretê-lo. Ele, entretanto, meteu as mãos na algibeira das calças e começou a andar de um para outro lado, ora cabisbaixo e silencioso, ora olhando para o teto e murmurando alguma coisa que eu não podia perceber. Havia no rosto daquele homem, além da velhice precoce, uma expressão de tristeza e amargura que os olhos não podiam contemplar impunemente. Ao mesmo tempo era tão extraordinária a figura e tão singulares os costumes dele, que a gente tinha prazer em o conversar e atrair, quando menos por sair um pouco da vulgaridade dos outros homens.

"Damasceno passeou cerca de oito minutos, sem me dizer palavra. Ao cabo deles, parou defronte de mim.

"'Mancebo', disse ele, 'quais são as suas ideias a respeito da lua?'

"'Poucas... algumas notícias apenas.'

"'Sei', disse ele desdenhosamente, 'o que anda nos compêndios. Pífia ciência é a dos compêndios! O que eu lhe pergunto...'

"'Adivinho.'

"'Diga.'

"'Quer saber se também suponho que o nosso satélite seja habitado?'

"'Qual! São devaneios, são conjecturas... A lua, meu rico vizinho, não existe, a lua é uma hipótese, uma ilusão dos sentidos, um simples produto da retina dos nossos olhos. É isto que a ciência ainda não disse; é isto o que convém proclamar ao mundo. Em certos dias do mês, o olho humano padece uma contração nervosa que produz o fenômeno lunar. Nessas ocasiões, ele supõe que vê no espaço um círculo redondo, branco e luminoso; o círculo está nos próprios olhos do homem.'

"'Pode ser.'

"'Nem é outra coisa.'

"'Donde se conclui que todos somos lunáticos, aventurei eu galhofeiramente.'

"'Talvez', redarguiu ele, rindo muito.

"Depois de rir, caiu na rede; as pernas, que andavam à larga nas calças, aliás, estreitas, cruzavam-se à maneira oriental, e ele ficou sentado defronte de mim.

"'Lunáticos!', repetiu ele.

"'Dada a sua teoria', expliquei eu.

"'Teoria de lunático?'

"'Perdão.'

"Já me não ouvia; com os dedos no ar fazia figuras extravagantes, retas, curvas, ângulos e triângulos, rindo à toa, com o riso pálido e sem expressão dos mentecaptos. Não havia dúvida; era uma alma sem consciência. Arrependi-me de alguma coisa que disse menos pensada, e procurei ao mesmo tempo um meio de sair dali sem o irritar. Não me foi difícil; três vezes me despedi, sem que ele me respondesse; saí sem objeção.

"Chegando ao meu aposento, senti alguma coisa semelhante ao prazer de um homem que foge de um perigo ou a um incidente desagradável. Efetivamente a conversa de um homem sem juízo não era segura. Eu cuidava ter diante de mim um espírito original; saía-me um louco; o interesse diminuía ou mudava de natureza. Determinei acabar ali as minhas relações com Damasceno.

"Durante quinze dias encontrei-o duas vezes, na escada; cumprimentou-me e falou-me como se tivera intactas todas as molas do cérebro. Queixou-se-me apenas de alguma dor de cabeça e palpitações do coração.

"'Temo que isto vá a acabar', disse ele a segunda vez.

"'Não diga isso!'

"'Verá; estou à beira da eternidade; vou dar o salto mortal.'

"Não alimentei a conversa e saí. Nessa noite contou-me o pajem que Damasceno Rodrigues me procurara com muitas instâncias, dizendo que desejava confiar-me um segredo. Era provavelmente alguma nova fantasia semelhante à de Jonas e à da lua, e eu não queria animar os desvarios de um pobre velho. Não lhe mandei dizer que estava em casa nem o procurei. Alta noite, e estando a ler, ouvi um gemido no andar de cima. Subi devagarinho, colei o ouvido à porta da sala de Damasceno, mas nada mais ouvi.

"Soube no dia seguinte que Damasceno adoecera. Fui vê-lo pela volta do meio-dia. Como ele nunca fechava a porta, não foi preciso incomodá-lo, para lá entrar. Achei-o deitado na cama, com os olhos cerrados e os braços estendidos ao longo do corpo e por fora da coberta. Abriu os olhos e sorriu ao ver-me.

"'Que tem?', perguntei.

"'Uma opressão no peito.'

"'Tomou alguma coisa?'

"'Que me fizesse mal?'

"'Não; algum remédio.'

"'Não tomei nada.'

"'Bem; é preciso ver o que isso é; vou mandar vir um médico.'

"Damasceno tinha os olhos cravados na parede; não me respondeu. Ia sair para dar ordens ao meu criado quando vi o enfermo sentar-se na cama e, olhando para a parede que lhe ficava ao lado dos pés, clamar aflito:

"'Não! Ainda não! Vai-te! Depois, daqui a um ano!... A dois... A três... Vai-te, Lucinda! Deixa-me!'

"Corri a Damasceno, falei-lhe, apalpei-lhe a testa, que estava quente, e obriguei-o a deitar-se. Uma vez deitado, ficou arquejante, a olhar para a sala, sem querer dirigir os olhos para os pés da cama.

"'O que é que sente?', perguntei.

"Não disse nada; talvez me não ouvisse. Saí para mandar chamar um médico, e voltei ao quarto do enfermo. O médico veio, examinou-o, interrogou-o, receitou enfim alguma coisa, que imediatamente mandei preparar na mais próxima botica. Mandei a uma casa da vizinhança arranjar caldos e galinha; finalmente dispus-me a não sair de casa nesse dia.

"Não contava com o amor; duas linhas escritas em uma folha de papel bordado, como se usava no meu tempo, vieram mudar a resolução em que eu assentara. Saí, depois de fazer muitas recomendações ao criado e prometendo voltar cedo. Às oito horas da noite achava-me em casa; fui ter logo com o doente. Achei-o sossegado.

"'Entre, entre, meu amigo', disse ele; 'deixe-me chamar-lhe assim, porque não tenho ninguém mais a quem dê esse doce nome.'

"'Está melhor?'

"'Estou; mas são melhoras passageiras.'

"'Não diga isso.'

"'São. Isso há de acabar cedo. Sabe o que é a morte?'

"'Imagino.'

"'Não sabe. A morte é um verme, de duas espécies, conforme se introduz no corpo ou na alma. Mata em ambos os casos. Em mim não penetrou no corpo; o corpo geme porque a doença reflete nele; mas o verme está na alma. Nela é que eu o sinto a roer todos os dias.'

"'Pois matemos o verme', disse eu, apresentando-lhe uma colher de remédio.

"Damasceno olhou para o remédio e para mim, e sorriu, com uma expressão de tranquilo ceticismo.

"'Pobre moço!', disse ele, depois de alguns instantes de silêncio.

"'Vamos!'

"'Logo mais, amanhã, ou depois que eu morrer. Talvez ainda possa fazer algum benefício ao meu cadáver. A alma não bebe água.'

"Insisti, mas foi baldado. Damasceno resistiu intrepidamente. Quando as minhas instâncias lhe pareceram excessivas, começou a irritar-se, e eu, receoso de algum novo delírio, proveniente da exacerbação, cedi; fui ter com o criado que me referiu haver Damasceno tomado apenas uma colher do remédio e um caldo. Voltei ao quarto, achei-o tranquilo.

"A luz do quarto era pouca, e esta circunstância, ligada ao espetáculo da doença e às feições do pobre velho alienado, não menos que às recordações que já me prendiam a ele, tornara a situação por extremo penosa. Sentei-me ao pé da cama e tomei-lhe o pulso; batia apressado; a testa estava quente. Ele deixou que eu fizesse todos esses exames sem dizer nada. Tinha os olhos no teto e parecia alheio de todo à minha pessoa e à situação. Pouco depois chegou o médico, soube da resistência do enfermo em continuar a tomar o remédio; examinou-o, fez um gesto de desânimo, e ao sair disse-me que era homem perdido.

"A perspectiva não era para mim agradável. Não podia razoavelmente desampará-lo e tinha talvez de assistir à sua morte naquela noite. Chamei o criado e escrevi um bilhete a dois colegas de São Paulo, residentes na corte, pedindo-lhes que viessem passar a noite comigo. O criado saiu e eu sentei-me outra vez ao pé da cama.

"No fim de alguns minutos, vi que Damasceno se agitava. Perguntei-lhe o que tinha.

"'Nada', respondeu ele, 'mudo de posição. Que horas são?'

"'Nove e um quarto.'

"'E o senhor pretende passar a noite comigo?'

"'Naturalmente.'

"O rosto do enfermo iluminou-se.

"'Boa alma!', exclamou ele.

"Depois procurou a minha mão e teve-a presa entre as suas algum tempo, olhando para mim com uma expressão de agradecimento, que lhe parecia tornar bela a fisionomia seca e dura.

"'Que lhe fiz eu para merecer tanta dedicação?', perguntou ele ao cabo de alguns minutos de silêncio.

"'Não falemos disso.'

"'Que idade tem?'

"'Vinte e dois anos.'

"'Feliz! feliz!'

"Calou-se outra vez e pareceu concentrar-se de novo. Pensei que iria dormir, mas ele voltou-se para mim, dizendo:

"'Quero pagar-lhe os seus benefícios.'

"'Pagará depois.'

"'Não; há de ser já.'

"Ergueu o corpo, apoiando o cotovelo na cama, pegou-me na mão e cravou em mim os olhos, acesos de uma luz repentina e única.

"'Mancebo', disse ele, com a voz cava; 'não olhe nunca para a mulher do seu próximo!'

"'Sossegue', disse eu.

"'Sobretudo não a obrigue a olhar para o senhor. Comprará por esse preço a paz de sua vida toda.'

"A gravidade com que ele proferiu estas palavras excluía toda a ideia de loucura. A própria fisionomia parecia revelar o regresso da consciência. Olhei para ele algum tempo sem responder nem ousar pedir-lhe explicação. Damasceno fitou o ar com expressão melancólica, abanou a cabeça três vezes e suspirou. Depois a cabeça caiu sobre o ombro, e ele ficou algum tempo quieto.

"Ouvindo o sino das dez horas, abriu os olhos e voltou-se para mim.

"'Por que se não vai deitar?'

"'Não tenho sono.'

"'Perder uma noite por causa de um desconhecido!'

"'Não se preocupe comigo; descanse, que é melhor.'

"Damasceno meteu a mão debaixo do travesseiro, como procurando alguma coisa. Era uma chave. Deu-ma.

"'Abra-me a gavetinha da cômoda, a do lado da rua.'

"'E depois?'

"'Tire de lá uma caixinha.'

"Obedeci. A caixinha era de couro e teria um palmo de comprimento. Quando lha levei, ele pô-la sobre a cama e olhou mudo para ela. Depois, tocou em uma pequena mola; a caixa abriu-se, e ele tirou de dentro um pequeno maço de papéis.

"'Se eu morrer', disse ele, 'queime isto.'

"'Feche tudo, é melhor.'

"'Não é preciso. O que aí está é um segredo, mas eu não quero morrer sem lho revelar. Não lhe disse há pouco que não consentisse nunca em olhar ou ser olhado pela mulher de seu próximo? Pois bem; saberá o resto.'

"A curiosidade pendurou-se-me dos olhos e, apesar da pouca luz da alcova, é possível que ele reparasse nisto, porque vi-o sorrir com uma expressão maliciosa e discreta.

"'São papéis de família', continuou Damasceno; 'coisas que só a mim interessam. Há aqui, porém, uma coisa que o senhor pode ver desde já.'

"Dizendo isto, destacou do maço de papéis uma miniatura e deu-ma pedindo que a visse. Aproximei-me da luz e vi uma formosa cabeça de mulher, e os mais expressivos olhos que jamais contemplei na minha vida. Ao restituir a miniatura, reparei que ele a desviou apressadamente dos olhos, metendo-a logo, com a mão trêmula, entre os papéis.

"'Viu-a?'

"'Vi.'

"'Não me diga nada do que lhe parece. Imagino qual será a sua impressão. Calcule qual seria a minha há quinze anos, diante do original. Ela tinha vinte anos; e eu, vinte e cinco...'

"Damasceno interrompeu-se; arrependia-se talvez; e eu não ousava, em tal situação, mostrar-me indiscreto e curioso. Ele, entretanto, atava o maço de papéis e a miniatura com um cadarço velho, e entregou-me tudo.

"'Guarde. Jura que queimará isso?'

"'Juro.'

"Guardei no bolso o maço enquanto ele, reclinando o corpo, ficou tranquilo. Durante cinco minutos nada disse; começou a murmurar palavras sem sentido, com esgares próprios de louco. Esta circunstância chamou-me à realidade. Não seriam os papéis e o retrato coisas sem valor, a que ele em seu desvario atribuía tamanha importância? Damasceno falou de novo:

"'Guardou?'

"'Guardei.'

"'Deixe ver.'

"'Está aqui', disse-lhe eu, mostrando o embrulho.

"'Está bem.'

"E depois de uma pausa:

"'Eu era moço; ela, moça; ambos, inocentes e puros. Sabe o que nos matou? Um olhar.'

"'Um olhar?'

"'Era no interior da Bahia. Lucinda casara-se na capital com o dr. Adr... Não importa o nome; era médico como eu, mas rico e dado a estudos de botânica e mineralogia. Andava por Jeremoabo naquele tempo. Eu encontrei-o num engenho e travei relações com ele. A mulher era linda como o senhor viu aí. Ele era sábio, taciturno e ciumento. Havia nela tanta modéstia e recato — talvez medo — que o ciúme dele podia dormir com as portas abertas. Mas não era assim; o marido era cauteloso e suspeitoso; ameaçava-a e fazia-a padecer. Eu percebi isso, e a compaixão apoderou-se de mim. A compaixão é um sentimento pérfido; abstenha-se dele ou combata-o. Quem sabe se a que sente agora por mim não lhe dará mau resultado?'

"Estremeci ouvindo esta última palavra. Ele parou um instante e continuou:

"'Lucinda não me olhava nunca. Era medo, era talvez intimação do marido. Se me falava alguma vez era secamente e por monossílabos. Meu coração deixou-se ir da compaixão ao amor pelo mais natural dos declives, amor silencioso, cauto, sem esperança nem repercussão. Um dia, em que a vi mais triste que de costume, atrevi-me a perguntar-lhe se padecia. Não sei que tom havia em minha voz, e certo é que Lucinda estremeceu e levantou os olhos para mim. Cruzaram-se com os meus, mas disseram nesse único minuto — que digo? —, nesse único instante, toda a devastação de nossas almas; corando, ela abaixou os seus, gesto de modéstia, que era a confirmação de seu crime; eu deixei-me estar a contemplá-la silenciosamente. No meio dessa sonolência moral em que nos achávamos, uma voz atroou e nos chamou à realidade da vida. Ao mesmo tempo achou-se defronte de nós a figura do marido. Nunca vi mais terrível expressão em rosto humano! A cólera fazia dele uma Medusa. Lucinda caiu prostrada e sem sentidos. Eu, confuso, não me atrevia a explicar nem a pedir explicações. Ele olhou para mim e para ela. Sucedera à primeira manifestação silenciosa da cólera uma coisa mais apagada e mais terrível, uma resolução fria e quieta. Com um gesto, despediu-me; quis falar, ele impôs silêncio com os olhos. Quase a sair, voltei, e, apesar da oposição, expus-lhe toda a singularidade de seu procedimento. Ouviu-me calado. Vendo que nada alcançava e não querendo que sobre a infeliz pairasse a menor suspeita, nem que ela padecesse sem outro motivo, mais grave, expus-lhe francamente os meus sentimentos em relação a ele e a ela, a afeição que Lucinda me inspirara, protestando com todas as forças pela inteira dignidade da infeliz. Riu-se, e não me disse nada. Despedi-me e saí...'

"Estas recordações pareciam abater o enfermo. A voz, ao chegar àquela palavra, era fraca e rouca; ele fez uma longa pausa, cobrindo os olhos com as mãos ocas e transparentes. Alguns minutos depois, continuou:

"'Passaram-se algumas semanas. Um dia, levado por necessidades de ofício, fui a Jeremoabo, pensando em Lucinda e um pouco receoso de algum sucesso desagradável. Lucinda havia morrido; e a pessoa que deu esta notícia benzeu-se supersticiosamente e não revelou mais nada, apesar das minhas instâncias. Que teria havido? A ideia de que o marido a houvesse assassinado apoderou-se de meu espírito; mas eu não ousava formular a pergunta. Indagando mais, ouvi de uns que ela cometera suicídio, de outros que desaparecera; enfim alguns criam que estava apenas doente às portas da morte. Esta diversidade de notícias era claro indício de que alguma coisa grave se passava ou estava passando. Fui ter à propriedade do marido, resoluto a saber tudo e a salvar a vida da inocente, se fosse possível...'

"Damasceno interrompeu-se de novo. Estava cansado e opresso. Pedi-lhe que suspendesse por algum tempo a narração e guardasse o fim para o dia seguinte, apesar da curiosidade que me picava interiormente. Ao mesmo tempo admirava a perfeita lucidez com que ele me referia aquelas coisas, a comoção da palavra, que nada tinha do vago e desalinhado da palavra dos loucos. Era aquele mesmo o homem que me consultara acerca de Jonas e me expusera uma teoria nova acerca da lua? Enquanto em meu espírito resolvia esta dúvida,

Damasceno agitava-se no leito, como buscando melhor cômodo. A vela estava a extinguir-se, acendi outra e fui até à janela ansioso pelo criado e os dois amigos a quem escrevera. A rua estava deserta; apenas ao longe se ouvia o passo de um ou outro transeunte. Voltei ao quarto. Damasceno estava então sentado na cama, um pouco reclinado sobre os travesseiros.

"'Não tenha medo', disse ele, 'venha ouvir o resto, que é pouco, mas instrutivo. Fui ter com o médico. Logo que soube que eu o procurava, veio receber-me contente. Disse-lhe francamente o que ouvira dizer a respeito da mulher, as opiniões e versões diferentes, a necessidade que havia de instruir o povo da verdade e retirar de sobre ele alguma suspeita terrível. Ouviu-me calado. Logo que acabei, disse-me que eu fizera bem em ir vê-lo; que Lucinda estava viva, mas podia morrer no dia seguinte; que, depois de cogitar na punição que daria ao olhar da moça, resolvera castigar-lhe simplesmente os olhos... Não entendi nada; tinha as pernas trêmulas e o coração batia-me apressado. Não o acompanharia decerto, se ele, apertando-me o pulso com a mão de ferro, me não arrastasse até uma sala interior... Ali chegando... Vi... Oh! É horrível! Vi, sobre uma cama, o corpo imóvel de Lucinda, que gemia de modo a cortar o coração. 'Vê', disse ele, 'só lhe castiguei os olhos.' O espetáculo que se me revelou então, nunca, oh! Nunca mais o esquecerei! Os olhos da pobre moça tinham desaparecido; ele os vazara, na véspera, com um ferro em brasa... Recuei espavorido. O médico apertou-me os pulsos clamando com toda a raiva concentrada em seu coração: 'Os olhos delinquiram, os olhos pagaram!'.'

"A cabeça do enfermo rolou sobre os travesseiros, enquanto eu, aterrado do que ouvia e da expressão de sincero horror e aparente veracidade com que ele falava, olhei em volta de mim como procurando fugir. Damasceno ficou longo tempo arquejante.

"De repente, dando um estremeção, ergueu a cabeça e olhou para a parede que ficava do lado inferior da cama:

"'Vai-te!', exclamou ele, aflito. 'Vai-te! Ainda não!... Olhe!... Olhe! Lá está ela! Lá está!...' O dedo magro e trêmulo apontava alguma coisa no ar, enquanto os olhos, naturalmente fixos, resumiam todo o terror que é possível conter a alma humana. Insensivelmente olhei para o lugar que ele indicava... Olhei; e podem crer que ainda hoje não esqueci o que ali se passou. De pé, junto à parede, vi uma mulher lívida, a mesma do retrato, com os cabelos soltos, e os olhos... Os olhos, esses eram duas cavidades vazias e ensanguentadas.

"Naquela meia-luz da alcova, e no alto de uma casa sem gente, a semelhante hora, entre um louco e uma estranha aparição, confesso que senti esvaírem-se-me as forças e quase a razão. Batia-me o queixo, as pernas tremiam-me tanto, eu ficara gelado e atônito. Não sei o que se passou mais; não posso dizer sequer que tempo durou aquilo, porque os olhos se me apagaram também, e perdi de todo os sentidos.

"Quando dei acordo de mim, estava no meu quarto, deitado, tendo a meu lado os dois amigos que mandara chamar. Ambos procuraram desviar-me do espírito a lembrança do que se passara no quarto de Damasceno; precaução ociosa, porque de nada me lembrava então e o abalo fora tamanho que o passado como que desaparecera. Passei uma noite cruel, entre a agitação e o abatimento. Sobre a madrugada, dormi.

"Acordei com sol alto. Pude então recordar a cena da véspera, e só a recordação me fazia tiritar e gelar a alma. Quis ir ver o doente porque, apesar dos sucessos anteriores, interessava-me o pobre velho condenado a uma triste visão perpétua.

"'É tarde!', disseram-me.

"'Por quê?'

"'O doente morreu.'

"Senti que uma gota me brotava dos olhos, foi a única lágrima que ele obteve dos homens.

"Meus colegas referiram-me que a morte sucedera ao romper da manhã, estando presente um deles e o criado. Damasceno morreu a falar das mais desencontradas coisas: de guerras, de meteoros e de São Tomás de Aquino. Seu último gesto foi para abraçar o sol, que dizia estar diante dele. Morreu enfim, ou antes, restituiu-se à eternidade, segundo a expressão do meu colega, a cujos olhos o doente parecera um esqueleto que visitara por algum tempo a Terra.

"Não pude assistir ao enterro, estava abatido e doente; mas um dos meus amigos foi até o cemitério. Com um deles fui dormir aquela e as noites seguintes, não podendo passá-las debaixo do mesmo teto em que se dera a terrível aparição. A justiça arrecadou o que pertencia a Damasceno Rodrigues; ele vivia do aluguel de duas casinhas e de algumas apólices, que se lhe encontraram. Não tinha herdeiros.

"Só muitos dias depois atrevi-me a ver de novo o retrato da mulher que ele me dera. Ainda assim não foi sem terror, e arrependi-me de o ter feito, porque toda a cena se me reproduziu logo ante os olhos. Era miraculosamente bela a mártir de Jeremoabo; eu compreendia não só a loucura de Damasceno, mas também a ferocidade do esposo."

O desembargador fez pausa, no meio do geral silêncio de constrangimento que sua narração produzira. Vasconcelos foi o primeiro que falou:

— Não podemos duvidar que o senhor visse a figura dessa mulher — disse ele; — mas como explicar o fenômeno?

— A dificuldade é maior do que pensa — acudiu o desembargador. — O episódio teve um epílogo.

— Ah!

— Quando referi a aparição a algumas pessoas, ninguém me deu crédito; e os mais polidos atribuíam o caso a um pesadelo. Evitei expor-me à incredulidade e ao ridículo. Mais tarde, já senhor de mim, determinei contar a catástrofe de Damasceno em um jornal que escrevíamos na Academia. Tratando de colher alguma coisa mais acerca da infeliz, vim a saber, com grande surpresa, que ele nunca estivera na Bahia, nem saíra do Sul. Já então não era só o interesse literário que me inspirava; era a liquidação de um ponto obscuro e a explicação de um fenômeno. Casara aos vinte e dois anos em Santa Catarina, de onde só saiu aos trinta e três, não podendo, portanto, encontrar-se com o original do retrato, aos vinte e cinco, solteiro, em Jeremoabo; finalmente, a miniatura que me confiara era simplesmente o retrato de uma sobrinha sua, morta solteira. Não havia dúvida: o episódio que ele me referira era uma ilusão como a da lua, uma pura ilusão dos sentidos, uma simples invenção de alienado.

— Mas, sendo assim...

— Sendo assim, como vi eu a mulher sem olhos? Esta foi a pergunta que fiz a mim mesmo. Que a vi, é certo, tão claramente como os estou vendo agora. Os mestres da ciência, os observadores da natureza humana lhe explicarão isso. Como é que Pascal via um abismo ao pé de si? Como é que Bruto viu um dia a sombra de seu mau gênio?

— O seu caso é talvez mais simples que esses todos; o desvario do doente foi contagioso, e fez com que o senhor visse o que ele supunha ver.

— Pois é pena! — exclamou o desembargador —; a história de Lucinda era melhor que fosse verdadeira. Que outro rival de Otelo há aí como esse marido que queimou com um ferro em brasa os mais belos olhos do mundo, em castigo de haverem fitado outros olhos estranhos? Crê agora em fantasmas, d. Maria do Céu?

Maria do Céu tinha seus olhos baixos. Quando o desembargador lhe dirigiu a palavra, estremeceu, ergueu-se. O bacharel também se levantou, mas foi dali a uma janela, talvez tomar ar, talvez refletir a tempo no risco de vir a interpretar algum dia um hebraísmo das Escrituras.

Amores mortos

Corina Coaracy

Corina Alberta Henriqueta Lawe de Vivaldi nasceu em 1859, no Kansas, Estados Unidos, e morreu em 1892, em Nova Orleans, no mesmo país. Veio bem jovem para o Brasil e aqui se formou jornalista, profissão que exerceu por boa parte da vida. No campo da ficção, escreveu contos e um romance, Matar ou morrer. *"Amores mortos" foi publicado provavelmente na década de 1880, sendo depois compilado no volume* O conto feminino *(1959), organizado por Raimundo Magalhães Júnior. Na história de tons melancólicos, um homem que chora pela morte de sua amada acaba fascinado por uma misteriosa vizinha — até que uma catástrofe transforme seus dias de muda contemplação.*

Morrera-lhe a amante, a louca e volúvel companheira de tantas noitadas, e ele viera para ali, para aquela banal casa de pensão, situada no extremo de um bairro longínquo e despovoado, fugindo à casa de onde vira partir o corpo enregelado da morta, fugindo à recordação de tudo quanto o seduzira, de tudo quanto o enebriara nos belos dias em que ela o prendia com o seu riso cristalino e um tanto tolo de rapariga airada.

Viera ali para aquela banal casa de pensão onde o não conhecia ninguém, onde a ninguém conhecia, para aquela casa aonde não chegara a sua reputação de rapaz rico e estroina, embevecido por uma vulgar cortesã, e ali deixou-se ficar, entregue ao desânimo e ao tédio, ocioso, vadio de espírito e de corpo, fatigado e febril a um tempo, desejoso de nada fazer e impaciente por uma catástrofe, por um cataclismo qualquer que sobreviesse e transformasse homens e coisas, transformando-o a ele também.

E permanecia durante horas inteiras absorto, olhando sem ver, recostado ao peitoril da janela e insensível à entrada e saída dos fâmulos que lhe preparavam o quarto, que lhe traziam as refeições, esquecido o mais das vezes das horas, do tempo, do bem-estar material.

Não era dor, não era sofrimento, não era desgosto aquilo que o acabrunhava; era simplesmente o completo aniquilamento, o exaurimento de todo o seu ser, a sua fusão em um vácuo imenso, intangível, indefinido, em que a recordação da morta vagava, fugitiva e vaporosa, como a lembrança de coisas longínquas, entrevistas em um sonho quase esquecido da infância.

Existia sem viver, e os ruídos da atividade humana que da rua e das vizinhas casas vinham se extinguir na parede do seu aposento nada lhe diziam, nada lhe significavam, a não ser que outros trabalhavam quando ele estava vadio, que outros tinham esperanças quando ele nem desesperanças tinha, que outros buscavam a vida e o bem-estar quando ele nem sequer sabia desejar a morte.

Às vezes, a si mesmo perguntava se outro ente haveria na terra mais ocioso, mais profundamente inútil do que ele, um ente que menos aspirações, que menos desejos tivesse, que fizesse menos falta, uma criatura para quem o passado e o futuro se houvessem fundido em um presente semelhante a esse, em um presente que nada era, que nada mais podia ser, pois não tinha anelos nem desconfortos, alegrias nem dores.

E assim foi que um dia os seus olhos, que olhavam sem ver, demoraram-se mais tempo no vão de uma janela fronteira, onde, inútil, inerte, ociosa como ele, se sentava, durante horas inteiras, uma mulher a quem não fora concedido o dom da formosura.

Pálida, de palidez enfermiça e baça dos entes que vivem enclausurados e inativos, não tendo um só traço que a eximisse de ser feia, com os longos cabelos negros alisados para cima da fronte, desgraciosa de corpo e quase mesquinha no trajar, aquela mulher começou a atraí-lo, a fasciná-lo, com a atração e a magia das coisas estranhas e inexplicáveis.

Não a vira chegar, não sabia desde quando ali se achava, nem percebera quando os seus olhos a haviam fitado. Sabia apenas que ela ali estava com as mãos delgadas e pequeninas, alvas e macias, mãos de ociosa, cruzadas sobre o regaço, no completo abandono da inutilidade, que a sua cabeça curvada sobre o peito denotava o desalento e que os seus olhos, baixos e pisados, pareciam também olhar sem ver.

Quanto tempo ficou ele ali, possuído de irritante curiosidade, não o pudera ele dizer, e quando após um momento de abstração percebeu que ela partira, experimentou pela primeira vez, durante aqueles longos meses decorridos, um sentimento que não era todo tédio.

Não a viu mais naquele dia, e esperou-a, entretanto, inconsciente da sua impaciência, ignorante do motivo que o fazia escutar agora os ruídos que de fora vinham extinguir-se de encontro às paredes do seu aposento.

Da casa fechada e tristonha nada se percebia além do vão da janela aberta onde ela se abrigara; de quando em vez, porém, um rumor de vida, um bulício de gente atarefada e ativa, vinha em baforadas revelar que ali se vivia, que ali se abrigavam esperanças e desejos.

E, aos poucos, como a ideia fixa que vai gerando a loucura, no seu espírito, onde fizera morada a apatia, foi despontando o desejo vago e indeciso de conhecer, de avistar de novo, e ainda, e sempre, aquela ociosa, aquela inerte.

No correr dos seguintes dias, ele tornou a vê-la e repetidas vezes; não tardou a conhecer que a pálida e silenciosa vizinha era cega.

Cega! Era por isso que ela permanecia ali, calada e indiferente, de olhos baixos e amortecidos, inútil, não como ele, mas inútil e desesperançada, condenada pelo destino ao amargor e ao negrume dos dias sem brilho e das noites sem alegrias.

E, aos poucos, ele, que nada supunha poder jamais sentir, começou a comiserar-se daquela criatura desventurada, começou a sentir necessidade de vê-la, de sabê-la boa e conhecê-la forte e satisfeita. Da amante morta não restava mais recordação alguma, além de ter ela sido feliz e formosa, e ao espírito acudia-lhe agora somente a imagem da cega, que não era nem bela nem venturosa.

A alma, até então indiferente, principiou a encher-se-lhe de uma infinita piedade por aquela mulher; quisera poder valer-lhe, poder cercá-la de bem-estar, conforto e de carinhos. Entretanto, nas anomalias do seu espírito doentio nunca procurara saber-lhe o nome, nunca perguntara de quem era a casa em que vivia, nunca buscara ver-lhe os companheiros de habitação. Tinha pejo do que sentia, ou antes, ciúmes daquelas sensações que tentava guardar para si somente.

Um dia, viu-a sorrir, e que àquela fealdade fora concedida a mais bela das formosuras, a de um riso gracioso e puro. Quis-lhe bem por aquele sorriso, quis bem às crianças que a cercavam naquele instante, irrequietas e carinhosas, pedindo-lhe uma história, e, surpreso, reconheceu que nos seus próprios lábios, nos seus próprios olhos renascia o sorriso, o sorriso bom e puro dos castos contentamentos.

Sorrateiro, imperceptível, foi-lhe o amor invadindo o ser inteiro, o amor do forte pelo fraco, o amor que sente necessidade de proteger e amparar, e com ele vinha o renovo de todos os sentimentos honestos, limpos e cândidos que havia haurido no seio materno.

Os dias foram-se englobando nas semanas, e às semanas sucederam-se três longos meses, sem que ele buscasse, com um gesto sequer, mudar, nem mesmo em pensamento, aquela existência em que se embebia todo no gozo de um sentimento que não procurava nem queria explicar. Deixava-se, como corpo inconsciente e inerme, levar pela correnteza das sensações, despreocupado e ocioso na sua estranha bem-aventurança. Loucura ou êxtase, aquilo lhe bastava, aquilo o fazia viver.

Uma noite, por horas mortas, despertou ao alarido que de fora e de dentro de casa partia. Dir-se-ia que um enorme tufão, surdo e insistente, desencadeava-se com o fragor de uma torrente pela rua fora.

Ergueu-se e, da cama, precipitou-se para a janela; era o incêndio, o incêndio que lavrara no quarteirão fronteiro e ia invadir a casa da cega.

Extático, apavorado, idiota de terror, ele contemplava a conflagração sem um gesto, sem um movimento, sem um grito. Parecia-lhe que era mentira aquilo, que não era ele que ali estava e que o que sentia e via era gerado por um pesadelo infernal; e, aparvalhado, acompanhava com os olhos as línguas de fogo, que, a princípio lentas e tímidas e depois céleres e audazes, vinham da casa vizinha lamber os portões da casa em que ela devia estar.

As chamas precipitavam-se, acumulavam-se mais e mais, subiam pelas portas, esgueiravam-se pelas frestas, atacando venezianas e madeiramentos. Tocada pelo vento, a fornalha recrudescia pelos lados do fundo; de instante a instante o clamor de vozes aflitas cortava o ar pedindo socorro, e o chiar dos madeiros crepitantes, o estalar das vigas, o baque das paredes e dos telhados que derruíam, o dobre dos sinos, o toque dos clarins dos bombeiros que vinham vindo, o uivo indescritível e precipitado do fogo que ia envolvendo tudo, formavam um coro tremendo, que parecia a suprema blasfêmia do inferno contra a criação.

De repente, a janela, até então fechada, abriu-se, e a cega, tendo nos braços uma criança, assomou à soleira, impelida pelo terror, impelida pela esperança do salvamento.

Sobre o fundo rubro e incandescente das chamas que lavravam por trás dela, a sua figura destacava-se nítida e recortada como a de uma Virgem fundida em bronze; com a cabeça pendida sobre a criatura que tinha nos braços, em atitude de carinho e proteção, parecia que viera para ali representar a apoteose da maternidade.

Mudo e inerte, absorto, ele, o desgraçado, o amante ignorado, via-se ali e não tinha forças, não tinha mais vontade, ignorando como devia soltar um grito. Sabia que ela ia morrer, e os seus membros tolhidos pelo horror não encontravam um único impulso, um único ímpeto que o arrancasse dali.

Aquela terrível visão durou um minuto apenas. Pareceu-lhe que a desgraçada e o clarão do incêndio desapareciam a um tempo no meio de um estalar medonho em que traves, telhados e assoalhos precipitavam-se nas fauces ígneas de uma fornalha.

Fez-se um silêncio de momento, um estranho silêncio em que o sibilar das chamas e o crepitar das lenhas se confundiam com os haustos ensurdecidos da bomba a vapor que bufava ao longe, no princípio da rua. Não gritava mais ninguém, assombrados todos perante o vasto esqueleto de pedra que permanecia ainda de pé, enegrecido e fumegante, olhando para a noite através das órbitas escancaradas de suas janelas sem portas.

Depois, do meio daquele montão de ruínas brotaram de novo as chamas, enroscando-se e torcendo-se, levantando-se como serpentes, lambendo as paredes, galgando como larvas de ouro as pedras, uma após outra, dourando de fulvos clarões os novelos de fumo, que, em compacta coluna, iam pelo céu em fora, com um grande penacho trêmulo e oscilante. E a luz foi-se estendendo e espalhando ainda, envolvendo o céu todo num manto de sangue que ia iluminar em cheio o rosto convulsionado e lívido de um homem, que, de uma janela fronteira, imóvel e com olhos de doido, contemplava as ruínas e o fogo em que se havia sepultado toda a sua ventura.

O acauã*

Conto fantástico

Inglês de Sousa

Herculano Marcos Inglês de Sousa nasceu no Pará, em 1853, e morreu no Rio de Janeiro, em 1918. Foi advogado, banqueiro, jornalista e professor de direito. Na literatura brasileira, destacou-se como um dos precursores do naturalismo, mas também escreveu contos que documentaram o imaginário da Amazônia. É o caso de "O acauã", aqui publicado em sua primeira versão, veiculada na Revista Brasileira *em 1880 — treze anos antes daquela mais conhecida, que consta no livro* Contos amazônicos*. Diferentemente do conto de 1893, esta é uma narrativa emoldurada: o narrador principal é o velho Estevam, que relata a tragédia sobrenatural enfrentada pelo capitão Jerônimo e por sua filha Aninhas na vila de Faro, no Amazonas.*

---

* O acauã é uma grande ave de cor pardacenta, que a gente do Amazonas diz ser agoureira. É a inimiga das cobras. (N.A.)

Quando o procurador acabou de falar grande silêncio reinava na sala. Todos os corações pareciam opressos pela compaixão; a história de Mariquinha produzira tal sensação que alguns tinham lágrimas nos olhos. O velho Estevam, único de todos os presentes, parecia não se ter comovido com a narração do compadre, e encolhia os ombros em sinal de indiferença e desprezo; agitava-se, porém, no banco, e olhava para o dr. Silveira, espichando o lábio inferior. Depois, como se não pudesse resistir ao desejo de dizer algumas coisas que lhe estavam a fazer cócegas nos gorgomilos, começou:

— Isto de não acreditar nos feitiços, dizendo que são venenos, é história velha. A incredulidade teimosa guerreia a mesma evidência, adulterando os fatos. Diz o ditado que o pior cego é o que não quer ver, e o pior surdo aquele que não quer ouvir. O que admira é que o compadre, que sempre reputei homem de juízo e de religião, se faça órgão dos ateus e dos pedreiros livres. O compadre, que nasceu e criou-se aqui, devia ter presenciado muitos fatos que provam a existência dos feitiços e dos feiticeiros. O que prova a história do filho do capitão Amâncio? Prova, quando muito, ou que a tapuia velha do lago da Francesa não era feiticeira ou que Mariquinha enganou-se no tajá que deu a beber ao namorado. Isto nada tem que ver com os mistérios que não sabemos explicar, e que devem merecer o nosso respeito.

"Acreditai que é com verdadeiro pesar que eu vejo as santas crenças dos nossos avós caírem uma a uma sob os ataques dos maçons e espíritos fortes, perseguidores do nosso santo bispo, o pai de nós todos, d. Antônio de Macedo Costa.* Queira Deus que por isso não sejamos castigados, e pague o justo pelo pecador, como está sucedendo na terra do Xico Ceará, por haverem deitado ao mar o Nosso Senhor Bom Jesus dos Aflitos!

"Embora tenhais de rir, hei de continuar a sustentar as minhas ideias, porque foram as que bebi no berço; estou convencido da verdade delas, e lamento profundamente o erro em que viveis. E se mereço alguma fé, ouvi o que vos vou contar; quero saber a vossa opinião sobre um fato extraordinário, que eu mesmo presenciei. Sempre quero ver como me explicareis isso! E desde já vos declaro, com a mão na consciência e a fé de um verdadeiro cristão nas cinco chagas de Nosso Senhor Jesus Cristo, que a minha história é a pura expressão da verdade nos seus pormenores todos. Não há um só desses pormenores que tenha sido inventado por mim. Foi há coisa de trinta anos, que se deu o fato estranho, para que chamo a vossa atenção.

"Numa das melhores casas da antiga vila de São João Batista de Faro vivia um homem abastado, uma das pessoas mais importantes do lugar, o capitão Jerônimo Ferreira, de quem por força haveis de ter ouvido falar, ao menos pelo primo, o nosso escrivão do Júri. Jerônimo enviuvara muito cedo e ficara só com uma filha de dois anos, Aninhas, que o capitão amava loucamente. A criança prometia vir a ser uma

* Dom Antônio de Macedo Costa, religioso e bispo católico, envolvido num conflito entre a Igreja Católica e o Estado nos anos 1870.

bela e jovial rapariga, tanto quanto se podia julgar pelo que mostrava naquela tenra idade. Era a menina o encanto de quantos a viam, o delírio de todos os habitantes de Faro, que não cessavam de elogiar-lhe a robustez, as lindas cores do rosto, os anelados cabelos castanhos, finos e sedosos, o puríssimo azul dos grandes olhos, ternos e lânguidos. A filha do capitão Ferreira tinha, pois, por amigas todas as velhas e moças da vila, e nunca nenhuma criança foi alvo de melhores desejos e de predições mais prometedoras. A menina andava de mão em mão, e todos queriam tê-la em casa alguns dias. Ela não estranhava pessoa alguma, dava-se com todos, sorria para uns e outros, não chorava nunca. Era uma criança deliciosa.

"O pai dizia, porém, algumas vezes com a voz repassada de tristeza:

"'Não sei por que... Mas não gosto de criança que não chora.'

"Apesar disto era o capitão Jerônimo o primeiro que satisfazia todos os desejos infantis da filha para evitar-lhe a mais leve tristeza. Amava-a, como já vos disse, loucamente, e impensadamente contribuía o infeliz para esse fato que se notava, que corria de boca em boca, com pasmo, e que era por algumas raras pessoas de juízo comentado com tristeza e com uma vaga previsão de um futuro infausto. Era este: Aninhas nunca chorara! Nunca, desde que abrira os olhos à luz do dia, se vira uma lágrima, uma sequer, deslizar pelo rosto alvo e macio da infante! De toda a gente da vila só duas ou três pessoas incomodavam-se mais seriamente com este fato estranho e triste; entre essas, o capitão Jerônimo e eu. O capitão, como contei, entristecia-se às vezes ao pensar nisso, e murmurava:

"'Não gosto de criança que não chora.'

"E abaixava a cabeça, sem ânimo de dizer tudo o que pensava.

"Quanto a mim, não me passava despercebido um episódio da vida de Aninhas.

"No dia do seu nascimento, apenas a comadre anunciou que viera à luz uma criança, foi invadido o quarto da mulher do capitão pela chusma dos amigos que vinham felicitá-la pelo bom sucesso; eu fui do número. Ao entrar em casa de Jerônimo, notei que o tempo, que aliás estivera magnífico todo o dia, mudara de repente, e que uma nuvem negra vinha debaixo, impelida por uma forte viração; bandos de gaivotas e de garças esvoaçavam aqui e ali; as árvores da beira do rio dobravam gemendo sob o peso do vento, e, ao transpor eu o limiar, uma laranjeira velha, que ninguém em Faro se lembrava de ter visto nascer, caiu de repente, e sem barulho. Com o entusiasmo da festa, não deu pessoa alguma por este fato, que notei cuidadosamente. A recém-nascida estava deitada em uma rede na sala de visitas; ali todos a foram contemplar e desejar-lhe felicidade. O vigário foi o primeiro que se adiantou para ela, e, fazendo-lhe com o polegar o sinal da cruz na testa, murmurou:

"'Deus te faça boa.'

"Seguiu-se o futuro padrinho, que era o mestre-escola. Abençoou--a com a mão, dizendo-lhe:

"'Deus te faça uma santa.'

"Assim se foram sucedendo na cerimônia todas as pessoas presentes, e ouvia-se constantemente:

"'Deus te faça boa filha.'

"'Deus te faça boa dona de casa.'

"'Deus te livre da onça e do jacaré.'

"Tendo ouvido a expressão daqueles desejos, e conhecendo que faltava um essencial, um que não podia ser omitido, principalmente em Faro, terra dos prodígios infaustos, adiantei-me, e ia falar, quando uma velhinha magra, descarnada e suja, empurrou-me para trás com uma força descomunal, e, antes que eu tivesse tempo de tornar a mim e de impedir-lhe o feitiço, disse com a voz trêmula e sibilante:

"'Tupã não te dê lágrimas, e a cobra grande seja tua amiga.'

"Dei um grito, e tentei agarrar-me à velha, mas ela já havia desaparecido.

"Juraram-me todos os presentes não a terem visto, e somente ter eu dito:

"'Deus te faça feliz.'

"Fiquei abatido. Eu sabia perfeitamente que a feiticeira havia estado ali; tinha feito o seu funesto dom; sabia-o, porque a vira, como vos vejo agora. O feitiço lançado pela velha sobre a inocente filha do capitão Jerônimo Ferreira é um dos mais terríveis malefícios que eu conheço. Os seus efeitos são desastrosos om extremo. Sem dúvida todos vós sabeis o que seja a cobra grande, a imensa sucuriju, e a perniciosa influência que exerce sobre os organismos nervosos e delicados das mulheres enfeitiçadas, postas em relação com ela, como o fora a filha do capitão pela imprecação da velha. Uma vez lançado o feitiço, estabelece-se entre a cobra, o pássaro acauã e a padecente uma infernal relação, que produz os efeitos misteriosos e estranhos que vereis. Quem poderá sondar um tal mistério! Que o digam os espíritos fortes!

"Imaginai como não fiquei eu, que era amigo de Jerônimo, e que tinha verdadeira compaixão da pobre inocentinha! Retirei-me triste e aflito. Na casa era uma festa imensa. A alegria andava por toda a parte. Eis o que eu recordava quando via Aninhas, já na idade de dois anos, contente e feliz, sem nunca ter derramado uma lágrima.

"A habitação de Ferreira era uma pequena casa, sita a alguma distância do centro da vila, à margem do Nhamundá, um dos mais belos cursos d'água, que eu conheço. Compunha-se simplesmente de uma sala, duas alcovas, a varanda e o quintal. Era coberta de palha, mas limpa e bem caiada. O capitão era homem que se prezava. Se já estivestes em Faro, ou mesmo se ainda não estivestes, mas se atentardes para o geral das nossas vilas, notareis o aspecto de triste solidão que reina em todas. Em Faro este aspecto ainda se torna mais notável pela ausência de vapores que, como aqui em Óbidos, venham trazer a vida ao porto. É por isso esta vila o lugar mais deserto e abandonado que eu conheço, de todas as nossas povoações mais importantes.

"Parece que um fado mau pesa sobre Faro, e a torna inabitável, já pelos malefícios, que ali constantemente têm lugar, já pelo abandono em que caiu. A menos que não seja um dia de grande festa, em que a gente das fazendas mais vizinhas vem à vila, quase que não se encontra viva alma nas ruas.

"Se isto é hoje assim, era ainda muito pior há trinta anos, quando o Amazonas não tinha feito os progressos que faz todos os dias, e ainda não se conheciam vapores, nem outras novas. Cada um vivia em sua casa, sabia de seus negócios, não cuidava da vida alheia. Mas se Faro é deserta de dia, à noite é muito pior. Depois, como não há lampiões públicos como os nossos, a escuridão é grande nas noites, em que a lua não aparece. Então, às sete horas da noite, só se ouve na vila o piar agoureiro do morucututú, ou o lúgubre choro de algum cão leproso, acompanhando o rumo das águas do rio. Fecham todos as suas portas e vão-se deitar, não sem um terror vago, incerto, a abalar-lhes os corações, e sem murmurarem de espaço a espaço:

"'Jesus, Maria, José!'

"Também não há povo nenhum que guarde tão santamente as tradições dos nossos avós e os ditames da religião de Cristo, como o povo de Faro. Eu posso falar assim, porque lá estive muito tempo.

"Por uma noite de inverno, uma dessas terríveis noites do Amazonas, em que o céu parece ameaçar a terra com todo o furor da sua cólera divina, o capitão Ferreira voltava de uma caçada, que fora imprudentemente fazer, para distrair-se dos pesares que tivera por morte da mulher; perdera-se, só conseguindo chegar à vila à noite.

"Tudo o que se pode dizer de horrível não pode exprimir todo, o imenso horror daquela noite infernal.

"Nenhuma voz humana se fazia ouvir em toda a vila; nenhuma luz brilhava, que indicasse que alguém, entregue a rezas ou a trabalhos, velasse por ali; nada: a vila parecia morta.

"Trovões furibundos atroavam os ares; relâmpagos inundavam de luz, de quando em quando, os matos que cercam a vila; os raios, caindo com fragor enorme, iam prostrar os grandes cedros, velhos de mais de um século. Mas isto não era nada. Do fundo do rio, da profundeza das águas da lagoa, formada pelo Nhamundá, e onde está sita Faro, levantava-se um ruído grande, horrível, insano, como uma voz sem nome, semelhante ao grito de todos os demônios reunidos. Era um clamor que dominava todos os ruídos da tempestade, era um clamor que eu só poderia comparar ao brado imenso que hão de soltar os condenados no grande dia do Juízo Final!

"Os cabelos do capitão Ferreira estavam de pé e duros como estacas.

"Ele bem sabia o que aquilo queria dizer. Aquela voz era a voz da cobra grande, que reside no fundo dos rios e dos lagos.

"O capitão levou a mão à testa para benzer-se, mas os seus dedos, trêmulos do medo, não conseguiram fazer o sinal da cruz. Invocando, porém, todos os santos da corte do céu, e principalmente o seu patrono São Jerônimo, deitou a correr para a casa.

"À medida que se aproximava dela, ouvia a terrível voz aumentar de volume. Cresceu tanto afinal que zumbiram-lhe os ouvidos, treme-ram-lhe as pernas, e caiu na ocasião em que tocava no limiar da porta.

"Com a queda espantou um grande pássaro escuro, que ali estava, e que voou, cantando:

"'Acauã! Acauã!'

"Muito tempo esteve o capitão Jerônimo Ferreira caído sem sentidos, e ele não poderia determinar quantas horas gastou naquele estado. Quando tornou a si, a cena estava mudada. A noite estava ainda escura, mas a tempestade tinha cessado. Um silêncio tumular reinava na vila; nenhum cão ladrava, nenhum galo cantava. Jerônimo olhou para a lagoa e notou com grande admiração que a superfície das águas tinha um brilho singular, como se estivesse untada de fósforo. Deixou errar vagamente o olhar por sobre a toalha do rio, e então um objeto estranho, afetando a forma de uma canoa, chamou-lhe a atenção. O objeto vinha, impelido por uma força desconhecida, em direção à praia, exatamente para o lado onde se achava o capitão. Este, tomado de uma curiosidade, que ele mesmo não saberia explicar, adiantou-se, meteu-se n'água, e agarrando o objeto, puxou-o para a beira.

"Era com efeito uma canoa, e dentro dela estava deitada uma criança que parecia dormir, como em um leito de rosas. O pai de Aninhas tirou-a dali, sustendo-a nos braços. Nesse momento rompeu o sol por entre os aningais de uma ilha próxima, cantaram todos os galos da vila, ladraram os cães, correu rápido o rio, deixando morrer o brilho desusado, e abriram-se algumas portas. Amanhecia.

"No dia seguinte toda a vila de Faro dizia que o capitão Jerônimo Ferreira tomara para si uma linda criança, que achara à beira do rio, e que se dispunha a criá-la como filha própria. Só a mim me contou o pai de Aninhas os acontecimentos da terrível noite, e isso mesmo quando lhe sobreveio a catástrofe.

"Tratada em casa de Ferreira como filha, crescia a estranha criança, que foi batizada com o nome de Vitória, nome impróprio e que parecia desafiar o destino. Educada da mesma forma que Aninhas, participava da mesma mesa, dos mesmos carinhos e afagos do capitão, que parecia esquecido do que se passara, e da gente de Faro, que estremecia ambas.

"Embora fossem lindas moças, tinham Ana e Vitória aos catorze anos tipos muito diferentes.

"Ana, que fora a princípio robusta, era agora uma jovem franzina e pálida. Os seus anelados cabelos castanhos caíam-lhe em ondas sobre as alvas e magras espáduas, os olhos tinham uma languidez doentia, a boca andava sempre contraída, como se a rapariga tivesse sempre vontade de chorar, e raras rugas divisavam-se-lhe nos cantos da boca e na fronte baixa, algum tanto cavada. Sem que nunca a tivessem visto verter uma lágrima, Aninhas tinha um ar doentio e triste que a todos impressionava e que se ia tornando cada dia mais visível. A filha do capitão Ferreira era meiga para com a companheira, mas a vista experimentada do observador percebia-lhe um certo acanhamento quando se achava perto de Vitória; uma espécie de sofrimento, de repulsão, alguma coisa de um terror vago, quando a outra nela fixava os seus grandes olhos negros.

"Na vila dizia toda a gente:

"'Como está magra e triste a Aninhas, que prometia ser robusta e alegre!'

"Vitória, porém, era alta e magra, mas dessa magreza robusta que revela músculos de ferro. A tez era morena, quase escura; as sobrancelhas negras e grandemente arqueadas; o queixo fino e pontiagudo; as narinas dilatadas; os olhos negros, rasgados, tinham um brilho estranho. Vitória, apesar de sua beleza, tinha um não sei quê de repulsivo nas feições e nos modos. A boca ornada de magníficos dentes; um sorriso tão frio como o aço. Fitava com arrogância a vista nos que a olhavam, até obrigá-lo a baixar os olhos.

"As duas companheiras afetavam a maior amizade e ternura. Mas eu via que Aninhas fugia, sempre que lhe era possível, de estar à beira de Vitória; esta, pelo contrário, não a deixava, apegava-se a ela, como se fora a sua sombra.

"A filha do capitão, como já vos disse, deixava ver nas relações com a outra uma certa timidez, medo ou receoso acanhamento; a estranha, diferentemente, um espírito de contradição, uma certa sobranceria, quando falava a Aninhas. A voz da filha da casa era mal segura e trêmula; a de Vitória era áspera e dura. Quando se achavam a sós, a filha de Jerônimo parecia escrava, e a moça estranha parecia a senhora. Observei isso uma vez em que as pude ver sem delas ser visto, o que fiz, não por curiosidade, pecado de que Deus me defenda, mas por natural solicitude pela filha do meu amigo.

"Tudo, porém, correu sem maior novidade até o dia em que as moças completaram quinze anos. Desse dia em diante notou Ferreira que a sua protegida ausentava-se de casa frequentes vezes em horas impróprias e suspeitas, sem nunca dizer para onde ia. Ao mesmo tempo Aninhas ficava mais fraca e abatida; não falava, já não sorria, e o seu pálido rosto andava constantemente envolto em um véu de negra melancolia. Quando o pai carinhosamente lhe perguntava o que tinha, respondia com a voz cortada de soluços, e olhando a furto para todos os lados:

"'Nada, papai.'

"A outra, quando o dono da casa a repreendia pelas suas ausências inexplicáveis, dizia com altivez e pronunciado desdém:

"'E o que tem vosmecê com isso?'

"Em junho desse mesmo ano foi Aninhas pedida em casamento pelo filho de um fazendeiro do lugar, o alferes Inácio da Beira do Lago, que depois foi para Manaus, onde morreu feito agente do Correio. Pai e filha anuíram, e ambos pareciam contentes. Um vago sorriso iluminava as feições da jovem. Mas de repente, sem que pessoa alguma pudesse explicar tão súbita mudança, a moça apareceu ainda mais triste do que de costume, e toda trêmula e sofrente foi dizer ao pai que não queria mais casar com o filho do fazendeiro, que não simpatizava com ele, que tinha a certeza de que seria infeliz, que tinha sonhado com essa infelicidade, disse enfim tudo o que podia dizer para destruir pela base o projetado enlace. Depois de ter por muito tempo procurado dissuadi-la dessa resolução sem nada conseguir, o capitão decidiu-se a fazer a vontade à filha estremecida, rompeu o casamento e malquistou-se assim para toda a vida com a importante família da Beira do Lago.

"Na vila não se falou em outra coisa durante muito tempo, sem que pessoa alguma deixasse de censurar a inconstância de Aninhas. Só Vitória não dizia palavra. Nesse ínterim a desconhecida moléstia de

Aninhas se agravava, e o capitão começou a inquietar-se seriamente com isso.

"No ano seguinte, novo projeto de casamento com o coletor de Faro, o Fernando Montoléa, que ainda vive; nova alegria momentânea no rosto da moça, nova tristeza súbita, e novo pedido ao pai para que rompesse o casamento.

"Mas desta vez o capitão quis por força saber a causa do estranho modo de proceder da filha, e, como ela teimasse em responder que nada tinha, que não podia dizer o que tinha, o capitão, homem impaciente e colérico, despeitado além disso com as recusas inexplicáveis da filha querida, e receoso de um futuro próximo disse-lhe terminantemente:

"'Pois agora há de casar, que eu quero.'

"Ouvindo essa resolução do pai, a jovem retirou-se e encerrou-se no seu quarto até o dia da cerimônia, sem que pedidos e ameaças a fizessem de lá sair.

"Nesse entretanto a agitação de Vitória era extrema. Andava com o rosto descomposto, entrava e saía mil vezes por hora do quarto da companheira, ausentava-se por longas horas de casa, metendo-se pelos matos circunvizinhos, dava gargalhadas que me metiam medo. Tudo isto confirmou as terríveis suspeitas que eu tinha, e que infelizmente não eram infundadas.

"Tudo preparou-se para o casamento com a decência que a posição do capitão Jerônimo exigia, porque naquele ano fora eleito juiz de paz, e era um dos principais personagens da terra. O noivo apressava os preparativos com impaciência, e o capitão ajudava-o com o mesmo sentimento. Parecia que o pobre homem tinha o pressentimento de uma grande desgraça, e queria evitá-la com o casamento. Como religioso que era, pensava ele que o sagrado laço não podia deixar de produzir um efeito benéfico sobre Aninhas. Tudo se fez sem que nem a noiva nem a sua companheira interviessem em coisa alguma. Chegou finalmente o dia, e os noivos, acompanhados dos pais, dos padrinhos e de quase toda a gente da vila, dirigiram-se para a igreja.

"Com grande admiração de todos, Vitória desaparecera; por mais que fizessem, não a podiam encontrar.

"Foi viva a agitação a que isto deu lugar. Os convidados não podiam compreender a ausência, em uma ocasião daquelas, da moça que fora criada pelo capitão, que era quase a irmã da noiva. Eram perguntas sobre perguntas:

"'Onde está ela?'

"'Onde estará Vitória?'

"O capitão franzia o sobrolho. Aninhas não podia esconder um íntimo contentamento; olhava para todos os lados, tendo nos olhos escrita a esperança de não ver a terrível amiga. Como se fazia tarde e Vitória não aparecia, nem dela havia notícia, entraram na matriz e deu-se começo a cerimônia.

"Mas eis que, na ocasião em que o vigário lhe fazia as perguntas do estilo, a noiva pôs-se a tremer como varas verdes, com o olhar fixo em um ponto da porta da sacristia. Acompanhei a direção daquele olhar, e dir-vos-ei que ainda que eu viva cem anos não me esquecerei do que então vi.

"De pé, à porta da sacristia, hirta como uma defunta, com os cabelos transformados em horrendas cobras, com as narinas dilatadas e a tez verde-negra, Vitória fixava em Aninhas um olhar horrível, olhar de demônio, olhar frio, que parecia querer pregá-la imóvel no chão. A boca entreaberta deixava aparecer uma língua fina, partida em duas, como a língua das serpentes. Uma ligeira fumaça azulada saía-lhe da boca e subia até o teto da igreja.

"Era um espetáculo sem nome!

"Aninhas soltou um grito, como se fosse morrer e caiu com estrondo sobre os degraus do altar. A confusão foi grande entre os presentes. Todos queriam acudir-lhe, e não sabiam o que haviam de fazer; eu, entretanto, não podia despregar a vista da horrenda figura de Vitória, até que esta, dando um horrível brado, desapareceu sem eu saber como.

"Voltei-me para Aninhas, e fui tomado de uma compaixão dolorosa ao vê-la imóvel no chão, hirta e pálida; dois grandes fios de lágrimas corriam-lhe pela face.

"'Lágrimas!', disse o capitão ajoelhando-se ao pé da filha.

"'Lágrimas!', bradou a multidão tomada de espanto.

"Então, convulsões terríveis se apoderaram do corpo de Aninhas. Retorcia-se a pobre criança como se fora de borracha. O seio agitava-se dolorosamente. Os dentes, cerrados com uma força sobre-humana, rangiam furiosamente; as mãos arrancavam os lindos cabelos e espatifavam os enfeites do belo vestido de noivado; os olhos reviravam-se-lhe nas órbitas, os pés batiam no solo. Toda ela se maltratava, rolando como uma frenética, uivando dolorosamente.

"Todos tinham lágrimas nos olhos, e o pobre pai soluçava como uma criança.

"De repente a moça pareceu sossegar um pouco, mas isso não foi senão o princípio de uma nova crise. Endireitou-se toda e ficou imóvel. Encolheu depois os braços, dobrou-os, e, como se fossem asas, bateu com eles repetidas vezes de encontro às ilhargas, e, entreabrindo a boca, deixou sair um longo grito, que nada tinha de humano, um grito que ecoou lugubremente pela igreja:

"'Acauã!'

"'Jesus!', bradámos todos, caindo de joelhos.

"E a moça, cerrando os olhos, como em êxtase, com o corpo imóvel, a exceção dos braços, continuou aquele canto lúgubre:

"'Acauã! Acauã!'

"Por cima do teto uma voz respondeu à de Aninhas, e cantou:

"'Acauã! Acauã!'

"Um silêncio tumular reinou entre os assistentes.

"Com o coração confrangido nós compreendíamos toda a horrível desgraça:

"'Era o acauã!'"

O ar do vento, Ave-Maria

Manuel de Oliveira Paiva

Manuel de Oliveira Paiva nasceu no Ceará, em 1861, e morreu no mesmo estado, em 1892. Seguiu carreira militar, engajando-se nas lutas pela Abolição e pela República. Na literatura, assinou contos e romances como A afilhada *e* Dona Guidinha do poço. *"O ar do vento, Ave-Maria" foi publicado em 1887, na revista* A Quinzena. *A história se relaciona a "Senhor das caças" por se tratar também de um causo de caçada e por se organizar em torno de uma figura central de nosso imaginário, a mula sem cabeça: é com ela que se depara o narrador sertanejo durante uma noite medonha passada na floresta.*

Ia a lua sumindo-se lívida, por trás de um cabeço onde se abria o roçado. Por entre as palhas do milho — um mar de cobraria esverdeada, com reflexos de armas brancas em mãos de combatentes revoltos —, fervilhava um sopro álgido que saía roncando de sob a mata cavernosa das cercanias. Pelo meio da roça bracejavam uns gigantes magros, pretíssimos, grandes árvores cuja fronde em tempo fora roída pela queima das coivaras. Em um dos cantos, como rico em seu sobrado, estava eu na rede muito aereamente armada nos músculos de uma peroba. Via as árvores salientes como se fossem rochedos, e o cerrado do bosque me fazia horror. Palavra que me arrependia daquela caçada. Porém, tinha uma fé extraordinária no uniforme de couro tanado que me modelava dos pés à cabeça. Me lembrava de que, se visse uma onça, era só enluvar na esquerda o chapeirão e meter-lhe pela boca adentro, enquanto com a destra lhe furasse corajosamente o coração com uma facada. Eu via blocos muito escuros no meio da claridade morna que circula no organismo da própria noite.

Verberações de estrelas abrindo os olhos de fera. Me achava meio nada, meio ser. O horizonte não existia a tais horas senão para as penetrações luminosas, nascimento ou sepultação de algum astro. Não havia perspectiva.

De repente ouvi quebrar mato e estremeci todo. Perguntei a mim mesmo: "Pois veado faz medo assim?".

Entretanto o ruído não procurava o roçado, como faria o cervo, para furtar o milho; mas entranhava-se para o meu lado.

Pus-me de bruços, com a espingarda por baixo de mim e o dedo no gatilho. Os meus olhos apavorados farejavam a direção da caça. Mas, diabo! Veado faz medo assim? No tronco encovado de uma embaúba, cessou o movimento; e em seguida vi perfeitamente um bicho que, se espojando, rosnava, grunhia, relinchava, berrava...

— Fogo! — gritei eu no meu silêncio de horror.

Asneira! Estou em presença, mas é de uma visagem!

Por fim o monstro arrancou numa carreira furiosa pelo ventre da floresta, e então parecia arrastar milheiros de correntes, de latas, de caixões ocos, e relinchava com o estridor anunciante de uma locomotiva.

— Burra sem cabeça! — cochichei eu, todo encolhido, os cabelos em pé, as mãos entre as pernas apertando o cano da espingarda, o nariz com um arrocho, e os olhos porejando lágrimas de morte.

Entretanto, vi que o bicho tinha deixado uma coisa no chão. O que será? Ele já vai longe, já se não percebe mais a barulheira; desçamos. Desembainhei a faca, prendia-a no dente, e gatinhei pela árvore abaixo. Ah! Nesse momento eu sentia todas as delícias do pavor! Entretanto, o laço irresistível da curiosidade me chamava para o pé da embaúba. Então eu me sentia gigante, conquistador, bandido, valente, capaz de brigar com a floresta inteira, quanto com uma burra de padre.

O que o bicho deixara no tronco da embaúba era justamente uma cabeça de mulher, com o rosto enterrado. Suspendia-a pelos cabelos e ela fez umas caretas horrorosas!... Larguei-a de repente no chão, como quem solta uma brasa, e corri. Por acaso voltei o rosto e vi que a face daquela cabeça hedionda tinha ficado para cima. Estava eu, portanto, desgraçado; o bicho, quando viesse, talvez por descuido, engonçaria a cabeça assim invertida. E me seguirá a pista, porque ele ficará desesperado... visto que as visagens devem ter também as suas leis e os seus logros.

Felizmente alcancei a estrada. Como se a massa bipartida da selva fosse adiante de mim se desorganizando, eu ia distinguindo o que é próximo do que é longe. Me parecia ver uma árvore, como uma montanha, debruçada sobre o pálido fio da estrada, e quando eu me achegava eram muitas árvores separadas, porém na mesma trajetória.

Havia nuvens baixas, que pareciam nebulosas, e outras escuras, modelando selvas suspensas. O volume absorvia à linha e à superfície. Os insetos vibravam por todos os cantos. Uns soltavam alaridos compassados, como pulsações de um coração. Outros, um contínuo som brilhante, vivo como estrelas. De quando em vez um sapo coaxava de lá uma voz grossa, notas do peito. E outro assobiava, como pelo canto da boca. Tudo parecia esquisitamente embiocado na pilhéria da escuridão. A mãe-da-lua solfejava as notas inauditas, sobrenaturais, da sua eterna escala descendente.

Ao amanhecer, me achei deitado no cupiá de uma fazenda, e perguntei ao primeiro passante que vinha da vila:

— A amásia do vigário teve alguma coisa, amigo?

— Um *açuleiro* dos diabos, seu moço! Dizem que ela amanheceu com a cabeça torta.

— Mas você viu-a? Isto é exato?

— A freguesia está toda cheia.

E o vaqueiro da fazenda, que acabava de encilhar o seu cavalo de campo, foi montando e dizendo:

— O que a mulher tem é o ar do vento...

— Ave-Maria! — concluiu o outro se benzendo.

Pela noite

Emanuel Karnero

Emanuel Karnero é um dos pseudônimos utilizados por Manuel Carneiro, que nasceu no Rio de Janeiro, em 1862, e morreu em São Paulo, em 1888. Nas poucas informações disponíveis a seu respeito, consta que foi jornalista, contista, romancista e poeta. O conto "Pela noite" surgiu em 1888, no jornal A Semana*, e é tão elusivo quanto a biografia de seu autor. O que contempla o narrador de sua janela durante as noites que passa em claro? Seriam "as sombras lutadoras" suas memórias, sua própria consciência ou algum evento sobrenatural envolvendo uma mulher misteriosa? Nada é certo nesta narrativa enigmática.*

Ao certo não sei mais o tempo que esta casa habito. Os dias e os meses fugiram, enovelados numa bruma enfumarada e triste, lá para muito longe, onde a lembrança não alcança mais. Depois... quem pode lá contar os dias que vive? Quem sabe lá quando é que vive, se se anda sempre a definhar aos poucos, quase insensivelmente, roído o coração, como um verme doloroso, por essa triste e silenciosa Dor sagrada?... Depois... a vida é o gozo e gozar é esquecer tudo, desde a hora e da luz até a própria vibração prolongada do prazer. Depois... se o prazer entontece, a alegria esconde no seio a ampulheta da hora, os longos dias mornos em que soluça dentro em nós o triste coração, já não são dias porque já não há luz esparsa no largo azul sidéreo e tudo em nós descamba para a imensa noite lúgubre da Sombra. Noite nua de estrelas, sem murmúrios, sem sussurros, sem ventos, onde mal se escuta a langorosa voz extinta da triste dor que nos esmaga.

E voltando para o céu o vago olhar errante, tudo é noite em cima, embaixo e em torno, e nem uma luz de estrela nos fala acaso da vida e da hora do padecer sombrio.

E hei de eu saber há quanto tempo habito esta morada antiga!...

O que eu apenas sei, porque ainda vejo, é que através da noite que se estende lá fora, triste como um lamento, aparece-me iluminada uma pequena janela fronteira. Há quanto tempo eu a vejo assim, aberta, iluminada e silenciosa, como um olho aceso no meio da sombra?

Ali dentro, penso bem comigo mesmo, à chama vermelhaça daquela luz, alguém trabalha a longas noites, como um boi de charrua, pertinaz, pela noite adentro, durante o tempo em que tudo repousa, no silêncio mudo, perscrutando um segredo, cavando um abismo, tecendo um trapo negro ou um *crachat** de luz para manchar com ele a consciência.

Às vezes, quando a noite é mais densa, quando há sussurro na ramaria, gemidos de troncos que lascam, pios soltos na sombra, ruflar de asas negras fugitivas, as minhas conjecturas se atristam e penso e creio e juro a mim mesmo que há ali alguém que sofre, palidamente, como um cadáver estirado entre a roupagem branca de um leito onde o vulto já cavou as formas. E creio que seja uma mulher.

Por quê? Sei lá eu acaso porque creio nisto? Sei porventura se creio? Sei se penso? Sei se vivo ou se sofro?

Entretanto, toda a noite, mesmo da cadeira em que trabalho, o meu olhar se volta para o clarão daquela janela, coado através d'uma ramaria afastada, encurvada e alta, parecendo de longe um olho luminoso aceso no meio da sombra, olhando a grande escuridão do céu impassível.

Mas ontem... Quase que posso afirmar que foi ontem, pouco depois da meia-noite... na grande noite da minha dor, como num relógio antigo, brônzeo e funéreo, soam-me dentro do coração as longas horas espaçadas da Mágoa Impiedosa.

Pouco depois da meia-noite... Hora imensa, hora tristíssima, minha tremenda hora lúgubre!... Foi... Lembro-me agora ainda... Voltei o olhar para a janela iluminada, e ali, onde nunca passou uma sombra reveladora, como a sua silhueta colossal, levantou-se desenhando na parede, como que um braço tremendo numa atitude vingadora. Es-

* No original em francês, "cuspe", "cusparada".

perei, ansiado, com o olhar fixo, penetrante, angustiadamente, como quem espera o tiro de uma arma que lhe apontaram ao coração.

O braço de gigante desceu. Só sei dele a sombra, a sombra apenas... Desceu como um raio... Depois subiu de novo. Alguma coisa subiu com ele em luta. Luta crua, que se desenhava na sombra. Pareceram-me braços agitados, contorcidos, recrispados, e uma enorme cabeça desgrenhada com uma expressão de um desespero súplice, infinito. A sombra apenas... Tudo aquilo, disforme e colossal, bracejou e se sacudiu no espaço. De repente desceu tudo, caiu, sumiu-se e nada mais manchou sobre a parede a sua silhueta sinistra.

E muito pouco tempo depois alguma coisa de espectral, de extraordinário, como que uma sombra esguia e longa, alguma coisa de etéreo, de adejante e triste debruçou-se longamente da janela iluminada e saiu voando pelo meio da noite, a imensa, a tristonha noite muda.

E nada mais do que isto. Em vão o olhar parado, deslumbrado e ardente, o olhar que tem sede, devassa a sombra e interroga a luz. A janela iluminada lá continua, luminosa e só, vigiando a sombra silenciosa. Nada mais perpassa. Nem vislumbre de coisa sobre o muro onde andavam as silhuetas lutadoras.

E o olhar ardente espera.

Apenas, no negror da treva passam asas ruflando...

Creio... Mas eu nem sei se creio. Parece-me vagamente que penso que todos devem ter uma janela iluminada no meio da noite. Devem tal a todos que têm a sua noite – de sombra impiedosa, de tremenda dor sagrada. O que sei bem ainda é se todo o olhar descobre, através da ramaria recurvada e alta, contra a parede iluminada, as mesmas sinistras sombras lutadoras...

Ah! Mas para os miseráveis tristes como é lúgubre e funda esta terrível sombra, esta medonha noite, com suas visões espectrais, tremendas!...

A nevrose da cor

Fantasia egípcia

Júlia Lopes de Almeida

Júlia Lopes de Almeida nasceu no Rio de Janeiro, em 1862, e morreu no mesmo local, em 1934. Contista, romancista, cronista e dramaturga de sucesso em sua época, defendeu a Abolição e participou da idealização da Academia Brasileira de Letras — mas foi impedida de assumir uma cadeira por ser mulher. O conto "A nevrose da cor" é aqui apresentado em versão menos conhecida, publicada na Gazeta de Notícias, *do Rio de Janeiro, em 1889 — catorze anos antes da versão veiculada em livro e comumente antologizada. Trata-se da sangrenta história de Issira, princesa egípcia que padece de compulsão pela cor vermelha.*

Desenrolando o papiro, um velho sacerdote sentou-se ao lado da bela princesa Issira e principiou a ler-lhe uns conselhos, escritos por um sábio antigo. Ela ouvia-o indolente, deitada sobre as dobras moles e fundas de um manto de púrpura; os grandes olhos negros cerrados, os braços nus cruzados sobre a nuca, os pés trigueiros e descalços unidos à braçadeira de ouro lavrado do leito.

Pelos vidros de cores brilhantes das janelas, entrava iriada a luz do sol, o ardente sol do Egito, pondo reflexos fugitivos nas longas barbas prateadas do velho e nos cabelos escuros da princesa, esparsos sobre a sua túnica de linho fino.

O sacerdote, sentado num tamborete baixo, continuava a ler no papiro convictamente; entretanto a princesa, inclinando a cabeça para trás, adormecia!

Ele lembrava-lhe:

— A pureza na mulher é como o aroma na flor!

"Ide *confessar a vossa alma* ao grande Osíris! Para a terdes limpa de toda a mácula e poderdes dizer no fim da vida: *Eu não fiz derramar lágrimas; eu não causei terror*!

"Quanto mais elevada é a posição da mulher, maior é o seu dever de bem se comportar.

"Curvai-vos perante a cólera dos deuses! Lavai de lágrimas as dores alheias para que sejam perdoadas as vossas culpas!

"Evitai a peste e tende horror ao sangue...

"Notai bem, princesa: *E tende horror ao sangue*!"

A princesa sonhava: ia navegando num lago vermelho, onde o sol estendia móvel e quebradiça uma rede dourada. Recostava-se num barco de coral polido, de toldo matizado sobre varais crivados de rubis; levava os pés mergulhados numa alcatifa de rosas e os cabelos semeados de estrelas...

Quando acordou, o sacerdote, já de pé, enrolava o papiro, sorrindo com ironia.

— Ainda estás aí?

— Para vos repetir: arrependei-vos, não abuseis da vossa posição de noiva do senhor de todo o Egito... lavai para sempre as vossas mãos do sangue...

A princesa fez um gesto de enfado, voltando para o outro lado o rosto; e o sacerdote saiu.

Issira levantou-se e, arqueando o busto para trás, estendeu os braços, num espreguiçamento voluptuoso.

Uma escrava entrou, abriu de par em par a larga janela do fundo, colocou em frente a cadeira de espaldar de marfim com desenhos e hieróglifos na moldura, pôs no chão a almofada para os pés e, ao lado, a caçoula de onde se evolava, enervante e entontecedor, um aroma oriental.

Issira sentou-se e, descansando o seu formoso rosto na mão, olhou demoradamente para a paisagem. A viração brincava-lhe com a túnica, e o fumo da caçoula envolvia-a toda.

O céu, azul-escuro, não tinha nem um leve traço de nuvem. A cidade de Tebas parecia radiante. Os vidros e os metais deitavam chispas de fogo, como se aqui, ali e acolá, houvesse incêndio; e ao fundo, entre as folhagens escuras das árvores ou as paredes do casario, serpeava, como uma larga fita de aço batida de luz, o rio Nilo.

Princesa de raça, neta de um faraó, Issira era orgulhosa; odiava todas as castas, exceto a dos reis e a dos sacerdotes. Fora dada para esposa ao filho de Ramazés e, sem amá-lo, aceitava-o, para ser rainha.

Era formosa, indomável, despótica.

Tinha a *nevrose* da cor.

Fascinava-a o vermelho.

Muito antes de ser a prometida do futuro rei, chegava a cair em convulsões ou delíquios ao ver flores de romãzeiras que não pudesse atingir ou as listras encarnadas do *kalasiris** curto de qualquer homem do povo.

A medicina egípcia consultou as suas absurdas teorias, pôs em prática todos os seus recursos, e curvou-se vencida diante da persistência do mal.

Issira, entretanto, degolava as ovelhinhas brancas, bebia-lhes o sangue e só plantava nos seus jardins rosas purpúreas.

Na aldeia em que nascera e em que tinha vivido, Karnac, forrara de linho escarlate os seus aposentos; era neles que ela bebia em taças de ouro o precioso líquido.

Princesa e formosa, a fama levou-lhe o nome ao herdeiro de um Ramazés; e logo o príncipe, curioso, seguiu para essa terra.

O seu primeiro encontro foi no templo. Ele esperava-a no centro do enorme pátio, entre as galerias de colunas, ansiosamente. Ela vinha no seu palanquim de seda, coberta de pérolas e de púrpura, passando radiante e indolente entre as seiscentas esfinges que flanqueavam a rua.

Dias depois morria o pai de Issira, último descendente dos faraós, após a sua costumada refeição de leite e mel. O príncipe Ramazés solicitou a mão da órfã e fê-la transportar para o palácio real em Tebas.

A beleza de Issira deslumbrou a corte; a sua altivez fê-la respeitada e temida; a paixão do príncipe rodeou-a de prestígio e a condescendência do rei acabou de lhe dar toda a soberania.

* Espécie de túnica utilizada por homens e mulheres no antigo Egito.

O seu porte majestoso, o seu olhar, ora de veludo ora de fogo, mas sempre impenetrável e sempre dominador, impunham-na à obediência e ao servilismo dos que a cercavam.

Esquecera a placidez de Karnac. Lamentava só as ovelhinhas brancas que ela imolava nos seus jardins das rosas rubras.

A loucura do encarnado aumentou.

Os seus aposentos cobriram-se de tapeçarias vermelhas. Eram vermelhos os vidros das janelas; pelas colunas dos longos corredores enrolavam-se hastes de flores cor de sangue.

Descia às catacumbas, iluminada por fogos encarnados, cortando a grandiosa soturnidade daqueles enormes e sombrios edifícios como uma nuvem de fogo que ia tingindo, deslumbradora e fugidia, os sarcófagos de pórfiro ou de granito negro.

Não lhe bastava isso; Issira queria beber e inundar-se em sangue. Não já o sangue das ovelhas mansas, brancas e submissas, que iam de olhar sereno para o sacrifício, mas o sangue quente dos escravos revoltados, conscientes da sua desgraça; o sangue fermentado pelo azedume do ódio, sangue espumante e embriagador!

Um dia, depois de assistir no palácio a uma cena de pantomimas e arlequinadas, Issira recolheu-se doente aos seus aposentos; tinha a boca seca, os membros crispados, os olhos muito brilhantes e o rosto extremamente pálido.

O noivo andava por longe a visitar províncias e a caçar hienas.

Issira, estendida sobre os coxins de seda, não conseguia adormecer. Levantava-se, volteava no seu amplo quarto desesperadoramente como uma pantera ferida a lutar com a morte.

Faltava-lhe o ar; encostou-se a uma grande coluna ornamentada com inverossímeis figuras de animais entre folhas de palmeira e de lódão; e aí de pé, movendo os lábios secos, com os olhos cerrados e o corpo em febre, deliberou chamar um escravo.

A um canto do quarto, estendida no chão sobre a alcatifa, dormia a primeira serva de Issira.

A princesa despertou-a com a ponta do pé.

Uma hora mais tarde um escravo, obedecendo-lhe, estendia-lhe o braço robusto, e ela, arregaçando-lhe ainda mais a manga já curta do *kalasiris*, picava-lhe a artéria, abaixava rapidamente a cabeça e sugava com sôfrego prazer o sangue muito rubro e quente!

O escravo passou assim da dor ao desmaio e do desmaio à morte; vendo-o extinto, Issira ordenou que o removessem dali e adormeceu.

Desde então entrou a dizimar escravos, como dizimara ovelhas.

Subiam queixas ao rei; mas Ramazés, já velho, cansado e fraco, parecia indiferente a tudo.

Ouvia com tristeza os lamentos do povo, fazendo-lhe promessas que não realizava nunca.

Não queria desgostar a futura rainha do Egito; temia-a. Guardava doce esperança da imortalidade do seu nome. E essa imortalidade, Issira poderia cortá-la como a um frágil fio de cabelo. Formosa e altiva, quando ele, Ramazés, morresse, ela, por vingança, fascinaria a tal ponto os quarenta juízes do *julgamento dos mortos*,* que eles procederiam a um inquérito fantástico dos atos do finado, apagando-lhe o nome em todos os monumentos, dizendo ter mal cumprido os seus deveres de rei!

Não! Ramazés não oporia sua força à vontade da neta de um faraó! Que a maldita casta dos escravos desaparecesse, que todo o seu sangue fosse sorvido com avidez pela boca rosada e fresca da princesa. Que lhe importava, e que era isso em relação à perpetuidade do seu nome na história?

As queixas rolavam a seus pés, como ondas marulhosas e amargas; ele sofria-lhes o embate, mas deixava-as passar!

Issira, encostada à mão, olhava ainda pela janela aberta para a cidade de Tebas esplendidamente iluminada pelo sol, quando um sacerdote lhe foi dizer em nome do rei que viera da província a triste notícia de ter morrido o príncipe desastrosamente.

Recebeu a princesa com ânimo forte tão inesperada nova. Enrolou-se num grande véu e foi beijar a mão do velho Ramazés.

* Na mitologia egípcia, após a morte, cada indivíduo passaria por um julgamento de seus atos, comandado pelas divindades.

O rei estava só; a sua fisionomia mudara, não para a dolorosa expressão de um pai sentido pela perda de um filho, mas para um modo de audaciosa e inflexível autoridade. Aceitou com frieza a condolência de Issira, aconselhando-a a que se retirasse para os seus domínios em Karnac.

A egípcia voltou aos seus aposentos e foi sentar-se, pensativa, no dorso de uma esfinge de granito rosado a um canto do salão.

A tarde foi caindo lentamente; o azul do céu esmaecia; as estrelas iam a pouco e pouco aparecendo, e o Nilo estendia-se cristalino e pálido entre a verdura negra da folhagem. Fez-se noite. Imóvel no dorso da esfinge, Issira olhava para o espaço enegrecido com os olhos úmidos, as narinas dilatadas, a respiração ofegante.

Pensava na volta a Karnac, no seu futuro repentinamente extinto, nesse glorioso amanhã que se cobrira de crepes e que lhe parecia agora interminável e vazio! Morto o noivo, nada mais tinha a fazer na corte. Ramazés dissera-lhe: "Ide para as vossas terras; deixai-me só...".

Issira debruçou-se da janela — tudo negro! Sentiu rumores no quarto, voltou-se. Era a serva que lhe acendera a lâmpada.

Olhou fixamente para a luz; a cabeça ardia-lhe, e procurou repousar. Deitando-se entre as sedas escarlates do leito, com os olhos cerrados e as mãos pendentes, viu em pensamento o noivo morto, estendido no campo, com uma ferida na fronte de onde brotava em gotas espessas o seu belo sangue de príncipe e de moço.

A visão foi se tornando cada vez mais clara, mais distinta, quase palpável. Soerguendo-se no leito, encostada ao cotovelo, Issira via-o positivamente a seus pés. O sangue já se não desfiava em gotas, uma a uma, como pequenas contas de coral; caía às duas, às quatro, às seis, avolumando-se até que saía em borbotões, muito vermelho e forte; Issira sentia-lhe o calor, aspirava-lhe o cheiro, movia os lábios secos, buscando-lhe a umidade e o sabor.

A insônia foi cruel. Ao alvorecer, chamando a serva, mandou vir um escravo.

Mas o escravo não foi. Ramazés atendia enfim ao seu povo, proibindo à egípcia a morte dos seus súditos. Um sacerdote foi aconselhá-la.

— Cuidado! A justiça do Egito é severa, e vós já não sois a futura rainha...

Issira despediu-o.

Perseguia-a a imagem do noivo coberto de sangue. A proibição do rei revoltava-a, acendendo-lhe mais a febre do encarnado.

Como na véspera, o sol entrava gloriosamente pelo aposento através dos vidros de cor. A princesa mordia as suas cobertas de seda, torcendo-se sobre a púrpura do manto. De repente, levantou-se, transfigurada e alegre. Colheu nos jardins do palácio todas as rosas vermelhas; erguia os braços, airosa, leve, gentil, para arrancar as últimas florinhas enlaçadas nas colunas dos terraços; e ia e vinha, como um pássaro feliz. Voltou para o quarto, cobriu-se de flores e espalhou-as também sobre o seu lindo sofá de ouro e vermelho; depois, deitando-se nele, de bruços, estirou um braço, beijou-o repetidas vezes e picou-o bem fundo na artéria. O sangue saltou, vermelho, deslizando como uma serpente delgada para a mão.

A princesa olhava num êxtase para aquele fio escarlate. Pouco a pouco baixou a cabeça e uniu os lábios ao golpe...

Quando à noite a serva entrou no quarto, absteve-se de fazer rumor; saiu com precaução e foi dizer às outras...

... que a princesa dormia serenamente, toda coberta de rosas!

O crime de Otávio

Olavo Bilac

Olavo Brás Martins dos Guimarães Bilac nasceu no Rio de Janeiro, em 1865, e morreu na mesma cidade, em 1918. Foi jornalista, cronista, contista e poeta, sendo considerado a estrela maior do parnasianismo — seus poemas figuram entre os mais célebres de nossa tradição. Como contista, abordou questões sociais ora com humor, ora com dramaticidade. E dramático é o conto "O crime de Otávio", publicado em 1890 na Gazeta de Notícias, *do Rio de Janeiro: trata-se da tragédia de uma traição seguida de um assassinato, relatada em tons de confissão.*

CARTA ENCONTRADA ENTRE PAPÉIS VELHOS

Saberás tudo, já que tudo queres saber. Três anos passaram sobre essa negra tragédia. E ainda hoje tenho tudo presente à memória, e ainda te faço esta pergunta, que há três anos dirijo a mim mesmo, todos os dias sem achar resposta:

— Foi um crime o que eu fiz?

Quando Otávio me bateu à porta, às dez horas da noite, eu tinha um livro aberto diante de mim. Não lia. À cólera, que me agitara durante toda a tarde, sucedera uma grande prostração. Parecia-me sem remédio a minha desgraça, depois daquela certeza, daquela terrível certeza...

Amá-la como eu a amava, com o desejo nunca saciado de a possuir, afrontar tudo, cometer o crime de lhe dar cerco durante dois longos anos, persegui-la por toda a parte, ter de viver numa constante dissimulação com o marido, ouvir-me a toda hora elogiado por ele, comer-lhe os jantares todos os dias, só para estar junto dela — desanimar afinal, considerá-la honesta, reputá-la o modelo das esposas, passar do amor à veneração, consolar-me com a minha derrota — e, de repente, aquela certeza de que a minha santa só para mim era santa, e humanizava-se com o "outro", na suprema delícia que eu tanto ambicionara!

Eu e Otávio éramos dois inseparáveis. Ligados por um parentesco longínquo, quase com a mesma idade, separamo-nos quando tive de ir ao Norte buscar a minha carta de doutor, deixando-o a estudar o seu terceiro ano de medicina.

Nos cinco anos que durou o nosso apartamento correspondemo-nos sempre — cartas de amigos, cheias de confidências e de saudades. Uma dessas cartas trouxe-me poucos meses antes da minha formatura, a notícia de seu casamento. Casamento pobre: uma menina órfã, que ele encontrara em casa de uma tia, no Engenho Velho. A carta, longa e apaixonada, fechava com este trecho: "Ema, que está ao meu lado, vendo-me escrever, manda-te um grande abraço. Já te estima extraordinariamente, mesmo sem conhecer".

E meses depois, numa radiante manhã de domingo, vendo aproximarem-se do navio que me trouxera escaleres e lanchas, cortando a água verde batida pelo sol — a primeira fisionomia conhecida que lobriguei foi a de Otávio. Dizia-me adeus, muito alegre, mais gordo, num fato de casimira clara. Ao seu lado, toda de branco, acenava-me com o lenço a mulher. Alta, esbelta, de um moreno dourado, grandes olhos profundos, boca pequena e vermelha; sob o chapéu de palha desabado viam-se os cabelos, fartos e negros. Foi ela quem subiu primeiro a escada. Veio a mim, naturalmente, sem embaraço, sem me chamar — doutor — com uma confiança que me cativou desde logo:

— Bom dia, Jaques!

— Minha senhora...

E caí nos braços de Otávio. Ao almoço, em casa deles, ficamos mais de quatro horas à mesa, matando saudades. Ela tomou parte na conversa, com uma adorável tagarelice de dezoito anos. Examinei-a. Deliciosa de graça e de beleza. Tinha a pele finíssima, a orelha pequenina e delicada, como uma concha preciosa.

Quando olhava para o marido, velavam-se-lhe os olhos de carinho, meigos, deliciando-se na contemplação dele.

Desse dia — foi talvez o dia mais feliz da minha vida — nasceu esta irremediável desgraça. Não fosse ele, e eu não teria cometido aquilo que ainda agora mesmo te pergunto se foi um crime...

Amei-a pelo hábito de vê-la todos os dias, de sentar-me todos os dias ao seu lado, de ouvi-la, embriagado pelo seu aroma, deliciosamente abrasado pelos seus grandes olhos profundos. Tratava-me sem-cerimônia como a um irmão. Contava-me, confiadamente, com os olhos muito perto dos meus — quando Otávio saía a ver algum doente e ficávamos sós —, a sua vida antiga de menina pobre, sem distrações; junto de uma tia rabugenta, na enorme casa triste do Engenho Velho; o seu namoro com Otávio, as dificuldades que apareceram para o casamento — ela, órfã e pobre, ele, médico novo e sem clínica; e ia por diante, falando muito do marido, elogiando-lhe o talento e a bondade — torturando-me.

Com o "outro" era muito mais fria do que comigo.

Chamava-se Barbosa. Ia lá às vezes jantar, mas comumente, só aparecia à noite. Era um moço rico, baixinho, janota, olhos piscos por trás dos vidros grossos de um pincenê de ouro, roupas espalhafatosas, muito conversador. Quando fomos apresentados — ainda crês em pressentimentos? — não antipatizei com ele. Achei-o vulgar, nem bonito nem feio, nem tolo nem inteligente — suportável. E nunca me passou pela ideia que amasse Ema: tratava-a com respeito e era tratado com frieza.

Continuei a amá-la. Depois da época do amor contemplativo, veio a outra, a da febre. Achei-me idiota — amando uma mulher, sem lhe dizer. Possuí-me de ambição insaciável de gozá-la. Fui perseguido pela sua lembrança, pelo seu olhar, pelo seu cheiro, sem tréguas, de dia e de noite. Quis deixar de vê-la. Otávio arrastava-me para lá, chamando-me ingrato.

Uma noite conversávamos os três.

O "outro" não viera. A campainha retiniu: era um chamado — vinham pedir a Otávio que fosse imediatamente socorrer um doente.

Ficamos sós. Ema principiou a folhear uma revista ilustrada.

Na sala de jantar, silenciosa, ouvia-se apenas o tique-taque do relógio. Não sei o que me deu coragem. Tomei-lhe a mão, beijei-a, ajoelhei-me, disse-lhe tudo, que a amava, que não podia mais com aquela tortura.

Ema, pálida de surpresa, levantou-se.

— Oh! Mas enlouqueceu, Jaques? Levante-se!

— Ema!

— Basta! Não me insulte.

E repeliu-me com violência.

Saí, corrido de vergonha. Deixei de lá ir oito dias. Quando Otávio me procurava em casa, o criado tinha ordem expressa de lhe dizer que eu saíra. Mas encontrou-me na rua. Que me havia ele feito? Que queria dizer aquilo? Nada! Havia de ir jantar com ele, iria, ainda que à força. Fui. Ela recebeu-me com mais carinho do que nunca. Na meiguice com que me tratou pareceu-me ver uma certa piedade comovida, pela minha paixão impossível. Não se referiu à cena que eu fizera. E senti desde então o meu amor transformar-se em veneração; desanimei.

Mas, naquela tarde...

Descia a rua do Ouvidor, quando me senti agarrado pelo braço. Era o Barbosa, o "outro". Tremia, muito pálido.

— Venha cá.

Levou-me para o fundo de uma confeitaria. Deixou-se cair na cadeira, extenuado:

— Que desgraça, doutor! Que desgraça!

Eu olhava-o, espantado. Mas o caixeiro aproximava-se. Barbosa pediu conhaque, bebeu três cálices, de pancada, e com a cabeça entre as mãos, começou a falar rapidamente, confundindo palavras, precipitando frases, de um jato. Fiquei sem movimento e sem voz, fulminado. Ele falava, contava tudo. Havia ano e meio que era amante de Ema. Eu com certeza nada tinha suspeitado! Pudera! Tomavam tantas precauções... Nunca se encontravam em casa do marido. Davam-se entrevistas durante o dia, duas vezes por semana, em casa de uma tia dela, no Cosme Velho. Ano e meio... De repente, que desgraça! Que desgraça!... Fora Ema quem lhe mandara dizer, em carta.

— Veja.

Estendia-me um bilhete amarrotado. Era uma letra miúda, trêmula, lançada à pressa no papel: "Estamos perdidos. Ele sabe tudo. Mandaram-lhe uma carta anônima. Mata-me, com certeza...".

Não sei como não estrangulei aquele miserável! Continuava a falar, perguntava-me o que devia fazer. Mas não o ouvi. Saí, cambaleando com uma nuvem de sangue diante dos olhos, andei ruas e ruas, cerrando o punho, cravando as unhas na carne, cego. Vaguei toda a tarde sem destino. Que torpeza! Com aquele insignificante, com aquele idiota!

Quando entrei em casa, já noite, andava-me a cabeça à roda. Mas seria possível? Como não tinha eu surpreendido nunca um sinal entre os dois, um olhar, um tremor de voz? Como não tinha eu visto nada, absolutamente nada?

Não pensei em Otávio.

Naquela grande desgraça, não me lembrei dele, tão meu amigo, tão nobre rapaz, tão digno, traído daquele modo, fulminado por aquela vergonha. Quis ainda esquecer-me de mim, procurá-lo, lastimá-lo, consolá-lo. Mas, a meu pesar, lembrava-me apenas de mim, que durante dois anos seguidos a tinha amado em silêncio, respeitando-o.

Que papel, que papel tinha representado! Fingido tudo aquilo, fingido o seu modo recatado de esposa digna, fingido o seu carinho pelo marido, fingido a indignação daquela noite, na sala de jantar... Por que não a agarrei violentamente, por que não a amei ali mesmo, quando ela por certo não esperava senão pela primeira violência para ceder, como uma adúltera que era? Como pude ser tão inepto, que tomara por surpresa de honestidade o que era apenas requinte de faceirice? E compreendi até que ponto a minha amizade fora sufocada pelo meu amor: o que eu sentia agora por Otávio não era já comiseração — era desprezo.

O traído era eu, era eu, que a amava: e parecia-me que ele era o único responsável por aquilo, como se tivesse o dever de vigiar a mulher, só para que eu não fosse traído.

Enfim, estava feito. Ele que se arranjasse... Eu que podia fazer?

E, num grande desconsolo, alquebrado pela cólera que me sacudira todo, olhava às dez da noite, para um livro que não lia, tristemente. Foi quando ouvi bater à porta. Quem poderia ser? Barbosa, talvez... Era melhor não abrir. Mas, reconheci a voz de Otávio.

— Abre, Jaques!

Apressei-me. Entrou, muito calmo, apertou-me a mão, estirou-se na cadeira de balanço, dizendo-se cansado. Fiquei sem saber o que havia de lhe dizer. Espantava-me aquela tranquilidade: estaria o Barbosa louco? Seria tudo aquilo uma invenção?

Otávio pegou no livro:

— Que estavas lendo?

E, sem esperar resposta e sem olhar para mim:

— Por que não apareceste ontem e hoje?

— Muito trabalho...

Ele levantou-se de um salto, atirou o livro ao chão e, segurando-me pelos ombros, com os seus olhos nos meus, disse, entre dentes, num tom surdo:

— Minha mulher engana-me. Tu sabes disso...

Tive o poder de dissimular.

— Como? Estás doido, Otávio?

— Sabes!

— Não sei nada, filho. É impossível! Quem te meteu isso na cabeça?

Ele sentou-se, calmo outra vez.

— Ouve. Não estou doido. Preveniu-me uma carta, com a indicação do lugar, da hora, todos os detalhes. Fui e vi-a entrar. Engana-me. Engana-me com o Barbosa, com aquele miserável. Tu sabias?

— Não sabia, acredita!

— Que infâmia!

Deu alguns passos pelo quarto, agitado, tomou o chapéu.

— Vem daí. Vamos andar. Isto aqui sufoca.

Saímos. Àquela hora, quase deserta a praia do Botafogo. Fomos seguindo calados o paredão do cais, pela noite serena, cheia das vozes do mar, cheia de palpitação das estrelas. A praia estendia-se, recurvando a longa reticência luminosa dos lampiões. De quando em quando, um carro passava, descoberto, a toda disparada, transbordante de risadas e de cantigas. Otávio, de cabeça baixa, vergastava o ar com a bengala.

Então tive uma ideia covarde. Por que não aproveitar aquele ensejo de vingança? Por que negar que sabia? Por que não aproveitar o marido ciumento contra o rival odiado?

Ele parou:

— Tu sabias, Jaques...

Reagi contra a tentação.

— Não sabia. E mesmo não creio. Que provas há?

— Digo-te que a vi entrar.

— Mas, sabes lá se é a casa de alguma amiga?

— Jaques, fala com franqueza! Estás mentindo. Sabias.

— Não! Eu não podia cometer aquele crime, seria uma abjeção...

Mas, ele insistia:

— Sabias, Jaques?

Não pude mais resistir:

— Pois bem! Sabia.

E disse o que sabia e o que não sabia, inventei episódios, criei minúcias, reduzi Ema às proporções de uma "coquete" vulgar, pula nua, mostrei-a entregando-se ao amante, numa casa alugada, alarguei cruelmente a ferida que o desgraçado tinha no coração, envenenei-a, açulei todo o seu ódio de marido enganado contra o Barbosa, aumentando-lhe e agravando-lhe a culpa, com uma perversidade sem nome.

— Que infâmia! Que infâmia!

Esteve um momento calado, olhando o mar que estourava contra as pedras, espumante. E, de repente:

— Basta! Não falemos mais nisto. Vamos para casa. Moras perto de mim, deixar-me-ás à porta. Falemos de outra coisa.

Mas, não falamos de coisa nenhuma. Fomos andando em silêncio, de braço dado, até que, à porta da casa dele, voltei ao assunto, já arrependido do que fizera.

— E, agora, que tencionas fazer?

— A ele? Nada. Ela ofereceu-lhe, ele aceitou-a. Demais, não era meu amigo. Sim! Eu nunca o chamei amigo...

— E a ela?

— Nada, também. Corro-a de casa, a pontapés, como uma ladra. Olha! Vou ver se durmo, tenho a cabeça a arder. Vem cá, de manhã. Levá-la-ás para a casa da tia. Livro-me dela, vendo tudo, vou para longe daqui, para onde ninguém saiba desta vergonha. Boa noite...

E abriu a porta. Quis ainda detê-lo. Ele impacientou-se.

— É isto, filho! Vem amanhã, cedo. Não posso mais falar nesta imundície. Boa noite.

Entrou. Ouvi o rumor da chave, fechando a porta, ouvi passos pela escada acima.

E a casa, na rua deserta, ficou silenciosa, escura, indiferente, como nas outras noites, quando eu saía dali, tarde, despedindo-me no topo da escada de Ema e Otávio, muito chegados um ao outro, muito felizes.

Tive remorsos. Que iria ele fazer? Se matasse o Barbosa, não seria eu o verdadeiro autor desse crime?

Mas aquele dia de comoções violentas acabara por aniquilar-me. O que eu agora queria era esquecer-me de tudo, fugir de tudo, dormir ou morrer, contanto que não pensasse mais naquilo.

Atirei-me à cama, sem consciência.

Dia alto, acordei, sobressaltado. Alguém me abalava a porta, violentamente, gritando.

Fui abrir. E Barbosa precipitou-se no quarto com a fisionomia torcida de terror, alucinado. Abraçou-se a mim, chorando. Tonto ainda de sono fiquei sem compreender coisa alguma. Ele chorava, sem poder falar, sufocado pelo choro. Afinal, sempre pude entender: Otávio assassinara a mulher.

Contou-me os pormenores. De manhã, não se podendo conter, fora rondar-lhe a casa. Havia muita gente à porta. Disseram-lhe que o dr. Otávio matara a mulher a tiros de revólver, que já fora preso; que a polícia tomara conta da casa.

Vesti-me não sei como, corri para lá. Dois soldados à porta não me queriam deixar entrar: empurrei-os, subi a escada a quatro e quatro. Na sala, guardado pela polícia, o corpo estava no chão, estendido sobre o tapete. Nenhuma pessoa da família: Otávio preso e a tia, naturalmente, ainda ignorando tudo.

Ema estava vestida de branco, como naquela radiante manhã de domingo, quando a vi pela primeira vez, a bordo. Colavam-se à testa os cabelos, empastados. Aberto no peito, o vestido deixava sair um seio moreno, rijo e curvo como um bloco de ouro, todo listrado de sangue.

Sob as pálpebras arregaçadas, os olhos negros, os seus grandes olhos profundos fixavam-se em mim.

O “outro” vivia. Ela estava morta. Fora eu quem a matara?

Que importava?... Ninguém mais beijaria aquele seio, beijado por dois homens, nunca beijado por mim...

Foi um crime o que eu fiz?

O impenitente

Aluísio Azevedo

Aluísio Tancredo Gonçalves de Azevedo nasceu no Maranhão, em 1857, e morreu em Buenos Aires, em 1913. Jornalista, caricaturista e diplomata, é considerado o maior expoente do naturalismo no Brasil. Também escreveu ficção marcada por elementos românticos e góticos, como a noveleta Demônios *e o romance* A mortalha de Alzira. *O conto "O impenitente" foi publicado na coletânea* Pegadas, *de 1897. Nesta narrativa emoldurada, acompanhamos um frade pecador que segue uma mulher vestida de branco — até se deparar com uma tenebrosa surpresa.*

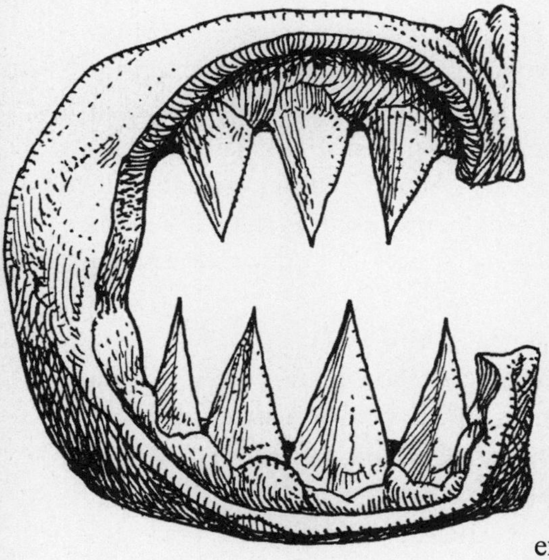

Conto-vos o caso, como me contaram.

Frei Álvaro era um bom homem e um mau frade. Capaz de todas as virtudes e de todos os atos de devoção, não tinha, todavia, a heroica ciência de domar os impulsos de seu voluptuoso temperamento de mestiço* e, a despeito dos constantes protestos que fazia para não pecar, pecava sempre. Como extremo recurso, condenara-se, nos últimos tempos, a não arredar pé do convento. À noite fechava-se na cela, procurando penitenciar-se dos passados desvarios; mas só reprimir o irresistível desejo de recomeçá-los era já o maior dos sacrifícios que ele podia impor à sua carne rebelde.

Chorava.

* Frequentemente utilizado de forma pejorativa e racista, o termo designa indivíduos que apresentam traços hereditários — físicos e, no conto, até mesmo comportamentais — derivados de etnias diferentes.

Chorava ardendo de remorsos por não poder levar de vencida os inimigos da sua alma envergonhada; chorava por não ter forças para fazer calar os endemoniados hóspedes do seu corpo, que, dia e noite, lhe amotinavam o sangue. Quanto mais violentamente procurava combatê-los, tanto mais viva lhe acometia o espírito a incendiária memória dos seus amores pecaminosos.

E no palpitante cordão de mulheres que, em vertigem, lhe perpassavam cantando diante dos desejos torturados, era Leonília, com seus formosos cabelos pretos, a de imagem mais nítida, mais persistente e mais perturbadora.

Em que dia a vira pela primeira vez e como se fizera amar por ela, não o sei, porque esses monásticos amores só chegam a ser percebidos pelos leigos como eu quando o fogo já minou de todo e abriu em labareda a lançar fumo até cá fora. À primeira faísca e às primeiras brasas, nunca ninguém, que eu saiba, os pressentiu nem deles suspeitou.

Certo é que, durante belos anos, frei Álvaro, meia-noite dada, fugia aos muros do seu convento, e, escolhendo escuras ruas, cosendo-se à própria sombra, ia pedir à alcova de Leonília o que não lhe podia dar a solidão da cela.

Pertenceria só ao frade a bela moça? Não o creio.

E ele? Seria só dela? Também não, pois reza a lenda, donde me vem o caso, que, em vários outros pontos da cidade frei Álvaro era igualmente visto fora de horas, embuçado e suspeito, correndo sem dúvida em busca de profanas consolações daquele mesmo gênero.

Mas, no martírio da reclusão a que por último se votara, era seguro a lembrança de Leonília o seu maior tormento. E assim, aconteceu que, certa noite, à força de pensar nela, foi tal o seu desassossego de corpo e alma, que o frade não pôde rezar, nem pôde dormir, nem pôde ler, nem pôde fazer nada. Com os olhos fechados ou abertos, tinha-a defronte deles, linda de amor, a enlouquecê-lo de saudade e de desejo.

Então, desistindo da cama e dos livros, pôs-se à janela, muito triste, e ficou longo tempo a consultar a noite silenciosa. Lá fora a lua, inda mais triste, iluminava a cidade adormecida, e no alto as estrelas pareciam que pestanejavam de tédio. Nada lhe mandava um ar de consolação para aquela infindável tortura de desejar o proibido.

De repente, porém, estremeceu, sem poder acreditar no que viam seus olhos.

Seria verdade ou seria ilusão dos seus atormentados desejos?... Lá embaixo, no pátio, dentro dos muros do convento, um vulto de mulher passeava sobre o lajedo.

Não podia haver dúvida!... Era uma mulher, uma mulher toda de branco, com a cabeça nua e os longos cabelos negros derramados.

Céus! E era Leonília!... Sim, sim, era ela, nem podiam ser de outra mulher aqueles cabelos tão formosos e aquele airoso menear de corpo! Sim, era ela... Mas como entrara ali?... Como se animara a tanto?

E o frade, sem mais ter mão em si, correu a tomar o chapéu e a capa e lançou-se como um doido para fora da cela.

Atravessou fremente os longos corredores, desgalgou a escadaria de pedra e ganhou o pátio.

Mas o vulto já lá não estava.

O monge procurou-o, aflito, por todos os cantos. Não o encontrou.

Correu ao parapeito que dava do alto para a rua, sobre o qual se debruçou ansioso, e, com assombro, de novo o misterioso vulto, agora, lá fora, a passear embaixo, à luz do lampião de gás.

Já impressionado de todo, frei Álvaro desceu de um relance as escadas do átrio, escalou as grades do mosteiro e saltou à rua.

O vulto já não se achava no mesmo ponto; tinha-se afastado para mais longe. Frei Álvaro atirou-se para lá em disparada, mas o vulto deitou a correr, fugindo na frente dele.

— Leonília! Leonília! Espera! Não me fujas!

O vulto corria sempre, sem responder.

— Olha que sou eu! Atende!

Leonília parou um instante, voltou o rosto para trás, sorriu e fugiu de novo quando o monge se aproximava.

Afinal, já não corria, deslizava, como se fora levada pelas frescas virações da noite velha, que lhe desfraldavam as saias e os cabelos flutuantes.

E o monge a persegui-la, ardendo por alcançá-la.

— Atende! Atende, flor de minha alma! — suplicava já com a voz quebrada pelo cansaço. — Atende, pelo amor de Deus, que deste modo me matas, criminosa.

Ela, ao escutar-lhe as sentidas vozes, parecia atender, suspendendo o voo, não por comovida, mas por feminil negaça, a rir, provocadora, braços no ar e o calcanhar suspenso, pronta, mal o frade se chegasse, a desferir nova carreira.

E assim venceram ambos ruas e becos, quebrando esquinas, cortando largos e praças. O frade já tinha perdido a noção do tempo e do lugar e estava prestes a cair exausto quando, vendo a moça tomar certa ladeira muito conhecida deles dois, criou novo ânimo e prosseguiu na empresa, sem afrouxar o passo.

— Vai recolher-se a casa!... — concluiu de si para si. — Não me quis falar na rua... Ainda bem!

Leonília, com efeito, ao chegar à porta da casa onde outrora o religioso fruía as consolações que o seu mosteiro lhe negava, enfiou por ela e sumiu-se sem ruído.

O frade acompanhou-a de carreira, mas já não a viu no corredor e foi galgando a escada. Encontrou em cima a porta aberta, mas a sala tenebrosa e solitária. Penetrou nela, tateando, e seguiu adiante, sem topar nenhum móvel pelo caminho.

— Leonília! — chamou ele.

Ninguém lhe respondeu.

O quarto imediato estava também franqueado, também deserto e vazio, mas não tão escuro, graças à luz que vinha da sala do fundo. O religioso não hesitou em precipitar-se para esta; mas, ao chegar à entrada, estacou, soltando um grito de terror.

Gelara-lhe o sangue o que se lhe ofereceu aos olhos. Eriçaram-se-lhe os cabelos; invencível tremor apoderou-se do seu corpo inteiro.

A sala de jantar onde, tantas vezes feliz, ceara a sós com Leonília, estava transformada em câmara mortuária, toda funebremente paramentada de cortinas de veludo negro, que pendiam do teto, consteladas de lantejoulas e guarnecidas de caveiras de prata. Só faltava o altar. No centro, sobre uma grande mesa, também negra e enfeitada de galões dourados, havia um caixão de defunto. Dentro do caixão um cadáver todo de branco, cabelos soltos. Em volta, círios ardiam, altos, em solenes tocheiros, cuspindo a cera quente e o fumo cor de crepe.

O monge, lívido e trêmulo, aproximara-se do catafalco. Olhou para dentro do caixão e recuou aterrado.

Reconheceu o cadáver. Era da própria mulher que, pouco antes, o fora buscar ao convento e o viera arrastando até aí pelas ruas da cidade.

Sem ânimo de formular um pensamento, o frade deixou-se cair de joelhos sobre o negro tapete do chão e, arrancando do seio o seu crucifixo, abraçou-se com ele e começou a rezar fervorosamente.

Rezou muito, de cabeça baixa, o rosto afogado em lágrimas. Depois ergueu-se, foi ter a essa, pôs-se na ponta dos pés para poder alcançar com os lábios o rosto do cadáver e pousou nas faces enregeladas um extremo beijo de amor.

Em seguida, olhou em derredor de si, desconfiado e tímido, e, como não houvesse na sala uma só imagem sagrada em companhia da morta, desprendeu do pescoço o crucifixo e foi piedosamente dependurá-lo na parede, à cabeceira dela.

Mas, nesse mesmo instante, as tochas apagaram-se de súbito e fez-se completa escuridão em torno do impenitente. Foi às apalpadelas que ele conseguiu chegar até a porta de saída e ganhar a rua.

Lá fora, a noite se tinha feito também negra e os ventos se tinham desencadeado em fúria, ameaçando tempestade. O monge deitou a fugir para o mosteiro, sem ânimo de voltar o rosto para trás, como temeroso de que Leonília por sua vez o perseguisse agora até o domicílio.

Quando alcançou a cela, tiritava de febre.

Acharam-no pela manhã, sem sentido, defronte do seu oratório, joelhos em terra, braços pendidos, cabeça de borco sobre um degrau do altar.

Só muitos dias depois, um dia de sol, conseguiu sair à rua, ainda pálido e desfeito. Seu primeiro cuidado foi correr aonde morava Leonília e rondar a casa em que a vira morta.

Encontrou-a fechada e com letreiro anunciando o aluguel.

— Está vazia, depois que nela morreu o último inquilino — explicou um vizinho.

— Há muitos dias? — quis saber o frade, e estremeceu quando ouviu dizer que havia uns oito ou dez.

— E o morador, quem era? — perguntou ainda.

— Era uma mulher. Chamava-se Leonília... Morreu de repente...

— Ah!

— Se quer alugar a casa, encontra a chave ali na esquina...

Frei Álvaro agradeceu, despediu-se do informante, foi buscar a chave, abriu a porta, entrou e percorreu toda a casa. Só ele, além de Deus, soube a impressão que sentiu ao contemplar aquelas salas e aqueles quartos.

— Estranho caso!... — disse consigo, sem ânimo de olhar de rosto para o temeroso abismo da dúvida. Fui vítima de uma alucinação que coincidiu com a morte desta querida cúmplice dos meus pecados de amor...

E, enxugando os olhos, ia retirar-se, conformado com a dupla dor da saudade e do remorso, quando, ao passar rente de certa parede, estremeceu de novo.

Tinha dado com os olhos no seu crucifixo, do qual já nem se lembrava. Permanecia pendurado no mesmo ponto em que o monge o deixara na terrível noite.

O crime do convento de...

Maria Benedita Bormann

Maria Benedita Câmara Bormann nasceu no Rio Grande do Sul, em 1853, e morreu no Rio de Janeiro, em 1895. Exerceu a profissão de jornalista e, utilizando o pseudônimo "Délia", publicou romances e contos que fizeram relativo sucesso na segunda metade do século 19. Em "O crime do convento de...", narrativa publicada no Jornal do Recife *em 1891, conhecemos a história da jovem Carmen, que, ao ser enviada para um convento, depara-se com personagens e acontecimentos nada virtuosos.*

I. A SUPERIORA

Na época em que se deram os acontecimentos que passamos a relatar, a irmã Santa Clara, superiora do convento de ... contava quarenta anos. Alta, magra, rosto comprido e bexigoso; sobrancelhas cerradas; olhos pequenos, vivos e inquisidores; nariz adunco; dentes escuros e irregulares, e, aos cantos da boca rasgada e de lábios delgados, uns pelos hirsutos e grisalhos.

Insexual no aspecto como na alma, pois não possuía o valor que caracteriza o homem, nem as delicadas sensibilidades que exornam a mulher.

Primogênita de um casal pobre, mostrou-se desde a mais tenra infância sempre reservada e pouco afetuosa. Não amimava aos irmãos, e só se lembrava dos deveres fraternos quando os moía com severas correções.

Quase nem notava a própria fealdade, porquanto desconhecia a vaidade e não alimentava desejos ou esperanças de casar. Nunca inspirara um pensamento amoroso, mas também jamais sentira um frêmito juvenil eletrizá-la ante nenhum homem.

Enfastiada de trabalhar para aqueles a quem não amava, sem nada que a encantasse ou prendesse à vida, manifestou o desejo de retirar-

-se a um convento, onde pudesse enclausurar o ócio e dar largas ao egoísmo, orando ou simulando orar, sem o mínimo fervor, pois sempre desconhecera o sofrimento que engendra a necessidade de crer e de esperar um eterno consolo ou compensação.

Depois de relutarem algum tempo, cederam os pesarosos pais à teimosia da filha, e chorosos acompanharam-na até ao claustro. Ao despedir-se deles, não lhes deu a moça nem saudades, nem lágrimas, experimentando apenas a alegria de um vivo anelo ao fim realizado.

Desde que tomou o véu, foi sempre fiel cumpridora das obrigações que lhe impunham, tornando-se o modelo de virtudes da comunidade.

Alguns anos mais tarde, grassando uma epidemia no convento, mostrou-se infatigável, sempre de pé, sem quebra de forças, tratando das enfermas sem carinhosas palavras, mas com escrupuloso cuidado.

As poucas freiras que escaparam, gratas aos seus desvelos, elegeram-na superiora, causando-lhe assim o primeiro e único arroubo de toda a sua vida — governar, ela, que nascera com a bossa do despotismo.

II. A IRMÃ MARIA

Era a irmã Maria de origem francesa. Pertencia a distinta família, cuja genealogia começava nas Cruzadas e acabava em apoteose na guilhotina de 1793.* Seu pai, fiel vassalo que não quisera transigir com as suas crenças políticas, fora executado, deixando-a só com a mãe, a quem não conseguiu consolar, vendo-a definhar dia a dia em cruel desalento, e perdendo-a dois meses depois do pai.

Recolheu-a uma tia materna, que procurou mitigar-lhe os pesares, porém só o amor do conde Roland — seu noivo — lograva galvanizar a desventurada moça que, nos extremosos pais, perdera os seus melhores amigos.

* Isto é, durante o período do Terror na Revolução Francesa (1789).

Mas o seu nefasto destino reservava-lhe ainda uma provação. Algum tempo depois, soube a donzela que o conde se achava preso, o que então equivalia a uma sentença de morte, pois os processos, quando os havia, eram sumários, apenas uma formalidade para satisfazer a neurose do homicídio que reinava naquela época.

Pela magia da sua beleza e das suas lágrimas, obteve Maria dos cérberos que o guardavam a permissão de abraçá-lo uma última vez antes de vê-lo morrer. Foi uma dessas cenas pungentíssimas, que não se descrevem, e que nunca mais se apagará da memória dos que nelas figuram e que sobrevivem à catástrofe que as provocou.

E foi essa mimosa criatura, com dezoito anos apenas, branca como os lírios, de cabelos da cor do ouro polido, de olhos de safira, flexível como o vime, casta e meiga, quem incutiu valor ao mártir, revoltado de morrer na flor dos anos, amando e sendo amado por ela, condenado por um tribunal de tigres e guilhotinado sem crimes à face dos homens.

E a moça, qual Virgem dolorosa, seguiu a carreta que levava ao suplício o seu bem-amado — a sua esperança, o seu futuro, tudo quanto a vida lhe devia em alegrias e lenitivo.

Enquanto se executavam os outros pacientes, ela o exortava à resignação, à fé em uma outra vida melhor. Jurava-lhe que iria, após o seu martírio, encerrar-se em um claustro, onde oraria por ele até que a morte a levasse também ao seio da eternidade, a fim de reuni-los.

E o inocente, seminu, a tiritar do frio e de pena, não despregava os olhos daquele semblante angélico, e tudo prometia, e em tudo cria, porque ela lhe suplicava.

Quando vieram buscá-lo, Maria atirou-lhe um beijo, apontou-lhe para o céu, e, hirta, com o olhar alucinado, acompanhou-o, vendo-o ajoelhar-se e pouco depois rolar-lhe a pálida cabeça que ela tanto amara.

Levaram-na dali desmaiada e, depois de longa enfermidade, foi professar em Portugal, porque a França inteira só repercutia o ruído da máquina ceifadora das mais belas, das mais nobres e das mais puras individualidades.

Uma gulosa, essa filha sinistra de Guillotin.*

Só de longe, na paz de um asilo, poderia ela orar por esses irmãos que se dilaceravam em uma luta fratricida, e que a haviam orfanado e enterrado viva em um sepulcro antecipado, bem mais medonho do que o verdadeiro túmulo, porquanto não aniquilava nem a lembrança nem a saudade.

Quando Maria tomou o véu, já a irmã Santa Clara era superiora e, apesar do alquebramento moral que a combalia, sentiu a moça instintiva repulsão, que só o respeito continha, pela virago de hábito. Aquele tipo antipático e frio não lhe daria o conforto que ela quisera encontrar na madre abadessa.

Pela mesma lei do contraste, a nobre estirpe de Maria, a sua primorosa educação e a elevação dos seus sentimentos provocaram a aversão da superiora, que a sobrecarregou de afazeres e de fadigas, alegando para isso a vasta ilustração da moça. Esperava, talvez, uma queixa, uma revolta ou momento de fraqueza que lhe desse o ensejo de mortificá-la, mas era de aço aquela criatura flexível, que mal deslizava pelos longos corredores.

Estudando-a, porém, aos poucos descobriu a megera o ponto vulnerável da pobre freira que, humilde, tanto suportava, menos a vista de uma punição injusta ou demasiada. Então, o seu belo olhar azul despedia um clarão, tremiam-lhe os lábios e a voz suave emitia um protesto ou uma súplica, nunca atendida e antes escarnecida.

— Aí temos a irmã Maricas toda sensibilizada! Doravante dar-lhe-ei mais em que se ocupar, porque essas lamúrias são filhas da ociosidade. E saiba, para seu governo, que às minhas ações nada deve se opor, nem mesmo em pensamento.

Havia dez anos que Maria padecia milhares de iniquidades no asilo em que julgara encontrar a paz de que tanto carecia, e, apesar de tantas dores, ainda era bonita: apenas notavam-se-lhe mais tristeza e abatimento no semblante, mais brandura na voz e mais piedade no coração.

* Joseph-Ignace Guillotin, médico e político francês, notabilizou-se por defender a adoção da guilhotina como forma de execução durante a Revolução Francesa.

III. A EDUCANDA

Carmen Rodrigues chamava-se a mais linda, a mais inteligente e a mais aplicada das educandas. Diziam-na a discípula predileta da irmã Maria, que a amava em extremo e a quem a menina retribuía com veras, atraídas ambas pela afinidade dos seus respectivos caracteres.

Datava de dois anos a amizade que as unia e que brotara desde a primeira palavra de consolo que a freira dirigira à criança, vendo-a chorar ainda orvalhada pelas lágrimas de despedida do pai. Sentira a moça vibrar-lhe o instinto materno, inato em toda a mulher, ao contemplar aquele anjo pálido em vigoroso luto pela mãe querida.

Era Carmen o penhor do ardente afeto que unira Rosaria Pilar, formosa espanhola, ao português Antônio Rodrigues, e durou treze anos mui rápidos essa completa felicidade, uma dessas venturas extremas que pressagiam pouca duração.

Nascida em um ninho de afetos, sem ver uma só nuvem ensombrar aquela harmonia, cresceu a menina não tendo noção dos males que acabrunham a humanidade, julgando que a vida seria sempre a continuação da ternura que a cercava por todos os lados.

Tendo instrução e não querendo separar-se da filha, encarregou-se Rosária da sua educação, e a par do que lhe ensinava, incutiu-lhe a sua fé religiosa que se baseava nos divinos preceitos de Cristo: simples, como a prática do bem, o código dessa mulher honesta e sensível.

Tinha Carmen doze anos quando a morte matou-lhe a mãe adorada, deixando a moça inconsolável, pois, além de muito amorável, já tinha o critério de uma moça, e compreendia o inestimável valor daquela que perdera. Recalcou, porém, a dor no fundo d'alma, a fim de minorar o desespero do pai.

Só o dever de velar pela filha venceu o desânimo do Antônio Rodrigues e deu-lhe a coragem de separar-se dela, deixando-a no convento de..., para continuar a sua educação, enquanto ele ia a Montevidéu vender algumas propriedades pertencentes à sua finada mulher.

Na irmã Maria encontrou a menina um ser simpático e amigo, a quem podia amar e sob cuja guarda mostrou-se dócil, aplicada, digna de todos os louvores, feliz em cumprir com seus deveres e em dizê-lo ao pai nas longas cartas que lhe escrevia.

Um ano depois, voltou Rodrigues, sem ter ainda ultimado os seus negócios, levando Carmen para a sua bela quinta em Cintra, a fim de que ela espairecesse, e ambos matassem as saudades curtidas nessa forçada ausência.

Que felizes dias esses em que recordavam o passado, falando na querida morta, mirando-lhe o retrato, derramando lágrimas de enternecimento ao evocarem cenas e palavras em que ela expandira a sua exuberante ternura.

À tarde, de mãos dadas, percorriam as alamedas, faziam projetos, comunicavam-se as suas ideias e impressões, em um tom de camaradagem que ainda mais estreitava o afeto que os unia.

E o benéfico influxo da irmã Maria sobre o seu dorido coração de órfã era assunto inesgotável, ao qual volvia sempre a menina em uma efusão de reconhecimento que o pai partilhava.

Meses depois, voltou Carmen ao convento, indo o pai liquidar de vez os negócios e prometendo demorar-se pouco. Entristeceu-lhe a volta ao recolhimento o saber da morte de seu velho confessor, protótipo do verdadeiro sacerdócio, e antipatizou com o seu sucessor.

Na verdade, a sua figura era a antítese perfeita do venerável ancião que o precedera: quarenta anos, alto, musculoso, vermelho, olhos negros e brilhantes, sobrancelhas espessas, nariz de ventas largas e movediças, lábios sensuais, queixo forte, mãos grossas e peludas. Um Hércules de feira com batina.

IV. DUPLO SACRILÉGIO

Durante essa nova ausência do pai, completou Carmen catorze anos e, meses depois, sentiu-se agitada pelos influxos da puberdade: eram melancolias sem causa, irradiações íntimas que se traduziam em doces cismas, sem determinado objetivo, mas de extrema magia.

A natureza inteira aparecia-lhe sob mais belo aspecto, e a sua imaginação romanesca exaltava-se em meio da austera monotonia que a cercava. Por vezes, tinha a tentação de professar como a irmã Maria, a fim de nunca se separar dessa terna amiga; porém, a lembrança do pai levava-a a uma outra ordem de ideias.

Revia a extrema ventura de sua mãe, a poesia do lar que lhe fora berço, e a imagem ideal de um belo mancebo surgia a sorrir-lhe daquela suave penumbra: um anseio constrangia-lhe o peito e a garganta, causando-lhe o extático enlevo de uma alma candidamente aberta às puras alegrias da vida.

Às vezes, à noite, gostava de mirar largo tempo o luar que se infiltrava pelas grades da janela fronteira ao seu leito, dando asas à fantasia, voando, voando sempre em pleno azul. Por fim, angélico sorriso soabria-lhe os lábios, pois lhe parecia que todo aquele luar que fugira estava dentro dela, iluminando-a.

Quanto ao seu físico, lembrava os belos versos de Serpa Pimentel:*

E ela era como a rosa abotoada.
Desabrochando apenas,
E coberta de frescor e de viço,
Cujo rubor transluz singelo e casto

Por entre o fofo musgo verdejante —
Das recamadas folhas...

De mediana estatura, alva, rosada, esplêndidas tranças negras e aneladas que lhe iam às curvas, olhos castanhos, grandes e doces, franjados de longos cílios, nariz aquilino, boca pequena, nacarada, dentes alvos e miúdos, formas airosas que a puberdade arredondava, mãos e pés fidalgos. Um conjunto de infinda graça.

Além das saudades do pai, havia uma nuvem que empanava a calma de seu coração e que o apertava em um pressentimento de desgraça, sempre que se confessava ao padre João: em vez de sair do confessionário serena e confortada, como outrora, sentia um descontentamen-

* José Freire de Serpa Pimentel, poeta e dramaturgo português. Os versos citados são do poema "Duas épocas da vida" (1841).

to, um mal-estar, quase um vexame pelas multíplices perguntas, pela insistência com que o confessor queria ouvir culpas que ela não tinha e cujo sentido nem mesmo compreendia.

Cansada de negar, com os nervos exaustos, ansiando deixá-lo, tinha por vezes ímpetos de fazer como alguns acusados inocentes que se inculpam para libertar-se de uma chicana capciosa; mas a retidão do seu caráter repelia esse alvitre e, resignada, cumpria as penitências que ele lhe impunha por desobediência.

Na alma infame do padre rugia uma paixão medonha, que a razão mal continha, lancinando o infrene desejo que o ensandecia à vista da menina: toda aquela pureza, que antes devera impor-lhe respeito, revolvia a lama de que ele era feito, fazendo vir à tona todos os maus instintos que lhe dormitavam no íntimo.

E sofria o miserável, sofria muito no único ponto sensível, na sua carne maldita, que nunca soubera domar. Alta noite, moído e enervado pela insônia, soltava rugidos de fera e derramava lágrimas de raiva, sacudido por uma volúpia bestial.

E na manhã seguinte ia ao convento, pretextava uma exortação a fazer-lhe, só para senti-la junto a si, devorando-a com o olhar, bebendo-lhe o hálito fresco, alimentando a chama que o consumia, em vez de fugir e de evitá-la. E a superiora, ainda que um tanto surpresa da relutância dessa menina, de ordinário tão dócil, nada notava e, por seu turno, admoestava a vítima de sua cegueira fanática, que não via no padre o homem.

A educanda relatara à irmã Maria o que se passava, pedindo-lhe um conselho, um meio de vencer a obstinação com que o confessor a acusava de ocultar culpas que não tinha. Muito pura para adivinhar a perversidade do sacerdote, atribuiu a freira aquela animosidade a uma antipatia bem inexplicável, visto tratar-se de Carmen, e ficou sobressaltada.

Felizmente, a volta de Antônio Rodrigues serenou-a. Preferia curtir fundas saudades desse último afeto, que o seu coração encontrara, a ver a sua dileta sofrer injustiças. O pai fora à Inglaterra buscar a preceptora escolhida por um amigo, e não mais se separaria da filha.

Uma tarde, às cinco horas, terminadas as aulas, achava-se a menina junto à irmã Maria quando a vieram chamar para que fosse à capela. Ela empalideceu, e o seu doce olhar de antílope fixou-se na freira com indizível terror.

— Vai, minha filha, nada temas: Deus estará contigo. Demais, pouco tempo permanecerás aqui.

A contragosto, obedeceu a menina, que nesse dia acordara tristonha, apesar de se aproximar a hora de ir, enfim, sem peias, viver ao lado do querido pai. É que doía-lhe deixar ali, naquela atmosfera glacial, a sua consoladora, a sua amiga, a quem em momentos de efusão chamava de mamã.

Maria dirigiu-se ao coro que ficava sobre o confessionário. Ajoelhou-se e começou a orar, fitando a Jesus crucificado, lívido, gotejando sangue e com a dorida cabeça pendente em mortal desconforto. Pouco depois roçou-a o hábito da superiora, que se prosternou mais adiante.

A freira gostava de orar àquela hora e, às vezes, demorava-se muito tempo, até que lá fora as trevas da noite substituíssem a luz do dia. A frescura que ali reinava, saturada de uns ressaibos de incenso, da cera de velas e do perfume das flores, causava-lhe uma sensação benéfica, enchendo-lhe a alma uma grande calma.

Ela julgava que de há muito a capela se achasse vazia, quando viu de súbito o voo sinistro de umas asas negras, que se abateram nos degraus do altar, e ouviu um flébil grito que lhe revolveu as entranhas. Ergueu-se de chofre e ficou paralisada, com a boca aberta, sem emitir nenhum som, os olhos fora das órbitas, a garganta seca, o peito oprimido em medonha angústia.

Não! Não era possível! Aquilo era um pesadelo atroz!... Como? Pois ali, no santuário, à face de Deus! Oh! Não!... Havia de despertar e de certificar-se do contrário. Mas não! Via uma pavorosa realidade, que abalava as suas crenças, destruía todas as suas noções de moral e de justiça, ofendia o seu pudor de virgem, revoltando todos os seus instintos de mulher educada.

A superiora erguera-se ao mesmo tempo que ela. Tudo vira, espantada por tão estranho espetáculo. Enfurecida contra o endemoninhado que desmoralizava a comunidade, e diante daquele duplo sacrilégio, ainda teve bastante sangue-frio para imaginar o meio do salvar a honra do seu convento.

Aproximou-se da irmã Maria, travou-lhe do braço, arrastou-a quase sem dizer palavra e desceu à capela. Ao ruído da porta, ergueu-se o padre assustado, tremendo ainda de sensualidade e de súbito pavor.

— O senhor é um sacrílego! Um louco!... Desonrar deste modo a casa que dirijo e o seu caráter sacerdotal!... Saia incontinente! — vociferou a superiora.

O miserável curvou a cabeça e saiu.

Entrementes, a irmã Maria ajoelhara-se junto à menina desmaiada, compusera-lhe as vestes com piedoso carinho, solevara-lhe o busto e sustinha-a de encontro ao seio, banhando-a de lágrimas, desejando que a pobrezinha não mais despertasse.

E todo aquele horror passara-se em minutos.

— Carreguemo-la! — disse a superiora.

Levaram-na de manso e depuseram-na no próprio estrado em que dormia a irmã Maria, até que trouxessem o leito de Carmen. Não podendo mais ocupar o dormitório das educandas, vinha para a cela da sua amiga e enfermeira.

Ao terminar o desmaio, teve a menina violentas crises nervosas, sossegando aos poucos sob a ação de calmantes ministrados pela abadessa. A chorar velou-lhe Maria o agitado sono, ansiando que amanhecesse e que mandassem chamar o médico. Despertando toda dorida, acudiu à mente da menina a sua irreparável desgraça, e desatou em soluços, ocultando a cabeça no seio da amiga que a estreitava, chorando com ela e cobrindo-a de beijos.

— Oh! Mamã, não me deixes só!... Tenho medo, muito medo e sofro tanto!... — disse com a sua voz de criança.

— Sossega, minha filha, não te deixarei. Não sairei daqui!

Pouco depois, apareceu a superiora com uma tisana e, sem mesmo perguntar à enferma como se achava, ordenou-lhe que bebesse. Ao retirar-se, acompanhou-a a irmã Maria e perguntou-lhe timidamente se não viria o médico.

— Para quê? Para propalar-se o escândalo? Nada! O mal está feito e, passando o estado nervoso, ficará boa — disse a superiora.

Descontente e apreensiva, voltou a moça para junto da doente, que estava desassossegada, muito pálida e em ânsias, até que vomitou, ficando extenuada. Advertida do ocorrido, mandou a abadessa que lhe espaçassem as doses; porém, cada vez que ingeria o remédio, mostrava-se Carmen mais incomodada.

Não comeu em todo o dia, teve febre, e à noite era extrema a sua fraqueza. Quando adormecia, nem assim sossegava, porque atormentavam-na os pesadelos que a faziam soltar pavorosos gritos, acordando lavada em frio suor: verdadeiras visões apocalípticas, em que uns monstros tonsurados e de batina tripudiavam em saturnais.

Pela madrugada, apareceu a superiora, que se encolerizou, vendo a beberagem quase intacta.

— Por que não cumpre as minhas prescrições? — perguntou à freira.

— Por ver que piora sempre que toma o remédio, e tive receio...

— Ah, teve receio? — acentuou a abadessa, com ironia.

Retirou-se e voltou pouco depois com uma xícara de infusão mais carregada. Acordou a menina e fê-la beber. Súbita decomposição operou-se no seu semblante já desfeito, apertou o peito com as mãos crispadas, fixou desvairada a irmã Maria e caiu inerte.

Esta, aflita, tomou-a nos braços, pedindo um médico e, a soluçar, mostrou-a à superiora, em cujo rosto pareceu-lhe divisar a sombra de triunfante sorriso. Então, uma ideia horrível veio à mente da freira, elucidando e fazendo-a compreender o sinistro desfecho com que a abadessa salvaguardava a honra do convento.

— Madre, a senhora matou-a! — exclamou, horrorizada.

— Quando a educanda enterrar-se, você irá para o *in pace*,* refletir no que acaba de avançar sobre a sua superiora — disse ela e saiu, levando os restos das tisanas.

Foi intolerável o que a irmã Maria padeceu, penteando e vestindo a sua querida discípula, morta ao desabrochar, linda, rica e adorada;

* No original, em latim, expressão que designa uma espécie de cárcere ou calabouço dos monastérios.

e, depois de sofrer o maior dos atentados, ainda comprava com a própria vida a impunidade do criminoso!

Horrenda aquela iniquidade cometida entre os muros de um asilo religioso, e ante ela revoltava-se o ulcerado e manso coração da freira, subindo-lhe uma onda de fel aos lábios ressequidos: dura sorte era essa de perder, por morte violenta, quase todos a quem amara!

E a afeição dessa menina viera-lhe depois de tantos anos de solidão e de preces saudosas, parecendo uma compensação às suas esperanças mortas e ao seu desprendimento terrestre!

Quando levaram o corpo da mártir, encerraram a irmã Maria no *in pace*.

V. EPÍLOGO

Dois dias depois, chegou Antônio Rodrigues da Inglaterra, com a preceptora que devia completar a educação da filha e fazer-lhe companhia. Pressuroso, correu ao encontro, antevendo o contentamento de Carmen, saboreando-lhe antecipadamente os carinhosos beijos.

Logo ao entrar, recebeu-o a madre porteira com umas lamúrias em que o exortava à paciência e, sem mais explicações, levou-o à presença da superiora. Esta, ao vê-lo, deu à fisionomia um ar compungido que a tornava mais antipática.

— Não recebeu a minha carta? — disse.

— Não, senhora! Mas o que há? — inquiriu, inquieto.

— Dizia-lhe que Carmen estava doente...

— E agora? Como vai?

— Resigne-se, Sr. Rodrigues, aos decretos da Providência...

— Carmen... Muito mal!... Morta, talvez!...

— Sim! — disse a superiora, sem mais preâmbulos.

— Oh!... — fez o mísero, cambaleando e levando as mãos à cabeça.

A superiora chegou-lhe uma cadeira, em que ele se deixou cair inconsciente, mas, de um ímpeto, ergueu-se logo e exclamou:

— Morta! Mas como? De quê? Se era tão sadia!

— Teve umas síncopes que se reproduziram durante dois dias, e na última...

— Em dois dias, meu Deus!... Toda a minha vida!... E o médico, a que atribuiu essas síncopes?

— Não chamei médico porque julguei que fosse uma simples indisposição, e dei-lhe remédios caseiros.

— Mas, vendo que se agravavam os padecimentos, nada devia poupar para salvá-la, e surpreende-me esse descuido!

— Oh! Senhor, não podia prever...

— Ao menos depois de morta mandaram chamar o médico? — insistiu o pai.

— Já lhe disse que não veio médico! — replicou com azedume a superiora.

— Pois fez muito mal, e acho tudo isso singular, até mesmo a sua atitude — acentuou Rodrigues, com a súbita intuição dos que muito amam. — Enfim, esta casa é a antecâmara da morte?... Adoece uma educanda e não se providencia. Deixa-se que a moléstia siga o seu curso fatal e... Quero falar à irmã Maria — acrescentou Rodrigues, furioso.

— Está doente, porque muito se desvelou com a sua filha.

— Sei que eram amigas, e por isso mesmo desejo vê-la.

— O senhor não pode penetrar na cela de uma freira.

— Bem, dê-me a indicação do lugar onde está enterrada a minha filha — disse Rodrigues, aparentemente calmo.

Dirigiu-se a superiora à secretaria e tirou uma folha de papel, que entregou a esse homem, cuja presença a incomodava. Contendo as lágrimas, leu o infeliz as poucas linhas que ali havia, guardou o papel no bolso e, com o sobrolho carregado, disse:

— Até breve, senhora! — E saiu.

Sobressaltada, desceu a abadessa ao *in pace* onde jazia a irmã Maria, e reiterou-lhe a ordem do beber da mesma tisana ministrada a Carmen.

— Não, madre, não beberei. Quero poupar-lhe este novo crime.

— Mas eu posso estrangular-te! — vociferou a megera.

— Faça-o. O meu corpo pertence-lhe, mas eu não beberei de moto próprio o veneno, porque isso importaria em um suicídio, o qual a minha religião proíbe.

— Morrerás, então, de fome e sofrerás mais tempo! — replicou friamente a abadessa, retirando-se.

— Deus a perdoe, madre! — respondeu a voz meiga e enfraquecida da freira.

Com o prestígio do dinheiro, conseguiu Rodrigues a imediata exumação da filha, procedendo-se à autopsia. Ao abrir-se o caixão, maravilhou aos assistentes a peregrina beleza da morta, ainda em perfeito estado, adorável no rico traje de virgem que ocultava a sua profanação.

Quis o infeliz pai assistir a esse terrível e doloroso espetáculo para o seu terno coração, julgando na sua idolatria salvaguardar ainda com a sua presença o pudor da pobrezinha, que ali estava a dois passos dela, enxugando as lágrimas sem olhar para a nudez do seu anjinho, entorpecido de tanto sofrer, parecendo-lhe que retalhavam as suas próprias carnes nos pontos mais sensíveis.

De repente, uma exclamação dos médicos tirou-o desse torpor e arrancou-lhe um grito medonho, em que extravasava o fel das maiores dores humanas. E, ante os recentes vestígios da bárbara violação que a filha sofrera, as suas faces lívidas tingiram-se de vivíssimo rubor.

— Oh! O meu coração bem pressentia um crime! E, agora, tenho a convicção de que a mataram para encobrir este monstruoso atentado!... Ah! Filha da minha alma! Só viverei doravante a fim de punir os teus algozes, e depois irei ter contigo — soluçou o mísero, beijando-a e purificando-a com as suas lágrimas piedosas.

Efetivamente, no exame das vísceras, feito à parte, descobriram os peritos o tóxico que destruíra aquela mimosa existência.

Na devassa feita no convento, e à qual assistia Antônio Rodrigues, não se encontrou a irmã Maria, e só depois de muitas ameaças deu a superiora a chave do *in pace*. O depauperamento da pobre freira causava dó. E, depois de beber um cordial, pôde falar, e a sua primeira palavra foi para o pai de Carmen, que se ajoelhara junto a ela.

— Ah, sr. Rodrigues! Deus é justo, porque permitiu que eu o visse antes de morrer. Creia que o meu coração compartilha o seu infortúnio, pois com o nosso bom anjo sepultou-se também a minha única alegria neste mundo — disse a chorar.

— Bem o sei, minha boa irmã, e compreende a ansiedade com que eu esperava este momento!... Reúna, porém, todas as suas forças para responder às perguntas destes senhores. Mais tarde, então, contar-me-á tudo.

— O que eu tenho a referir-lhe é também o que vou declarar à autoridade aqui presente. Estou à disposição da Justiça, embora pese-me acusar a quem quer que seja, mas antes de tudo está a minha consciência.

Sentou-se sobre o leito que lhe haviam improvisado, limpou as lágrimas que lhe inundavam o rosto macerado e emagrecido, mas de angélica beleza, e começou a narração desde a entrada do padre João para o convento, deduzindo os fatos com extraordinária clareza.

Quando teve de contar o duplo sacrilégio que presenciara, olhou compassiva para Rodrigues, exortou-o à coragem, segurou-lhe na mão trêmula e, ruborizada de pejo, relatou tudo, sem nada omitir.

— Ele!... Um padre!... Ah! Infame — exclamou o desditoso pai, rompendo em soluços, enquanto a freira chorava e os assistentes ficavam uns atônitos e outros indignados.

Revoltou-se sobremodo o infeliz, ouvindo as peripécias do envenenamento, em que a virago fanática sacrificava sem remorso, quase inconsciente, uma existência preciosa, para abafar o escândalo que reverteria sobre a comunidade, logo que se descobrisse o nefando crime ali praticado.

Depois do interrogatório, ficando só, sentiu-se a irmã Maria exausta e fechou os olhos, desejando morrer, pois cumprira a sua triste missão e só ansiava pelo eterno descanso. De repente, beijaram-lhe a mão, e ela viu Rodrigues contemplando-a por entre lágrimas.

— Minha irmã, antes de nos separarmos para sempre, diga-me em que posso lhe ser útil? O que deseja para melhorar a sua penosa condição?

— Parte? O que vai fazer? — inquiriu aflita.

— Matar o monstro e depois morrer — disse Rodrigues, com terrível calma.

A mulher valorosa que existia na irmã Maria compreendeu aquele desforço paterno, mas a freira estremeceu e ficou perplexa.

— Peço-lhe, suplico-lhe, em nome da afeição que a uniu ao meu tesouro, que me diga o que deseja! Olhe que é o pedido de um moribundo que a irmã tem a satisfazer.

— Pois bem. Eu muito lhe agradeceria se obtivesse a minha transferência para um convento em França, a fim de morrer em minha pátria.

— Será feita a sua vontade. E, agora, dê-me a sua bênção e depois reze por mim.

A irmã Maria soergueu-se a custo, cruzou as mãos diáfanas sobre a fronte do infeliz e, com lágrimas na voz, disse:

— Deus justo e bom, perdoa-o e recebe-o no seio da tua infinita misericórdia!

O justiceiro levantou-se calmo, beijou o hábito da santa e saiu.

O padre João, desde que soubera da exumação de Carmen, ficara sobressaltado e tratara de fugir, indo refugiar-se em uma aldeia do Minho em casa do cura, a quem narrou o crime cometido, pedindo-lhe agasalho por alguns dias, até que passasse à Espanha.

Tencionava partir pela madrugada e já tinha o farnel pronto. Por causa do calor, tirou a cabeleira e as barbas postiças e chegou à janela, expondo a fronte abrasada à viração da noite.

Em torno, a quietação dos campos, quebrada apenas pelo mugir do gado e pelos latidos dos cães, iluminando a planície esplêndido luar; uma dessas noites de amor e de poesia, em que a alma se dilata em sensações radiosas.

Apoiado à janela, o padre percorria em mente um cemitério, chegava a uma sepultura e via Carmen, linda, sedutora ainda depois de morta, dormir o sono eterno e sem transição. Esquecia-se de que ela morrera e tornava a vê-la viva na plenitude de todos os encantos.

Quando começara a exercer as suas funções no convento, o seu olhar infame fuzilara um dia, vendo o rosto angélico da irmã Maria, mas a gracilidade de suas formas arrefecera-lhe os ardores. Pouco depois, voltara a menina ao recolhimento, e a sua vista fascinara o miserável, inspirando-lhe uma paixão infrene.

E, agora, ele revivia dia a dia as emoções que ela lhe causara, a embriaguez em que o hipnotizara, escravizando-o a uma ideia fixa que o inebriava e torturava em tantálico desejo.

E, enfim, naquela tarde, vendo-a como a encarnação da primavera, aspirando pela grade do confessionário o perfume que dela se desprendia, esquecera tudo, de nada se arreceara e fora feliz como nunca. E, à evocação do seu deleite, tremia todo, suspirando de volúpia, com os olhos úmidos e o peito arquejante.

Nesse momento entrou um homem no quarto, foi direito a ele e, cravando-lhe no peito um punhal até ao cabo, disse:

— Toma, tigre. Aqui, onde devias ter um coração.

O monstro tonsurado caiu sem soltar um grito.

Valsa fantástica

Afonso Celso

Afonso Celso de Assis Figueiredo Júnior nasceu em Minas Gerais, em 1860, e morreu no Rio de Janeiro, em 1938. Foi advogado, deputado, professor e jornalista. Na literatura, responde por vasta obra em verso e em prosa. Suas narrativas breves são comumente marcadas pela ambientação perturbadora e encenam acontecimentos oníricos ou sobrenaturais. Assim é "Valsa fantástica", conto publicado em 1892, na coletânea Vultos e fatos, *no qual se explora o espetáculo simultaneamente macabro e sublime proporcionado por uma enorme queda-d'água.*

I

No arraial do Salto Grande, Bahia e Minas se extremam.

Pequena e triste a povoação. Três ruas acanhadas — casas baixas, caiadas de tabatinga, telhas à mostra, nuas de forro e de assoalho, raquíticas — lembrando, vistas de longe, pontos de giz em lousa escura.

Raros transeuntes vagueiam. A trechos, pastam bois fulvos — grandes e impassíveis — abanando a cauda com tédio, circunspectamente.

Amarradas aos portais, mulas seladas esperam os cavaleiros.

Zumbem-lhes moscas amareladas, mutucas, em torno do pescoço, das orelhas, das ancas, às tontas, num sussurro morno, pulverizando o ar de pequeninas manchas movediças.

Surde um vaqueiro: monta a cavalgadura de um salto.

Veste de couro, pistola à cinta, nos pés largas esporas tilintantes.

Soa o estalo do rebenque. E o animal se afasta, pausado, grave, ritmicamente.

Ecos de palestras lânguidas vibram com moleza. Bandos de pintainhos felpudos, guiados por galinhas obesas, faíscam no lixo, soltando pios frouxos.

Paira um silêncio sonolento e tépido...

Mas, dominando tudo, soturnamente vaga, rola pelo ambiente a voz distante de uma espécie de rugido, lúgubre e rouco.

Toada surda, cortada de uivos, que se propaga, esmorece, avoluma, murmura, morre, consoante o rumo do vento.

É do Tombo Grande do Jequitinhonha, a uns dois quilômetros do arraial.

Os habitantes têm-lhe medo. Alguns, vivendo de há muito no povoado, nunca se atreveram a ir vê-lo.

Contam-se dele histórias terríveis.

Fantasmas, à meia-noite, passeiam-lhe as ribanceiras.

Engole por ano dez a doze pessoas, número avultado para a população.

Três dias antes, um bom canoeiro, o José, fora arrastado pela correnteza e desaparecera. Coitado! Filho único, 23 anos, rixoso, alegre, esforçado rapagão!

A mãe chorava, rezando. O povo repisava o fato em conversas baixas, lamentando, com conselhos prudentes e comentários trágicos, grifados de gestos de terror.

II

Chovia e ventava quando fui, com três camaradas, visitar o tombo.

Chuvisco esguio, em cordões diamantinos, gradeando a atmosfera opaca...

No fio elástico que me prendia o chapéu ao paletó, assoviava o vento, finíssimo.

Fôramos obrigados a fechar os guarda-sóis. O orvalho nos pontilhava o fato de miúda escama cintilante. No caminho pedregoso, um limo pardo fazia escorregar. Andávamos de gatinhas às vezes.

Rochas à direita, rochas à esquerda, rochas no fundo, rochas em cima, rochas em baixo e na frente de nós, rochas sem fim.

Um cárcere de granito, um labirinto de pedras. O próprio firmamento parecia enorme rocha cor de cinza.

E eram rochas de um bizarro escuro carregado: pedaços de noite tempestuosa petrificados.

Caminhávamos havia meia hora. O rugido se aproximava e crescia.

Já mal nos podíamos ouvir. Tiritávamos.

A espaço, perdíamos o pé em côncavos cheios d'água, semelhante a bílis. Dentro, animais viscosos mexiam-se lentos.

Pássaros agoureiros se erguiam a nossos passos, num voo preguiçoso, sumindo-se de pronto entre as arestas. Asas plúmbeas: despendiam, batendo-as, rumor triste.

Galgamos, a custo, íngreme ladeira. Resvalavam-nos os pés. Dávamo-nos a mão uns aos outros, cautelosamente.

O estrondo se tornara poderoso, pleno, retumbante, com repercussões profundas.

À neblina da altura casara-se outra, vinda de abismo invisível. Dir-se-iam batalhões de diamantes pequeninos, cruzando-se, emaranhando-se, à desfilada, em refrega intensa.

Nevoeiro úmido subia também, enovelando. Pingos grossos se nos vinham esborrachar na face. Seguíamos silenciosos, indecisos, entre ansiedade e medo.

De repente, a uns trinta passos, avistamos a catadupa.

Imponente e horrível! A água toda do Jequitinhonha, depois de um percurso de centenas de léguas, engrossada de milhares de torrentes, espumejante do despenhamento de trezentas cachoeiras, após se haver precipitado pelos cinco enormes degraus de uma escada de gigantes, arremessava-se, enfim, do grande tombo, alucinada, atroadora, formidável, entre muralhas negras, quebrando-se, torcendo-se como acrobata titânico, crivado de rendas e de ouropéis argênteos, a deslocar-se em exercícios de ginástica assombrosa!

III

Chama-se tombo da Fumaça. Estreito e alto. Rodeiam-no, como sentinelas revestidas de armadura, paredes elevadíssimas, carcomidas na base, de formas fantásticas.

Promontórios longos, como braços secos, adiantam-se a espaços, mergulhando no abismo. Em alguns pontos, arredondam-se buracos escuros, lembrando grande órbitas vazias. Quando molhados, ou através da bruma, semelham olhos vítreos de monstros, fixos e espantados.

Mais além, levantam-se para o ar grimpas agudas, num gesto de ameaça hirta.

Perpétuo véu de névoa envolve tudo, esgarçado aqui e ali por esguichos violentos.

Sente-se a emanação da profundeza. Há anfractuosidades, recôncavos, jatos de pedra, rochas retorcidas numa convulsão imóvel, como se surpreendesse a paralisia em contorção espasmódica de dor.

Medo incerto nos penetra. A vista torvelinha. No ouvido já não ribomba o estrépito, mas ruído perfurante, que sacode o cérebro e desafina os nervos.

A montanha d'água desmorona pesada, rapidamente bruta, volumosa e ampla.

Tomba no vórtice com ímpeto pujantemente elástico. Engolfa-se em cachões, incha em estouros. Comprimida pelas rochas, fechada em parênteses, ferve e pula, entrançada, arquejante, com espuma lívida e uns ofegos de cansaço irritado, que a levantam desesperadamente.

Depois, corre voraginosa. Surge novo obstáculo. Como que medrosas, as rochas se retraem, opondo-lhe barreira semicircular.

Arremete contra elas, furiosa; e, colhida de súbito, revoluteia, turbilhonando em rebolo. É o sorvedouro, o rodopio, o redemoinho.

Só de o fitar, vêm vertigens. A caudal reboca-se aí com rapidez incalculável, estuando, girando, rolando, rodando, em espirais — cuspindo espuma sobre as ancas das muralhas pretas. Nem um peixe pode ali viver.

Exala fumaça úmida, como o hálito salivoso de enorme fera.

Não sei qual mais belamente horrível: se a catadupa, despenhando formidavelmente, se aquele movimento circular, contínuo e tonto, que atrapalha a visão, encadeia os olhos, atraente e irresistível, com magnetismo que anestesia e puxa para a morte.

IV

De repente, notei uma coisa a se debater no remoinho.

Apontei. Fitamos a vista e vimos distintamente um corpo humano que girava com a água.

Era o cadáver do canoeiro, do José, arrastado para ali pela correnteza. Rolara pelo tombo e fora cair no sorvedouro de onde o movimento rotatório o impedia de sair.

Aos poucos, fomos-lhe observando os traços. Tinha os braços arqueados, o busto inclinado, ventre para baixo, na posição de quem cinge alguém.

Trajava calça de ganga. Nu da cintura para cima, ensanguentavam-lhe o tronco manchas rubras de feridas.

As oscilações bruscas da corrente davam-lhe estremecimentos de vida. Não se lhe distinguia o rosto. Entumescera. De onde estávamos, se nos afigurava enorme.

Ao estrépito do tombo, desvairado por aquela música possante e estranha, dir-se-ia que valsava uma valsa macabra.

Era-lhe par a água flexível. Cingidos em estreito abraço, abraçavam unidos. O valsista ora descrevia círculos longos e frementes, enquanto a cauda de rendas brancas da dama, a espuma, se espalhava em franjas, roçando nas rochas, ora, num frenesi louco, partia mais rápido, em círculos mais curtos, a ofegar, em delírio, valsando sempre.

Às vezes, batia com a cabeça nas pedras. Recuava de pronto, ágil e leve, e recomeçava a valsar, sem perder o compasso fantástico.

Na música, a sons entorpecedores seguiam notas agudas, de estremecer.

Escorriam no ritmo morbidezas letais.

A onda apresentava meneios lascivos e lânguidos, ou tremores repentinos de comoções histéricas. Serpenteava-lhe a cauda longa e donairosa, acompanhando os volteios, lambendo a voragem.

Calafrios corriam. Percebiam-se arquejos e soluços na dança insensata.

Num passo arrojado, o valsista abalroou mais de rijo na pedra.

Afastou-se destramente até o centro, onde o abismo se afunda em funil. Os pés decaíram-lhe e ele pôs-se a prumo. Grave, sério, correto, fez-nos elegante mesura, sacudindo a cabeça. Depois, saudoso do par, que continuava a valsar sozinho, atirou-se apaixonadamente sobre ele e desatou de novo a valsar.

Vimos-lhe então perfeitamente o rosto. Olhos consideravelmente abertos e parados, escancarada a boca, na expressão desesperada de quem se apresta para morder. Esboçava, entretanto, um largo riso sarcástico. E a orquestra infernal prosseguia, cada vez mais furiosa, a valsa sem fim.

O cumprimento pareceu-me um convite. Veio-me vontade de imitar o valsista, de apertar igualmente nos braços a sua dama untuosa e pérfida.

A música ensurdecera. Suavizara-se agora em cadências aveludadas que infiltravam suave letargia. Notas acetinadas produziam arrepios de etérea sensualidade. As pálpebras fechavam-se sob a pressão de sono macio. Tudo em torno valsava: as montanhas, as pedras, as nuvens, a chuva, a própria catadupa.

Como resistir? Tremia-me o corpo, os ouvidos zuniam-me, cambaleavam-me as pernas: suava, apesar do frio.

Dei um passo para a frente, disposto a ceder. Meus companheiros olharam-me e compreenderam.

A atração do abismo atuava energicamente sobre mim.

Carregaram-me. Mais um minuto e estaria perdido.

V

Na volta ao povoado, o Pantaleão — homenzinho magro, franzino, de voz rachada —, ouvindo-me contar onde se achava o cadáver:

— Vou tirá-lo para o enterrar — disse com simplicidade.

— Impossível — retorqui.

— Fui seu amigo. Não o posso deixar sem sepultura.

— Mas arrisca-se a morrer também.

Levantou os ombros e despediu-se.

Pensei que não passasse aquilo de bravata imprudente e o Pantaleão renunciasse ao temerário projeto.

Horas depois, tocava o sino na capela do alto. A população se movia curiosa. O Pantaleão cumprira a palavra!

Descendo as muralhas quase a pique, amarrado a uma corda presa em cima, apoiando os pés nas concavidades, exposto mil vezes a tombar no vórtice, conseguira, após insano labor, laçar o corpo do amigo por uma perna. Depois, com longa vara, impeliu-o para fora do rodopio. Fê-lo cair na correnteza, e, segurando o comprido liame, foi pescá-lo abaixo, num pequeno remanso.

Chamou-o a si, colocou-o numa rede, e, solicitando então auxílio de companheiros, conduziu-o para a igreja.

Fui abraçar o Pantaleão. Encontrei-o impassível a cavar a cova para o José.

— Ora — disse a sorrir ante os meus cumprimentos —, o senhor em meu lugar faria o mesmo.

Senti-me pequenino, diante daquele homem tão pequenino.

VI

E corri à igreja para ver de perto o valsista.

Estava cheia a modestíssima nave. Grupos consternados mexiam os lábios devagarinho, cochichando orações. Crianças pálidas e seminuas andavam soltas, balbuciando palavras de terror.

Exalava-se o sino em fúnebres arrancos, despedindo notas breves e pausadas, como reticências sonoras.

Nos intervalos, ouvia-se a enxada do Pantaleão, baqueando, ao lado, surdamente no solo.

Ninguém se aproximava do centro, onde, numa penumbra, o corpo imóvel destacava.

Horroroso! Já não tinha forma humana. O crânio se fendera, gotejando aguadilha verde. No sítio dos olhos, buracos escuros e sem fundo.

Da boca, enormemente dilatada, pendia um mulambo* de carne gangrenada. Não seria mais asqueroso o cadáver de uma víbora hidrópica.

O ventre abaulado e redondo fazia proeminência como um bolo.

Os tecidos dos braços se desprendiam rachados. Placas violáceas marchetavam o tronco.

Moscas tontas zuniam em roda.

Fétido insuportável saía daquela coisa infecta e informe que fora um homem. Miasmara-se o ambiente.

Todos cuspiam enjoados, com a mão no nariz.

De repente, afastando os grupos, desesperada, uma mulher idosa se precipitou sobre aquilo. Caiu de joelhos, tomou uma das mãos do cadáver, e, chorando, soluçando, cobriu de beijos carinhosos a massa dos membros apodrecidos.

Achegaram-se todos com respeito, chorando também.

Era a mãe!

* No contexto da frase, designa um pedaço de pano, um trapo.

Consciência tranquila

Cruz e Sousa

João da Cruz e Sousa nasceu em Santa Catarina, em 1861, e morreu em Minas Gerais, em 1898. Filho de escravos alforriados, dedicou-se por toda a vida à poesia, tornando-se figura de proa do Simbolismo. Também se envolveu na causa Abolicionista, e o conto "Consciência tranquila", cuja publicação estima-se ter ocorrido por volta de 1897 (não há dados precisos a esse respeito), é exemplo dessa atuação. Aqui, a narrativa de horror e a violência gráfica se convertem em denúncia social: um poderoso senhor de escravos está no leito de morte, delirando, e começa a recapitular as atrocidades de sua vida, em uma espécie de confissão inconsciente.

O ilustre, o douto homem rico, o poderoso senhor de escravos está já, segundo a revisão do seu médico, quase às portas da morte.

Sobre o luxuoso leito largo, na alvura fria dos linhos, entre os gélidos silêncios das paredes altas, ele está mudo, semimorto, dormindo, como que se predispondo para o sono eterno.

No confortável aposento onde ele aguarda afinal o último suspiro, vai e vem, abafando os passos, toda uma sociedade de honrados bajuladores, de calculistas espertos e frios, de interessados argutos, de herdeiros capciosos, de tipos bisonhos e suspeitos, almas simplesmente consagradas ao instinto de conservação da vida no que ela tem de mais caviloso e oblíquo.

Graves e grandes, como bocejos lassos, como tédios esquecidos, os momentos do moribundo se prolongam e os comentários esfuziam e ferem, à surdina, o ar doentio, pesado...

— Não há dúvida que vamos perder um homem útil, prestimoso, eminente, carregado de saber e virtudes, bom e piedoso, ah! sobretudo bom e piedoso. Que coração de anjo para os humildes, para os tristes para os fracos, para os desamparados. A sua bolsa, sempre inesgotável, dividia-se com todos. Verdadeiro apóstolo da caridade, da religião e da ciência, era um justo na acepção da palavra, de uma moral elevada até à santidade. Nunca me há de esquecer de como ele foi sempre generoso para essas raparigas miseráveis, gente baixa, que nem ao menos tem a vala comum para cair morta e que ele afinal protegia com a sua bolsa e arranjava-lhes noivos entre pobres-diabos da plebe, quando por acaso elas deixavam de ser virgens com ele... De muitas, de muitas sei que ele tornou felizes com o seu prestígio, dando-lhes casamento e dinheiro. Sim! porque outro fosse ele, como esses bandidos que por aí andam, que deixariam as pobrezinhas ao desamparo e com filhos. Ele, não; casava-as logo e assim trazia felicidade aos casais que constituía. Muito, muito justo, sempre foi muito justo em tudo! Homem distinto! Homem distinto! Este é dos poucos que podem morrer com a sua consciência tranquila, perfeitamente tranquila!

Quem assim falava com esta ingênua malignidade, com esta nova, inédita inocência, com esta terrível e eloquente ironia, por si próprio, no entanto, desconhecida, era um homem de olhos ladinos e gestos sacudidos, próspero, rubicundo, expressão loquaz de ave rapace, nariz altivo, espécie de sagaz furão de negócios, parecendo estar sempre ocupado em absorver e conhecer pela atilada pituitária o ar das cousas e dos interesses imediatos.

Num dos dedos da sua mão ágil, pronta, precisa para o assalto à vida, com a medida exata dos grandes golpes ocultos, reluzia a clara gota d'água iriada de um rijo brilhante.

Mas, o troféu de glórias deste curioso exemplar humano, era o famoso e filaucioso cavanhaque, meio diabólico, meio cínico que ele afagava com gravidade e volúpia, abrindo em leque, num gozo particular, como se o cavanhaque fosse o seu inspirador e o seu oráculo naquela eloquência.

Como todo o bandido bem acabado, perfeito, como todo o tartufo casuístico, tinha o seu séquito, os seus satélites, que instintiva ou calculadamente ouviam e aprovavam sempre em silêncio servil tudo quanto ele dizia e lhe forneciam a manhosa e morna atmosfera feita de rastejantes e vermiculares sentimentos na qual ele vivia à farta, num transbordamento de tecidos adiposos, cevando-se nas lesmentas vaidades e caprichos mesquinhos dos outros, lisonjeando- lhes as pretensões, alimentando-lhes os vícios, devorando-lhes o ar, numa verdadeira existência parasitária.

Mas, agora, todas as atenções se voltavam, alvoroçadas, ansiosas, para o velho moribundo, que acordara afinal em sobressaltos, o olhar desvairadamente pairado num ponto, como se por um esquisito fenômeno tivesse ressurgido do terror do sono eterno e viesse ainda perseguido por glaciais fantasmas que o arrastavam pelos cabelos e pelas vestes, através de uma treva duramente muda e aflitiva...

E, ou fosse remorso ou fosse álgido medo da hora extrema ou fosse mesmo agudo e histérico delírio imaginativo de senil e tábido celerado que vai morrer, o certo é que todos, no auge do espanto, no mais esmagador dos assombros, sem poder conter a súbita e estupenda torrente que lhe foi espumando e jorrando da boca bamba, ouviram este cruel e amorfo monólogo, feito de lama e podridão, de estanho inflamado, de ferro e fogo, de acres e apunhalantes sarcasmos, de ódio e visco, de mordentes perversidades, de chagas nuas, de lacerações de carnes gangrenadas, de soluços e estupros, de ais e risadas, de suspiros e concupiscências baixas, de beijos e venenos, de estertores e lágrimas, tudo rodando, rodando através do pesadelo da Morte.

Como que a seu pesar, um fenômeno desconhecido o transfigurava, punha-lhe na boca a eloquência viva de chamas devoradoras. Ele era, naquele momento, a presa formidanda das correntes da matéria, que os mais curiosos e estupendos sentimentos abalavam: como que uma outra natureza, sem ser propriamente, legitimamente a sua, a natureza dos mistérios, que paira acima de tudo o que nos é terrenamente acessível, a natureza do Incognoscível das Esferas, dos maravilhosos ritmos, o inspirava, falava pela voz dele, enchia-o de fluidos prodigiosos, arrebatava-o para um meio sonho e para um meio delírio, onde, contudo, transpareciam faces verdadeiras das cousas, já galvanizadas pelo passado.

Aquilo era como que o exemplo vivo, iniludível e supremo, dessa vaga névoa, dessa bruma de Abstrato, que há em todo o Tangível, do Sobrenatural que há em todo o Verdadeiro.

— Ah! Lá se vão elas, vejam, lá se vão elas! Quantas! Quantas! Eram todas minhas! Vinham entregar-se ao meu ouro que tinia, tilintava, tinia com a sua luz sonora. Olhem, lá vão elas! Todos aqueles corpos eu beijei, eu gozei, eu depravei, eu saciei! Todos aqueles belos corpos brancos se adelgaçaram, se quebraram, vergaram, em curvas voluptuosas de abóbada estrelada, às minhas furiosas luxúrias. Parecia que corcéis de fogo disparavam no meu sangue, corriam a toda brida nos meus nervos, tanto a sensualidade me agitava, me vertiginava, aguilhoava-me com os seus aguilhões acerados. E eram todas virgens, que eu desviei, estrábico de gozo, nas formidáveis alucinações da carne. Pois se eu tinha o meu ouro, o meu ouro que agisse sem demora e mas trouxesse vencidas; pois se eu tinha o meu ouro, o meu ouro que as escravizasse à minha lascívia, o meu ouro que as fascinasse, o meu ouro que as atraísse, o meu ouro que as magnetizasse, o meu ouro que as cegasse, o meu ouro que as perdesse, o meu ouro que as aviltasse! Pois se eu tinha o meu ouro, que mal então que eu comprasse formas de argila, com o meu ouro de forma de sol! Pois se eu tinha o meu ouro! Pois se eu tinha o meu ouro!

Por entre os linhos alvos do leito, naquelas brancuras preciosas, como que um rio de ouro, um cascatear de ouro, uma música de ouro vinham então finamente e fluidamente rolando, distendendo pelo leito os seus harmoniosos e claros veios de ouro, numa feeria de som, de alvura e de ouro.

E o senil e tábido milionário estava ali como um célebre mago dominado pelo ritmo alucinante, pela vara magnética desse êxtase de visionário moribundo, pela doentia e sonâmbula superexcitação nervosa, por toda essa vertigem, por todo esse deslumbramento hipnótico, fatal, enlouquecedor, do ouro. E ele ria alvarmente uma risada entre amarela e negra, que fazia lembrar o fúnebre caixão que o esperava...

Todos, estupefatos, suspensos, diante daquele delirante e sensacional espetáculo que não podiam encobrir nem conter, tinham a respiração sufocada, os semblantes transtornados, lívidos, tão lívidos que pareciam outros tantos moribundos que ouviam, imóveis, num espasmo de angustioso terror, esse outro sinistro moribundo falando.

Agora, porta mais negra e mais ensanguentada se abrira escancaradamente, num pálido rasgão de raio que fende as nuvens, ao delírio do cérebro demente do quase morto: era como se nenhum escrúpulo delicado, sutil, o prendesse à terra e aos homens; se todos os fios e laços das suscetibilidades da alma se houvessem partido, despedaçado e ele ficasse só nos instintos, à vontade, besta desenfreada, livre de todas as correntes do Sensível, sob o impulso primitivo, selvagem, desorientado, animal, deserto, da simples matéria e da simples carnalidade:

— Ah! Ah! Pois não era o meu ouro, só o meu ouro, sempre o meu ouro que comprava tanta carne humana, desprezível, que eu via entrar nas senzalas, de volta do eito?! Negros trêmulos, velhos e tristes, com o dorso curvado por uma remota subserviência ancestral, atávica, fantasmas de pedra, mudos e cegos na sua dor absurda...

Às vezes era pelos amargos desfalecimentos da tarde; e, no fundo denso da noite algumas estrelas espiavam como sentinelas, de olhos acesos e vigilantes, aquela torva massa trôpega e tarda que caminhava como do fundo de um tempestuoso e formidável sonho: os crânios desconformemente alongados, os perfis com deformações hediondas, talhados à bruta por mãos de gênios rebeldes, infernais, e os olhos envenenados pela mais atroz, bárbara e mórbida melancolia das melancolias. Como que vinham, num turvo e amorfo desfilar do centro misterioso da terra, com a cor das trevas primitivas, esqueléticos, cadavéricos, héticos, na assombrosa condensação de todas as criações shakespeareanas, arrastando os miseráveis e ensanguentados farrapos das almas.

Parecia-me que se cavava de repente, por toda a extensão do eito, imensa, profunda cova; que essa cova era como velha chaga secular formidavelmente grande, sinistramente sangrenta, a devorar, a devorar, a devorar carne humana, legiões e legiões de míseros, um fabuloso mar negro e selvagem de corpos e almas amaldiçoadas... E essa chaga tremenda, avassaladora, fatal, ia então alastrando, não já sangrenta, mas verde, podre, gangrenada, aberta a monstruosa e purulenta boca verde.

Não sei para que sobre-humano horror eu recuava, para que noite caótica de horror animal eu mergulhava a tremer, a tremer, a tremer...

Ficava então de repente com a imaginação dominada por cruéis sobressaltos, com ansiedades, delírios a se vulcanizarem no cérebro... Subiam-me ao cérebro obsessões de loucura, como que os meus pensamentos se agachavam, se encolhiam aterrorizados a um canto do cérebro... Um medo agudo, invencível, me amarrava os nervos... Todo eu gelava, suava medo... E aquela bamba, trôpega e tarda massa torva, fenomenal, numerosa, estranha, tão estranha aos meus sentidos apavorados, dava-me a impressão fantástica de abismos que caminhavam, de tenebrosas florestas de corpos cheias de rugidos de feras, de garras, de dentes devoradores, que eu via de repente atirarem-se, arrojarem-se sobre mim, bramindo vingança, e despedaçarem-me, estrangularem-me...

Ao meu espírito aterrado, ao mundo virgem e nunca visto de visões que se me desenvolviam no deslumbrado raio visual, era como se todos aqueles esqueletos se reproduzissem, surgissem por toda a parte turbilhões e turbilhões, tumultos e tumultos, matas sagradas, compactas, selvas bravias de esqueletos negros, toda a África colossal ululando e soluçando num ululo e num soluço milenário... E, por sobre todos esses milhões de cabeças tenebrosas, pairava no ar, solenemente, sugestionadoramente, como o satânico e sinistro Anjo da Guarda da negra raça dos desertos, lassa e descomunal, lânguida e letárgica serpente, talvez dormindo e sonhando novos e mais maravilhosos venenos, com as grandes asas abertas... Ah! Eram sobrenaturais esses sofrimentos que assim me remordiam tanto, com tamanhos dentes e com tamanhas garras!

Deus, a essas horas tão tremendas para a minha consciência, ali tão humilhada, batida, cobarde de terror diante daqueles negros espectros, onde estava Deus, para trazer-me um alívio, consolo para ter piedade de mim, para dar-me de beber da fonte clara, fresca e suave da tranquilidade, para saciar a sede de humildade, de pobreza, de simplicidade, a sede devoradora que me incendiava, a mim, a gula viva do ouro, a mim, a gula viva da sensualidade, a mim, a gula viva do crime!

No entanto, ah!, que visadas satânicas, diabólicas, que satisfação perversa me assaltava quando o feitor, bizarro, mefistofélico, de chicote em punho lanhava, lanhava, lanhava os miseráveis e lindos corpos de certas escravas que não queriam vir comigo! Oh! lembra-me bem de uma que mandei lanhar sem piedade. A cada grito que ela soltava eu gritava também ao feitor:

— Lanha mais, lanha mais!

E o bizarro feitor lanhava! O sangue grosso e lento, como uma baba espessa, ia formando no chão um pântano onde os porcos vinham fuçar regaladamente! Com que febre, com que alucinação inquisitorial eu gozava essas torturas! Até mesmo, às vezes, via-me possuído de um extravagante desejo animal, de um desejo monstro de beber, como os porcos, todo aquele sangue. Lembro-me também de outra, bestialmente grávida, prestes a ser mãe, a quem eu, para saciar a minha sede feroz de ciúme, a minha sede de raiva, a minha sede de concupiscência suína, mandei aplicar quinhentas chicotadas, enquanto os meus dentes rangiam na volúpia do ódio saciado. Desta foi tamanha e tão atroz a dor, tão horríveis as contorções, enroscando-se como serpente dentro de chamas crepitantes, que esvaiu-se toda em sangue, abortou de repente e ali mesmo morreu logo, felizmente, lembro-me bem, com a boca retorcida numa tromba mole, espumando roxo e duas grossas lágrimas profundas a escorrerem-lhe dos olhos vidrados.

E de outra ainda lembro-me também; porque eu a mandei afogar no rio das Sete Chagas, junto à figueira-do-inferno, com o filho, que era, execravelmente, meu, dentro das entranhas... Mandei afogar tarde, a horas mortas, depois que certo sino cavo soluçou as doze badaladas lentas e sonolentas no amortalhado luar... E devo ter algum remorso disso? Remorso? Por quem? Por quê? Por quem? Meu filho? Como? Feito por um civilizado num bárbaro, num selvagem? Remorso por tão pouco? Por lama vil que se joga fora, por bárbaro ignóbil que para nada presta?! Remorso por fezes, resíduos exíguos de elementos inservíveis, bílis negra, composto de produtos podres, gases deletérios e inúteis, pus fétido — pois por essa asquerosa e horrenda cousa que se formou e ondulou misteriosamente sonâmbula nas entranhas pantéricas de uma negra hei de ter, então, remorso, hei de ter, então, remorso?!

E os quatro enforcados da encruzilhada do engenho, com as hirtas línguas de fora, por uma noite de trovões e relâmpagos, oscilando dos galhos das árvores como pêndulos da morte! E os que morreram no tronco, com a espinha dorsal quase vergada ao meio! E aqueles que de desespero e de aflição sem remédio se rasgaram os ventres, enterrando-lhes fundo facas agudas! Os que estalaram tostados, queimados nos fornos em brasa! Os que foram arrastados pelos campos a fora, a galope, atados a caudas de cavalo! Os que tiveram os ventres atravessados pelas aspas dos bois bravios! Os que se envenenaram com venenos mais mortais que o das serpentes! Os que se degolaram na mais desesperada das agonias!

E aquela negra terrível que morreu louca, abraçada ao filho pequeno, dando-lhe alucinadamente de mamar, nua, toda nua, com o seio a escorrer leite e ao mesmo tempo a escorrer sangue pelas feridas de 370 e tantas chicotadas, com os olhos esbugalhados, a olhar-me muito, a olhar-me sempre, parece que ainda horrivelmente a olhar-me agora, a perseguir-me, a cortar-me de pavor como uma lâmina gelada e penetrante.

Ah! Aquele negro de cem anos, morfético, inchado como um sapo enorme, manipanso senil, a quem eu arranquei os dois olhos com a ponta de uma verruma, enquanto ele urrava e escabujava de dor como um tigre apunhalado! E isto em pleno eito, num meio-dia de ferro e fogo, que cortava e queimava, por um sol dilacerante, devorador como feras esfaimadas, sanguinolentas! E eu arranquei-lhe os olhos, enterrando-lhe fundo a verruma sem piedade, depois de já lhe haver aplicado por todo o corpo apodrecido e chagado pela morfeia, seiscentas vergalhadas, de pulso musculoso e rijo e de relho forte aberto em trinta pernas, terminando em agudos pregos nas pontas. Ah! Como o velho manipanso se retorcia, espumava, gania, mordia a língua, soltava pinchos por entre os torvelinhos, os círculos vertiginosos, desvairados, das trinta pontas aguçadas das pernas rígidas do relho!

E ainda aquele outro negro decrépito, de uma boçalidade caduca, cego, mudo e idiota, completamente cego e mudo, que foi encontrado morto no curral dos porcos, a cabeça fora do tronco, inteiramente decepada a machado, os órgãos genitais dilacerados!

Remorsos, eu, então, de toda essa treva trágica, de toda essa lama de crimes apodrecida?! Como, remorso? Pois não era do trono do meu ouro que eu estava rei soberano, assim, com o cetro do chicote em punho, coroado de ouro, arrastando um manto de púrpura feito de muito sangue derramado?! Remorso? De quê? Se o meu ouro tudo lavava, vencia, subjugava a todos e a tudo, emudecia a justiça, tornava completamente servis e de pedra os homens, fazendo de cada sentimento um eunuco?!

A essas palavras como que pareceu haver um certo movimento de protesto, de altivez revoltada, na pasmada assembleia que o ouvia: quase que um vago vento de indignação passou... Mas, como entre os males da vida "o mal de muitos consolo é", e quase todos que ali estavam eram parentes do moribundo, aguardavam uma parte do seu grande ouro; e como também nos seus cerebrozinhos empíricos lhes passasse de repente a ideia de que talvez por um milagre da riqueza, por um extraordinário valor e soberania do potentado, ele muito bem podia levantar-se do leito ainda e expulsá-los a chicote daquele recinto, todos se entreolharam manhosamente e fizeram depressa espinha mais flexível, fingiram-se surdos o melhor que puderam — vivos, mais mortos que o semimorto.

Toda essa delirante epopeia de lama, treva e sangue, era por ele murmurada lentamente, com voz cava, soturna, como através das paredes de um lôbrego subterrâneo ou nas sombrias solitárias arcadas de um convento os crepusculamentos de um réquiem...

Impelido por uma força nervosa erguera-se um pouco no leito, talvez ainda mais envelhecido agora, trêmulo, transfigurado, o olhar sempre fixo num ponto, olhar de cego que olha em vão, que como que só vê para dentro de si mesmo...

Mas de repente o moribundo teve uma risada alvar, lugubremente idiota, entre amarelada e negra, que fazia fatalmente lembrar o fúnebre caixão que o esperava... E, arremessando convulsamente as frases como lançadas no ar, na violência do esforço derradeiro, tremendo, como quem chama a si as últimas energias da matéria que desfalece, a língua já presa, já acorrentada pelos pesados grilhões da morte que vinha vindo, pendeu a encanecida cabeça de celerado senil, exausto de forças, os braços molemente caídos ao longo do leito, os olhos e a boca desmesuradamente abertos, a respiração siflante, num espasmo sinistro...

No ambiente ansioso, inquietante, do aposento, pairou uma comoção mortal.

Dos lençóis alvos e frios do leito, bruscamente revoltos na alucinadora aflição daquele velho corpo martirizado, como que transpareciam, se levantavam brancas visões de sepulcro...

Nos circunstantes, à maneira de velhos instrumentos de cordas usadas, que vibram insolitamente, percorreu logo um pavoroso estremecimento. Todos se acercaram do leito, os rostos transfigurados, na agitação convulsa do grande final, — míseras, tristes sombras que num movimento arrastado, impelidas por sensações secretas, se acercavam de uma sombra mais mísera, mais triste...

E, ó ironia da Culpa original!, numa leve contração da boca, ainda com um voluptuoso e luminoso alento de vida a esvoaçar-lhe nos olhos, sem longos e torturantes estertores, deixando apenas escapar um fugitivo, breve gemido de lá bem do fundo vago, quase apagado, longínquo, do seu Crime, na atitude de um justo, o ilustre homem rico, o abastado e poderoso senhor de escravos expirou — dir-se-ia mesmo com a sua consciência tranquila, completamente tranquila...

Violação

Rodolfo Teófilo

Rodolfo Marcos Teófilo nasceu na Bahia, em 1853, e morreu no Ceará, em 1932. Formado em farmácia, dedicou boa parte da vida ao combate da varíola e de outras doenças. A atuação de Teófilo em epidemias está entre as principais características de uma obra literária de fôlego — e também marca presença em "Violação". Neste longo conto publicado em livro pelo próprio autor em 1898, acompanhamos o relato dos efeitos de uma epidemia letal de cólera em uma pequena cidade, com cenas profundamente perturbadoras.

I

A triste cena de bruteza humana que vou narrar passou-se em 1862, na epidemia do cólera-morbo, em uma das vilas do litoral do Ceará. Eu era bem criança; tinha apenas nove anos, mas conservo estereotipado em mim tudo que vi daquela medonha peste.

Meu pai era o único médico do lugar quando se deu a invasão do mal. Havia meses que o flagelo devastara os sertões da província, e de lá vinham as mais desoladoras notícias. Tudo estava se acabando no interior, morria-se em poucas horas, dizia a nova popular em seu costumado exagero, e assim se espalhava de tenda em tenda, deixando em sua passagem o gérmen do desconforto a desenvolver-se e a crescer!...

O espírito das populações marinhas cada vez mais se abatia com os horrores que se contavam da peste. Não se guardavam as devidas reservas sobre o progresso e intensidade da epidemia. Os poderes públicos, não compreendendo a influência perniciosa de semelhantes novas, as divulgavam abatendo assim mais o ânimo dos que iam gozando as imunidades do contágio.

Era a primeira vez que o mortífero filho do Ganges nos visitava; que a legião desses infinitamente pequenos deixava a sua terra, para vir empestar a nossa tenda.

O pânico era geral; numa mortificante tensão de espírito, como a do condenado que espera no oratório que venham buscá-lo para o patíbulo, aguardávamos a visita da peste.

A posição topográfica da localidade, longe de nos dar uma certa imunidade, pelo contrário, favorecia a procriação dos micróbios do mal, pois que a vila estava edificada num estreito vale, cercada de montanhas. O vento, que é o veículo do cólera, o deixaria ali, e o bacilo da peste se desenvolveria e mataria à vontade.

E todos nós nos preparávamos, não para resistir ao inimigo, pois não tinha armas a nossa ignorância, mas para morrer. Não se tardaria ouvir o gemido do primeiro pesteado.

Foi em dias de janeiro que soubemos estar o inimigo a menos de dez léguas. O pânico foi geral e indescritível.

A população espavorida valeu-se do derradeiro recurso dos abandonados, e todos os dias lá ia em grande romagem à pequena matriz, pedir a Deus que a livrasse da peste. Lembro-me ainda, sentindo um frêmito nos nervos, daquele vozear de náufragos a implorar a misericórdia do céu. Rezavam, em vez de estabelecerem rigorosos cordões sanitários.

Algumas famílias abastadas fugiram para a capital, que se conservava em boas condições sanitárias. Nós também podíamos nos ter retirado, mas o dever prendia meu pai à localidade ameaçada, e ficamos.

O cólera chegou, mas sem pródromos, sem casos isolados, atacando centenas de pessoas. A confusão foi então horrível, e o pânico tudo avassalou. A população inteira desvairou-se, como um bando de aves bravas que fosse alcançado à noite no quieto pouso pela ofuscação do facho de astuto caçador.

A vila contava cinco mil almas, e entre tanta gente não havia um espírito que não estivesse sucumbido. As qualidades afetivas mesmo, se não haviam perecido neles, pelo menos o terror do contágio as tinha anestesiado.

Os enfermos foram abandonados não só na choupana do desvalido como na casa do abastado. Ao primeiro brado de alarma, todos fugiram espavoridos.

Evitavam os primeiros pesteados pensando livrarem-se do mal, mas se iludiam e eram atacados mesmo longe deles, porque todo o ambiente estava viciado; em cada molécula do ar havia um átomo da peste.

Serenado um pouco o estonteamento que lhes fechava o coração aos mais ternos afetos da vida, voltaram ao lar, e muitos o encontraram vazio!... Nessa crise de assombramento, de alucinação, foram grandes as angústias da população flagelada. Para mitigar-lhes as agruras do infortúnio não tinham eles uma carícia, a consolação de uma ternura. A paz da existência os havia abandonado na hora angustiada daquele transe.

A peste tinha nivelado todos e embotado a sensibilidade até no coração amorável das mães!... Pelos tormentosos dias de nosso lar, eu avaliava as aflições que iam por toda a vila.

Meu pai, falho de conhecimentos sobre a patogenia do cólera, quase nada podia fazer em favor dos pesteados. Preso pelo dever à cabeceira dos enfermos, trabalhava dia e noite; e, se não lhes dava a saúde, ao menos lhes restituía as esperanças perdidas, levando-lhes o doce alento de uma consolação.

Poucos dias, entretanto, durou a imunidade do médico e o conforto que sentiam os doentes com a presença dele. Caiu ferido, mas ferido mortalmente. Havia chegado também para nós o dia das tribulações e pagávamos à peste nosso tributo. Em um mesmo dia todos de nossa casa foram acometidos da doença, à exceção de minha pessoa. Uma legião de micróbios invadiu a nossa morada, e horas depois todos estavam derribados.

Embora a minha idade, teve o meu espírito uma noção nítida do perigo em que estávamos. Senti um desalento que me abateu todo, que me prostrou, consumindo toda a minha energia.

Meu pai, pressentindo o meu abatimento, exortou a minha coragem e, aproveitando-se da influência que seu espírito tinha sobre o meu, insinuou-me a ideia do dever. Só por um milagre de sugestão pôde o meu caráter, que ainda se estava formando, submeter-se sem revolta e aceitar as ideias aconselhadas.

Havia em casa dez doentes, e eu era o enfermeiro de todos, o criado dos próprios criados.

A minha luta foi tremenda, e hoje é que compreendo quanto ela foi heroica.

Não foi a remoção das dejeções, dos vômitos, a limpeza dos aposentos e dos leitos, o serviço da cozinha o que mais me desalentou durante esse período de provações, porém o enterramento de minha irmã.

A pequenina havia nascido vigorosa, mas pesteada. Meu pai, na impossibilidade de ir ao quarto de minha mãe, pediu-me que lhe levasse a recém-nascida. Minhas mãos, pouco afeitas a tão delicado fardo de arminho, o conduziram com grande cuidado e carícias. Meu pai fitou a pequenina criatura e voltou o rosto para que eu não visse as lágrimas que lhe assomaram aos olhos. Chorava com a certeza de que não a veria mais, porque ela ia morrer, e mal sabia ele que de todos nós seria a única feliz, porque se acabava sem conhecer a morte, sem a mínima noção da vida.

Entregou-me a pequenina, que conduzi; e ele a acompanhou com a vista, dizendo-lhe, com toda a ternura de seu olhar de pai, o último, o derradeiro adeus, até que me encobri no corredor.

Vinte e quatro horas somente esteve neste mundo a criança a quem um vizinho que a veio batizar chamou de Maria.

A moléstia havia desfeito, em sua curta duração, todos os músculos do pequeno ser. Havia apenas no berço um esqueletinho vestido de pele, cor de cera branca, com os olhos abertos, num olhar morto de estátua.

Meu pai, sabendo do óbito, ordenou-me que conduzisse o cadáver ao cemitério. Aquela ordem traspassou-me todo. Onde encontraria coragem para carregar um defunto, eu, que tinha medo das almas, mesmo das almas dos meninos!... Chorando, fiz-lhe ver a minha covardia. Era bem justa a minha recusa, e tão justa que ele a aceitou e mandou-me que fosse chamar o batizante de minha irmã.

Grande foi o meu contentamento, e maior depois o meu desgosto, quando, chegando à casa do vizinho, soube que ele havia morrido do cólera quando voltou do batizado. Semelhante nova abalou-me todo, arrancou-me trepidações de todos os nervos: agora não era somente a alma da pequenina mas também a do vizinho que me fazia medo.

Meu pai recebeu a notícia mostrando grande ânimo e, sem demonstrar perturbação, ordenou-me que conduzisse o cadáver ao cemitério. As palavras da ordem, vibrantes de autoridade e de energia, entraram-me no cérebro como pontas de estilete em brasa.

Queixei-me de doente; e, na verdade, eu ardia em febre. Entreguei o pulso ao médico, que o examinou e, antes de proferir nova sentença, ergueu-se do leito, quis caminhar e não pôde.

— Queria ir em teu lugar; vês? Não posso andar!... Vai.

Esta cena partiu-me de mágoa; e hoje é que avalio a sublimidade dela. Em minha alma de afetivo só vibravam então as palavras de meu pai, e meus olhos viam-no, mas trôpego, doente, querendo ir enterrar a filha e sem poder.

Decidi-me a cumprir a ordem com o sacrifício de todos os meus escrúpulos, de todos os meus temores. Abeirei-me do berço para tirar o cadáver e colocá-lo no esquife, uma caixa de papelão na qual minha mãe guardava costuras; mas, quando minha vista caiu sobre o rosto do anjinho e descobriu o seu olhar morto, estagnado, fitando-se em minhas pupilas, não sei como não me acabei de medo. Tive desejos de abandonar a casa, deixando os meus na mais penosa situação; e o teria feito, confesso, porque aquele cálice era por demais amargo para os meus anos, se a figura de meu pai, trôpega, vacilante, procurando embalde caminhar para sepultar a filha, não tivesse ficado dentro de mim para sugerir-me, com todo o seu poder de força espiritual, aquele grande sacrifício.

Depois de algumas investidas, consegui agarrar o cadáver e depositá-lo no esquife. O corpo já estava gélido. A frieza dele, atravessando o cueiro e a camisinha, me transiu as mãos, e senti por aquela algidez de carne morta uma repugnância que me arrepiou de medo e nojo.

Estava na base do meu penoso calvário e tinha de subi-lo até o vértice, e lá deixar o fardo que a amizade e o dever me haviam posto aos ombros.

O meu espírito teve sempre uma penetração admirável e, por este aspecto de sua psicologia, pode-se avaliar de sua agudeza e também de suas agonias.

Disposto a fazer o enterramento de minha irmã, fui às ambulâncias, que eram em nossa casa, para fazer em meu corpo uma fricção de álcool e cânfora e livrar-me do contágio. Cifravam-se nisso os desinfetantes e os meios profiláticos que tinham os nossos conhecimentos naquela época.

Antes de sair com o cadáver, minha mãe chamou-me e pediu-me que lhe levasse o esquife. Obedeci, e ela, coitada, mal teve forças de soerguer-se do leito e deixar o derradeiro beijo do seu amor no frio rosto da filha morta. O que muito me impressionou nesta cena não foi a ternura dela, mas a coragem de minha mãe, beijando um cadáver. Sem ânimo para mais, acenou-me que me fosse; e saí conduzindo o esquife.

Lá fora as ruas eram desertas, e o sol descendo verticalmente sobre a vila inundava-a de uma claridade que doía nos olhos. Ainda bem que havia muita luz, e por algumas horas ainda; mas nem um vivente que me acompanhasse naquele esquisito caminho. Ninguém tinha mortos a enterrar? Seria possível?... pensava, caminhando com grande pressa. O cemitério ficava a um quilômetro de nossa casa, do outro lado do rio.

À medida que me aproximava da morada da morte, sentia um pavor que me atordoava. Fui caminhando quase automaticamente até que, depois de galgar uma eminência, descortinei o lugar dos enterramentos em campo raso, a duzentos metros. Estaquei. Era chegado o instante mais angustioso daquela desesperada provação.

Animava-me a esperança de encontrar alguém sepultando os mortos, e esta esperança que me dava algum alento se desvaneceu de todo quando o cemitério caiu-me inteiro debaixo dos olhos. Ninguém vivo estava ali!... Tulhas de cadáveres se espalhavam de chão afora, uns, já podres, apodrecendo, outros. As pernas se me bambearam e, naquele meu abandono, instintivamente, bradei por meu pai; mas num grito medonho de quem está assombrado. O meu angustiado apelo, agudo e intenso, que me estonteou com as suas primeiras vibrações, foi esmorecendo de onda em onda até que se perdeu de todo e ninguém apareceu para me socorrer. Caí então em mim; lembrei-me que meu pai, por quem havia chamado com a maior confiança, havia deixado enfermo e quem sabe se já não tinha morrido!... Senti-me cada vez mais abandonado e chorei, porém, lágrimas tão sinceras e sentidas como ainda ninguém as chorou talvez.

Naquele meu acabamento moral tive uma ideia sugerida pelo pânico que me abocanhava inteiro o espírito. Esta ideia, que se gerou entre os pensamentos atribuladores que me enchiam a cabeça e começou por um simples desejo, transformou-se-me em breve na mais palpitante necessidade. Dominado por ela, ia sufocar em mim todos os sentimentos afetuosos tão prodigamente alimentados pelas carícias de meu amoroso coração. O medo havia dissolvido em minha alma os seus mais puros e queridos afetos. Em começo deste transe o meu espírito ainda não estava de todo embotado, e tanto assim que bastou uma imagem ideal, a sombra de um ente querido, para reviverem nele os deveres da amizade. Agora não mais viviam essas visões amadas!... A figura de meu pai procurando embalde caminhar para sepultar a filha e o derradeiro beijo de minha mãe, resumindo em tão curta carícia um mundo de afetos e de dores, já não me comoviam. O meu ser já não se pertencia, não tinha afeições; era um autômato que o pânico subjugava e dirigia. Assim, violentando toda a minha piedade de afetivo, sacrificando tudo que de sensível existia em mim àquele egoísmo feroz, pensei em atirar o cadáver de minha irmã dentro de uma moita, que me ficava ao lado, e depois correr até em casa.

Ia fazer isso quando ouvi passos que se alternavam com o lúgubre ranger da padiola, que conduzia à vala os cadáveres dos coléricos. Aquele ruído seco de madeira nova a se esfregar ouvia eu há uma dezena de dias, a todos os instantes, de noite mesmo. E a padiola ia e vinha, sempre rangindo lugubremente, cantando a tristonha melopeia da morte, e eu a ouvia aterrado, porque o seu ruído me trazia a ideia dos defuntos.

O veículo passou gemendo; eu acompanhei-o. Quatro homens o carregavam. Estava menos assombrado e procurei ver se os conhecia. Olhei-os com atenção e todas as suas cataduras me eram estranhas. A figura de um deles, um cabra de bigodes retorcidos e cabelos crespos caídos na testa, me causou tão má impressão que ainda hoje conservo na memória as feições de sua carantonha. Vinham todos eles embriagados. Caminhavam aos tombos, mal equilibrados, e, às passadas em falso, traziam a padiola numa incessante sacudidela, e faziam mais intenso o seu lúgubre e áspero ranger. Encontrada que foi a primeira tulha de cadáveres, pararam e, virando o raso esquife, sacudiram fora o defunto, que caiu teso a uma grande distância.

A barbaridade da inumação deixou-me aterrado, e mais aterrado ainda fiquei quando verifiquei que o corpo que assim tratavam era o do batizante de Maria.

Os homens da padiola, despejado que foi o defunto, deram de marcha para a vila, e eu os acompanhei, depois de ter deixado sobre uma pilha de mortos o cadáver de minha irmã.

II

As ruas continuavam desertas, e o silêncio delas só era quebrado pelo cantar agoureiro do veículo da morte ou pelo ritmo agudo dos gemidos dos pesteados. E havia tanta luz no céu e tanta beleza mesmo em seu azul-claro, uma cúpula tão bonita, mas para se arquear sobre um pedaço de mundo de risos e flores, e não sobre um hospital de coléricos!...

A transparência do espaço, pura como a de um cristal de rocha, não a fendia a asa de uma ave ou mesmo de uma borboleta! Todos os voláteis haviam emigrado, deixando aquele meio, porque obedeciam cegamente ao instinto de conservação, mais do que nós, que ficamos esperando a peste e a morte com toda a casta de atribulações.

Até os urubus haviam fugido, deixando o abundante repasto do cemitério entregue somente à fome da larva. Pousados nos altos piroás da serra, viam de lá as tulhas de podres trapos humanos, e o seu apurado faro, sentindo-lhes o cheiro, os cortava de gula, mas crocitavam eles apenas e ficavam; não desejavam a vila.

O diáfano ambiente, que tão inofensivo parecia, estava empestado. Para que as aves o evitassem, o abandonassem, não foi preciso mais do que a morte de algumas, fulminadas quando o fendiam em sereno voo. Sabiam mais do que nós, eram mais sensatas, porque fugiam do perigo, e nós o procurávamos.

Rara era a tarde, ao toque das ave-marias, que os morcegos, ao saírem das tocas, antes mesmo de muitas evoluções no ar, não caíssem mortos às dezenas, repentinamente, como varados por balas.

A mortandade crescia na razão direta do empestamento do ambiente.

Aos pesteados não faltaram os favores da assistência pública. Quase de coisa alguma, entretanto, serviram eles. Meu pai foi substituído, mas o médico que o veio render mal teve tempo de fazer uma única visita aos enfermos: morreu de cólera fulminante. Este fato acabou de aterrar a população. Todos podiam ser atacados pela epidemia, morrer mesmo, mas o médico, não, pensavam, porque o criam invulnerável.

A peste havia recrudescido, não por faltar a medicina, não por terem crescido os gérmens do mal, mas porque o pânico havia tornado mais aptos os organismos ao contágio, ao desenvolvimento dos micróbios da peste.

A epidemia tinha chegado ao seu maior grau de intensidade. Poucos eram os refratários, e, entre estes, estava eu, graças à acidez de meu estômago de glutão, sei hoje.

O obituário havia crescido de um modo assombroso, tanto que a cifra dos falecimentos subiu a setenta em um dia.

Nessa terrível colisão estávamos quando nos chegou um sacerdote de outro bispado. Era ele o padre Galindo, homem novo ainda, moreno, alto, magro e direito como uma régua. Deviam ter sido bastante desagradáveis as impressões que ele recebeu quando viu a desolação dos moradores, a qual imprimia à vila um cunho particular de tristeza, de acabamento.

Nada mais lúgubre do que a perspectiva de um lugar atacado de peste. Depois que vi os horrores da varíola em 1878 em Fortaleza, cujos óbitos subiam a mais de mil diariamente, é que avalio da fisionomia da minha pobre aldeia, edificada em um buraco, cercada de montanhas.

A impressão que o padre recebeu foi tão intensa e tanto o comoveu que, apeando-se da cavalgadura, foi direito à matriz. O sol não tardava a esconder-se por trás do mais alto cabeço da serra, porém ainda longe estava a hora de trindades quando o sino grande soou com toda sua monotonia de dobre, chamando os fiéis à prece.

O som grave do bronze ecoou mais intenso do que nos outros dias e, como um gemido rouco e fundo, foi se espalhando pela vila até que se perdeu de todo nas covoadas da montanha. Ah, como me apavorava aquele soluçar do sino! Ele me trazia a ideia dos defuntos dos quais eu tinha tanto medo.

O sacerdote teve, pelo aspecto da vila, uma noção verdadeira da intensidade do flagelo. Crendo na misericórdia de Deus e em sua influência sobre o destino humano, corria pressuroso ao templo, e o sino badalava convidando os fiéis à oração.

De todas as habitações saíram em piedosa romaria os que podiam caminhar. Em breve a pequena igreja regurgitou de gente.

O padre, cheio de abnegação e caridade, porém sem a mínima noção de higiene pública em tempo de epidemia, reunia ali a população para ouvir a palavra de Deus e assim aplacar a cólera do céu. Benfazejo era o seu intento, e ele, com a alma ungida do amor do próximo, não tinha consciência do mal que fazia àqueles infelizes, aglomerando-os em não saneado recinto e ainda mais abatendo-lhes o ânimo com aquelas cenas deprimentes.

Os exercícios religiosos constavam de prédica e de orações cantadas. Por infelicidade minha, nossa casa ficava na praça onde estava edificada a igreja e, para que aquelas práticas mais perniciosas fossem, começavam à hora das trindades, tempo propício ao contágio, hora deprimente, mesmo para os que são felizes, quanto mais para os desgraçados.

Depois do sermão, que constava sempre da enumeração das penas eternas, com um exagero dantesco, vinha o "Ofício de Nossa Senhora", cantado por centenas de vozes de todas as alturas e timbres, com os falsetes do medo, e terminando-se pela — "Senhor Deus, misericórdia" — súplica feita num ritmo pavoroso, por si só mais aterradora do que a mais tenebrosa ideia dos castigos do inferno!...

Ainda hoje conservo nos sentidos o vozear roufenho das devotas acompanhando a voz cheia do padre. Quantas vezes não corri para o fundo da casa, fechando os ouvidos com a mão para não ouvir a pavorosa melopeia dos fiéis! E lá mesmo ia ter o som, de que eu fugia amedrontado, a alternar-se com o ranger da padiola, sugerindo em mim ideias que me mortificavam porque todas elas se prendiam à morte. Deixava então o meu asilo e vinha para o quarto de meu pai, onde me julgava livre das almas, embora mais perto da igreja.

O padre era um crente, era um abnegado. Desde que entrou na vila, não descansou mais. De dia confessava os moribundos e enterrava os mortos e à noite fazia preces e acendia fogos nas ruas para desinfetar a atmosfera.

Não estava parado nunca; por toda parte aparecia a sua figura magra a sair dos mais infectos aposentos.

Por mais que se expusesse ao contágio, o mal o respeitava. A sua imunidade começava a impressionar o povo que, mais por ela, que era um fato extraordinário, mas não sobrenatural, do que pelos seus atos de caridade, o acreditava santo. E grande santo é quem somente pelo amor de Deus cuida dos enfermos e enterra os mortos.

O padre Galindo não temia a peste e nem tampouco a morte. O seu heroísmo e a sua abnegação, se eram uma doença de seus nervos, abençoada nevrose que alimenta tão puras e salutares virtudes cristãs. Quando lhe disseram que os cadáveres apodreciam em cima da terra por não haver quem os sepultasse, não se limitou a exortar do púlpito os fiéis àquela obra de misericórdia, foi ele próprio ao cemitério, abriu a vala com as próprias mãos e enterrou os mortos. Este seu grande exemplo de coragem e de piedade serviu tanto, foi tão edificante, que desde aquele dia não ficaram mais apodrecendo sobre a terra os corpos dos pesteados, embora repetidos fossem os casos de cólera fulminante na ocasião dos enterramentos.

No período mais agudo da peste, foram enviados de Fortaleza doze sentenciados às galés perpétuas para o serviço das inumações. Todos estes criminosos morreram fulminados nos três primeiros dias de sua chegada, à exceção de dois que desgraçadamente viveram mais alguns dias para morrerem como os companheiros, porém depois de cometerem o mais nefando e abominável crime de bruteza humana. Contavam-se coisas horríveis destes dois monstros. As suas histórias eram tão medonhas que os meninos não podiam ouvi-las e por isso não se me as referiam.

Meses depois de acabada a epidemia, meu pai conversava com um homem muito nosso amigo sobre os horrores da peste, quando me aproximei deles ansioso pela narrativa. A minha presença fê-los calar, mas notei que ambos tinham as feições demudadas e mais ainda o estranho, cujo rosto estava numa crispação medonha.

Afastei-me, e, logo que me pus longe, o homem continuou a falar quase ao ouvido de meu pai, gesticulando, irritado, ameaçador, todo ele numa crise de ódio, de desespero. Supus que o narrador estivesse para endoidecer e mais receios tive disso quando o seu desvairamento terminou-se num dilúvio de lágrimas.

Aquela história devia ser muito dolorosa, pensei, e não poder ouvi-la, eu que tanto gostava de ouvir episódios dantescos!

Quando o visitante saiu, me aproximei de meu pai e perguntei-lhe por que tanto chorava aquele pobre homem, isto na esperança dele contar-me o que tinha ouvido.

— Não — disse-me ele —, quando fores homem, pede-lhe que te conte a sua triste história.

Dois anos depois do cólera, morria meu pai de uma moléstia, que sei hoje ser o beribéri, e que aparecia pela primeira vez no Ceará. Em consequência deste desastre, fomos obrigados a nos mudar para Fortaleza, onde eu devia entrar para o Atheneu Cearense, o primeiro e único colégio que havia naquele tempo. Deixei a nossa vila, sem sentir saudades dela: não chorei vendo ficarem os lugares de minha infância. Meu espírito almejava outro meio, porque no em que vivia tudo lhe falava mais ou menos da peste e dos horrores dela. O ranger da padiola e o "Senhor Deus, misericórdia" ainda me soavam aos ouvidos quase tão aterradores como no tempo da epidemia. Por muitos anos ainda, quando eu tinha um sonho mau, um pesadelo, eram eles episódios do cólera. Aquelas cenas haviam ficado gravadas dentro de mim talvez para sempre. Com o andar do tempo modificou-se a minha psicose, ficando-me, entretanto, dentro do cérebro, as mesmas imagens, porém menos nítidas, meio apagadas.

III

Os anos passaram, mais de vinte, talvez, quando voltei à minha antiga vila, cidade hoje. Como a achei mudada!... Só a natureza era a mesma com as suas montanhas azuis e os seus regatos cristalinos e cantantes. A casaria havia aumentado e melhorado de arquitetura. Em algumas já se viam os serpentões nas cornijas tão em moda na capital, os quais a primeira intendência republicana em Fortaleza encurtou e acabou por aboli-los, como se aquelas falsas hidras fossem contrárias ou maquinassem contra o regime democrata.

A matriz tinha sido reedificada com maiores acomodações. Lá fui visitar o meu antigo padroeiro e advogado da peste, São Sebastião: era o mesmo; nada o tempo tinha alterado nele, lá estavam a mesma laranjeira verde e o vivo sangue a lhe gotejar do lado. Olhei-o com afeto, como um amigo que se vê depois de prolongada ausência, e ele me fitou, como costumava fitar os que o olhavam, lançou-me o seu olhar morto de imagem. Senti, vendo o santo, um vazio na alma que havia deixado a fé da infância. Quantas saudades tive então das minhas crenças, daquele tempo em que, com toda a inocência de minha idade, com todo o meu coração de simples e com um fervor que já não existe, me prostrava e pedia a São Sebastião para livrar da peste a mim e aos meus, prometendo-lhe uma vela de cera branca. Como era inocente e feliz, muito mais feliz do que sou hoje, que não tenho medo das almas! E, no entanto, eu amava o santo, respeitava o mártir e me alegrava vendo-o.

Saí da igreja e a imagem foi acompanhando-me com a vista até que me encobri no adro. Era a hora das ave-marias e o sino tocava trindades. Descobri-me, perfilei-me e intencionalmente caíram os meus olhos sobre a nossa antiga casa. Todas as cenas do passado viveram então em mim, e a figura do meu pai, em todo o vigor de sua mocidade, viram os meus sentidos. Parecia-me realmente vê-lo, como o via todos os dias àquela hora, descoberto, de pé à primeira badalada do sino, a rezar "O anjo do Senhor", tendo ao lado uma criança que também rezava de mãos postas. E era eu a criança que vinte anos depois, homem e quase desiludido, aquela visão, com sua misteriosa força espiritual, fazia orar à hora das trindades!...

Ninguém me conheceu na cidade!... Passei no meio de sua população como um desconhecido. E quem me podia reconhecer? Os meninos de meu tempo estavam também homens e eram outros os seus rostos e o seu talhe. Comecei a me sentir mal entre aquela gente. Todos me olhavam com curiosidade. Poucos eram os que havia deixado homens e reconhecia; mas me conservava incógnito. Não sei por que tinha o coração fechado. Não era a perspectiva do lugar, então alegre pela paz e prosperidade de seus habitantes, que me entristecia, mas um não sei quê de melancólico me amofinava o espírito.

Entre toda aquela gente, uma figura me arrancou um pouco ao meu desalento e me fez sentir uma vaga saudade dos dias da infância. Foi ela a preta Rita, vendedora de doces e que tantos anos depois me aparecia, já velha, mas forte ainda, com o seu tabuleiro à cabeça, coberto com uma toalha de rendas sempre branca e engomada. Vivi por alguns instantes a minha vida de menino, saboreando os doces que guloso comia e que me fizeram dispéptico por toda vida. A velha passou, olhou-me, mas não reconheceu o seu antigo freguês.

E assim passei na cidade, sempre triste, e a teria deixado incógnito se no dia de minha partida não tivesse encontrado à porta de uma de suas melhores casas um homem que reconheci logo à primeira vista ser o que tinha, chorando, narrado a meu pai a sua triste história. Não o havia esquecido nunca; fora mesmo da província, me lembrava dele e, quando contava aos companheiros de estudos os horrores do cólera, prometia-lhes procurá-lo e lhe escrever a história.

Olhei com atenção: eram as mesmas feições, porém bastante amarrotadas pelo tempo e pelos sofrimentos. Os seus cabelos estavam todos brancos. Era sem dúvida o desgosto a causa de sua velhice prematura.

Saudei-o, e ele, sem ligar importância à minha pessoa, retribuiu friamente o meu cumprimento. O meu amor-próprio, de uma sensibilidade extravagante, quis molestar-se com a falta de cortesia, e talvez continuasse o meu caminho se as palavras de meu pai — "quando fores homem, pede-lhe que te conte a sua triste história" — não tivesse ouvido naquele momento tão claramente como quando foram proferidas.

Aproximei-me do velho, que, sem levantar a vista do chão, esperou que lhe dissesse o que queria dele.

Vendo que não se dignava olhar-me, disse-lhe:

— Faz vinte anos que o vi. Eu era muito criança ainda, mas me lembro de sua aflição e de suas lágrimas. Contava o senhor uma história ao médico deste lugar, que era meu pai, e essa história devia ser bastante dolorosa e bastante horrível, porque ele não ma quis repetir. Vejo quanto tem padecido, de quanto é capaz o sofrimento! Deixei-o moço e o encontro velho!... Não foi a idade, estou certo, que lhe branqueou os cabelos, que lhe abriu nas faces estes profundos sulcos, que lhe apagou quase a luz dos olhos e o brilho deles, deixando-os estagnados diante de uma imagem que não se separa de sua lembrança, que vive dentro de sua cabeça. É a história dessa visão que durante vinte anos lhe tem gasto as energias do espírito, lhe tem morto todos os desejos da carne, lhe tem consumido todas as esperanças do coração, que desejo conhecer. Quando o senhor contou-a a meu pai, pedi-lhe que ma repetisse, e ele negou-se, dizendo-me que, quando eu fosse homem, o senhor ma contaria. Estou na idade de ouvi-lo e espero que não deixará de satisfazer a minha curiosidade.

O velho levantou a vista e olhou-me com um olhar doentio, com um olhar de ovelha. Queria talvez encontrar em minha fisionomia a identidade de minha pessoa. Não podendo pelo meu rosto reconhecer-me, começou a sua narrativa, falando do médico da antiga vila, mas de um modo tão lisonjeiro que me encheu de contentamento. Os seus conceitos eram sinceros, porque eram de um homem sem ódios e sem aspirações, que era vivo, mas que se julgava morto havia mais de vinte anos. Vivendo por uma fatalidade dentro do próprio cadáver, indiferente como um extinto ao Bem e ao Mal, só podia ser a sua linguagem a da verdade, e por isso me orgulhava de ouvi-lo concretizar as suas ideias em belíssimas imagens sobre a caridade de meu pai. Falava sem emocionar-se e sem dar mostras que percebia a comoção que me causavam as suas palavras. Feito o exórdio, entrou na narrativa. Pensei que ele se transfigurasse, mas iludi-me; continuou sereno, e com firme entonação de voz me relatou as páginas que se vão ouvir.

IV

Eu tinha vinte anos, era terceiranista de direito e estava passando aqui as férias com minha família quando apareceu o cólera-morbo. Ao primeiro grito de alarma, a população ficou aterrada, como se ela fosse um rebanho de carneiros cercado por uma manada de lobos. Fortes foram os que evitaram o contágio retirando-se da vila. Fiquei porque minha mãe, que já não tinha marido, e de quem eu era o único filho, não quis sair. Ela, coitada, acreditava, como a maioria dos ignorantes fanáticos, ser a peste uma manifestação da cólera de Deus, um castigo de nossos crimes e que devíamos recebê-lo de cabeça baixa e não procurarmos fugir dele. Eu absolutamente não comungava das ideias de minha mãe e tanto que, conhecendo a gravidade da situação, lhe pedi por tudo para abandonarmos a vila. Obstinada como todo obcecado, não a demoveram os meus rogos e ficamos esperando estupidamente o castigo do céu. Ela ainda era crente, ainda rezava, pedia e confiava na misericórdia de Deus, e eu nem isso fazia, porque se a peste fosse um agente de destruição, mas obra da Divindade, não mataria os pequeninos, os inocentes, e via todos os dias essas pequenas vítimas irem para o cemitério. Um dia mostrei à minha mãe a padiola cheia de cadáveres de crianças, e ela, achando o fato muito natural, me disse que Deus castigava os pais matando os filhos. Por mais absurdo que a mim parecesse esse modo cruel de castigar, nada lhe disse, e para quê? Ela estava completamente convencida dessa inverdade.

A peste tomava dia a dia maiores proporções. Pela manhã ninguém podia afirmar, estando mesmo de perfeita saúde, se seria vivo à noite. Se seu pai vivesse podia confirmar o que lhe estou dizendo. Eu temia a peste, não tanto por mim e minha mãe, porém por minha noiva. Amava uma linda moça de quinze anos, filha de um vizinho nosso. Havia dois meses que tínhamos feito os nossos esponsais, e nos casaríamos dentro de um ano. Se não tivesse morrido para sempre em mim a linguagem afetuosa dos amantes, lhe contaria o nosso idílio. Quantas ilusões me nasciam das carícias dela e como era esperançoso o nosso viver!

A peste crescia, e todos os dias eu ia, logo ao alvorecer, pedir novas de minha noiva. Alguém me dizia que o cólera a mataria; mas este alguém era invisível — apenas sua voz soava-me nos recessos d'alma. Uma manhã, quando eu voltava daquela obrigação imposta pelo meu amor, me senti mal. Um quebranto esmorecia-me todo, empurrando--me para o leito. Estava pesteado, conheci, e me apavorei, não ante à ideia da morte, mas ante a certeza terrível de deixar a minha amada para sempre.

O mal evoluía em mim com incrível rapidez. Começou por náuseas, que logo se transformaram em vômitos, mas em vômitos que não paravam. Vieram as dejeções e com a mesma frequência mais de trinta por hora. Estava desmanchando-me em água; o que saía de mim era somente líquido. Em poucas horas a moléstia tinha me dissolvido toda a carne do corpo, só deixando a pele e os ossos! A minha figura devia estar hedionda, repelente, e, no entanto, ela, que me servia de enfermeira, que viera pôr-se ao meu lado, logo que soubera estar eu pesteado, não procurava evitar-me as feições, não mostrava nojo de mim. E eu devia estar nojento, como um esqueleto sujo. Ao passo que a carne me desaparecia do corpo, o espírito tornava-se mais lúcido, mais claro o meu entendimento.

A abnegação dela, assistindo a todas as fases do mal que ia me consumindo e ia, aos pulos, me roubando dela, bastante me comovia. Que delicada enfermeira! Eu não tinha mais lábios para dar direção ao vômito que me saía por toda a abertura da boca, e quantas vezes, por isso, aquela aguadilha infecta e morna não lavou as mãos dela, o rosto mesmo!... Só o amor é capaz desses milagres de dedicação; só a mulher tem desses rasgos de heroísmo.

Sentia que estava acabando-me e maldizia a tirania da doença em conservar a luz da razão. A carne já estava quase toda consumida e cada vez mais se aguçava a minha sensibilidade moral, mais delicado se fazia o meu sensório.

A luta de morte em que se batiam o meu corpo e o mal não podia durar sempre. Aproximava-se o termo do terrível duelo. Eu não tinha mais carne e, no entanto, ainda tinha nervos para sentir a miséria de minha animalidade sujeita às tristes contingências da vida.

Uma febre horrível me abrasava as entranhas, e eu pedia à minha enfermeira, por Deus, pelo nosso amor, uma gota d'água, uma somente, para me refrescar a língua, que se crestava como uma folha de feto que caísse no borralho de uma forja. Ela me olhava com seus grandes olhos pretos, nadando em lágrimas e me recusava o líquido, dizendo que me faria mal. Quanto lhe devia custar a prática daquela estúpida prescrição, um dos preceitos mais recomendados pela medicina daquela época aos doentes de cólera!... Não podia conformar-me com a sua crueldade e, para comovê-la, como se o seu coração não fosse um cofre de piedade, de afetos, pus as minhas mãos de esqueleto em súplice postura, olhei-a de dentro de minhas fundas órbitas de caveira e lhe pedi por tudo uma gota d'água, uma somente, para me refrescar a língua.

Ela não resistiu à súplica; e mais comovida talvez com o atentado que ia cometer contra a minha saúde do que com as torturas que me impunha a sede, se aproximou de mim trazendo, na extremidade do seu dedo mimoso, um pingo d'água.

Estirei a língua e, naquele trapo, semelhante a couro curtido, caiu a gota, que se embebeu subitamente, como o orvalho da noite nos secos areais dos desertos.

Aquela frescura durou um instante, mas depois senti outras gotas, que me caíam na boca, mornas, salgadas; eram as bagas de seu pranto e que bebi sedento.

Sentia que estava me acabando, que meu corpo não tardaria a cair em terra para a derradeira decomposição que os vermes começariam, mas que pobre seria o repasto que em mim deixaria a peste para lhes saciar a gula. Tênue era o fio da vida a se partir a cada instante.

Estava quase morto e, no entanto, viviam os meus sentidos como nos melhores tempos de saúde. A minha sensibilidade moral não se embotava e nem tampouco languescia a minha percepção. Haveria em mim alguma coisa mais do que a peste dissolvia e eliminava do meu corpo? Existia, sim, porque minha carne estava reduzida a menos de um terço e não diminuía o meu entendimento. Havia uma força imaterial que a peste respeitava, que não era atacada pelos micróbios do mal. Sentia perfeitamente a existência dessa entidade sutil dentro de mim.

Minha enfermeira, profundamente abalada por essa derradeira cena, afastou-se, e continuei com a língua estendida, esperando uma gota mais para me aliviar a sede. Esperei, mas embalde; ela não voltou! Fiquei só, e quanto me custou esse desamparo?! Eu era quase um cadáver, porém com a sensibilidade de um homem são e afetivo. O mal progredia em mim e eu tinha consciência disso. A algidez que me gelava a pele era tão intensa que eu sentia o ambiente morno. E ela me havia abandonado na hora suprema, no momento em que eu ia morrer!... Ah, como fui injusto em meu egoísmo de amante desprezado!... Uma luta terrível travou-se então em mim — a de meu amor-próprio ultrajado com o desejo ardente de chamá-la a meu lado, desejo que nascia do temor que me fazia aquele desamparo. E venceu o instinto da conservação — quis chamá-la, mas não pude; já não tinha voz, a palavra morreu-me no fundo da garganta e não foi articulada. Uma série de cãibras, que torciam os músculos de todo o corpo num doloroso espasmo, começou; era chegada a última agonia daquele transe, pensei. Apavorei-me de todo; quis gritar por ela e não pude. Deste derradeiro esforço no qual gastei a última parcela de minha energia, se é que em mim ainda havia esta força, gerou-se uma cãibra mais forte que, me chegando ao coração, o estrangulou em repetidos espasmos. Perdi os sentidos; morri para os que, minutos depois, me vieram ver.

Seriam seis horas da tarde quando tornei à vida, duas horas depois de minha suposta morte. Acordei precisamente no momento em que dois carregadores de defuntos me atiravam dentro da padiola. Nunca mais esquecerei os primeiros instantes de minha ressurreição. Bastaram poucos segundos para que eu me relacionasse com o meio e para que se gerasse dentro de mim a dolorosa ideia de meu enterramento! Ia ser enterrado vivo e já sentia o peso da terra me esmagando o corpo e me afogando o vazio da cova. Sensação mais angustiosa poucos terão sentido, ainda os mais desgraçados na dolorosa peregrinação por este vale de lágrimas. Fiquei completamente aniquilado. Antes, porém, de se submeterem à vontade dos que me iam enterrar, revoltaram-se todas as minhas fibras sensitivas, mas de nada serviu a sua revolta, elas ordenavam, porém não eram obedecidas, nem um músculo se mexia para satisfazê-las.

Quis acenar para os carregadores e não pude!...

Quis ao menos pôr nas linhas de meu rosto um traço que denotasse que eu vivia, um ar de vida finalmente, e a pele, que me engelhava como amarrotado pergaminho sobre a caveira, se conservava imóvel, como de pedra, e com o mesmo aspecto terroso e mortuário.

Tentei falar com os olhos, com os quais eu tantas vezes tinha dito a ela o que se me passava n'alma, mas eles não podiam falar, estavam semiapagados dentro de suas fundas covas.

Hirto, imóvel, gelado, quem não me julgaria morto? E eu estava vivo, sabia que me iam enterrar e não podia evitar aquele terrível desastre.

Os carregadores deixaram-me na padiola e entraram.

O sol já se tinha escondido de todo por trás da montanha, mas a vila saiu da sombra da serra iluminada pela lua, que quase em plenilúnio mostrava o seu disco luminoso muito acima do horizonte.

Os carregadores voltaram trazendo um corpo que atiraram sobre o meu. Recebi em cheio o choque do cadáver que me sacudiam em cima com o maior desrespeito e que se estirou ao longo do meu corpo ficando unido o seu rosto ao meu.

A ideia deste íntimo convívio com um morto arrepiava-me de repugnância. Eu estava álgido, mas o meu companheiro ainda era mais frio do que eu; a friagem de suas faces me transia a pele do rosto até a caveira. Se pudesse mover-me, teria evitado aquele contato, mas não tinha forças para estirar ou encolher um músculo.

Resignado estava a suportar a companhia do defunto até o cemitério ou mesmo até a vala, quando a luz da lua, caindo em cheio sobre os nossos rostos, fez com que reconhecesse o morto. Era ela com toda a sua carne e toda a sua formosura que se unia a mim naquele derradeiro abraço à beira da sepultura. Comecei a sentir que não estava tão só e tão desamparado. E bem podia ser que ela não estivesse morta, que estivesse como eu. Esta esperança de salvação durou somente enquanto a padiola descansou; logo que a puseram em movimento, que começou a ranger, que as suas sacudidelas trouxeram os nossos corpos em um constante atrito, me julguei perdido. Se ela não estava morta, morreria afogada debaixo do chão; igual sorte também seria a minha. Como devia ser horrível não ter ar para a articulação de uma palavra, uma somente, menos ainda uma interjeição, mas que resumisse, em sua breve sílaba, todo o nosso horror, toda a nossa angústia!... E a padiola, cada vez mais lugubremente, rangia, e dentro dela dançavam os nossos corpos, movidos pelo passo incerto dos carregadores.

Como eu achava hedionda a figura dos cocheiros! Tinha-os reconhecido; eram os dois galés, únicos que escaparam ao contágio. Se ao menos pudesse gemer para saberem que levavam alguém vivo, mas nem isso podia fazer, e, se o fizesse, o ranger da padiola engoliria os meus ais antes de serem percebidos.

E o esquife, a cantar a sua lúgubre melopeia e a sacudir-nos os corpos, nos levava à cova, e eu sentia o horror de meu enterramento. E ela, quem sabe, se também não estava viva e horrorizada com a ideia de ser enterrada sem estar morta!

Não, a sua frialdade era de defunto. Em um dos solavancos da padiola, os seus lábios se colaram às minhas gengivas num rápido beijo, e senti que eles eram de gelo, e me repugnaram tanto que, se eu fosse senhor de mim, os teria afastado e repelido mesmo.

A distância de nossas casas ao cemitério era de pouco mais de um quilômetro. Os carregadores depressa a venceram. Quanto mais se aproximava o termo daquela dolorosa viagem, mais me horrorizava o fim trágico que me esperava.

Quando passamos pela igreja, rezavam as devotas as suas orações, acompanhando a voz estridente do padre a pedir “Senhor Deus, misericórdia!”... Senti-me de todo aniquilado; aquela súplica me soava aos ouvidos como se rezassem o meu réquiem.

A minha vista estava tão curta que, olhando a matriz, mal enxergava a fachada até a altura das portas. O meu cérebro, entretanto, funcionava bem, e pude então avaliar o seu poder.

Nos poucos minutos que gastamos para chegar ao cemitério, escrevi mentalmente um sentido poema de recordações. Senti uma saudade da vida que me traspassou todo. Não podia conformar-me com a morte; o que me angustiava não era o acabamento, era morrer moço, era ter apenas vinte anos e ser enterrado vivo!

Que funda mágoa tive e como amaldiçoei o meu destino!...

Assistia, partido de saudades, ao desfilar de todas as minhas ilusões, de todas as minhas esperanças, que, incorporadas, seguiam caminho da morte e que em breve cairiam na cova. O meu infortúnio era de tal ordem que para ele não podia haver resignação possível. Em uma dessas crises de desespero, em uma dessas ânsias de viver, fitei o rosto dela, pálido como o de uma Vênus de mármore e mais frio ainda do que gelo. Estaria morta ou, como eu, assistiria ao funeral de todos os seus desejos, de todos os seus sonhos?!

E a padiola rangia, rangia, e ela não dava sinal de vida.

O veículo calou-se, ouvi um dos carregadores dizer "chegamos"; e fomos despejados desumanamente no chão, como fardos inúteis. O choque me abalou o esqueleto, mas não produziu em mim a menor dor. Caí ressupino sobre um cadáver, cujo peito me serviu de travesseiro. Ela, mais tesa do que eu, recebeu mais impulso e se estatelou um pouco adiante de mim.

Era chegado o instante supremo, o momento de esgotar até as fezes o cálice da agonia.

A lua estava clara como o dia, e eu não perdia de vista os celerados, que não tardariam a me arrastar para a vala. Esperava-os completamente acovardado. Só por um milagre escaparia de um tão trágico gênero de morte. Lembrei-me então de Deus, eu, que fazia alarde de minha falta de fé!... Foi preciso esta provação para eu conhecer quanto o homem é miserável e quanto é necessário no sofrimento a ideia de um ser sobrenatural que lhe possa aliviar as penas. Prostrei-me em espírito e orei. Pedi, mas pedi sem aquela confiança, aquele fervor com que pedem os crentes. Ainda bem não havia concluído a súplica vi que os galés, depois de uma ligeira conversa, que não ouvi, se aproximavam do corpo de minha noiva. Iam enterrá-la; ela parecia morta, mas bem podia ser que, como eu, estivesse viva.

Meus olhos, embora sepultados como estavam nos fundos buracos da caveira, viam bem o que se passava perto deles.

Um dos carregadores, depois de mirar o rosto do cadáver, apegou-se a ele e arrancou-lhe os brincos das orelhas e os anéis dos dedos. Ah! Como me doeu n'alma aquela primeira profanação! Foi grande a revolta que senti, mas não tinha músculos nem forças e continuei imóvel. Despojada de suas joias, algumas das quais tinham sido presente de noivado, e que os galés repartiram entre si, ela ia repousar aos quinze anos, para sempre, de todas as fadigas desta vida. Como me iludia, praquela desventurada criatura a morte não seria a posse do descanso.

Os dois celerados, depois de recolhido o saque, sentaram-se, e um deles sacou um baralho do bolso. Começaram a jogar. Eram as joias dela que jogavam, pensei. Riam e palravam e, ante aqueles sons mal articulados, deformados mesmo pela língua perra de embriaguez, percebi uma palavra que me fulminou. Bem podia ser que me houvesse enganado, dizia dentro de mim a voz da Esperança, talvez para não morrer de todo, como se eu já não fosse um morto.

A posse daqueles objetos, penhores do meu amor, pertencendo a outro homem me ralava de ciúme, me desonrava enfim! E mal sabia eu que eles jogavam uma coisa mais preciosa do que as joias que tinham furtado; jogavam o corpo dela.

Um deles ganhou, e seria dele o que sonhei tantos anos pertencer a mim e somente a mim. Esta ideia me assaltou a mente gerada pela palavra que eu tinha ouvido; e eu, que supunha já ter chegado à vasa do mar das amarguras, já ter tocado as fezes do cálice da agonia, vi que ele ainda estava cheio e que havia de esgotá-lo!...

Era demais aquela provação e, numa crise de justo desespero, pedi a Deus, não a vida, mas a morte, trágica embora como se me apresentava. Deus não me ouviu e conservou-me vivo dentro do meu proprio cadáver; inerte, desprezível em minha impotência de morto!...

Estávamos à mercê de dois monstros dominados somente pelo instinto bestial. Ela seria vítima inconsciente daquela cena de bruteza humana, e eu seria a vítima consciente; padeceria por mim e por ela, o ultraje, a vergonha e ciúme, e por cúmulo da miséria ter o espírito vivo dentro de um corpo morto.

Ela dormia o derradeiro sono, amortalhada no roupão de cassa cor-de-rosa que vestia quando a peste fulminou-a. O mal não teve tempo de lhe alterar as formas, matou-a repentinamente como se lhe atravessasse o coração com uma bala. Não sofreu, nada sentiu e muito branca e muito bela parecia adormecida com o ar do rosto numa expressão angelical. Os seus traços de estátua, que antes o mal os tivesse apagado, banhados pela luz doce e suave do luar, aguçaram mais nos celerados os instintos bestiais.

Em caminho para o cemitério, eu pensava ser o maior suplício o enterramento de uma criatura viva, e mal sabia que a escala do sofrimento humano é como espaço, não tem fim, e que outro suplício, tão atroz que não se define, estava reservado para mim.

Os carregadores de defuntos ambos eram mestiços, de feia catadura e de uma carnação tão vigorosa que os dias da cadeia, numerosos embora, não puderam sequer amolecer-lhes a musculatura.

Eu não sabia, até então, de quanto é capaz o instinto bestial; não avaliava a perversão do homem que se deixa dominar pela animalidade. A carne havia triunfado nas bestas humanas, à mercê das quais estava a virgindade dela e a paz de toda a minha vida. Eles tinham perdido a razão e, com ela, todos os escrúpulos da moral. Nem o espetáculo da morte e nem tampouco o receio da peste embotavam nos celerados os lúbricos desejos carnais!...

O que havia ganho o cadáver, e que devia violá-lo em primeiro lugar, ergueu-se e caminhou para o corpo. Não posso explicar o que se passou em mim quando me convenci de que ia ser consumado ali o mais nefando delito da bruteza humana. Quis erguer-me e livrá-la de ser prostituída depois de morta, e não pude!... Por maior que fosse a revolta que eu sentia, por mais intensa a descarga nervosa vibrada em meus músculos, estes não se mexeram e fiquei imóvel!... Como me doeu a minha nulidade!... Como me acabrunhou a minha inércia!... O meu eu havia percorrido em poucas horas todas as etapas de sofrimento, passado por todos os estádios da tortura, acredite! E, coisa estranha, eu sentia, sem que quisesse, nas ruínas do meu acabamento, em presença daquela cena carnal, uns frêmitos de sensualidade, ânsias da carne, que ainda não tinha de todo perecido!... A dissolução é a glorificação da matéria, o triunfo da animalidade; me convenceu o que vi e senti.

Os dois monstros, cada qual mais repelente pela sua moral, mais imundo pelo seu físico, mais asqueroso pelos seus vícios, indignos mesmo do amor de um cadáver, cevaram-se à farta na virgem morta, enquanto adormeci ou desmaiei!...

Quando voltei à vida, já era dia e o sol dardejava, erguido bastante no horizonte, como se fosse uma esfera fulgente de prata boiando num tranquilo lago de anil. O meu acordar foi uma das páginas mais tocantes desta tragédia. Custei a ter uma noção exata de minha pessoa, do lugar e do tempo. Não posso bem definir o estado de meu espírito quando despertei. Tive uma sensação de vazio na cabeça, depois, de atordoamento, ideias se atropelaram, se baralharam em uma confusão de loucura, depois as imagens dos objetos que me cercavam foram se individualizando, tomando formas mais nítidas, e percebi o meio e me reconheci. Despertos todos os meus sentidos, na posse de meu entendimento, lembrei-me da cena que assistia quando adormeci, porém, não como um fato real e verdadeiro, mas como um sonho mau. E continuariam a ser para mim um pesadelo aquelas reminiscências, a terem o valor de uma extravagante alucinação, se meus olhos não confirmassem a tristíssima verdade caindo sobre as formas dela completamente expostas. Um espasmo me sacudiu todo e ressuscitou a vida de meus músculos. Quis erguer-me e sentei-me. Olhei o sítio; era o cemitério dos coléricos. Pilhas de mortos apodreciam ao tempo!... Não me demorei na apreciação daquele triste lugar. A minha cabeça estava toda cheia do monstruoso atentado da derradeira noite. Pus-me de pé, cambaleando, é verdade, mas firmei-me e fui ao lado dela. Não sei que natureza de sentimento tive quando palpei a dolorosa verdade que minha razão teimava em fazer um sonho. Nem havia dúvida, ela tinha sido violada; suas formas continuavam expostas, e os autores do nefando crime mortos em nudez obscena a poucos passos dela!... Naquele instante, não posso definir o que se passou em mim; meu espírito desceu, desceu até topar a vasa do oceano tormentoso da agonia. Tudo estava em trevas dentro de meu cérebro e, quando clareou-se-me a vista e a razão, foi ela que viram os meus olhos, mas profanada e morta! Acheguei-me ao corpo sem olhá-lo, sem profaná-lo com a luz de meus olhares; com o mais profundo recolhimento e piedade cobri-o com as suas próprias vestes. Quis depois sepultá-lo, lançá-lo dentro de uma vala aberta perto de nós, e não tive forças e nem coragem. Mandaria mais tarde prestar-lhe este serviço.

Ao deixar o cemitério, senti uma necessidade imperiosa de vingar-me dos celerados que para sempre me haviam roubado a paz do espírito. Como me vingaria se eles estavam mortos?!...

Aproximei-me deles e, numa ânsia de vingança, numa crise de ódio, de desespero, pisei-lhes os rostos com os pés, como se eles pudessem sentir a ofensa física ou se revoltar com o ultraje e eu tivesse forças para esmagá-los!

E saí, com o passo vacilante, em rumo à vila onde o senhor me encontra vinte anos depois, ainda enclausurado dentro de mim, evitando o convívio dos homens e chorando a viuvez do meu espírito.

O medo

Lima e Silva

Possivelmente se trata de Rinaldo de Lima e Silva, que nasceu no Rio Grande do Sul, em 1874, e morreu em Bruxelas (Bélgica), em 1935. Foi diplomata e autor de contos publicados em jornais e revistas. "O medo" surgiu em 1899 na Revista Brasileira *e traz a história de um vigário convocado a dar a extrema-unção a Pedro Guerra, criminoso que por muito tempo aterrorizara uma região do interior do país. Em seu caminho até o moribundo, o religioso cruza um verdadeiro* locus horribilis *sertanejo, rumo a um desfecho que mescla horrores naturais e sobrenaturais.*

Nisso interveio o cônego Hermógenes Pedreira e, servindo-se do timbre de voz mavioso que todos lhe conhecem, disse solenemente, como quem inicia uma oração sacra:

— A propósito de medo, ouçam o que lhes vou contar...

Bruscamente, como que à intervenção de um poder mágico, cessou a algazarra de vozes e de talheres. A velha baronesa, opulenta e calma, conteve um bocejo, partido ao meio, abrindo muito os olhos, com sinal de visível atenção. Sua filha Olga de Macedo esboçou um arfar tímido, suavíssimo, inclinando-se para a frente, fitando o padre com o olhar iluminado. O Arthur Gomes repoltreou-se, satisfeito de si, cofiando o basto bigode, como quem saboreia, a pequeninos tragos, a formidável importância que julga ter. O deputado Souza assumiu atitude de político notável, qual ministro de Estado aos embates de uma interpelação.

Todos enfim rapazes e moças, senhoras idosas e homens maduros, contiveram-se hirtos, com as respirações interrompidas e feições catalépticas, diante daquela explosão de loquacidade do padre, cujos dotes todos eles conheciam. É que o jantar chegou ao seu termo e que o champanhe, absorvido após copiosas libações de um Graves* apetitoso e as de um Château Margaux especialíssimo, acabara de passar como que um véu diante das consciências, superexcitando os centros emotivos de todo aquele auditório, por demais repleto.

Havia muito que se conversava hipnotismo, esoterismo, ocultismo, assunto então à moda, obrigado a todo o fim de jantar. Fenômenos de aparições ao luar, ruídos inequívocos percebidos à meia-noite, mesas falantes predizendo o futuro, sugestões à distância, casos de telepatia, surgiam a cada passo como fatos corriqueiros da vida banal, acontecidos dia a dia, revelados por testemunhas dignas de toda a fé, esclarecidos à luz da ciência, que os admitia e mesmo explicava. Foi, pois, no meio do maior silêncio que iniciou o cônego Hermógenes a sua história, ouvida com grande devoção por todos os circunstantes, sequiosos de qualquer coisa de novo e de bem narrado.

— Em 1878, mais ou menos, achava-me eu como vigário, na Vila do Encantado, meu berço natal. Os tempos eram tenebrosos, fecundos em dramas, naquele norte de Minas, onde a civilização dificilmente tem penetrado. A ambição política, casada com a natural brutalidade do sertanejo, como que corria uma nuvem espessa de terror pelo céu puro daquelas ingênuas e incultas regiões, roubando o sossego à família, fazendo estremecer de pânico ao viajante que acaso se desgarrasse pela noite. Quanto a mim, nada receava.

"Pároco exemplar, em conta corrente com Deus e amigo sincero dos homens, possuía além disto uma alma retemperada e forte a par da compleição física de homem robusto e são, qual a que hoje ainda conservo."

Aí o cônego fez larga pausa e sorveu um pequenino gole de champanhe, como quem quer se inspirar. A baronesa acenou que sim com a cabeça e Olga enrubesceu ligeiramente, a modo que sentisse algum olhar indiscreto fixado sobre si.

— Era por uma dessas tardes de verão pesadas e sonolentas — continuou o padre, repousando a taça —, achava-me eu na sacristia

* Denominação do vinho de uma das regiões vinícolas de Bordeaux.

da igreja matriz, onde fora celebrar um casamento e dispunha-me a sair, quando um campônio de botas e chapéu de palha, que ali se ocultara à sombra da nave, dirigiu-me ex abruptamente* a palavra: "Sr. vigário", disse, "com o perdão de vossa senhoria, lá na encosta do Lagarto, quase ao chegar à ponte Seca, tem um homem, para morrer, seu vigário; vossa senhoria que é muito caridoso não há de recusar os santos óleos àquele pobre desgraçado. Ele pode ser muito malvado, mas nem por isso deve morrer como um bicho, seu padre!"

"Pela denominação do lugar, logo compreendi que se tratava de missão bastante espinhosa. Demais, todo sertanejo de Minas é mais ou menos traiçoeiro, não tem cunho de sinceridade o que diz, e a sua palavra, o seu mínimo gesto, denunciam sempre um fundo ardiloso, debaixo da aparência humilde. Não havia dúvida, aquele homem queria divertir-se à minha custa. 'Mas quem é o moribundo?', redargui eu. 'Seu padre, é o Pedro Guerra', balbuciou o matuto em tom confidencial, abaixando muito a voz, 'o homem das vinte e duas mortes, seu padre...' Pedro Guerra era um antigo salteador de estrada aposentado, maior de setenta anos, célebre pelo terror que de há muito inspirava por toda a região. Bandido profissional, chefe respeitado de quadrilha, não desdenhara ele emprestar o seu auxílio pessoal ora a um, ora a outro partido político, a cuja influência devia, até então, a impunidade escandalosa de que gozara. Velho agora, único sobrevivente da quadrilha que comandara, conservava-se contudo, apesar de incapaz, dentro em uma auréola de superstição que o punha ao abrigo de quem quer que o odiasse. Não mais se temia o braço poderoso do assassino, mas sim a ação sobrenatural do feiticeiro, que diziam ter parte com o diabo. 'Então o homem está mesmo para morrer?', inquiri eu bruscamente. 'Como lhe disse, seu vigário, o João dos Passos veio ontem do Lagarto e me contou que, quando passava pela cafua, ouviu de dentro um gemido, uma ânsia de morte, seu padre. O João viu então o Guerra, que, deitado na cama, segurava com as duas mãos a perna direita, amarrada em panos. O homem tinha caído do animal e quebrado a perna; mas, como não havia ninguém para tratar dele, o

* Provável neologismo derivado da locução latina *ex abrupto*, isto é, intempestivamente.

bicho deu, seu padre, e o homem agora, sentindo que estava para morrer, pedia a vossa senhoria que fosse lá confessar.' Ao dizer essas últimas palavras, o matuto esboçou um sorriso malicioso. É que o lugar de que se tratava, diziam-no infestado de quanta extravagância podia imaginar aquela população primitiva. Eram almas dos assassinados pelo Guerra a pedirem umas vinganças, outras missas; eram mulas sem cabeça em carreira desatinada pelas picadas da floresta, fazendo retinir guizos diabólicos, eram bruxas pelas clareiras em sombras infernais, carregando sobre os ombros esqueléticos ao próprio Guerra, armado de chifres e de rabo. Tudo isto fora visto e contado à boca pequena, confirmado por testemunhas incapazes de mentir. Mesmo preces e exorcismos haviam sido organizados pelo meu antecessor na paróquia, influenciado pelo povo, convencido, em sua boa-fé, de todo aquele assombramento. Ora, o Lagarto distava cinco léguas da cidade e achava-se embrenhado em pleno sertão, por péssimos caminhos que ali conduziam; isso quer dizer que, partindo depois das seis da tarde, lá não chegaria antes das doze, e, ainda assim, dispondo de marcha regular, forçado, portanto, a passar a maior parte da noite em plena floresta, entregue de corpo e alma às artimanhas do *Capeto.*

"Não havia dúvida: aquele homem queria experimentar-me. Aproveitei pois o ensejo e resolvi dar um exemplo. Naquele meio brutal e inculto o fazer-se temer era indispensável para quem se quisesse fazer respeitar. Tanto mais quanto o homem ainda insistiu: 'E se vossa senhoria quiser eu posso acompanhar vossa senhoria até meio caminho, porque tenho de ir hoje às Lages...'. 'Pois bem, esteja aqui às seis, seguiremos juntos.' Imediatamente passei a dar as necessárias ordens a Pedro, o sacristão, que ao mesmo tempo me servia de criado, para que arreasse os animais.

"Eram cinco e quarenta e cinco quando voltei à igreja, tomei do cibório e, preenchidas as formalidades do ritual, montei a cavalo, acompanhado pelo sertanejo e o sacristão, que tangia, com fortes badaladas, a pesada campainha de prata. O alarido, que produzíamos àquela hora da noite, alvorotou a pequenina aldeia. Homens descobertos, mulheres e crianças, surgiram de todos os cantos e nos acompanharam, entoando cânticos seguindo o cortejo cheio de solenidade e de unção até os confins do Pau Doce. Aí foi se desmembrando em pequenos fragmentos, se desfazendo ao perder de vista as últimas casas, como se esvai carregada nuvem, em tarde estival, ao sopro do vento. Foi assim que, ao enfrentarmos com a capela das Dores, encarapitada no alto de um morro, à beira da estrada, já as vozes se tinham calado de todo, as ladainhas se haviam fundido no silêncio da noite, onde ainda punha uma nota triste e plangente a campainha do meu acólito. Então, ao dobrar de uma encosta, surgiu o primeiro clarão de luar. A floresta, toda iluminada, ostentou um aspecto severo com suas árvores esguias, desenhando em negro, contra o resplendor do astro. Estávamos sós os três e, não sei por quê, o tinir da campainha me incomodava; já porque se tornara supérfluo, já porque parecia-me como uma profanação no meio daquele silêncio. A um sinal meu, Pedro calou-se. O estrépito surdo dos animais pairou então só, destacando-se compassadamente; os homens ainda não ousavam falar; ouvia-se de tempos a tempos o trilar de um grilo.

"'Pedro', disse eu, cortando a monotonia, 'quanto tempo, ao certo, teremos que caminhar?' 'Com uma boa *estirada*, seu vigário', respondeu-me o sacristão, 'lá pras onze, por volta das doze, havemos de estar, se Deus nos ajudar, sim, senhor.' Não sei por que pareceu-me notar-lhe um quê de trêmulo na voz. 'Tens medo, Pedro?', tornei eu. 'Não é para que lhe diga, seu vigário, um homem é um homem; eu não tenho medo, não, senhor, a questão é a volta... a coisa é esta hora perdida da noite, por esses caminhos mal frequentados... depois de dada a meia-noite, esses lugares não são bons, seu padre, tem-se visto tanta coisa acontecer...'

"'Superstições, filho, superstições... depois, que importa? Se não for possível voltar-se mais, passa-se lá a noite, não estás armado?...' 'Armado estou, sim, senhor, mas contra esta ordem de coisas de nada vale a arma!!...' 'Mas então o que é que receias?' 'As almas, seu padre, os espíritos... lá pela meia-noite o *garmo* anda aí tonto pelo mato; João* Guerra matou muita gente e ele mesmo vira lobisomem, há muito povo que viu e que conta. Ainda no outro dia o Chico Sabará...'

* No original, há um engano do autor. Trata-se do personagem Pedro Guerra.

"E o sacristão tocou o animal para a frente, tomando-me o flanco direito, enquanto o seu companheiro achegava-se-me à esquerda o quanto permitia a largueza da estrada, cioso de ouvir a narração. O rosário das coisas extraordinárias, que todo aldeão conhece e de que possui copioso repertório, foi desfiado longamente, com luxo exuberante de detalhes, voz cavernosa e gestos de pavor. O homem animava-se ao relembrar as minúcias da anedota, autossugestionava-se gradativamente com unção própria de uma testemunha ocular, que a encenação da noite e os ruídos suspeitos da floresta engradeciam e faziam atingir muitas vezes ao delírio. De tempos a tempos o sertanejo todo ouvidos, todo atenção, curvado sobre o animal, acudia em seu auxílio revivescendo particularidades esquecidas, corroborando a superexcitação mórbida que, de há muito, se tinha apossado do cérebro do sacristão. Subitamente, ao chegarmos a uma encruzilhada, despediu-se este último.

"'Seu vigário', disse, empertigando-se e esporeando a montaria, 'aqui os deixo; Pedro conhece bem o caminho, a maior parte da viagem já está feita. Vossa senhoria, muito boa noite; estimo que seja muito feliz e Deus lhe ajude...' 'Até logo, Pedro!', e partiu em disparada. Estas últimas palavras, repassadas de pesada ironia, não deixaram de me impressionar algum tanto. Realmente, não padece dúvida que a minha imaginação se avivara ao ouvir as histórias dos dois homens. O sobrenatural sempre comove em horas mortas da noite, por lugar ermo. A feição nítida das coisas reais vela-se em noite de luar, diante de uma consciência adulterada que só percebe as sensações que lhe são trazidas pelos sentidos, através de um prisma mítico, que tudo transforma de acordo com as impressões internas. O meu estado de alma passou a ser, dali por diante, todo artificial. Confesso-lhes que sentia minha própria personalidade, normalmente vigorosa, que se escapava. A auxiomania,* como dizem os homens de ciência, invadiu-me o espírito. As árvores da mata, esguias e negras de encontro ao clarão da lua, pareciam-me animadas, como ladrões perfilados à espera da vítima que lhes vai no encalço; o rumor das fontes e dos pe-

* Referência obscura.

queninos lacrimais, serpeando invisíveis, chegava aos meus ouvidos qual gemido de alma penada. Em toda aquela atmosfera passava um bafio estranho, como que sopro infernal, desagradável ao tato, frio e viscoso como a mão de um defunto, quente e horripilante como o hálito de uma fera. O trinado intermitente dos grilos, o crepitar de uma taquara que estalasse, o esvoaçar ex abrupto de qualquer ave noturna, tudo, enfim, quanto não fosse monótono e contínuo, me fazia estremecer. Mas o receio que sentia do desconhecido atravessava antes uma fase surda de gestação. A impressão que sentia era mais de frio que de calor, o que me levava a, de tempos a tempos, fechar o trespasse do manto por sobre a mão esquerda que estava exangue, crispada, sustendo, a custo, o cibório.

"'Parece-me ser já bem tarde', disse eu, elevando intencionalmente a voz, 'vejamos que horas são...' e, sacando com dificuldade o relógio, com o pulso a tiritar: 'Onze e meia!', exclamei; 'ainda teremos muito que andar?...' 'Não, seu padre, felizmente não; creio que, daqui a meia hora, lá estaremos', respondeu o Pedro, com voz cavernosa, que parecia saída de um túmulo. E respondeu sem encarar-me; o seu olhar estava cataléptico, imóvel, dirigido para certo ponto negro do matagal, onde se destacava, quase imperceptível, uma pequena cruz tosca. De repente, como que movido por força estranha, rosnou ele aterrado, agachando-se sobre o animal, vencido pela sufocação que lhe tomava a garganta:

"'É ali, seu padre, é ali que foi enterrado o Narciso; é ali que o mataram a tiro!...' E apontava para o lugar, encolhendo-se todo, pesando sobre a besta, que resfolegava, dando com as patas traseiras, espevitando as orelhas.

"Nisso, profundo gemido partiu da região suspeita, como que suave melodia em tom menor, harpejo surdo, prolongado, inexprimível, enquanto que aquela treva parecia se animar em movimento ondulatório, concentrando-se, por fim, em dois pontos luminosos microscópicos. 'Ah! Deus nos acuda!', berrou Pedro, no auge do pavor; 'benza! seu padre! benza, que aquilo é *garmo*: veja! ele está nos chamando... benza, seu padre! por amor de sua santa mãe!...'

"E a mula, fortemente esporeada, ora saracoteava para os lados, ora acuava de encontro ao barranco, aos saltos inimagináveis, arrastando por sobre o dorso, desconcertadamente, a massa informe do sacristão. Quanto a mim, sem saber o que fazia, automaticamente, tracei o sinal da cruz contra aquela coisa indefinível que se movia no escuro, contendo a custo o animal, aflito por disparar.

"Os dois pontos luminosos desapareceram e como que se ouviu um farfalhar de folhas secas a perder-se pelo matagal.

"Demos um pouco de rédea, caminhamos mais um quilômetro sem dizer palavra, quando o meu acólito, estacando bruscamente:

"'E sabe o que mais', exclamou ele, enchendo-se de energia, 'Vossa senhoria, se quiser, vá só; eu prefiro voltar para casa, o caminho está muito ruim... Se for até lá, fico doido, não!... Antes a morte... O Lagarto fica perto, Vossa senhoria não tem mais que errar o caminho... é seguir diante de si... Deus lhe ajude, seu vigário; boa viagem!...'

"Achei-me só em dois segundos, nem tempo tive para protestar; embrenhara-se o homem pela picada, até então percorrida em tremenda disparada. Só: mas o que fazer? Acompanhar o sacristão seria dar prova de covardia. E o que diriam de mim no dia seguinte pelo arraial?... mentir? impossível!... e o testemunho de Pedro? Era preciso dar a todo transe um exemplo de coragem e abnegação! Um pastor de almas não pode temer as almas. Por outro lado, exercia missão toda divina.

"O santo viático que trazia destinava-se a um pobre miserável, cujo espírito talvez, àquela hora, em ânsias de desprender-se do corpo, reclamava, a grandes gritos, a misericórdia do céu. E essa misericórdia eu a tinha comigo, eu só poderia conduzir-lha aos lábios ressequidos.

"... Não! era preciso muita coragem para prosseguir... recuar, é que nunca! Picando então o animal com ambas as esporas, enveredei pelo atalho que se me deparava, em carreira vertiginosa aos saltos, de rédea solta, desabridamente, agarrando-me à sela como um autômato!!!..."

Aí o cônego fez larga pausa, suspendendo por um momento, no meio do grande silêncio da sala, a torrente de suas palavras. Olga soltou um "ah!" dolorido; a baronesa tossiu estrondosamente, muito comovida, e o próprio deputado dobrou-se ainda mais sobre o encosto da cadeira, interessando-se pela história. O padre prosseguiu, depois de sorver o último trago de champanhe:

— Foi assim que, ao cabo de algum tempo, achei-me em uma espécie de pequena esplanada, flanqueada de montes, quase que descampada, no meio da qual destacava-se pequena palhoça, coberta de sapê.

"Tinha aquela habitação primitiva, construída de pau a pique e adobo, com a sua falta de prumo, as suas portas e janelas desquadrilhadas, as suas paredes esburacadas, o aspecto lúgubre de toda casa mal-assombrada. Estacando em frente, senti um calafrio percorrer-me a espinha dorsal. A porta principal achava-se inteiramente aberta, mas as janelas e portas laterais estavam fechadas, pregadas exteriormente. A superexcitação dos meus sentidos havia-lhes imprimido uma acuidade extrema; por isso, com um simples lançar de olhos, vi tudo aquilo que rapidamente não poderia ver em estado normal. Dirigi-me a um arbusto para atar o animal e, enquanto o fazia, pareceu-me perceber, como se partisse dos lados da casa, um longo e profundo gemido, semelhante ao que ouvira no caminho. Instintivamente levo a mão à garrucha e observo o fundo negro que tenho diante dos olhos.

"Nada!... O gemido partiu com certeza do moribundo, que, a essa hora, se debatia provavelmente com a morte.

"Penetro na cafua; acendo a vela, que intencionalmente trouxera. Cena indescritível! O antro cheirava a defunto; aquela mobília tosca, aquelas paredes denegridas pela fumaça de longos anos, coberta de armas, fetiches e objetos estranhos, tinham o aspecto de sepultura pré-histórica. A um canto, junto à janela da esquerda, por sobre o velho catre, manco e carcomido se destacava uma podridão. Era o cadáver do velho Guerra.

"Tudo isso meus olhos viram em menos de meio segundo. O medo atingiu para mim a sua fase aguda. Sentia os cabelos eriçados e as extremidades enregeladas. O meu estado de alma era o de um náufrago a lutar, a sós, no meio das ondas, que sente comprometer, pelos movimentos desordenados, a própria estabilidade à flor-d'água.

"Como que atraído hipnoticamente, aproximei-me do corpo. As fauces cavas, os lábios contractos, deixando desprender uma baba rubro-negra, faziam um ríctus diabólico de caricatura japonesa; as mãos crispadas, agarrando fortemente a coberta, eram como que um vestígio deixado pelo último arranco de dor. Daquilo tudo se desprendiam exalações fétidas de fazer fugir. Mas eu, semi-inconsciente, achegava-me cada vez mais daquela coisa inenarrável, como que atacado de necrofilia, sequioso de putrefação! Profundamente invadido pela solidão, pelo sobrenatural, pela própria morte, tinha ânsias de atirar-me àquele cadáver, ávido de aniquilamento, desejoso de me identificar com o próprio nada...

"A um movimento que fiz, voltei porém à realidade: o pesado cibório quase que se me escapara da mão fria. A ideia divina ganhou-me então novamente; Cristo, em pessoa, ali se achava dentro daquele invólucro metálico, Deus vivo que se destinara à alma desprendida, havia pouco, do corpo em decomposição. Um momento de lucidez perpassou-me então pelo espírito, a consciência das coisas reais voltava-me nítida. Lembrei-me de que a hóstia santa não podia conservar-se, à noite, em lugar profano, ausente do templo. Surgiu-me então, como foco luminoso, inspiração toda divina.

"Tirei do relógio, era mais de meia-noite; se comungasse?... Deus ali apresentava-se como único abrigo para o meu espírito desatinado; a religião era o porto almejado, o sagrado viático era a salvação. Então, fazendo um grande esforço de concentração cerebral, consegui dominar-me e rezei longamente o ofício dos mortos, findo o qual, recitando mentalmente o *Domine non sum dignus** passei a receber o santo corpo de Deus.

"Não imaginam qual a transformação que se operou em mim nesse momento.

"Perdi quase que completamente a noção das coisas, um êxtase inexprimível sucedeu àquele acabrunhamento moral. As sensações exteriores tornaram-se-me difusas, inapreensíveis, vagando os meus centros perceptores, como em um oceano de delírio. Era já o efeito do grande remédio das almas que se fazia sentir; a divindade que se corporificava humanizando-se. Quanto tempo permaneci nesse estado, não sei dizer. Meu espírito vagava longe, além do espaço e do tempo na completa absorção da suprema delícia.

* Em latim, no original: "Senhor, não sou digno". Mateus 8,5-11.

"Mas bruscamente, de um salto, pus-me de pé. Chegara-me aos ouvidos, mesclado de sensações místicas, um rumor estranho, partido da janela que ficava em frente. Era o mesmo que já duas vezes percebera, mas desta vez claro, nítido, como o rugir de um tigre; simultaneamente, com estrépito violento eram escancaradas as duas folhas, mal ajustadas, deixando aparecer as formidáveis patas e a goela de uma onça. Enorme, amarela, toda listrada de preto, com as unhas a escavarem a madeira e com os dois olhos muito acesos, a fitarem-me, tinha aquele animal uma feição apocalíptica; concretizava em si todo o Juízo Final.

"O que senti não foi medo, mas sim pavor, emoções sobre-humanas, um enregelamento de todo o corpo. O meu estado místico desaparecera, diante do instinto de conservação. A partir desse instante deixei de ser padre, ser pensante, racional; passei às condições de hiena, acossada no próprio antro, ferida de morte, invadida por um acesso de temeridade derradeira. O instrumento que trouxera, havia pouco, o conforto para a alma, transformara-se em arma de defesa para o corpo ameaçado. Não mais enxergava senão os dois olhos esbraseantes do tigre; não mais refletia, porque meu cérebro já não funcionava por excesso de emoção, e, louco, empunhando com a direita o pesado cibório, investi medonhamente para o animal. Este, ferido em uma das patas, ganiu sinistramente, em longo miado. Parecia dizer: 'Agora vais morrer!'. E mergulhou de todo a cabeça pela janela, preparando o bote. Aí perdi a noção de tudo e, desvairado, sem lembrar de que estava armado, ardente em febre, abaixando-me também, agarrei com força o cadáver frio do Guerra, que arrojei como um pesado broquel sobre as fauces do monstro. O embate foi violento, os três rolamos ao chão, seguindo-se uma luta de poucos instantes, encarniçada e tremenda, entre a fome e o pavor, a vida que se impõe e o instinto conservador que se lhe opõe.

"Naquele estado de quase inconsciência não sei como, levantando-me, pude atinar com a porta e desabridamente, como um potro em epilepsia, pus-me a correr, sem rumo, pela estrada afora...

"Muitas horas depois, fui encontrado pela gente que acudira em minha procura, a seis quilômetros distante do lugar, caído, frio e inerte, por sobre uma laje, à beira de um despenhadeiro...

"Quanto ao cadáver do Guerra, havia sido completamente devorado, reduzido a ossos, esparsos aqui e acolá pelos caminhos, o que fez crer ao povo do lugar que as almas dos assassinados se tinham desforrado sobre o corpo de seu algoz, em um samba diabólico de carnes sanguinolentas."

Um bravo geral e sincero epilogou as palavras finais do cônego, enunciadas com calor e convicção. O café foi acolhido sem entusiasmo, estavam todos tão comocionados...

Agradecimentos

Esta antologia só foi possível graças à ajuda direta e indireta de muitos pesquisadores de literatura brasileira. Mesmo correndo o risco de algum esquecimento imperdoável, gostaríamos de deixar registrado nosso reconhecimento aos trabalhos de:

Ana Giulia Mussury, Ana Paula dos Santos, Ana Resende, Daniel Augusto P. Silva, Magda Oliveira, Laura Cardoso e Maíra Kirovsky, a incansável equipe de pesquisa, preparação e revisão de textos da Biblioteca Digital Tênebra;

Hélder Brinate Castro, João Pedro Bellas, Laís Alves, Luciano Cabral, Marina Sena, Pedro Sasse, Ramon Nascimento da Silva e todos os demais jovens pesquisadores que passaram pelo grupo de estudos "O medo como prazer estético", e se aventuraram por bibliotecas e hemerotecas em busca de nem sabíamos bem o quê;

Bráulio Tavares, Brenno Silveira, Camilo Prado, César Silva, Fernando Correia da Silva, Flávio Moreira da Costa, Hélio de Seixas Guimarães, Jacob Penteado, Jerônimo Monteiro, Julio Jeha, Lainister de Oliveira Esteves, Marcello Simão Branco, Maria Cristina Batalha, Romeu Martins, Sérgio Barcellos Ximenes e Vagner Camilo, antologistas e compiladores que mapearam boa parte do caminho;

Coordenadores e equipes dos sites Biblioteca Digital de Literatura de Países Lusófonos (UFSC), Caminhos do Romance (Unicamp), Hemeroteca Digital da Biblioteca Nacional do Rio de Janeiro e Biblioteca Brasiliana Guita e José Mindlin (USP), por seus preciosos acervos digitais.

A todos, nossos sinceros e cordiais agradecimentos.

Referências bibliográficas

ABRAMS, M. H. *O espelho e a lâmpada: teoria romântica e tradição crítica*. São Paulo: Editora Unesp, 2010.

ALBER, Jan; NIELSEN, Henrik Skov; RICHARDSON, Brian (Orgs.). *A Poetics of Unnatural Narratives*. Ohio: Ohio State University Press, 2010.

ALVES, Cilaine. *O belo e o disforme: Álvares de Azevedo e a ironia romântica*. São Paulo: Edusp, 1998.

ANDRADE, Mário de. "Amor e medo". In: ANDRADE, Mário de. *Aspectos da literatura brasileira*. 5. ed. São Paulo: Martins Fontes, 1974, pp. 199-231.

ARARIPE JÚNIOR. *Movimento de 1893: o crepúsculo dos povos*. Rio de Janeiro: Tipografia da Empresa Democrática Editora, 1896.

AZEVEDO, Álvares de. *Obra completa*. Org. de Alexei Bueno. Rio de Janeiro: Nova Aguilar, 2000.

BOTTING, Fred. *Gothic*. 2 ed. Londres: Routledge, 2014.

CANDIDO, Antonio. *Formação da literatura brasileira: momentos decisivos*, v. 1, 5. ed. Belo Horizonte: Itatiaia; São Paulo: Edusp, 1975.

CAUSO, Roberto de Sousa. *Ficção cientifica, fantasia e horror no Brasil: 1875 a 1950*. Belo Horizonte: Editora UFMG, 2003.

CHIAMPI, Irlemar. *O realismo maravilhoso*. São Paulo: Perspectiva, 1980.

COHEN, Jeffrey Jerome (Org.). *Monster Theory: Reading Culture*. Mineápolis: University of Minnesota Press, 1996.

CUNHA, Euclides da. *Os sertões; campanha de Canudos*. Ed., pref., cronologia, notas e índice de Leopoldo M. Bernucci. 2. ed. São Paulo: Ateliê Editorial, 2002.

EL FAR, Alessandra. *Páginas de sensação: literatura popular e pornográfica no Rio de Janeiro (1870-1924)*. São Paulo: Companhia das Letras, 2004.

FIEDLER, Leslie A. *Love and Death in the American Novel*. Illinois: Dalkey Archive Press, 1997.

FRANÇA, Júlio. "O sequestro do Gótico no Brasil". In: FRANÇA, Júlio; COLUCCI, Luciana. *As nuances do gótico: do Setecentos à atualidade*. Rio de Janeiro: Bonecker, 2017, pp. 11-22.

GABRIELLI, Murilo Garcia. *A obstrução ao fantástico como proscrição da incerteza na literatura brasileira*. Rio de Janeiro: CEH-UERJ, 2004. Tese (Doutorado em Teoria da Literatura e Literatura Comparada).

GOMES, Eugênio. "Álvares de Azevedo". In: COUTINHO, Afrânio (Dir.). *A literatura no Brasil*, v. 2, 2 ed. Rio de Janeiro: Sul Americana, 1969.

GROOM, Nick. *The Gothic: A Very Short Introduction*. Oxford: Oxford University Press, 2012.

HANSEN, João Adolfo. "Forma romântica e psicologismo crítico". In: ALVES, Cilaine. *O belo e o disforme: Álvares de Azevedo e a ironia romântica*. São Paulo: Edusp, 1998, pp. 9-24.

______. "Prefácio". In: CAUSO, Roberto de Sousa. *Ficção científica, fantasia e horror no Brasil: 1875 a 1950*. Belo Horizonte: Editora UFMG, 2003, pp. 15-23.

LIMA, Luiz Costa. *Sociedade e discurso ficcional*. Rio de Janeiro: Nova Fronteira, 1986.

LINS, Álvaro. "Notas sobre o romantismo brasileiro". *Atlântico – Revista Luso-Brasileira*, Lisboa, Rio de Janeiro, n. 1, 23 maio 1942, pp. 51-3.

MALARD, Letícia. "Álvares de Azevedo e a noite". In: ______. *Escritos de Literatura Brasileira*. Belo Horizonte: Comunicação, 1981, pp. 87-92.

MOISÉS, Massaud. *História da literatura brasileira: das origens ao romantismo*, v. 1. São Paulo: Cultrix, 2001.

OLIVEIRA, Jefferson Donizeti de. *Um sussurro nas trevas: uma revisão da recepção crítica e literária de* Noite na taverna, *de Álvares de Azevedo*. São Paulo: FFLCH-USP, 2010. Dissertação (Mestrado em Literatura Brasileira).

PUNTER, David. *The Literature of Terror: A History of Gothic Fictions from 1765 to The Present Day*, v. 1. Londres: Longman, 1996.

ROMERO, Sílvio. *História da literatura brasileira*, v. 3. Rio de Janeiro: José Olympio, 1943.

SILVA, Joaquim Norberto de Sousa. *Crítica reunida: 1850-1892*. Porto Alegre: Nova Prova, 2005.

STAËL, Madame de. "Sobre as literaturas do norte e do meio-dia". In: SOUZA, Roberto Acízelo de (Org.). *Uma ideia moderna de literatura: textos seminais para os estudos literários (1688-1922)*. Rio de Janeiro: Argos, 2011, pp. 81-3.

STEVENS, David. *The Gothic Tradition*. Cambridge: Cambridge University Press, 2000.

TODOROV, Tzvetan. *Introdução à literatura fantástica*. Trad. Maria Clara Correa Castello. São Paulo: Perspectiva, 2012.

VERÍSSIMO, José. *História da Literatura Brasileira; De Bento Teixeira (1601) a Machado de Assis (1908)*. Rio de Janeiro: José Olympio, 1954.

VILLAÇA, Alcides. Apresentação. In: AZEVEDO, Álvares de. *Noite na taverna*. São Paulo: Nova Alexandria, 1997, pp. 7-10.

VOLOBUEF, Karin. "Álvares de Azevedo e a ambiguidade da orgia". *Organon*, Porto Alegre, n. 38/39, jan-dez, 2005. pp. 127-45.

WOOD, Robin. "The American Nightmare: Horror in the 70's". In: JANCOVICH, Mark (Org.). *Horror: The Film Reader*. Londres: Routledge, 2002, pp. 25-32.

ORIGEM DOS TEXTOS

ALMEIDA, Júlia Lopes de. "A nevrose da cor: fantasia egípcia". In: *Gazeta de Notícias*, Rio de Janeiro, ano XV, n. 158, p. 2, jun. 1889.

ASSIS, Machado de. "Sem olhos". In: *Jornal das Famílias*, Rio de Janeiro, ano 14, n. 12, pp. 356-60, dez. 1876; ano 15, n. 1, pp. 14-9, jan. 1877; ano 15, n. 2, pp. 41-9, fev. 1877.

AZEVEDO, Aluísio. "O impenitente". In: _______. *Pegadas*. Rio de Janeiro: Garnier, 1897. pp. 25-33.

BILAC, Olavo. "O crime de Otávio". In: *Gazeta de Notícias*, Rio de Janeiro, ano 16, n. 40, p. 1, fev. 1890.

BORMANN, Maria Benedita. "O crime do convento de...". In: *Jornal do Recife*, Recife, ano 34, n. 260, p. 2; n. 262, p. 2; ano 34, n. 263, p. 2; ano 34, n. 263, p. 2, nov. 1891.

CELSO, Afonso. "Valsa fantástica". In: _______. *Vultos e Fatos*. Rio de Janeiro: G. Leuzinger & Filhos, 1892, pp. 281-97.

COARACY, Corina. "Amores mortos". In: MAGALHÃES JÚNIOR, R. (Org.). *O conto feminino*. Rio de Janeiro: Civilização Brasileira, 1959, pp. 69-74. Panorama do conto brasileiro, v. 10.

COSTA, Maciel. "A Missa do Galo: legenda brasileira", *Correio das Modas*, Rio de Janeiro, n. 1, 5 jan. 1839.

GALENO, Juvenal. "Senhor das caças". In: SALGUEIRO, Pedro (Org.). *O cravo roxo do Diabo: o conto fantástico no Ceará*. Fortaleza: Expressão Gráfica, 2011, pp. 27-45.

GUIMARÃES, Bernardo. "Jupira". In: _______. *História e tradições da província de Minas Gerais*. Rio de Janeiro: Civilização Brasileira; Brasília: INL, 1976.

GUIMARÃES, Silva. "Contos da Serra: o frade de fogo". In: *A Chrysalida: Jornal Scientifico Litterario e Noticioso*, São Paulo, n. 3, pp. 3-4, 1869.

KARNERO, Emanuel. "Pela noite". In: *A Semana*, Rio de Janeiro, 25 mar. 1888.

LOBO, Américo. "Conto fantástico", *Fórum Literário*, São Paulo, n. 1, pp. 5-7, 20 jul. 1861; n. 2, pp. 15-6, 27 jul. 1861; n. 3, pp. 22-4, 3 ago. 1861; n. 4, pp. 28-30, 3 ago. 1861; n. 5, pp. 37-8, 17 ago. 1861.

MACEDO, Joaquim Manuel de. "O fim do mundo", *Jornal do Commercio*, Rio de Janeiro, ano XXXII, n. 161, pp. 1-2, 13 jun. 1857.

MAGALHÃES, Couto de. "O estudante e os monges". In: BATALHA, Maria Cristina; FRANÇA, Júlio; SILVA, Daniel Augusto P. (Orgs.). *Páginas perversas: narrativas brasileiras esquecidas*. Curitiba: Appris, 2017, pp. 63-71.

MENEZES, José Ferreira de. "O punhal de marfim", *Revista Popular. Noticiosa, científica, industrial, histórica, literária, artística, biográfica, anedótica, musical etc. etc.* Rio de Janeiro: Garnier, t. XV, ano 4, pp. 197-206, jul-set 1862.

PAIVA, Manuel de Oliveira. "O ar do vento, Ave-Maria". In: SALGUEIRO, Pedro (Org.). *O cravo roxo do Diabo: o conto fantástico no Ceará*. Fortaleza: Expressão Gráfica, 2011, pp. 64-6.

PONTES, Cícero. "O festim do cemitério: conto fantástico", *Revista Mensal da Sociedade Ensaios Literários*, Rio de Janeiro, ano 2, n. 3, pp. 91-5, 1º ago. 1864.

ROSA, Antônio Joaquim da. "A feiticeira". *Íris*, Rio de Janeiro, v. 2, pp. 167-72; pp. 209-15, 1849.

SEABRA, Bruno. "Jacinto: conto fantástico". In: BATALHA, Maria Cristina; FRANÇA, Júlio; SILVA, Daniel Augusto P. (Orgs.). *Páginas perversas: narrativas brasileiras esquecidas*. Curitiba: Appris, 2017, pp. 101-11.

SILVA, Lima e. "O medo", *Revista Brasileira*, Rio de Janeiro, ano 5, t. 18, p. 268-81, abr./jun. 1899.

SOUSA, Inglês de. "O acauã: conto fantástico", *Revista Brasileira*, Rio de Janeiro, ano 1, t. 3, 15 fev. 1880.

SOUSA, Cruz e. "Consciência tranquila". In: MURICI, Andrade (Org.). *Cruz e Sousa: obra completa*. Rio de Janeiro: Nova Aguilar, 1995, pp. 678-85.

SOUZA, Francisco Bernardino de. "Ahasverus", *Jornal das Famílias*, n. 3, pp. 78-80, 1865.

TÁVORA, Franklin. "A trindade maldita: contos no botequim", *Diário de Pernambuco*, Recife, ano XXXVIII, n. 81, p. 8, 8 abr. 1862; n. 82, p. 8, 9 abr. 1862; n. 83, p. 8, 10 abr. 1862; n. 84, p. 8, 11 abr. 1862; n. 85, p. 8, 12 abr. 1862.

TEÓFILO, Rodolfo. "Violação". In: ______. *A fome; Violação*. Rio de Janeiro: José Olympio, 1979, pp. 238-56.

VARELLA, Fagundes. "Esther", *Jornal do Recife*, Pernambuco, nov. 1861.

FONTES DAS NOTAS

ALMEIDA, Fernando Flávio Marques de. "Fundamentos geológicos do relevo paulista", *Revista do Instituto Geológico*, São Paulo, v. 39, n. 3, pp. 9-75, 2018.

COSTA, Milton Carlos. "D. Antônio de Macedo Costa: uma teologia do poder". *Revista Brasileira de História das Religiões*, v. 9, n. 25, pp. 7-22, 2016.

COSTA-LIMA NETO, Luiz. "O ator-cantor-dançarino negro Martinho Corrêa Vasques (1822-1890): lundus, árias, *vaudevilles* e paródias no Império da escravidão", *Per Musi*, n. 42, pp. 1-31, 2022.

DORIDOT, Caroline. *Quand le rouge fait de la politique... BnF; Action pedagogique.* Disponível em: <https://multimedia-ext.bnf.fr/pdf/Revol4_Rouge.pdf > Acesso em: 16 jul. 2022.

EL-KAREH, Almir Chaiban. "As artimanhas do Braguinha e a 'invenção' do cafezinho". In: PRADO, S. D. et al. (Org.). *Estudos socioculturais em alimentação e saúde: saberes em rede*. Rio de Janeiro: Eduerj, 2016, pp. 125-60.

KARLS, Thaina Schwan. "História e alimentação: as confeitarias no Rio de Janeiro do século XIX (1854-1890)". *Revista Ingesta*, v. 1, n. 1, pp. 172-86, 2019.

MARTINS, Bruno Guimarães. *Corpo sem cabeça: o tipógrafo-editor e a Petalógica*. Belo Horizonte: Editora UFMG, 2018.

MATHEUS, Leticia Cantarela. "Questões sobre o marco histórico do telégrafo no jornalismo do século XIX (1870-1900)". *Revista Brasileira de História da Mídia*, v. 1, pp. 41-51, 2015.

MCCOUAT, Philip. Comets in Art. *Journal of Art in Society*, 2016. Disponível em: <https://www.artinsociety.com/comets-in-art.html>. Acesso em: 15 jul. 2022.

NEVES, Gonçalo. *A história e o significado da expressão XPTO*. Disponível em: <https://ciberduvidas.iscte-iul.pt/artigos/rubricas/idioma/xpto/3531#>. Acesso em: set. 2022.

SANTOS, Lyndon de Araújo. "Os Brácaros Chapeleiros: mundos e representações dos chapéus no Rio de Janeiro (1825-1898)". *Varia Historia*, v. 31, n. 57, pp. 787-818, 2015.

EDITORAS Rita Mattar e Eloah Pina
ASSISTENTE EDITORIAL Mariana Correia Santos
ELABORAÇÃO DAS NOTAS Daniel Augusto Pereira Silva
PREPARAÇÃO Caroline Fernandes
REVISÃO Gabriela Rocha e Eduardo Russo
DIREÇÃO DE ARTE Julia Monteiro
CAPA E PROJETO GRÁFICO Flávia Castanheira
ILUSTRAÇÕES Eduardo Belga
EDITORAÇÃO ELETRÔNICA Página Viva

Dados Internacionais de Catalogação na Publicação (CIP)
(Câmara Brasileira do Livro, SP, Brasil)

Tênebra : narrativas brasileiras de horror [1839-1899] / organização Júlio França e Oscar Nestarez. — São Paulo : Fósforo, 2022.

Vários autores.
ISBN: 978-65-84568-51-8

1. Contos brasileiros — Coletâneas 2. Contos de terror — Coletâneas I. França, Júlio. II. Nestarez, Oscar.

22-126076 CDD — B869.35

Índice para catálogo sistemático:
1. Contos de terror : Antologia : Literatura brasileira B869.35

Eliete Marques da Silva — Bibliotecária — CRB-8/9380

Editora Fósforo
Rua 24 de Maio, 270/276
10º andar, salas 1 e 2 — República
01041-001 — São Paulo, SP, Brasil
Tel: (11) 3224.2055
contato@fosforoeditora.com.br
www.fosforoeditora.com.br

Este livro foi composto em GT Alpina
e GT Flexa e impresso pela Ipsis em papel
Pólen Natural 80 g/m² da Suzano para a
Editora Fósforo em outubro de 2022.